Féminicide

TITRE ORIGINAL :
Råttkungen

Correction : Catherine Garnier
Maquette : Farida Jeannet

44, quai Henri-IV – 75004 Paris
ISBN : 9-782-38094-492-1
Dépôt légal : février 2024

Pascal Engman

Féminicide

Traduit du suédois par Catherine Renaud

nouveau monde
ÉDITIONS

À Linnea

À défaut d'amour, on aspire même à être haï, méprisé, à éveiller un sentiment quelconque chez les autres. L'âme se rétracte devant le vide et désire un rapprochement humain à n'importe quel prix.

Docteur Glas de Hjalmar Söderberg*

* P. 50, traduit en français d'après un original suédois par Marcellita de Moltke-Huitfeld et Ghislaine Lavagne, éditions Julliard, 1969, Libella Libretto, 2016. (Toutes les notes sont de la traductrice.)

L'affiche sur laquelle était inscrit Amour. Sororité. Musique *était rouge de sang.*

Vanessa respirait difficilement, sentant l'adrénaline parcourir son corps par vagues. La fumée de la poudre lui piquait le nez. Elle appuya ses poings contre ses tempes, serra les mâchoires et réprima un cri. Sous le panneau, le corps tordu d'une policière, elle avait reçu une balle dans la tête. Le sang qui n'avait pas éclaboussé l'affiche s'écoulait de son crâne sur l'herbe. Quatre autres femmes gisaient autour, en un demi-cercle. Certaines bougeaient légèrement, d'autres criaient de douleur. Appelant leur mère, Dieu, leurs enfants.

Près des sorties, les femmes se pressaient pour essayer de quitter la zone du festival.

Les sirènes de la police et des ambulances se rapprochaient, hurlant comme si elles aussi étaient paniquées.

Vanessa sentit un mouvement à côté d'elle. Nicolas la tirait par le bras. Elle le dévisagea, surprise. Plissa les yeux. Sa bouche bougeait, mais Vanessa n'entendait pas ce qu'il disait.

Soudain, il se précipita sur une des filles et se laissa tomber à côté d'elle. La jeune fille était petite et fluette.

Ses cheveux verts.

Vanessa fit un pas dans leur direction, mais ses jambes se dérobèrent sous elle et elle trébucha. Faillit tomber. Elle réussit à rester debout et s'approcha de Nicolas et de la jeune fille dont il tenait la tête entre ses mains. Ses cheveux s'emmêlaient entre ses doigts. Il poussa un cri et posa son front contre le sien.

Ce ne fut qu'à cet instant que Vanessa reconnut la jeune fille. Elle parcourut son corps du regard. Au niveau de son ventre, un grand trou béait. Nicolas avait lâché la tête de la jeune fille et comprimait la plaie de ses mains pour empêcher le sang de quitter le corps.

– Elle est vivante ? cria Vanessa.

Prologue

Un sac en plastique était coincé dans la clôture entourant le centre de détention d'Åkersberga. Emelie Rydén, vingt-cinq ans, tourna la clé de sa Kia verte et le moteur s'arrêta. Elle se pencha en avant et appuya son front contre le volant.

Deux ans auparavant, elle avait donné naissance à leur fille, Noeva. Maintenant, elle était là pour rompre avec Karim, l'homme qu'elle avait cru être l'amour de sa vie.

Emelie avait peur. Elle se redressa, souleva sa lèvre supérieure et observa son visage dans le rétroviseur. La partie basse de sa dent de devant était jaune. Quatre ans plus tôt, Karim l'avait jetée contre un radiateur durant une dispute. Emelie avait perdu connaissance. Quand elle s'était réveillée, il avait disparu. Quarante-huit heures plus tard, il était rentré à la maison, puant le bistrot et la sueur, et, les yeux rougis, il lui avait demandé pardon.

Emelie ouvrit la portière et posa son pied droit dans une flaque d'eau qui s'était formée dans un nid-de-poule. Elle devait mettre un terme à tout cela. Pour le bien de Noeva. Sa fille ne méritait pas de grandir avec un père en prison. Même si Karim devait être libéré dans trois mois, Emelie était certaine qu'il allait y retourner. Tôt ou tard. Probablement plus tôt que tard.

Elle se dirigea à grandes enjambées vers l'entrée des visiteurs, appuya sur la sonnette et on la fit entrer.

Durant trois ans, elle était venue ici chaque semaine, à quelques rares exceptions près. Noeva avait été conçue dans l'un des parloirs. Certains des agents pénitentiaires faisaient preuve de compassion, d'autres de plus ou moins de mépris.

Au fil des années, elle avait tout fait pour garder la tête haute, marcher le dos droit à travers les couloirs. Elle reconnut le gardien à l'accueil. Il était taciturne, semblait timide. Bien qu'ils se soient vus plusieurs fois, il ne montra aucun signe de reconnaissance.

– Je viens voir Karim Laimani, dit Emelie.

Le gardien acquiesça.

– Puis-je vous emprunter un stylo?

Les yeux rivés sur son écran il lui tendit un stylo à bille. Emelie déplia le dessin de Noeva et écrivit la date dans le coin droit.

La procédure qui suivit était la même qu'à chaque fois: veste, sac, téléphone portable et clés étaient enfermés dans un casier. Elle était ensuite conduite vers le portique du détecteur de métaux et on la fouillait.

Emelie écarta les bras, laissa le gardien lui palper le corps.

– Suivez-moi, dit-il sur un ton monocorde tout en posant un badge contre le lecteur.

Ils marchèrent le long du couloir, tournèrent sur la droite. L'agent devant, Emelie juste derrière, le dessin de Noeva plié dans la main. Il s'arrêta devant une porte blanche percée d'une fenêtre ronde. Emelie regarda à l'intérieur. Karim était assis, les mains sur la table. La capuche de son sweat gris était remontée. La porte s'ouvrit et Emelie pénétra dans la petite pièce. Elle prit une profonde inspiration. Ses jambes et ses mains tremblaient. Elle se répéta ce qu'elle allait lui dire pendant que la porte se refermait derrière elle.

Karim se leva. Ce fut comme si les mots qu'elle avait répétés s'étaient envolés. Il l'attira vers lui, attrapa ses seins.

– Karim, arrête…

Il fit semblant de ne pas l'entendre et pressa son sexe contre son entrejambe tout en enfonçant sa langue dans sa bouche. Elle le repoussa.

– Putain, qu'est-ce qui te prend? protesta-t-il.

Karim la fixa avec colère pendant quelques secondes avant de se détourner et de s'asseoir sur la chaise. Emelie posa le dessin de Noeva sur la table devant lui. Il lui jeta un coup d'œil indifférent.

– T'as grossi, t'es pas encore en cloque quand même?

Emelie remit une de ses mèches de cheveux en place. Elle ouvrit la bouche, mais sa gorge était trop sèche. Une fois les mots prononcés, elle ne serait plus sa petite amie, mais une ennemie. Le monde de Karim était en noir et blanc. Elle ne pourrait jamais revenir sur ses paroles. Elle se racla la gorge et essaya de garder une voix ferme.

– Je ne veux plus que nous soyons ensemble.

Karim haussa les sourcils, fit crisser ses ongles contre les poils de sa barbe sombre.

– Arrête.

– Je ne peux pas, dit-elle.

Sa voix se brisa. Elle se racla à nouveau la gorge.

– Je n'en peux plus.

Les yeux de Karim se rétrécirent. Les pieds de la chaise raclèrent le sol tandis qu'il se levait lentement, ses mâchoires se crispèrent alors qu'il s'avançait vers elle.

– Tu crois que c'est toi qui décides?

Il était presque à côté d'elle. Emelie se raidit.

– S'il te plaît..., chuchota-t-elle, pendant que ses yeux se remplissaient de larmes.

Elle ferma les yeux. Déglutit.

– Pourquoi tu ne me laisses pas partir? Tu pourras quand même voir Noeva quand tu sortiras.

– Tu baises quelqu'un d'autre?

– Non.

Le visage de Karim s'arrêta à dix centimètres du sien. Il renifla.

– Bien sûr que si, tu n'as jamais été douée pour mentir. Tu t'es baladée en ville et t'as écarté les jambes? Salope! Espèce. De. Sale. Pute!

Emelie fit demi-tour, tendit la main vers la poignée de la porte. Karim fut plus rapide et l'attrapa.

– Tu t'en tireras pas comme ça. Si je découvre que t'as offert ta chatte à d'autres, je te tue.

Le gardien déverrouilla la porte. Karim la lâcha en levant les mains. Emelie tira son bras vers elle et se frotta le poignet.

L'instant suivant, la voix de Karim retentit dans le parloir.

– Je vais te tuer. Tu vas voir. Tu vas le regretter ! hurla-t-il.

L'agent s'interposa.

– Calme-toi.

Karim fixa Emelie par-dessus l'épaule du gardien. Il recula en souriant.

PARTIE I

Nous aussi nous sommes des êtres humains. Nous voulons juste être aimés pour ce que nous sommes. Notre désespoir n'est pas dû au hasard. Je suis heureux que cela ne te soit jamais arrivé, mais j'espère que tu peux compatir. Vous nous harcelez, vous nous humiliez. Partout. Au lieu de cela, vous devriez vous demander ce qui nous a poussés à nous sentir ainsi. Il y a souvent une histoire qui nous a menés au point où nous en sommes. Si vous écoutiez nos histoires, vous éprouveriez peut-être davantage de compassion pour notre situation, qui est malgré tout involontaire.

Homme, anonyme.

1.

Une guirlande lumineuse violette était suspendue dans le sapin du parc Monica Zetterlund. L'enquêtrice de la brigade criminelle Vanessa Frank était vêtue d'un manteau bleu foncé. En dessous, elle portait un pantalon de costume sombre et une chemise blanche fraîchement repassée.

Elle passa sa langue sur ses gencives. Pour la première fois de sa vie, Vanessa avait pris une bonne résolution pour la nouvelle année : arrêter de prendre du *snus**. Elle avait repoussé l'échéance tout l'hiver. Maintenant, c'était la mi-avril. La neige avait disparu. Quarante-huit heures plus tôt, elle avait pris sa dernière dose et l'abstinence lui donnait des démangeaisons dans tout le corps.

La boutique de téléphonie mobile de Hassan, qui malgré le nom vendait un peu de tout, était encore éclairée.

La sonnette de la porte tinta, Hassan sourit en voyant que c'était Vanessa.

– Agent Frank, la salua-t-il dans son suédois approximatif et en s'inclinant à moitié. J'espère que tu n'es pas ici pour acheter du *snus*.

– Arrête, j'ai quarante-trois ans. Donne-moi une boîte.

– Il y a deux jours, tu te tenais exactement à cet endroit et tu m'as interdit de te vendre du *snus*.

– Soit tu me vends une boîte, soit je te la vole.

Hassan s'empressa de bloquer le frigo de *snus* avec son corps.

---

* Tabac en poudre consommé en petits sachets placés entre la gencive et la lèvre supérieure.

– Prends des cigarettes électroniques, moins dangereuses, ça t'occuperait, suggéra-t-il en montrant une vitrine. Je suis sérieux, Vanessa, tu m'as fait promettre. Et je suis un homme de parole.

Vanessa soupira et redressa le col de sa chemise. Elle appréciait les personnes qui tenaient leurs promesses.

– Bon d'accord, donne-moi cette merde alors. Mais Hassan, attention à ne pas rayer le sol.

Il la regarda d'un air interrogateur, puis baissa les yeux en direction de ses pieds.

– Quoi?

– Ben oui, avec ce bâton de moralité que tu as dans le derrière.

Au coin d'Odengatan, Vanessa s'arrêta, alluma sa cigarette électronique, prit une bouffée et étudia pensivement la fumée blanche qui se dissolvait dans l'obscurité de la soirée printanière. Elle marcha en direction de Sveavägen. Les terrasses des cafés avaient réouvert. Les gens buvaient de la bière avec des couvertures sur les épaules, penchés sur des tables en bois branlantes.

La vie de Vanessa était en train de basculer. En décembre, Natacha, la jeune Syrienne de seize ans qu'elle hébergeait alors, avait reçu un coup de fil de son père. Il avait survécu à la guerre, handicapé, mais vivant. Le jour de Noël, alors que la neige tombait à gros flocons, Vanessa avait dit au revoir à Natacha devant le portail et regardé les feux arrière du taxi disparaître dans Subrunnsgatan. Les stops s'étaient allumés. Vanessa avait espéré une seconde que Natacha se jetterait dehors, tirant sa valise, pour dire que tout n'était qu'un malentendu. Quatre mois avaient passé, pourtant la solitude s'apparentait chaque jour à une chaîne de vélo rouillée tapant contre sa cage thoracique.

Sur Sveavägen, des voitures de collection faisaient des allers et retours pendant que des dragueurs en vestes et chemises à carreaux braillaient des chansons d'Eddie Meduza et de Bruce Springsteen. Des vapeurs d'essence. Des drapeaux confédérés.

Un homme pressant ses fesses anémiques contre la vitre arrière d'une Chevrolet blanche qui s'éloignait. Vanessa avait l'intention de tourner à droite et de rentrer chez elle par le parc Vanadis, mais un grand échafaudage se dressait sur le trottoir. Elle détestait passer sous ces constructions qui avaient l'air de pouvoir s'effondrer à tout moment. Elle préféra traverser Odengatan et marcher parallèlement à l'arrêt de bus.

En passant devant le bar Storstad, elle aperçut un visage connu – le metteur en scène Svante Lidén. Ils avaient été mariés douze ans, avant qu'elle ne découvre qu'il avait mis enceinte une jeune actrice. Sans sourciller, Vanessa continua à avancer. Elle ne parvint pas à faire plus de deux mètres avant de l'entendre crier son nom.

– Tu pourrais quand même dire bonjour?

– Salut.

Elle tourna les talons, Svante se précipita et lui posa doucement la main sur l'épaule.

– Tu ne veux pas entrer un moment?

Il la regarda d'un air suppliant. L'alternative était de rentrer à la maison, de s'affaler sur son canapé et de regarder *Animal Planet*.

– D'accord.

Svante lui tint la porte et lui demanda ce qu'elle voulait boire. Vanessa demanda un gin tonic et s'assit près de la fenêtre. Elle jeta un coup d'œil vers l'espace entre le bar et les tables où des personnes ivres se draguaient.

Nous les humains, nous ne sommes que des mammifères en vêtements colorés, pensa-t-elle. *Dans cent ans, tous ceux qui sont présents dans cette pièce seront morts. Des os blancs et de la poussière, enterrés six pieds sous terre. Personne ne saura que nous avons partagé ces heures ensemble.* Cette constatation l'attrista.

– Tu as l'air radieuse, dit Svante en posant les boissons entre eux sur la table.

Vanessa leva son verre dans sa direction.

– Tu as l'air d'être mort en 2003.

– Santé, fit Svante, imperturbable. Comment ça va?

Vanessa but une gorgée. Maintenant qu'elle était là, autant être gentille. En souvenir du bon vieux temps. Elle était contente de voir Svante, malgré tout.

Les années passées avec lui avaient été bonnes. Elle avait appris à vivre avec le fait qu'il sautait sur tout ce qui bouge. Ce qui l'avait blessée, c'était qu'il lui avait refusé un enfant. Quand Vanessa était tombée enceinte peu avant le divorce, il l'avait persuadée d'avorter. Et maintenant, c'était trop tard.

– J'ai changé de travail.

– Tu as quitté la police?

Vanessa secoua la tête.

– Nouveau service. J'ai quitté NOVA et je suis enquêtrice à la Crim'.

Elle mit un glaçon dans sa bouche et l'écrasa entre ses dents.

– À la Crim'?

Alors que *Piano Man* retentissait dans les haut-parleurs, Vanessa se pencha en avant pour couvrir la voix de Billy Joel.

– Oui, à la brigade criminelle. Je me promène dans le pays et j'aide mes collègues à enquêter sur des meurtres.

– Représentant de commerce en homicides alors. Ce serait un bon titre de film. Et pas mal de boulot ces temps-ci à en croire les journaux?

Une heure et trois gin tonics plus tard, Vanessa se sentait ivre. Elle ne voulait pas rentrer chez elle. Svante était à bien des égards une ordure, un homme minable, mais elle l'appréciait. Ils n'avaient pas encore parlé de Johanna Ek, l'actrice avec laquelle Svante vivait désormais. Ils n'avaient pas non plus évoqué l'enfant du couple. Vanessa avait peur de gâcher ce moment, mais finalement, elle ne parvint plus à se retenir.

Au milieu d'une question, elle leva la main en direction de Svante.

– Comment va l'enfant? Celle d'un an, pas celle pour qui tu m'as quittée.

Svante ouvrit la bouche pour répondre, mais Vanessa ne lui en laissa pas le temps :

– Comment l'avez-vous appelée ? Yasuragi Lidén ?

– Yasuragi ? La station thermale ? Pourquoi aurions-nous… ?

– J'ai trouvé une facture d'hôtel dans une de tes vestes, payée neuf mois avant sa naissance. Vous les célébrités, vous baptisez bien vos gamins d'après l'endroit où ils ont été conçus ?

Svante se gratta la joue.

– Je reconnais que je n'ai pas très bien géré la situation, dit-il. Je suis désolé.

Ils se regardèrent fixement quelques secondes avant que Vanessa ne secoue la main.

– Ne le sois pas.

Elle observa ses yeux bruns, remonta à sa frange ondulée. Ses cheveux étaient plus striés de gris que la dernière fois qu'elle l'avait vu, le gris dominait presque.

Vanessa laissa son regard tomber sur les grandes mains aux ongles rongés.

Son humour lui manquait. Son assurance aussi. Sa façon de se mordre la lèvre inférieure quand il lisait dans le journal du matin quelque chose avec quoi il n'était pas d'accord. Sa manière de la toucher. Déterminé. Possessif. Sa jalousie à peine voilée quand il se rendait compte qu'elle était attirée par quelqu'un d'autre.

– Es-tu heureux avec elle ?

Il posa son menton dans la paume de sa main.

– C'est différent. Plus facile d'une certaine façon.

– T'es obligé d'être aussi honnête ?

Un homme heurta le dos de Vanessa. Elle rapprocha sa chaise de celle de Svante.

– Tu sais ce qui m'énerve le plus ? demanda-t-elle.

– Non ?

– Que tu m'aies transformée en cliché.

Svante haussa les sourcils. Vanessa attrapa sa main, la glissa dans sa veste déboutonnée, sur ses seins. Elle les avait fait refaire six mois plus tôt.

– Un putain de cliché ambulant de femme vieillissante et trompée.

Il rit et retira sa main. Un peu trop lentement pour que Vanessa ne le remarque pas. Pourquoi voulait-elle que Svante ait envie d'elle ? Pourquoi avait-il cet effet sur elle ? Elle s'en sortait bien. N'avait pas besoin de lui. Il avait fait son choix.

Voulait-elle se venger de Johanna ? Était-ce aussi simple que cela ?

– Dis-le.

– Dis quoi, Vanessa ?

Elle se pencha en avant, sentit son parfum, *Fahrenheit*.

– Que tu as toujours envie de moi.

2.

Jasmina Kovac retira ses lunettes à monture ronde et la salle de rédaction de *Kvällspressen** fut aussitôt plongée dans une brume floue. Elle chercha à tâtons son étui dans son sac à dos accroché au dossier de sa chaise, le trouva, en sortit le chiffon bleu et le passa sur les verres d'un geste expert.

Elle remit ses lunettes sur son nez. Les chaises, les gens et les écrans d'ordinateur reprirent leurs contours bien nets.

Jasmina avait l'habitude de penser que si elle avait eu la malchance de naître avant l'invention des lunettes, elle n'aurait jamais vécu jusqu'à vingt-huit ans, mais aurait probablement terminé en pâture pour les loups bien avant.

Elle pouffa à l'idée de se voir en pagne préhistorique et son collègue Max Lewenhaupt, son voisin de bureau, se tourna vers elle.

– Qu'est-ce qu'il y a de si drôle? demanda-t-il d'un air désapprobateur en jetant un œil vers l'écran de Jasmina.

– Oh, rien du tout, répondit-elle en sentant ses joues s'empourprer.

Max ouvrit la bouche pour répliquer, mais fut interrompu par une voix derrière eux.

– Vous voulez du café, les jeunes?

Hans Hoffman, un reporter plus âgé qui parfois faisait des piges durant les soirées ou les week-ends, avait sorti la tête de

* Nom fictif d'un «journal du soir» suédois. À mi-chemin entre un quotidien et un tabloïd, ils sont toujours très lus par les Suédois.

derrière son écran d'ordinateur. Max leva les yeux au ciel, mima le mot «ringard». Jasmina eut de la peine pour Hoffman.

– Avec plaisir, dit-elle en se levant.

Ils passèrent entre des rangées de bureaux, devant la pièce vitrée de la rédactrice en chef. La machine à café cracha un liquide vaguement brun.

– Tu viens de la région du Småland, c'est ça?

Jasmina acquiesça.

– Oui, de Växjö.

– Et Kovac. Croate?

– Bosniaque.

Jasmina s'apprêta à retourner à son ordinateur pour finir la rédaction du dernier article de la soirée – un texte à propos d'un chat à Ånge qui était revenu après avoir disparu pendant deux ans. Mais Hoffman lui fit signe de rester.

– Il faut que tu trouves davantage d'idées personnelles si tu veux rester au journal. Sinon les gens comme lui vont te dévorer, dit Hoffman en faisant un signe de tête en direction de Max Lewenhaupt.

– Je sais. J'ai un bon truc sur William Bergstrand. Tu sais, le parlementaire.

– Bien. Montre-leur de quoi tu es capable, *kiddo*. Tu es douée, j'ai lu ton travail. Ton enquête sur les meurtres de femmes non résolus était super, mais tu dois élargir ton champ d'action. T'attaquer aux politiciens.

Jasmina jeta un coup d'œil vers le directeur de l'information Bengt «la Brioche» Svensson, assis les pieds sur son bureau, son ordinateur portable reposant sur son estomac. Jasmina prit son courage à deux mains. Elle retourna à son ordinateur et cliqua sur son enquête. En début de semaine, elle avait demandé à l'administration parlementaire les reçus des notes de frais du social-démocrate William Bergstrand. Il s'était récemment rendu à Paris, et parmi ses reçus il y avait deux notes de restaurant de cinq mille couronnes chacune, des hôtels de luxe et du shopping. Le tout payé avec sa carte parlementaire. Plus gênant encore pour Bergstrand, à qui on prédisait un avenir brillant au sein de son parti, c'était qu'il avait indiqué qu'il était accompagné de sa collègue Annie Källman. Mais, d'après le compte Instagram de celle-ci, elle se trouvait au même moment à Sundsvall.

– Où vas-tu ? demanda Max.

– Je suis juste en train d'imprimer quelque chose.

– Pourquoi tu parles toujours si bas, je n'entends pas ce que tu dis, dit Max en plaçant sa main en creux comme un écouteur devant son oreille. Qu'est-ce que tu dois imprimer?

– Je travaille sur un truc.

Elle hésita, s'assit à nouveau à sa place et se pencha vers Max. Il était doué. Elle lui expliqua rapidement ce qu'elle avait tiré des notes de frais de Bergstrand.

– Mais je n'arrive pas à le joindre. Il m'évite. Tu veux m'aider?

Max hocha lentement la tête. Jasmina sentit que, malgré lui, il était impressionné. Elle en fut heureuse.

Pendant que l'imprimante ronronnait, Jasmina observa les gros titres et les unes d'anthologie qui ornaient les murs. La fin de la guerre en 1945, le drame des otages à Norrmalmstorg en 1973, l'explosion de la bombe à l'ambassade d'Allemagne de l'Ouest en 1975, la catastrophe de l'*Estonia* en 1994, l'attentat contre les tours jumelles en 2001.

Jasmina se posta derrière Bengt la Brioche. Il continua à fixer l'écran de son ordinateur.

– Oui? fit-il en se grattant l'oreille.

– Je voulais savoir si tu aurais… as quelques minutes, je travaille sur quelque chose.

Bengt la Brioche regarda son doigt avec dégoût et l'essuya sur sa cuisse, laissant une traînée jaunâtre sur son jean.

– Jessica, je ne sais pas…

– Jasmina.

Elle sourit d'un air incertain.

– Jasmina, soupira la Brioche. Je ne sais pas comment ça fonctionnait à Norrköping ou là d'où tu…

– Växjö. Je viens de Växjö.

La Brioche s'attaqua à son autre oreille.

– Peu importe, dit-il. Le seul texte que j'attends de ta part, ce sont trois colonnes sur ce putain de chat qui a été retrouvé à, où était-ce déjà putain, Haparanda?

– Ånge.

– Oui. Il est prêt?

– En gros, mais…

– Pas de mais, grogna la Brioche, avec irritation. Retourne gentiment à ta place et fais ce qu'on te demande. C'est comme ça que ça fonctionne ici à *Kvällspressen*. C'est un concept qui a fait ses preuves depuis la création du journal en 1944. Je suis sûr que c'est une super petite idée que tu as concoctée, mais je n'ai pas le temps.

Une heure plus tard, Jasmina Kovac quitta la rédaction de *Kvällspressen* et s'installa à l'arrière du bus numéro un. Ce n'est qu'à l'arrêt Fridhemsplan que davantage de passagers montèrent. Une ambulance passa à toute allure. C'était un vendredi soir froid, le quartier de Kungsholmen baignait dans une lumière jaunâtre qui s'échappait des lampadaires. Des gens frigorifiés se tenaient en grappes devant les bars. Les sans-abri se réfugiaient dans les cages d'escalier, sous les avancées de toit. Ils dormaient en groupe, serrés les uns contre les autres comme des animaux décharnés et gelés.

Stockholm était le rêve de Jasmina. D'aussi loin qu'elle s'en souvienne, elle avait toujours voulu devenir journaliste, comme l'avait été son père avant que la guerre n'éclate en Yougoslavie.

Quelques mois plus tôt, Jasmina, journaliste au quotidien local *Smålandsposten*, avait enquêté sur un certain nombre de meurtres de femmes non résolus. Elle avait dans certains cas pu démontrer que les erreurs des enquêteurs de la police avaient eu pour conséquence que ces meurtres n'avaient pas été élucidés.

L'article avait eu un énorme impact, avait été repris par l'agence de presse TT et les deux tabloïds. Deux heures après sa publication, la rédactrice en chef de *Kvällspressen* l'avait appelée pour lui proposer un CDD.

Mais jusqu'à présent, rien ne s'était passé comme Jasmina l'avait imaginé.

– Demain est un autre jour, marmonna-t-elle.

3.

À peine arrivés dans l'entrée, ils s'arrachèrent mutuellement leurs vêtements. Svante pressa Vanessa contre le mur, se ravisa, la poussa devant lui vers le canapé, la fit se pencher en avant et la pénétra par-derrière. Bestialement. Durement. Désespérément. Comme elle le voulait, comme elle l'avait toujours voulu.

Ensuite, Vanessa alla chercher une bouteille de vin rouge. Elle lui tendit le tire-bouchon et le vin tout en allumant sa cigarette électronique.

Vanessa regarda le plafond à travers la fumée blanche.

– Je n'ai pas été aussi bien baisée depuis..., murmura-t-elle avant de s'interrompre.

– Depuis quand?

– J'allais dire depuis que j'avais eu une liaison très passionnée avec mon prof au lycée, mais j'ai pensé que cela te blesserait.

– Tu as couché avec ton prof?

– Je ne t'ai jamais parlé de Jacob? Il avait vingt-huit ans et était professeur remplaçant en mathématiques. J'avais dix-sept ans et j'étais tellement en colère. Nous avions l'habitude...

– Ça suffit, tu ne crois pas?

Svante lui tendit la bouteille.

– D'ailleurs, il se passe quoi, avec les fenêtres? demanda-t-il.

Elles étaient recouvertes de plastique blanc.

– Ils sont en train de rénover la façade.

– On ne voit même pas s'il fait nuit dehors.

– Non, c'est vraiment un environnement qui rend fou.

Elle aurait aimé qu'il dise quelque chose de significatif. Que la vie était plus ennuyeuse sans elle. Au lieu de cela, il se mit à raconter une histoire sur une répétition de théâtre qu'elle avait déjà entendue. Vanessa écouta d'une demi-oreille tout en caressant l'intérieur de la cuisse de Svante. *C'est étrange*, pensa-t-elle, *ce que le temps peut faire aux sentiments*. Svante eut de plus en plus de mal à raconter son anecdote au fur et à mesure que sa main remontait vers le haut. Sa respiration se fit difficile. Elle s'assit à califourchon sur lui. Il ferma les yeux, la bouche entrouverte. Vanessa s'imagina qu'il pensait à Johanna et le gifla. Svante sursauta et ouvrit les yeux, surpris. Pendant une seconde, elle crut qu'il allait lui rendre la pareille, mais il éclata de rire et referma les yeux. Elle se pressa plus fort contre lui, sentit son sexe s'enfoncer plus profondément en elle, alors qu'elle le chevauchait en de lents mouvements ondulatoires.

Quand elle jouit, elle enfonça ses ongles dans la poitrine poilue de Svante qui la repoussa d'un geste brusque.

Il était deux heures et demie lorsque Svante marmonna qu'il était obligé de rentrer chez lui. Il récupéra ses vêtements. Vanessa le suivit, la couverture enroulée autour de son corps.

– Comment vas-tu expliquer les traces de griffures?

Il regarda sous la chemise noire qu'il était en train de boutonner et haussa les épaules.

– Tu es en colère? demanda-t-elle.

– Non.

Vanessa serra ses lèvres comme pour physiquement étouffer la question de savoir s'il pouvait rester. Ils s'embrassèrent avant qu'elle ne le repousse doucement.

– À un de ces quatre, dit Svante.

– Si tu le dis, répondit-elle en refermant la porte.

4.

Dans la salle de rédaction de *Kvällspressen* régnait la quiétude des samedis. Jasmina Kovac était en route vers la salle de repos pour se faire réchauffer une tourte *Gorby's pirog* quand Bengt la Brioche l'appela en criant. Elle supposa qu'il s'agissait d'une erreur dans l'article sur le chat et se prépara à une engueulade.

– J'ai besoin d'un grand papier. Pour l'édition de lundi.

– Bien sûr, dit Jasmina en peinant à cacher sa surprise. Qu'est-ce que tu as en tête?

– Un article de fond.

En réalité, Jasmina était censée avoir terminé son service ce soir. Max et elle avaient cherché à joindre le député William Bergstrand, qui continuait d'esquiver leurs appels. Ils avaient décidé de réessayer lorsqu'ils reprendraient leur service ensemble, au milieu de la semaine prochaine. Ce soir, elle avait prévu de rentrer à Växjö pour rendre visite à sa mère. Son billet était déjà réservé. Mais elle ne pouvait pas faire autrement, écrire un article de fond était une chance qu'elle ne pouvait en aucun cas laisser passer.

– Bien sûr. De quoi s'agit-il?

– Un résumé des derniers développements de #MeToo. Hoffman était occupé par autre chose et a proposé ton nom quand je lui ai demandé s'il voulait l'écrire. En réalité, je ne suis pas totalement convaincu que tu sois prête, alors ne me déçois pas.

Jasmina ne parvint pas à retenir un sourire quand elle revint à son bureau. Hoffman arriva, le journal du jour ouvert devant lui.

Elle se précipita et le serra dans ses bras.

– Merci, murmura-t-elle.

– De quoi? Je suis trop vieux pour écrire des articles toute la nuit. Mais si tu veux y arriver, tu ferais mieux de t'y mettre. Rentre chez toi. S'ils te voient ici, ils vont te refiler davantage de boulot.

Jasmina se rendit compte que Hoffman avait raison. L'article pouvait être son ticket pour accéder à des tâches plus importantes, mais pour l'instant il s'agissait de pouvoir travailler sans être dérangée. Elle rassembla ses affaires, enfonça son ordinateur portable dans son sac à dos et dit rapidement au revoir aux autres journalistes.

Sa mère allait être déçue. Jasmina était toute sa vie. Elle avait lu le moindre article, petit ou grand, que Jasmina avait écrit, en avait découpé les pages et les avait conservées dans des boîtes qu'elle gardait sous son lit.

– Bonjour maman.

– Tu es déjà là? Je croyais que tu ne devais arriver que ce soir.

– Je ne peux pas partir. Ils veulent que j'écrive un article plus long. Il doit être prêt pour demain.

Bien que Jasmina ait fait de son mieux pour le cacher, sa mère avait compris que les choses ne se déroulaient pas comme prévu à Stockholm.

– C'est génial! s'exclama sa mère. Bien sûr que tu dois rester.

– Tu es sûre? Tu me manques. Tu le sais que j'ai envie de venir te voir?

– Tu me manques aussi ma fille, mais tu devras venir me voir la prochaine fois que tu seras libre.

Jasmina descendit du bus à Stureplan.

Elle avait toujours mieux écrit lorsqu'elle était entourée de gens, elle trouvait difficile de se concentrer quand elle était seule. Le studio sinistre qu'elle louait sur Valhallavägen ne lui faisait pas envie. Elle traversa au passage piéton et entra dans le Scandic Anglais. Le hall de l'hôtel était à moitié vide. *Parfait*, pensa-t-elle, et elle commanda une eau minérale et un café. Elle demanda le mot de passe du WiFi, s'installa sur un des canapés près de la fenêtre et sortit son ordinateur portable.

Avant de commencer, elle sentit une vague de fierté l'envahir. Elle était assise dans le bar d'un hôtel et écrivait un article pour le plus grand tabloïd de Suède. Elle vivait son rêve.

Lorsque Jasmina leva la tête de son écran, le hall était bondé. Son eau minérale était terminée, son café froid. Elle voyait à peine le comptoir du bar à cause de tous les clients. Un DJ se tenait près d'une platine.

Ses yeux lui piquaient et son corps était raide. Elle redressa le dos et décida de faire une pause. Un peu plus loin, un homme la dévisageait. Elle détourna le regard et referma son ordinateur. Jasmina supposa qu'il avait mal interprété la situation, car il se fraya un chemin jusqu'à elle.

– Tu veux un verre? demanda-t-il.

Il avait l'air d'avoir dans les trente-cinq ans. Il portait une chemise noire. Il était beau, dans un genre un peu rude. Jasmina désigna son ordinateur.

– Je travaille, alors je ne bois pas d'alcool ce soir, dit-elle en souriant. Mais merci quand même.

Il s'installa à côté de Jasmina.

– Allez. Juste un verre. On est samedi.

Elle avait besoin d'une pause après tout. La moindre phrase de l'article devait être parfaite et pour rester concentrée, elle avait besoin de penser un peu à autre chose.

– Un café? dit-elle. Ensuite je dois rentrer chez moi pour continuer.

– Je m'appelle Thomas, dit-il en se levant.

Après avoir serré sa main, il la porta à sa bouche, les poils sur son menton grattèrent la peau fine du dos de sa main.

Un moment plus tard, le café était bu et, durant la conversation, Thomas s'était rapproché. Il posait beaucoup de questions sans sembler particulièrement intéressé par les réponses. Son regard fixait son corps, se posant sur sa poitrine de plus en plus souvent. Jasmina le trouvait désagréable. Elle se sentait léthargique et fatiguée.

Elle s'excusa, dit qu'elle avait besoin d'aller aux toilettes et se leva.

La pièce tourna, ses jambes se dérobèrent sous elle, l'obligeant à s'appuyer contre la table. Thomas la soutint. Où était son sac à dos? Son ordinateur?

– Merci, s'entendit-elle bafouiller.

Sa voix était métallique, comme si elle parlait dans une boîte de conserve.

Il lui attrapa le bras d'une main, passa l'autre autour de sa taille. Sa mâchoire lui sembla se relâcher, ses paupières étaient si lourdes qu'elle avait du mal à garder les yeux ouverts. Jasmina tenta de protester tandis qu'il la conduisait à travers la foule, mais aucun son ne franchissait ses lèvres.

Soudain, ils se retrouvèrent à l'extérieur. Elle vit le trottoir en dessous d'elle, sentit sa poigne ferme sur son épaule. Des phares l'éblouirent. Jasmina ferma les yeux. Sa tête tomba sur l'épaule de Thomas. Une portière de voiture s'ouvrit et quelqu'un éclata de rire. On la hissa sur la banquette arrière. Le moteur démarra et la voiture se mit en mouvement. Le visage de Thomas apparut au-dessus du sien. Jasmina essaya de dire quelque chose, mais tout ce qui sortit de sa bouche ne fut que du charabia. Encore des rires. Elle essaya de tourner la tête, sans succès non plus.

Combien étaient-ils? Où l'emmenaient-ils? Une main se glissa sous son haut, longea son ventre et tritura sa poitrine. Une autre main parvint entre ses jambes. La voiture accéléra, les lampadaires disparurent et Jasmina perdit connaissance.

5.

Emelie Rydén, dans son trois pièces vide sur Åkerbyvägen à Täby, regarda autour d'elle.

Bien qu'elle ne l'avouerait jamais à voix haute, c'était agréable de ne pas avoir à s'occuper de Noeva de temps en temps. En réalité, elle aurait dû passer le week-end avec Ilan, c'était la raison pour laquelle elle avait demandé à ses parents de prendre Noeva.

Mais Ilan avait dû se rendre à Malmö pour son travail.

Il avait promis d'appeler de sa chambre d'hôtel après avoir dîné avec ses patrons qu'il était allé rencontrer. Il était 22 h 32 et il n'avait toujours pas donné de nouvelles.

Emelie alluma la télévision et se mit à zapper.

Pendant une seconde, elle pensa que, d'une manière ou d'une autre, Karim avait découvert leur relation, qu'il était parti à Malmö et avait agressé Ilan.

Trois semaines s'étaient écoulées depuis qu'elle avait rendu visite à Karim en prison pour la dernière fois. Il pouvait être en permission de sortie sans qu'elle le sache. Et comme il ne lui restait que deux mois à purger, il ne serait pas surveillé dans ce cas.

Emelie avait rencontré Ilan quatre mois plus tôt, quand elle avait reçu plusieurs gros cartons de produits de soin pour son salon de beauté. Le livreur s'était contenté de secouer la tête quand elle lui avait demandé de les porter à l'intérieur.

Ilan était passé, avait regardé Emelie et les grands cartons et avait demandé si elle avait besoin d'aide. Il avait retroussé ses manches, avait porté les cartons et avait disparu.

Le lendemain, Ilan était revenu et, à sa grande surprise, Emelie avait réalisé qu'elle était contente de le voir et lui avait offert un café.

Une semaine après cette rencontre, ils avaient couché ensemble pour la première fois.

Le téléphone sonna et le visage d'Ilan apparut sur l'écran.

– Désolé d'avoir été si long, dit-il en guise de salutation. Ils ne voulaient pas arrêter de boire.

– Tu es bourré? demanda-t-elle en prenant une gorgée de thé.

– Pas du tout. J'ai arrêté de boire tôt.

Emelie posa sa tasse sur la table basse et s'allongea, la tête sur l'accoudoir.

– Je suis désolé que les choses se soient passées ainsi, dit Ilan. J'avais vraiment hâte de passer le week-end avec toi.

– Ce n'est pas grave. On se rattrapera la semaine prochaine.

– J'ai quelque chose à te dire, déclara Ilan.

Emelie entendit des bruits à l'extérieur de la fenêtre et regarda dans cette direction. Ce n'était probablement qu'une branche qui raclait la vitre sous l'effet du vent.

– Je t'ai menti. La raison pour laquelle je suis venu ici, c'est qu'ils m'ont offert un boulot. Ici, à Malmö.

Une partie d'elle était soulagée, une autre se sentait triste. Il allait accepter le poste et la laisser. Et elle ne pouvait pas lui en vouloir. Ils venaient de se rencontrer. Bien sûr qu'il n'avait pas envie d'être impliqué avec un enfant qui n'était pas le sien. Et même si elle ne lui avait pas tout raconté à propos de Karim, elle supposait qu'Ilan s'en doutait.

– Je comprends.

– Je sais que c'est encore un peu tôt, mais je vous aime tellement, toi et Noeva. Je suis peut-être fou, mais je me demande si vous ne voudriez pas emménager avec moi.

Emelie éclata de rire de surprise.

– Tu es sérieux?

– Oui.

Emelie ferma les yeux.

– Bien sûr que oui.

Elle se représenta son corps mince et dégingandé. Ses yeux sombres et bienveillants. Elle aurait tellement aimé qu'il soit là. Auprès d'elle. Quand ils déménageront à Malmö, elle n'aurait plus à se languir. Un mouvement à l'extérieur de la fenêtre fit sursauter Emelie. Ilan continuait à parler, mais Emelie n'écoutait plus. Elle se déplaça lentement, le téléphone collé à l'oreille et scruta l'obscurité.

Elle s'approcha plus près de la fenêtre, appuya son front contre le verre froid et regarda sur les côtés. Rien. Juste la cour sombre et calme, où Noeva adorait jouer avec les enfants des voisins.

– Qu'est-ce que tu as dit?

– Que je suis heureux, dit Ilan. Aujourd'hui, je suis passé devant un local qui serait parfait pour un salon de beauté. Même s'il n'y a pas d'urgence. Je vais avoir une bonne augmentation, alors en fait tu n'auras vraiment pas à te sentir obligée de travailler tout de suite.

Emelie traversa le salon et alla vérifier que la porte d'entrée était verrouillée.

– Je croyais que tu allais dire que tu avais couché avec quelqu'un d'autre.

Ilan éclata de rire. Un rire fort. Libérateur.

Emelie observa la cage d'escalier par le judas. Vide. Elle se détendit. Si Karim était en permission de sortie et se présentait, elle appellerait la police. Mais elle ne voulait pas qu'Ilan comprenne ce qu'il se passait. Elle lui avait parlé de Karim, mais s'était abstenue de donner des détails. Elle avait dit qu'il habitait à l'étranger.

Emelie retourna s'allonger sur le canapé, mais ne parvint pas à se détendre et à se concentrer sur ce qu'Ilan disait. Elle détestait habiter au rez-de-chaussée.

Alors qu'ils se disaient au revoir, elle entendit la porte principale s'ouvrir et elle se dépêcha de raccrocher. Elle ne voulait pas qu'Ilan pose des questions si quelqu'un frappait.

Emelie se redressa, écoutant les bruits de pas dans la cage d'escalier.

Elle ferma les yeux, espérant que la personne qui se trouvait là ne ferait que passer et que la machinerie de l'ascenseur se mettrait en marche. Au moment où elle crut entendre le bourdonnement familier de l'ascenseur, on sonna à la porte.

6.

Jasmina reprit connaissance après avoir reçu une violente gifle. Elle était allongée sur un lit dans une pièce sombre. Sa tête bourdonnait, elle avait la nausée. Un autre coup atteignit sa joue. Où était-elle?

– C'est l'heure de se réveiller.

Elle se souvint du bar, de Thomas. Jasmina se cramponna à son pantalon, tenta de résister. Ses mains étaient faibles, le tissu glissa entre ses doigts. Son pantalon descendit. Thomas se plaça au-dessus d'elle, lui déchira sa culotte.

– Non, réussit-elle à dire d'une voix rauque.

Elle entendit des voix. Elle plissa les yeux, essaya de distinguer ce qui se passait autour d'elle. Mais tout était flou. Sur la droite, il y avait une armoire avec un miroir. Elle parvint à y discerner des mouvements. Il y avait plusieurs personnes dans la pièce.

Ils lui arrachèrent son haut, déchirèrent son soutien-gorge.

– S'il vous plaît, arrêtez, supplia Jasmina.

Prise de panique, elle se débattit dans tous les sens, donnant des coups de pied.

Un coup de poing l'atteignit à l'abdomen et son corps fut vidé de son air. Elle poussa un râle, cherchant à reprendre son souffle.

– Si tu te débats, nous allons devoir sortir le couteau, et tu n'as pas envie de ça, dit Thomas, avant de lui toucher la joue de sa main. Ce serait dommage pour un si beau visage.

Son haleine était aigre et humide.

– Elle n'est pas aussi timide qu'elle le prétend, regardez ça ! s'exclama Thomas en attrapant son piercing au sein et en tirant dessus. Tu es une vraie petite pute toi, hein?

– S'il te plaît, laisse-moi partir, chuchota-t-elle en clignant des yeux.

– Les petites putes comme toi aiment ça, même si vous prétendez que non.

Il lui caressa la joue et déboucla sa ceinture. Des bras rudes retournèrent Jasmina sur le ventre et la maintinrent fermement dans cette position. Quelqu'un lui enfonça le visage dans le matelas. Elle avait du mal à respirer. Elle essaya de se libérer. Ses cris étaient étouffés par le duvet.

Thomas gémit. Cela lui fit terriblement mal. Elle se sentait impuissante. Petite. Les mouvements se firent plus violents, plus douloureux encore. Jasmina hurlait dans le matelas.

– Putain, ça faisait longtemps. Elle a une petite chatte bien serrée. Elle est peut-être plus jeune qu'on croyait?

– Ou alors c'est que personne ne l'a baisée correctement. Regarde comme elle aime ça.

De nouveaux rires.

Tour à tour, ils la retournaient sur le dos, lui écartant les jambes lorsqu'elle tentait de résister.

Elle apercevait le contour de leurs corps dans le miroir. Elle détourna le regard. Elle se força à fixer le plafond. Son corps était paralysé, ils n'avaient plus besoin de la tenir. Il n'y avait nulle part où s'échapper. Elle perdit connaissance à plusieurs reprises, jusqu'à ce que l'un d'eux lui arrache son piercing. Elle hurla. Une large main se plaqua sur sa bouche.

– Ta gueule !

Elle avait du mal à respirer, elle râlait. Elle agita les bras, paniquée. Elle vit un visage flou, brillant de sueur.

– Écarte tes jambes.

Ils continuèrent à gémir, à s'encourager mutuellement, à l'humilier.

Enfin, ils finirent par se lasser. Ils se levèrent et disparurent. Un instant de silence. Jasmina resta immobile. Elle porta la main à son sexe, regarda ses doigts. Elle saignait.

Des voix étouffées, rauques, et de la fumée de cigarette se frayaient un chemin sous la porte. Jasmina se mit sur le côté, cherchant ses lunettes à tâtons. Elle ne les trouva pas. Elle avait tellement froid qu'elle tremblait. Elle porta la main à sa poitrine. Le sang collait à ses doigts.

Lorsqu'elle entendit des pas, elle se recroquevilla, se tourna vers le mur et ferma les yeux. Elle n'en pouvait plus. Pas encore.

– Tu dois dégager.

Thomas s'assit sur le bord du lit et la força à se retourner. Il se pencha sur elle.

– Si tu parles de ça à quelqu'un, on te tuera, Jasmina Kovac.

Il la saisit violemment par les cheveux, lui leva le visage, brandit son permis de conduire à quelques centimètres de son visage et lut toutes les informations la concernant.

Elle se mit à pleurer.

– Tu entends ça, espèce de sale petite pute? On te retrouvera et alors on ne sera pas aussi gentils.

Il lui jeta ses vêtements. Jasmina enfila son pantalon. Son bas-ventre lui brûlait et la lançait. Du coin de l'œil, elle vit les contours du visage non rasé de Thomas. Il la remit sur ses pieds et la poussa devant lui. Jasmina entra dans le salon en titubant. Elle vacilla, chaque pas était douloureux.

– T'as l'air d'avoir passé un bon moment, dit une voix.

Ils l'emmenèrent dans la cage d'escalier, descendirent les marches et la poussèrent sur la banquette arrière d'une voiture.

La voiture démarra. Les hommes semblaient fatigués, ils ne parlaient pas beaucoup. Le soleil était sur le point de se lever. Jasmina essaya de lire les panneaux pour comprendre où elle se trouvait.

– Ici ça ira, dit l'un d'eux au chauffeur.

Ils s'arrêtèrent au bord du trottoir et la portière s'ouvrit. Quelqu'un klaxonna.

– N'oublie pas ce que je t'ai dit, Jasmina Kovac. On te retrouvera et on te tuera.

Elle posa les pieds par terre.

– Allez dégage, putain !

On la poussa, elle faillit tomber, mais réussit à garder l'équilibre.

7.

Vanessa ramassa le journal *Dagens Nyheter* sur le paillasson. L'édition papier du grand quotidien national était désuète et nuisait au climat déjà durement mis à mal, mais la fin du monde était inévitable. En attendant, Vanessa pouvait se divertir en suivant les derniers scandales politiques, le Brexit et les Tweet du président américain. Le monde devenait de plus en plus étrange, elle s'y sentait de moins en moins à l'aise. Pour la première fois dans l'histoire de l'humanité, plus de gens mouraient d'avoir trop mangé que de malnutrition. On mourait davantage de vieillesse que de maladies infectieuses. Et surtout : il y avait plus de morts par suicide que les guerres, les crimes violents et les actes de terrorisme ne faisaient de victimes. Et pourtant, les gens avaient plus peur que jamais.

Elle posa le journal sur l'îlot de la cuisine, mit sa machine à café en marche et se surprit à regretter Svante. En arrière-plan, la télé bourdonnait.

« Trois hommes ont été retrouvés morts sur le port de Frihamnen. Selon les informations dont dispose TV4, les hommes ont été tués d'une balle dans la tête. Ils étaient tous les trois connus des services de police. »

Vanessa monta le son.

Encore un règlement de comptes entre gangs.

Stockholm regorgeait d'armes à feu et de jeunes gens prêts à s'en servir pour obtenir une part du marché de la cocaïne ou pour se venger d'un affront supposé. Une arme automatique de type Kalachnikov se vendait dans les rues de Stockholm pour vingt-cinq mille couronnes. Un pistolet en coûtait dix mille. On pouvait mettre la main sur une grenade pour environ mille couronnes, sauf en cas de conflit majeur en cours, où les prix pouvaient atteindre les deux mille cinq cents.

L'exécution à Frihamnen était probablement liée au trafic de drogue, mais tout était possible. Les criminels s'offensaient encore plus facilement que Donald Trump, dont les petits yeux furieux la fixaient depuis la une du *Dagens Nyheter*.

Après avoir quitté ce qui s'appelait auparavant le groupe d'intervention NOVA, et qui, depuis la réforme de la police, avait pris le nom d'unité spéciale de recherche, sections 5 et 6, Vanessa n'avait au moins plus à s'occuper de ces bagarres entre gangs compliquées à résoudre, pour lesquelles ni les témoins ni les personnes impliquées ne voulaient parler à la police. Elle avait passé la semaine précédente à Kalmar, où une fête privée dans un appartement avait dégénéré et où l'un des invités était mort, poignardé avec des ciseaux.

Vanessa se versa du café et s'apprêtait à retourner à son canapé lorsque son téléphone professionnel se mit à sonner.

– Bonjour, la salua d'un ton enjoué le commissaire Mikael Kask, chef de la brigade criminelle de la police, comment ça va?

– Je suis en train de prendre mon petit déjeuner.

– Qui consiste en quoi?

– Café et cigarette électronique. *Breakfast for champions.*

– Ça a l'air sain.

Mikael avait probablement suivi une formation de management où il avait appris à adopter un ton amical avec ses subordonnés.

À la télévision, le reportage sur le triple meurtre était terminé, remplacé par un panel de pères discutant des fêtes d'anniversaires d'enfants.

Mikael Kask se racla la gorge. Fini les échanges de banalités.

– Je sais que tu es en congé aujourd'hui, mais la police judiciaire m'a contacté. Ils ont besoin d'aide.

– Le triple meurtre de Frihamnen?

– Non, mais ça mobilise toutes leurs ressources. Une jeune femme a été retrouvée morte à Täby ce matin. Ils n'ont pas assez d'enquêteurs. Peux-tu t'y rendre? Les techniciens de la Scientifique sont déjà sur place.

Bien que cela ne devrait pas être le cas, Vanessa était plus touchée lorsque des femmes étaient victimes de violences que lorsque des membres de gangs étaient retrouvés abattus. C'était peut-être lié au fait qu'elle avait perdu sa propre fille Adeline en bas âge quand elle était plus jeune. Peut-être que ce n'était pas la mort des femmes en soi qui l'affectait, mais la perte pour les parents. Vanessa savait à quelle sorte de vie ils étaient condamnés.

– Bien sûr.

Mikael lui donna l'adresse. Vanessa sauta sous la douche, enfila un pantalon de costume et une chemise. Elle s'arrêta devant le miroir et étudia son visage. Puis elle composa le code de son armoire à fusils et enfonça son Sig Sauer dans son holster.

Après avoir démantelé le réseau de trafiquants de Södertälje avec le groupe d'intervention NOVA quelques années plus tôt, Vanessa disposait d'une licence lui permettant de conserver son arme à domicile. Ces dernières années, les menaces contre les policiers s'étaient multipliées. Mais ses supérieurs ne connaissaient pas la raison principale pour laquelle Vanessa conservait son arme de service à la maison.

Il y avait un peu plus d'un an, elle avait participé à une enquête contre une organisation criminelle qui se faisait appeler la Légion. Lors de l'attaque d'une planque de la police au nord de Stockholm, Vanessa et Nicolas Paredes, un ancien soldat d'élite, avaient abattu quatre membres de l'organisation. En plus d'inonder la région de Stockholm avec de grandes quantités de cocaïne de qualité supérieure, la Légion avait enlevé des réfugiées mineures dans le but de les expédier en Amérique du Sud.

Un policier et le témoin qui se trouvaient dans la maison étaient déjà morts lorsque Nicolas et Vanessa étaient arrivés sur les lieux.

L'air était frais et sec lorsque Vanessa sortit dans Odengatan. Un pâle soleil s'efforçait de trouver un passage au-dessus des immeubles. Des promeneurs se frayaient un chemin entre les flaques d'eau pour se rendre dans les cafés et les restaurants végans. Un type musclé avec des tatouages bleu-vert débordant du col de sa veste passa devant le garage. Son crâne était rasé. Une femme aux cheveux blancs se tenait à son bras. Elle avait l'air petite à ses côtés et semblait littéralement accrochée à lui. Sa mère? Il marchait lentement, attentionné, pour qu'elle puisse suivre. Vanessa pensa qu'il y a quarante ans, c'est lui qui devait être accroché à elle.

Lorsqu'elle fut dans le parking souterrain, son téléphone bipa, annonçant l'arrivée d'un nouveau message.

La femme assassinée s'appelait Emelie Rydén.

8.

Nicolas Paredes, trente ans, attendit que la bouilloire s'arrête pour se lever du canapé, attraper une tasse, y verser une cuillérée de Nescafé dans le fond et la noyer dans l'eau fumante. Il ouvrit la porte du balcon, plaçant sa main devant ses yeux pour se protéger du soleil.

Sur le balcon voisin, une fille aux longs cheveux verts était assise sur la balustrade. Ses jambes se balançaient au-dessus du vide.

– Salut Nicolas, dit-elle joyeusement sans tourner la tête.

Il leva sa tasse vers elle, mais resta silencieux.

– Tu veux un joint? demanda-t-elle.

Il secoua la tête.

– Quel âge as-tu, Celine?

– Douze ans.

– Mon Dieu.

– Des œufs brouillés alors? continua-t-elle, imperturbable.

Nicolas lui jeta un coup d'œil fatigué et remarqua qu'elle avait un œil au beurre noir tout frais. Probablement l'œuvre de son père. Ou d'un copain de classe. Nicolas devrait discuter avec son père ou au moins appeler les services sociaux, mais il ne pouvait pas s'impliquer dans quoi que ce soit qui risquait d'attirer l'attention des autorités.

– Ça t'arrive de cuisiner autre chose que des œufs brouillés?

– Je peux les faire bouillir aussi, si tu préfères?

– Prépare ce que tu veux, mais ne t'assois pas comme ça – tu sais que ça me rend nerveux. Si je mange des œufs brouillés, tu me promets de ne pas fumer de joint?

Celine acquiesça, sauta lestement de la balustrade et disparut dans l'appartement. À l'intérieur de son propre appartement, Nicolas entendit le clapet de sa boîte aux lettres s'ouvrir et quelque chose atterrir sur son parquet. Il se rendit dans l'entrée, se pencha et ramassa une enveloppe brune. Son nom et son adresse étaient inscrits dans une écriture enfantine. Nicolas emporta la lettre sur le balcon – au moment où Celine réapparaissait avec une poêle. Il utilisa la cuillère de sa tasse de café et goûta timidement. Celine l'observait avec impatience. Comme d'habitude, c'était bien trop salé.

– C'est bon.

Nicolas mangea avec voracité, il n'avait pas encore pris de petit déjeuner.

– Merci, dit-il en s'essuyant la bouche et en lui rendant la poêle.

Celine la posa sur le sol de son côté. Elle se pencha en avant, les bras appuyés sur la balustrade, et prit un air malheureux.

– Je sais qu'aucun de nous deux n'a une bonne journée devant lui. Tu veux connaître ton horoscope?

Sans attendre la réponse, elle ramassa le journal sur le sol du balcon et lut à voix haute. Nicolas déchira l'enveloppe.

Le message était bref et écrit au milieu d'une feuille A4.

Il faut que je te parle /Ivan

– On dirait que ça va être une vraie journée de merde, soupira Nicolas en froissant le papier en boule.

– C'est bien ce que j'ai dit.

9.

Les immeubles de deux étages étaient séparés par des pelouses et des terrains de jeux. Vanessa salua le policier en uniforme posté près du cordon de sécurité, s'identifia et souleva la Rubalise bleu et blanc.

La porte d'entrée était ouverte.

– Il y a quelqu'un?

En attendant qu'on vienne la chercher, elle étudia la serrure. Aucun signe d'effraction. D'un autre côté, l'appartement se trouvait au rez-de-chaussée – pas la peine de travailler dans un cirque pour entrer par une fenêtre ouverte. Une technicienne de la police scientifique en combinaison blanche jetable passa la tête.

Vanessa enfila la combinaison, les couvre-chaussures et gants en plastique que la femme lui tendit et posa les pieds aux endroits qu'elle lui indiquait. Dans le salon, un autre technicien était à genoux, caméra à la main, et il filmait le corps.

Emelie Rydén gisait sur le dos, dans une mare de sang sur le parquet. Son torse et son cou étaient perforés de coups de couteau. Ses yeux fixaient le vide, sa bouche était grande ouverte, ce qui lui donnait une expression de surprise. Vanessa contourna le corps et se tourna vers la technicienne qui l'avait fait entrer. Au-dessus du masque, Vanessa distingua une paire d'yeux sombres et une peau brun clair.

– Qu'est-ce qu'on sait?

La femme fit signe avec son pouce qu'elles devaient aller dans la cuisine. Devant l'évier, elle retira sa capuche. Sous celle-ci, une résille retenait ses cheveux épais probablement longs.

Elle avait l'air d'avoir la trentaine, et elle avait probablement des origines indiennes.

– Sa mère l'a trouvée ce matin alors qu'elle était venue déposer sa petite-fille dont elle s'était occupée ce week-end, dit la femme qui parlait avec un accent norvégien. Plus de vingt coups de couteau à l'abdomen et au cou. Elle avait vingt-cinq ans. Elle était esthéticienne et possédait un salon de beauté dans un local en sous-sol dans le quartier.

– Les voisins ont-ils entendu quelque chose?

La femme haussa les épaules.

– Je ne sais pas. Tes collègues sont en train de faire du porte-à-porte.

Vanessa l'aimait bien. Elle était précise, s'exprimait de manière brève, concise, sans donner de détails inutiles.

– Téléphone portable?

– Protégé par un mot de passe. Le technicien informatique vient de l'emballer pour l'envoyer au labo de la Scientifique.

– De combien de temps avez-vous encore besoin ici? demanda Vanessa.

– S'il n'y a rien d'autre, nous avons presque fini.

Vanessa entendit un bruit de moteur et tourna la tête.

Devant la fenêtre, un corbillard s'était arrêté. Pendant que deux hommes chargeaient mécaniquement le corps ensanglanté qui seulement quelques heures auparavant avait encore été une personne vivante avec des rêves, des souvenirs d'enfance et des sentiments, Vanessa se rendit dans la chambre à coucher.

Le lit à deux places qui se trouvait au centre de la pièce était fait. Elle ouvrit l'armoire. Les vêtements étaient soigneusement pliés ou accrochés à des cintres. Elle se retourna et se dirigea vers une commode sur laquelle se trouvaient trois photos encadrées.

Flanquée de quatre amies, une Emelie Rydén adolescente faisait le signe des cornes et tirait la langue à l'appareil. Ses cheveux étaient blond-platine, ses yeux lourdement maquillés et ses dents du haut étaient ornées de bagues. Elle portait un tee-shirt portant l'inscription *Tokio Hotel.*

Vanessa avait du mal à regarder les photos de personnes décédées. *Un jour, quand je serai morte*, pensa-t-elle, *quelqu'un me regardera sur des photos.*

Elle reposa le cadre et se rendit dans l'autre chambre.

Un lit à barreaux était placé sous la fenêtre. Des boîtes en plastique transparent étaient empilées, remplies de jouets. Vanessa renifla l'air, crut sentir une légère odeur de détergent. Sur le rebord intérieur de la fenêtre, il y avait deux photos dans des cadres aux motifs de Disney. Sur l'une d'elles, prise sur une plage, Emelie Rydén soulevait sa fille haut dans les airs. Derrière la mère et la fille, le soleil se couchait. La fillette semblait crier de joie.

Vanessa jeta un coup d'œil à l'autre photo. Elle était en noir et blanc, prise dans une salle d'hôpital. Un homme musclé au crâne rasé tenait un nouveau-né enveloppé dans une couverture. Il observait l'enfant avec un sérieux rempli d'affection. Les muscles de ses bras tendus étaient couverts de tatouages.

– Ce n'est pas possible, murmura-t-elle.

Derrière elle, quelqu'un se racla la gorge et Vanessa se retourna, la photo à la main. Dans l'embrasure de la porte se tenait un homme d'environ quarante-cinq ans, les cheveux roux coupés court, portant un tee-shirt vert à manches longues sous lequel un ventre bombé se dessinait.

– Vanessa Frank?

Ils se serrèrent leurs mains gantées.

– Ove Dahlberg, police judiciaire.

Vanessa tendit le cadre à son collègue et désigna l'homme sur la photo.

– Tu sais qui c'est?

Il plissa les yeux vers la photo tout en secouant la tête.

– Pas la moindre idée, mais si je peux me permettre d'avoir des préjugés, il n'a pas l'air d'être le vendeur de bibles de mon quartier.

– Karim Laimani. Membre du réseau de trafiquants de Sätra. Condamné pour violences aggravées, infractions liées aux stupéfiants et aux armes et violence aggravée sur des femmes. C'est le père de l'enfant de la victime.

– Où se trouve-t-il?

– Au centre de détention d'Åkersberga, si je me souviens bien.

10.

Jasmina se dirigea en titubant jusqu'à sa table de nuit et en sortit ses lunettes de rechange qu'elle gardait dans le tiroir du haut. Ses mains tremblaient. Son corps était agité de spasmes comme si elle avait des crampes.

Sur sa rétine se rejouaient les événements des heures précédentes. Les coups, la douleur. Le rire des hommes, l'odeur d'alcool. Le film se rembobinait. Reprenait au début. Jasmine s'allongea en position fœtale sur son lit et plaqua ses mains sur ses oreilles. Elle serra les mâchoires. Ses dents grincèrent, elle hyperventilait. Elle ferma les yeux, essaya d'arrêter le film, d'effacer les silhouettes floues.

Les sons qu'elle émettait n'étaient pas humains, ils semblaient plutôt provenir d'un animal blessé et stressé.

Elle plaqua son oreiller sur sa tête. S'allongea sur le dos, appuya le tissu doux contre son visage et se mit à hurler à pleins poumons. Elle hurla comme jamais auparavant, de tout son corps.

Quand Jasmina se tourna sur le côté pour poser doucement les pieds sur le sol, elle ne savait pas combien de temps elle était restée allongée sur son lit. Si elle était restée éveillée ou si elle avait dormi. Ses lunettes étaient de travers, elle les rajusta. Elle tendit la main vers la photo de son père et tourna son réveil vers elle. Les chiffres rouges indiquaient 13 h 47. Elle se mit debout, trouva son téléphone portable sur l'évier de la kitchenette et constata qu'elle avait dix-neuf appels en absence, tous provenant de *Kvällspressen*. Un des numéros était celui de Hans Hoffman, l'autre de la Brioche.

Elle avait manqué la réunion et son article n'était pas prêt.

Jasmina s'appuya contre la cuisinière, posa sa main sur sa bouche, réfléchit.

Combien de reportages et d'articles avait-elle écrits sur les femmes violées? Son dictaphone avait enregistré d'innombrables citations de la police qui disaient toutes la même chose : « il faut porter plainte ».

Jasmina avait toujours été convaincue que si un jour elle était violée, elle n'hésiterait pas à en parler. Qu'elle se défendrait. Mais si elle portait plainte, tout le monde le saurait. Tous ses collègues. Elle serait à jamais « cette journaliste qui a été violée ». Et surtout, sa mère l'apprendrait. Sa petite maman. Elle ne pouvait pas lui faire subir cela. Tout sauf cela.

De plus, elle n'avait pas la force d'en parler à quelqu'un, d'avoir à répondre aux questions, de se souvenir et d'expliquer. Du moins, pas pour l'instant.

Jasmina ouvrit son placard et en sortit un sac en plastique. Elle retira ses vêtements et sa culotte et fourra le tout dans le sac. Lentement, elle se rendit à la salle de bains, se plaça les jambes écartées sur le carrelage froid et enfonça doucement un Coton-Tige en elle. Elle tourna. Elle en prit un nouveau et répéta le mouvement. Elle les plaça dans une boîte en plastique, enveloppés dans du film étirable, et les glissa dans son frigo vide.

Son téléphone sonna. Elle tendit la main, s'attendant à ce que ce soit la Brioche ou quelqu'un d'autre au journal – mais c'était sa mère.

– Bonjour ma chérie. Je ne veux pas te déranger, mais je suis tellement curieuse. Comment ça a été avec l'article?

Jasmina ferma les yeux.

– Allô?

Elle serra les poings, se força à parler, à paraître normale.

– L'article ne sera pas publié, dit-elle amèrement.

Un silence confus s'ensuivit. Jasmina regardait dans le vide.

– Que s'est-il passé? demanda sa mère.

Jasmina savait qu'elle essayait de garder son calme, de ne pas paraître trop inquiète, trop maternelle.

– Rien. Tout va bien. Ils n'avaient juste plus besoin du texte. Il y avait autre chose de plus important.

– Tu es déçue, ma fille?

– Ce sont des choses qui arrivent.

– Exactement. Si tu veux, tu peux m'envoyer l'article. Je le lirai volontiers.

– Mon ordinateur du boulot est à la rédaction.

Jasmina sourit tristement. Elle détestait mentir.

– Quel dommage! Qu'est-ce que tu vas faire ce soir, alors? demanda sa mère.

– Je vais retrouver des collègues pour boire une bière.

– Oh c'est bien, dit sa mère qui se tut, cherchant ses mots. S'il y a quoi que ce soit, tu n'as qu'à m'appeler. Je t'aime, ma fille.

– Attends, dit Jasmina rapidement, avant de prendre une profonde inspiration.

– Oui?

– Tu fais quoi, ce soir?

– Ne t'inquiète pas pour moi. Je vais bien trouver quelque chose.

La conversation terminée, Jasmina resta plantée là, le téléphone à la main. Elle fit quelques pas, se retrouva devant le miroir en pied.

Son mamelon droit n'était plus qu'une large entaille poisseuse. Au-dessus de ses côtes s'étalait un gros hématome violet. Elle se photographia sous différents angles, envoya les photos à son adresse électronique Gmail avant de les effacer pour ne pas les avoir sur son téléphone professionnel.

Enfin, elle poussa le sac de vêtements sous son lit. La seconde d'après, elle se ravisa. Elle ressortit le sac et le jeta à la poubelle.

Elle devait oublier, passer à autre chose. Cette nuit n'avait jamais eu lieu. Elle se mit sous la douche et laissa l'eau chaude laver l'odeur des hommes. Elle avait peur qu'ils ne débarquent chez elle pour la tabasser.

– Je ne suis qu'une putain d'hypocrite, marmonna-t-elle.

11.

– Alors ce salopard était en permission de sortie? dit Ove.

Vanessa hocha la tête sans quitter des yeux l'asphalte sombre de l'autoroute E18. C'était une journée grise, chargée de pluie. Vanessa se déporta sur la voie de gauche pour doubler un camion.

– Et il est revenu ce matin comme si de rien n'était? demanda Ove, incrédule.

– C'est ce qu'a affirmé le directeur de la prison.

Il avait semblé nerveux quand Vanessa avait appelé pour expliquer son problème. Elle pouvait le comprendre. Si Karim Laimani avait poignardé Emelie Rydén à mort durant une permission de sortie, il y aurait un gros scandale.

– C'est complètement incroyable, putain.

Vanessa tourna le volant et prit la sortie en direction d'Åkersberga. Elle passa devant un terrain de golf sur la droite, traversa un rond-point et se retrouva au centre-ville. Au niveau de la gare des trains de banlieue, Ove montra un fast-food.

– Je n'ai pas eu le temps de manger, tu peux t'arrêter là?

– Bien sûr.

Un panneau annonçait que le fast-food était ouvert vingt-quatre heures sur vingt-quatre. Vanessa éprouvait une affection instinctive et immédiate envers tous les lieux qui étaient accessibles en permanence. Les hôtels, les hôpitaux, les kebabs. Les magasins 7-Eleven. Ils lui procuraient un sentiment de sérénité.

Ils commandèrent chacun un wrap à un homme dont les bras poilus étaient couverts de farine et retournèrent s'asseoir dans la voiture.

Ove passa le doigt sur les boiseries de la BMW.

– Alors, Frank. Tu as été mariée à ce metteur en scène, paraît-il. C'est vrai que tu es riche?

Vanessa prit une bouchée de son wrap, avala et essuya un peu de mayonnaise aux crevettes sur sa joue.

Elle hocha lentement la tête.

– Sacrément riche, répondit-elle.

Ove désigna sa poitrine. Le Sig Sauer dépassait par l'ouverture de son manteau bleu.

– Tu as eu le temps d'aller chercher ton arme de service avant d'aller à Täby?

– Je l'ai à la maison.

– Pourquoi ça?

– Risque d'enlèvement.

Ove haussa les sourcils.

– Sérieusement? Tu es *si* riche que ça?

– Non. Je travaillais au sein du groupe d'intervention NOVA. Il y a quelques types à Södertälje qui ne sont pas particulièrement ravis de nos efforts là-bas.

Une crevette tomba de la bouche d'Ove sur son pantalon et disparut entre ses jambes. Il poussa un juron. Vanessa lui tendit une serviette.

– Merci. Tu as peur? demanda-t-il tout en essayant de localiser la crevette sur le tapis de la voiture.

– Juste des grands requins blancs et des impôts.

Ove s'esclaffa. Au même instant, son téléphone portable sonna. Il regarda l'écran et leva un doigt en signe d'excuse vers Vanessa.

– Salut ma chérie, dit-il.

Sa voix était douce et agréable. Vanessa posa sa main sur sa bouche et détourna le regard.

– Mangé? Oui ma chérie, une banane. Et je bois une boisson protéinée. Un vrai bodybuilder.

Il se frappa la poitrine.

Vanessa s'essuya les mains sur une serviette, démarra et s'engagea lentement sur la route.

– Je ne sais pas quand je rentrerai. J'ai reçu un appel ce matin et je suis en route pour un interrogatoire. Mais tu me manques.

Vanessa aimait la façon dont il parlait à sa femme. Même s'il lui avait menti sur ce qu'il mangeait, il y avait une chaleur évidente dans sa voix. Elle détestait les hommes qui traitaient leur femme comme des appendices gênants.

Quand il eut raccroché avec un «Bisous, je t'aime», il dévoila le haut de son bras en tirant sur son tee-shirt. Il y avait une petite boîte blanche.

– Diabète, grommela-t-il. J'ai été diagnostiqué il y a six mois. Elle me surveille comme le lait sur le feu. Ce que j'apprécie bien sûr. Mais putain, parfois on a juste envie de dévaliser un fast-food, se manger un wrap, de le vomir et d'en manger un autre.

– Ne t'inquiète pas, Ove, tant que tu ne vomis pas dans ma voiture, je ne le dirai à personne.

Au centre de détention d'Åkersberga, ils laissèrent leurs armes de service et leurs téléphones portables dans un casier, furent fouillés et conduits dans un parloir. Comme tous les établissements pénitentiaires du pays, il était surpeuplé.

Il y avait une liste d'attente pour être incarcéré. Après leur procès, certains criminels partaient en vacances en Asie du Sud-Est pendant des mois, avant de revenir en Suède, bronzés et reposés, pour y purger leur peine. Dans le meilleur des cas. Parfois, ils continuaient à commettre des crimes.

Vanessa et Ove s'assirent et attendirent. Au bout de quelques minutes, la porte s'ouvrit et Karim Laimani entra, escorté par deux grands gardiens. Il s'assit sans les regarder. Au lieu de cela, il garda les yeux fixés sur un point juste à la gauche de la tête de Vanessa.

– Nous voudrions savoir où tu te trouvais la nuit dernière, dit Ove.

Karim Laimani pencha la tête sur le côté et fit craquer son cou. Ensuite, il répéta le mouvement de l'autre côté.

– Lisez ma demande de permission, dit-il.

– Tu as une fille avec Emelie Rydén. Lui as-tu rendu visite?

Karim laissa ses yeux parcourir le corps de Vanessa pour finalement s'arrêter sur sa poitrine. Il se lécha les lèvres.

– Alors? demanda Ove, agacé.

– Pourquoi je serais allé voir cette pute?

Il croisa les bras et se pencha en arrière, passa le bout de sa langue sur ses gencives. Un sachet de *snus* apparut, dépassant de sa lèvre supérieure. Vanessa sentit le manque danser dans son corps.

– On l'a retrouvée ce matin, dit Ove. Poignardée à mort.

Karim haussa les sourcils et les scruta. Il semblait véritablement surpris.

– C'est une blague?

Vanessa leva les yeux au ciel.

– Oui, Karim, dit-elle. Nous sommes deux clowns venus tout droit de l'hôpital pour enfants Astrid-Lindgren, et nous avons décidé de venir ici pour mettre l'ambiance. Réponds à la question maintenant, où étais-tu cette nuit?

– J'étais chez un pote.

Sa voix n'était plus aussi assurée. Vanessa montra un papier qui se trouvait dans une pochette en plastique posée sur la table.

– D'après ce document, tu as menacé de la tuer il y a trois semaines, quand elle t'a rendu visite ici.

Vanessa lut à voix haute le rapport d'incident. Le silence s'installa.

Karim étudiait ses mains.

– À propos de quoi vous êtes-vous disputés? demanda Ove.

– C'est pas tes affaires, gros lard. Et ça n'a pas d'importance. Je l'ai pas touchée.

– Ce ne serait pas la première fois que tu t'en prendrais à une femme, intervint Vanessa, on dirait que c'est une de tes spécialités.

Karim rota bruyamment.

– Sale petite pute de flic. Je dirai plus un mot avant l'arrivée de mon avocat.

12.

Nicolas prit la ligne rouge du métro en direction de Vårberg afin de rendre visite à sa sœur Maria. À peine deux ans et demi plus tôt, il était encore militaire de carrière. Mais après l'échec d'une tentative de libération au Niger, il avait été contraint de quitter l'unité des Forces spéciales – l'unité d'élite des Forces de défense.

Pour se remettre sur pied, il avait cambriolé Bågenhielms Ur, le magasin de montres de luxe situé sur Biblioteksgatan, avec son ami d'enfance Ivan Tomic. La cible n'avait pas été les montres, mais la liste des clients comportant les adresses de certaines des personnes les plus riches de Suède.

L'idée avait été de kidnapper trois requins de la finance, d'extorquer de l'argent à leurs proches et de quitter la Suède.

Mais tout avait mal tourné.

Ivan avait parlé de l'existence de la liste aux dirigeants de la Légion. Il avait trahi Nicolas. Si Vanessa Frank n'était pas intervenue, Nicolas serait mort ou se serait du moins retrouvé en prison. En guise de remerciement, il avait suivi Vanessa dans le sud du Chili pour sauver Natacha, la réfugiée syrienne qui avait été enlevée et envoyée là-bas par la Légion.

Et Ivan avait atterri à la prison d'Åkersberga.

Qu'attendait-il de Nicolas?

Même si la police n'avait pas son nom et était probablement occupée à autre chose, il restait prudent. Dans son appartement, il y avait un sac de sport contenant près de cinquante mille couronnes en liquide et une arme de poing non déclarée.

Stockholm avait changé depuis son enfance. La vie y était devenue plus dure. Des jeunes qui venaient à peine de terminer l'école étaient séduits par l'argent facile. Les gangs étaient une agence pour l'emploi ouverte vingt-quatre heures sur vingt-quatre où personne ne demandait de diplôme ou d'expériences professionnelles.

Surtout, ils cherchaient le respect que la société ne leur avait jamais accordé. D'une certaine façon, il les comprenait. Nicolas avait grandi avec la même haine et la même méfiance envers les autorités.

Adolescent, il avait commis de petits délits avec Ivan, jusqu'à ce que ses parents interviennent et le forcent à postuler pour une bourse à l'école d'élite SSHL de Sigtuna. Il avait été pris. Son séjour dans ce prestigieux internat avait changé sa vie, le mettant sur la voie qui l'avait finalement conduit aux Forces spéciales.

Il descendit du métro, marcha lentement sur le quai et dans le centre-ville désert. Il traversa les pelouses boueuses.

Le petit appartement de Maria se trouvait au premier étage de la résidence.

Nicolas n'avait aucune envie de s'enregistrer à l'accueil, et, jetant un œil par-dessus son épaule, il escalada rapidement la gouttière. Il frappa à la porte-fenêtre du balcon de Maria. À travers la vitre, Nicolas voyait l'arrière de sa tête sur le bord du canapé. Comme toujours, elle regardait *Friends*. Il frappa à nouveau, un peu plus fort. Nicolas fit une grimace, inclina sa tête et écrasa son nez et ses lèvres contre la vitre.

Maria éclata de rire, se leva péniblement. Elle était née avec une malformation de la hanche qui l'obligeait à traîner sa jambe droite. Une vague de tendresse envahit Nicolas alors qu'elle se dirigeait en boitant vers lui et ouvrit la porte-fenêtre.

– Salut sœurette, dit-il en la serrant dans ses bras.

– Salut, salut, dit-elle en se dégageant.

– Tu as faim?

– Oui.

– Tu veux qu'on aille au grill pour t'acheter un hamburger?

Ils marchèrent côte à côte sur le sentier. Des gens seuls se hâtaient dans des directions opposées, vers le métro, vers les immeubles illuminés.

Nicolas remarqua que Maria se déplaçait plus maladroitement que d'habitude.

– Ça fait mal? demanda-t-il en prenant soin de paraître insouciant.

Maria détestait qu'il la dorlote.

– Oui.

– Tu veux que je te porte sur mon dos? demanda-t-il.

Elle lui lança un regard furieux. Nicolas lui tira la langue et elle comprit qu'il plaisantait.

– Idiot, dit-elle en riant, mais son visage reprit vite son sérieux. Nicolas, tu dois promettre de ne pas te fâcher, poursuivit Maria prudemment.

– Je ne me fâche jamais après toi?

– Papa est en Suède. Il veut te voir.

Nicolas resta silencieux. Se représenta Eduardo Paredes. Il avait quitté la Suède à la mort de leur mère. Il était retourné au Chili. Pour faire le deuil de sa femme. Mais aussi à la suite d'une dispute avec Nicolas. Eduardo, qui avait fui le coup d'État militaire de 1973, n'avait jamais pu accepter que Nicolas devienne soldat.

– Tu vas lui parler?

Nicolas passa son bras autour des épaules de Maria.

– Je ne sais pas. Ça te ferait plaisir?

– Oui.

Au grill, ils achetèrent un hamburger. Maria l'avala goulûment. La sauce et la salade restaient coincées au coin de sa bouche et sur sa joue. Nicolas demanda une serviette et l'essuya pendant que Maria mâchait et avalait.

13.

Bengt la Brioche fixait Jasmina avec colère. Lorsqu'elle l'avait appelé du Scandic Anglais où elle avait en vain cherché son sac à dos contenant son ordinateur portable, et qu'elle lui avait expliqué que l'article n'était pas prêt, il avait exigé qu'elle vienne s'expliquer à la rédaction. Ostensiblement, il l'avait fait attendre une demi-heure avant de l'emmener dans la salle vitrée qui jouxtait le bureau de la rédactrice en chef.

Jasmina avait déclaré qu'on lui avait volé son sac dans le bus.

– C'est totalement inacceptable, putain.

La Brioche se leva et posa les mains sur sa taille. Jasmina jeta un coup d'œil rapide à son pull épais, sous lequel elle avait fourré du papier pour empêcher le sang de son piercing arraché de traverser.

– Ça faisait longtemps que je n'avais pas été confronté à un tel niveau d'incompétence, dit-il amèrement. Tu n'as pas réussi à écrire l'article et l'ordinateur du journal a disparu? Pourquoi tu n'as pas appelé?

– Je...

Il leva la main. Fit quelques pas de côté et regarda la salle de rédaction à travers la vitre.

– Ça suffit. J'en parlerai à la rédactrice en chef. Tu n'es pas de service pour plusieurs jours là, n'est-ce pas?

Jasmina hocha rapidement la tête.

– Bien. On te fera signe. J'espère que tu comprends que nous avons besoin de journalistes en qui nous pouvons avoir confiance.

– Je peux rester travailler ce soir si tu veux, proposa-t-elle prudemment.

La Brioche ricana.

– Sors d'ici. Maintenant.

Max Lewenhaupt passa devant la cage de verre. La Brioche tapa sur la vitre et lui fit signe d'entrer. Jasmina évita de regarder Max dans les yeux quand ils se croisèrent dans l'embrasure de la porte.

Son corps tremblait, son bas-ventre palpitait et lui faisait mal. Elle s'efforça de marcher le dos droit et de paraître normale.

Hans Hoffman lui lança un regard inquiet, se leva de son siège et la rejoignit.

– Je te raccompagne, dit-il.

– Ce n'est pas nécessaire, chuchota Jasmina.

– Je vais quand même le faire.

Ils traversèrent la rédaction, passèrent devant la salle de repos et s'arrêtèrent aux portes vitrées. La réception était déserte les week-ends.

– Que s'est-il passé?

– Je n'ai pas réussi à finir d'écrire l'article. Et on m'a volé mon ordinateur dans le bus. Je suis désolée si je t'ai causé des ennuis.

Jasmina sentit les larmes monter. Hoffman était celui au journal qui s'était montré le plus sympathique à son égard. Il l'avait soutenue en suggérant à la Brioche qu'elle écrive l'article sur #MeToo.

– Pourquoi n'as-tu pas appelé plus tôt pour qu'ils puissent changer leur planning?

– Je ne sais pas.

Il était clair qu'il était déconcerté, qu'il ne la croyait pas. Mais elle lui fut reconnaissante de ne pas insister.

– Qu'a dit la Brioche?

Jasmina se racla la gorge. Elle était sèche.

– Qu'ils me feraient signe.

Elle appuya sur le bouton et la serrure se déverrouilla.

– Jasmina, tu as bien plus de talent que la plupart de ceux qui sont arrivés ici ces dernières années. Crois-moi. J'aimerais que tu puisses me raconter ce qu'il s'est passé. Mais si tu ne veux pas le faire, ne le fais pas, par contre je ne peux pas t'aider.

Sa gorge se serra. Elle avait juste envie de partir.

Dans l'ascenseur, en descendant, les larmes coulèrent.

C'était fini.

Dans le meilleur des cas, *Kvällspressen* appellerait dès le lendemain pour lui expliquer qu'elle n'aurait pas besoin de revenir. Elle ne pouvait pas leur en vouloir. L'histoire qu'elle avait inventée ne tenait pas la route. Tous les journalistes savaient que si un article risquait d'être en retard pour le bouclage, il fallait aussitôt prévenir le directeur de l'information. Mais Jasmina n'avait pas eu la force de trouver de meilleure explication.

Dans le pire des cas, elle se retrouverait au placard pour le reste de son contrat, rétrogradée à la section des mots croisés ou des suppléments people.

Jasmina avait envie de rentrer chez elle, à Växjö. Pour retrouver sa mère et l'ambiance léthargique, mais amicale, de la rédaction de *Smålandsposten*.

14.

Avant même que les portes de l'ascenseur s'ouvrent, Nicolas entendit que quelqu'un se trouvait à son étage.

Celine était à moitié allongée devant sa porte d'entrée, une casquette bleue sur la tête et son téléphone portable à la main. Quand elle l'aperçut, son visage s'éclaira.

– Je suis enfermée dehors. Heureusement que tu es arrivé.

Nicolas enjamba ses jambes tendues, s'arrêta devant sa porte et déverrouilla. Il avait pitié d'elle, mais il ne pouvait pas garder une gamine de douze ans dans son appartement.

De plus, le bavardage de Celine le rendrait fou. Il avait besoin d'être au calme, de réfléchir à la façon dont il allait gérer la situation avec son père.

– Nicolas? dit Celine d'un ton piteux. Ils ont pris mes clés. Je ne les ai pas oubliées, je te le promets.

Il referma la porte derrière lui et après avoir accroché sa veste dans l'entrée, se laissa tomber sur le canapé. La sonnette retentit. Nicolas pencha sa tête en arrière. Ferma les yeux. Quelques secondes de silence s'écoulèrent avant que la sonnette ne retentisse à nouveau. La fente de la boîte aux lettres s'ouvrit.

– Allez, laisse-moi entrer. On s'ennuie à mourir ici.

– Descends attendre dans la cour.

– Il pleut.

Celine continua à sonner à intervalles de plus en plus rapprochés. Au bout de quelques minutes, Nicolas comprit qu'elle n'abandonnerait pas. Il se leva pour lui ouvrir.

– Merci, dit-elle en se faufilant à l'intérieur.

Nicolas retourna sur le canapé pendant que Celine se déchaussait. En arrivant dans le salon, elle s'arrêta, posa sa main sur sa bouche et s'esclaffa. Il la regarda, étonné.

– Qu'est-ce qu'il y a?

– Ta télé. C'est une de ces grosses télés.

– Et alors?

– C'est la première fois que j'en vois une en vrai, je n'en avais vu que dans les films, dit-elle en s'affalant à côté de lui. Où est la télécommande?

Elle empestait la sueur aigre. Nicolas s'éloigna un peu d'elle.

– Si tu veux regarder la télé, va appuyer sur le bouton pour l'allumer. Mais le volume doit être au minimum. J'ai besoin de calme.

– Je peux faire à manger aussi sinon, proposa-t-elle en se dirigeant vers le frigo. Papa dit que vous, les musulmans, vous battez vos femmes et les laissez faire toutes les tâches ménagères.

– Premièrement, ce n'est pas vrai. Deuxièmement, je ne suis pas musulman, mon père vient du Chili, où la plupart des gens sont catholiques. Troisièmement, ton père te bat.

Celine ouvrit le frigo.

– Et je suis la seule à faire le ménage et la cuisine à la maison, ajouta-t-elle en refermant la porte. Donne-moi de l'argent.

Elle tendit la main.

– Je vais acheter des œufs. Et de l'huile.

Nicolas avait faim. Si elle y allait doucement sur le sel, des œufs brouillés ne seraient pas une mauvaise idée. Il alla dans l'entrée, sortit cent couronnes et la regarda pendant qu'elle enfilait sa veste.

– C'est moi qui mettrai le sel. Et si tu achètes autre chose avec l'argent, tu pourras retourner t'asseoir dans l'escalier pour attendre. Des œufs et de l'huile. Rien de plus.

– Je le jure sur notre amitié, dit Celine en faisant un signe de croix.

Nicolas eut un petit rire.

Elle avait presque refermé la porte quand il l'appela. La porte s'ouvrit et elle passa la tête.

– Oui ?

– Achète du déodorant aussi.

– Pourquoi ?

– Parce que tu pues. C'est pour ça que les autres sont horribles avec toi à l'école.

– Tu crois ?

– Non, je le sais. On dirait qu'un petit animal s'est glissé sous tes aisselles pour mourir.

Elle pouffa, descendit la fermeture Éclair de sa veste, se renifla les aisselles et fit la grimace.

– Oui, c'est vrai.

Quand Celine revint, Nicolas l'envoya dans la salle de bains avec le déodorant, lui demandant de se laver les aisselles avant de l'utiliser. Ils mangèrent en silence, penchés devant la chaîne de télé SVT, leurs assiettes sur les genoux. De temps en temps, Celine levait le bras et reniflait avec satisfaction.

– Tu veux sentir ?

– Ça ira, merci, dit Nicolas en esquissant un sourire.

Il s'étonnait que le père de Celine fût si souvent absent. Il avait manifestement des problèmes d'alcool, c'était difficile de comprendre comment il pouvait garder un boulot. Mais Nicolas ne voulait pas demander : quand Celine commençait à parler, elle ne savait pas s'arrêter. Une fois leurs assiettes vides, il les mit dans le lave-vaisselle pendant que Celine s'allongeait sur le canapé.

– Je peux changer de chaîne ?

– Tant que tu ne montes pas le son.

– On fait un jeu ?

– Non.

On tambourina à la porte.

– Je crois que c'est papa, chuchota Celine, les yeux brillants de peur.

Il reconnaissait ce regard. Il savait ce que c'était d'être petit et vulnérable.

Les coups s'intensifièrent. Nicolas posa une main sur l'épaule de Celine. Il ne pouvait pas laisser son père continuer à la maltraiter. C'était une enfant. Une enfant seule. Il avait honte de ne pas avoir agi plus tôt. D'avoir été aussi égoïste.

– Je vais lui parler, dit Nicolas.

– Ouvre la porte, sale enculeur de gosse ! hurla le père de Celine dans la fente de la boîte aux lettres.

Nicolas ouvrit. Le poing serré qui se dirigeait contre la porte s'arrêta en plein mouvement et recula.

– Qu'est-ce que tu fous avec ma fille chez toi, sale putain d'Arabe ? Je sais bien ce que les gens comme toi vous voulez, ce que vous faites aux petites filles, hurla l'homme.

Il étudia Nicolas avec dégoût. Sa bouche était ouverte, ses cheveux pointaient dans toutes les directions. Nicolas resta calmement là où il était.

– Pousse-toi.

Le père de Celine tenta de s'introduire dans l'appartement. Nicolas appuya sa paume de main contre sa poitrine et le repoussa dans la cage d'escalier. Il ne voulait pas que Celine assiste à la scène, il tira la porte derrière lui.

– Ne me touche pas, sale bougnoule.

L'homme serra les poings et se prépara à frapper. Nicolas fit un pas vers lui et lui saisit le bras, le tordit et plaqua le visage de l'homme contre le mur, tout en sentant monter en lui la colère et l'envie de faire mal.

– Tu ferais mieux de t'occuper de ta fille si tu ne veux pas qu'elle vienne ici, dit-il.

L'homme essaya de se retourner pour se dégager.

– Lâche-moi, hurla-t-il.

Nicolas lui tira le bras un peu plus vers le haut. Le père de Celine gémit de douleur, son visage devint rouge écarlate.

– Si je l'entends pleurer une seule nuit de plus, j'escalade le balcon, je casse la fenêtre et je t'étrangle. Pigé?

L'homme respirait difficilement, il semblait avoir compris qu'il était inutile de se débattre. Il hocha la tête, les mâchoires serrées. Nicolas le relâcha et rajusta sa chemise. Celine se tenait dans l'entrée, son sac à dos sur l'épaule.

– Je vais y aller maintenant, dit-elle.

Elle passa devant lui, le regard baissé.

– Celine?

Elle se tourna vers lui.

– Oui?

Nicolas sourit.

– Le déodorant?

– Je l'ai dans mon sac.

15.

Vanessa emporta au bar McLarens sur Surbrunnsgatan le *Dagens Nyheter* qu'elle n'avait pas eu le temps de lire ce matin-là. Elle salua le propriétaire Kjell-Arne, lui commanda son hamburger habituel avec supplément de fromage et s'installa à une table près de la vitre.

– Nous avons ajouté une alternative végane au menu, des pâtes aux haricots à la sauce tomate, annonça fièrement Kjell-Arne.

Vanessa leva les yeux de son journal et étudia le menu que le Norvégien avait posé sur sa table.

– Les clients l'ont réclamé?

– Non, mais je dis comme le fabricant de voitures Henry Ford. Si j'avais demandé à mes clients ce qu'ils voulaient, ils auraient répondu des chevaux plus rapides.

Vanessa était sensible aux efforts de Kjell-Arne pour renouveler le McLarens, même si elle ne pensait pas que quelqu'un commanderait des pâtes aux haricots véganes. La plupart des habitués étaient des bénéficiaires de l'aide sociale à moitié alcooliques et des retraités touchant une pension d'invalidité qui s'accrochaient aux rares appartements en location que le quartier de Vasastan avait à offrir. Ils se rendaient au McLarens pour boire de la bière en attendant que les appartements soient transformés en copropriété et d'être eux-mêmes contraints de déménager en banlieue. L'endroit sentait probablement meilleur avant l'instauration de l'interdiction de fumer.

– C'est ton bar. Tu fais ce que tu veux.

– Tu veux essayer? Tu serais la première cliente de l'histoire du McLarens à commander quelque chose de végan.

Vanessa eut un sourire. Elle aimait bien Kjell-Arne. S'il était content qu'elle mange ses pâtes véganes, ça en valait la peine.

– Ça marche.

Kjell-Arne serra les poings et leva les bras, reprit le menu et se précipita en cuisine.

– Tu ne le regretteras pas, cria-t-il par-dessus son épaule. Si tu aimes, tu auras une portion supplémentaire, offerte par la maison.

Comme Karim Laimani n'avait pas été en mesure de présenter un alibi digne de ce nom, ils avaient appelé la police scientifique pour ratisser sa cellule. Elle avait peu d'espoir que cela aboutisse à quelque chose. Karim Laimani était un criminel professionnel, rompu au travail de la police et aux preuves scientifiques. S'il avait assassiné Emelie, il ne se serait pas présenté à la prison dans les mêmes vêtements qu'il portait au moment du meurtre.

En revanche, ce qu'il avait, c'était un beau mobile. Emelie l'avait quitté pour un autre. Vanessa et Ove devaient rencontrer le nouveau petit ami, Ilan, lundi après-midi.

Vanessa avait du mal à se concentrer sur son journal, l'image du corps mutilé d'Emelie n'arrêtait pas de surgir.

Elle tripota son téléphone portable, envisagea d'écrire quelque chose à Natacha pour savoir si elle allait bien. Mais elle ne pouvait pas s'y résoudre. Pour repartir à zéro, la jeune fille était obligée de couper tous les ponts avec Vanessa. Pourtant, Vanessa ne pouvait s'empêcher de se sentir abandonnée. Elle savait que c'était injuste. On ne peut pas reprocher à une adolescente qui a fui son pays d'y retourner une fois qu'il s'était avéré que son père était en vie.

Vanessa retourna son téléphone, plongea son regard dans le journal et essaya de repousser les pensées à la fois de Natacha et d'Emelie Rydén.

Son téléphone portable vibra.

– Salut, Frank, dit Ove.

On entendait des voix d'enfants en arrière-plan.

– Salut.

– Je viens de parler avec la Scientifique, commença Ove avant d'être interrompu par une femme. Et… attends… non, je ne mange pas un morceau de saucisse de Falun, ma chérie. Je la fais griller pour les enfants.

La femme d'Ove se lança dans une tirade qui fut noyée par le bruit de la hotte.

– Alors Liam a mal vu, je l'ai mis entre mes dents pour vérifier la cuisson. Je suis complètement au fait que ce sera salade pour moi ce soir.

Vanessa sourit.

– Désolé. C'est pire que la Stasi chez nous, on ne peut plus faire confiance à personne. Enfin, bref. Les techniciens ont appelé. Devine ce qu'ils ont trouvé sous les chaussures que Karim portait quand il est revenu de permission? Du sang. Et un long cheveu qui pourrait être celui d'Emelie.

– Le fils de pute, marmonna Vanessa.

– Les tabloïds vont se déchaîner si c'est vraiment lui. NFC, le laboratoire médico-légal, a en tout cas promis d'accélérer les choses. Les résultats arriveront probablement demain.

Les statistiques suggéraient que Karim était en cause. En Suède, l'année précédente, vingt-deux femmes avaient été assassinées par leur conjoint ou leur ex-conjoint. Et en règle générale, six femmes assassinées sur huit ont déjà cherché de l'aide auprès de la police, de l'hôpital ou des services sociaux.

Emelie était allée à deux reprises chez le médecin à la suite d'une agression commise par Karim Laimani.

Un membre de gang notoirement violent, qui assassinait son ex-petite amie durant une permission de sortie – trois semaines après qu'elle eut rompu avec lui –, *c'était* un scandale.

Kjell-Arne sortit de la cuisine, une assiette à la main. Son visage rayonnait de fierté comme s'il présentait son premier-né au monde entier.

– Merci d'avoir appelé, Ove, maintenant moi aussi je vais manger. On se voit demain.

– Tu vas manger quoi?

– Au revoir, Ove, à demain, dit-elle en mettant fin à l'appel.

Kjell-Arne posa délicatement l'assiette sur la table devant Vanessa.

– *Voilà*!

– Ça a l'air bon, dit-elle d'un air appréciateur.

Kjell-Arne l'observa avec impatience. Elle comprit qu'il ne partirait pas de là avant qu'elle n'ait rendu son verdict. Elle attrapa lentement ses couverts, fit tourner ses spaghettis sur sa fourchette, souffla doucement et les porta à sa bouche.

C'était délicieux.

– Très bon.

– *Yes*! s'exclama Kjell-Arne en lançant le poing en l'air. Je te l'avais bien dit. Appelle-moi si tu veux du rab.

16.

Des gouttes de pluie microscopiques tombaient du ciel gris. Nicolas marchait, la capuche relevée et les mains enfoncées dans les poches de son blouson noir. Deux jeunes serrés sur une trottinette électrique passèrent à vive allure.

Sur la droite s'étendait la baie de Nybroviken. Des bateaux de touristes à moitié vides disparaissaient vers l'archipel. Nicolas, en congé, avait consacré son lundi à déambuler pendant des heures sur l'île presque désertée de Djurgården. Il essayait de trouver une solution pour savoir comment gérer Ivan et son père. Mais faire des ronds sous la pluie n'avait rien changé à la situation.

Alors qu'il traversait le passage piéton devant le Théâtre dramatique royal pour revenir au métro et rentrer chez lui, un homme en manteau bleu foncé s'arrêta à côté de lui.

– Nicolas?

Magnus Örn était l'un des commandants de Nicolas durant ses premières années dans les Forces spéciales. Un homme amical, mais brusque, dans la cinquantaine, qui avait passé toute sa carrière dans les forces armées suédoises. Nicolas réprima le réflexe de porter la main à son front en guise de salut, et, à la place, la tendit à Magnus qui la serra chaleureusement.

– J'ai entendu dire que tu n'étais plus à Karlsborg, dit Magnus en faisant référence à la ville de l'ouest de la Suède où étaient basées les Forces spéciales.

– C'est exact.

– Et maintenant? Tu travailles où?

– Dans une entreprise de déménagement.

Même si Magnus était étonné, il le cacha bien.

– AOS Security, dit-il en retirant son gant de cuir et faisant apparaître d'un geste élégant une carte de visite qu'il déposa dans la main de Nicolas. Londres. Le changement de décor m'a fait du bien. Le salaire est mirobolant. Tu devrais y songer. Une personne avec tes compétences et ta formation serait utile, c'est le moins qu'on puisse dire. Appelle-moi. Sauf si, bien sûr, tu adores déplacer des meubles. Il n'y a rien de mal à cela. Ça peut être thérapeutique.

Nicolas observa le dos de Magnus Örn s'éloigner. Il fourra la carte dans la poche de son jean, remonta sa capuche et se dirigea vers la station de métro. À seulement une centaine de mètres de là, sur Biblioteksgatan, se trouvait Bågenhielms Ur, où il avait mis la main sur la liste des clients privilégiés de l'horloger – qui, par peur de nuire à son image, ne l'avait pas signalé à la police.

Mais Vanessa Frank avait compris ce qu'il se tramait. Elle avait été à deux doigts de faire arrêter Nicolas. Au lieu de cela, elle l'avait persuadé de changer de camp. C'était grâce à elle qu'il n'était pas à la prison d'Åkersberga en ce moment, comme Ivan. Il ne se passait pas un jour sans qu'il pense à Vanessa avec gratitude. Mais il ne pouvait pas la contacter. Le risque était trop grand, elle était de la police après tout.

Nicolas n'avait pas sa place en Suède.

Londres, en revanche. Il ne serait qu'à quelques heures de Maria. Depuis qu'il avait été renvoyé des Forces spéciales, il cherchait une raison d'être. Il ne savait rien d'AOS Security, mais comprenait qu'il s'agissait d'une de ces nombreuses sociétés de sécurité installées dans la capitale britannique.

Il n'aurait plus à regarder par-dessus son épaule. Plus besoin de transporter des meubles. Et si le salaire était aussi bon que Magnus Örn le prétendait, il aurait assez d'argent pour en envoyer à Maria.

C'était vraiment une option qui méritait d'être envisagée.

Dans l'escalator qui descendait vers le quai, son téléphone portable sonna.

– C'est ton père, dit en espagnol la voix qu'il n'avait pas entendue depuis plus de dix ans.

Combien de nuits avait-il passées sans dormir, en imaginant ce moment? Il savait exactement ce qu'il allait dire, argumenter, il demanderait à son père de le laisser en paix, expliquerait qu'il avait fait son choix à l'instant où il avait laissé Nicolas et Maria seuls après la mort de leur mère. Mais toutes les phrases répétées s'étaient envolées.

– Nicolas, dit son père avec impatience. Tu es là?

– Oui.

– Je sais que les choses n'ont pas été au mieux entre nous. Mais je suis en Suède, pour toi et pour Maria, et je veux te rencontrer. Il faut qu'on parle.

– Maintenant?

– Je n'ai pas le temps maintenant, peut-être...

– Je veux dire maintenant, après toutes ces années, tu veux qu'on se rencontre pour parler?

Le métro s'engouffra dans la station. Nicolas s'éloigna du bord du quai.

– Nicolas, je veux vraiment te parler. C'est très important pour moi.

Nicolas passa sa main sur les cheveux courts de sa nuque.

– Je vais y réfléchir, marmonna-t-il.

Sa voix était pâteuse, fragile.

– Allez, je suis ton père.

– J'ai dit que j'allais y réfléchir.

Il raccrocha. Serra le téléphone portable dans sa main tout en se laissant tomber sur un banc, le regard vide. Peut-être que son père était malade? Et que la maladie l'avait fait revenir à la raison? Deux métros arrivèrent, se remplirent de passagers et repartirent avant que Nicolas ne se lève.

Pour Maria, pensa-t-il. *Pour Maria et personne d'autre.*

Il envoya un SMS à son père :

On se voit demain au Café Giovanni à la gare centrale à 14 heures.

17.

Le studio d'Ilan Modiris se trouvait sur Wollmar Yxkullsgatan, dans le quartier de Södermalm. Il n'avait pas de casier judiciaire, travaillait comme programmeur informatique et n'avait pas la moindre contravention impayée. Vanessa trouva qu'il avait un visage sympathique, avec une épaisse barbe noire et des yeux bruns bienveillants. Son corps était grand et mince, à la limite de la maigreur.

Il semblait avoir pleuré – le blanc de ses yeux était injecté de sang.

– Excusez ma tenue, dit-il en montrant son pantalon de survêtement gris.

Il les fit entrer dans une pièce meublée de façon spartiate, avec kitchenette et alcôve pour dormir. La seule décoration murale était un poster de *Matrix*.

Ça sentait le renfermé, Vanessa réprima l'envie d'aller ouvrir la fenêtre. Ilan désigna un canapé, tira la chaise de bureau et s'y assit.

Ove expliqua qu'Ilan était entendu comme témoin et n'était pas soupçonné de quoi que ce soit.

– Non, l'identité du coupable est assez évidente, dit-il amèrement.

– Qui? demandèrent Ove et Vanessa en chœur.

– Karim.

– Que vous a-t-elle raconté sur lui? demanda Vanessa.

Ilan posa ses mains sur ses genoux et soupira.

– Pas grand-chose. Elle a dit qu'il habitait à l'étranger. Mais j'ai compris qu'il y avait quelque chose de louche chez lui, alors j'ai appelé les Impôts. Et puis… j'ai honte maintenant. Putain. Mais un matin, alors qu'elle prenait sa douche, j'ai regardé dans son téléphone portable. Elle avait reçu de nombreuses menaces de sa part.

– Vous n'avez pas eu peur?

Ilan répondit avec un triste sourire en coin.

– Bien sûr que si. C'est pour ça que j'ai demandé à mes chefs s'il y avait des postes vacants à Malmö.

– Vous aviez l'intention de la quitter?

Ilan les dévisagea avec surprise avant de secouer rapidement la tête.

– Non! Bien sûr que non, j'allais les emmener, elle et Noeva. Le soir où elle a été assassinée, nous en avons parlé.

– Le voulait-elle?

– Oui.

– Vous a-t-elle paru inquiète ou nerveuse? demanda Ove.

Ilan réfléchit.

– Elle était juste contente. Évidemment, elle a été surprise quand je lui ai demandé, nous n'étions pas ensemble depuis très longtemps, mais j'ai aussitôt senti qu'il y avait quelque chose de spécial avec elle.

Il se tut un instant.

– Ou plutôt avec moi quand j'étais avec elle.

Une demi-heure plus tard, ils se préparèrent à partir. Au moment où Ilan allait refermer la porte, il se ravisa.

– Il faut juste que je vous pose une question. Comment va Noeva et où est-elle?

Vanessa jeta un coup d'œil à Ove.

– Elle est chez ses grands-parents maternels, d'après ce que je sais. Je ne pense pas qu'elle comprenne vraiment ce qui s'est passé.

Ilan sourit. Puis son expression se refit sérieuse.

– Il y a quelque temps, j'ai lu que les hommes qui avaient tué leur compagne conservaient quand même la garde de ses enfants. Est-ce que ça peut être le cas pour Noeva?

La Ford d'Ove était garée devant le bâtiment Art déco de l'hôtel Rival sur la place Mariatorget.

Dehors, des gens couraient se mettre à l'abri de la pluie qui tombait à verse tout à coup. Ove inséra la clé dans le contact et s'apprêta à démarrer, quand il s'arrêta dans son élan et fouilla dans sa poche de poitrine.

Il sortit son téléphone portable, regarda l'écran, déverrouilla et le tendit à Vanessa.

– C'est Trude Hovland, dit une femme à l'accent norvégien.

Vanessa comprit qu'il s'agissait de la technicienne de la police scientifique qui était dans l'appartement d'Emelie.

– Oui, bonjour, dit Vanessa. Ove conduit. Vanessa Frank à l'appareil.

Ove roula à une allure d'escargot vers Hornsgatan, les essuie-glaces fonctionnant frénétiquement.

– Ah oui, bonjour, dit Trude avec surprise, mais se reprenant rapidement. Oui, donc, j'ai reçu la réponse du NFC. Le sang sous les chaussures de Karim est celui d'Emelie.

Vanessa lança un coup d'œil à Ove et hocha la tête.

– Et le cheveu? demanda-t-elle.

– Le sien.

– Merci. On va appeler la procureure.

Vanessa raccrocha et se tourna vers Ove.

– J'ai entendu, dit-il brièvement avant de longer le quai de Södermälarstrand.

Vanessa lui rendit son téléphone. Elle repensa à la photo d'Emelie qu'elle avait vue dans l'appartement. Le beau sourire plein de vitalité. Disparu. À jamais. Et quelque part, sa maman et son papa – en deuil et sous le choc.

Soir après soir, Vanessa s'était penchée sur le visage paisible et endormi d'Adeline et lui avait chuchoté qu'elle la protégerait de tout. Mais Vanessa avait échoué, tout comme les parents d'Emelie. Karim Laimani avait assassiné leur fille. Et par la même occasion, il leur avait pris leur vie.

Les gens n'ont qu'une seule vie, mais les parents peuvent mourir deux fois.

La pluie fouettait l'eau sombre, le bruit du moteur fut étouffé par un coup de tonnerre.

Ove s'esclaffa.

– À quoi penses-tu ? demanda Vanessa.

– À ces idiots qui, il y a quelques milliers d'années, ont marché jusqu'à ce putain d'endroit gelé et ont pensé que c'était un bon endroit pour s'installer.

18.

Nicolas s'arrêta dans l'embrasure de la porte. Eduardo Paredes était assis dos à l'entrée du Café Giovanni. La décoration semblait sortie d'un film des années cinquante. Un comptoir en zinc courait le long d'un côté, les meubles en bois étaient sombres, lourds. Les serveurs habillés de blanc, les cheveux gominés, se tenaient alignés en attendant de servir les clients.

Il pouvait encore faire demi-tour. Derrière lui, il y avait la gare centrale, remplie de personnes qui se pressaient, valises à la main. Mais il fit quelques pas en avant.

– Mon fils, dit son père en souriant.

Eduardo Paredes se leva, serra rapidement Nicolas dans ses bras. Son corps semblait plus petit, plus frêle que dans les souvenirs de Nicolas. Les rares étreintes qu'il avait reçues dans son enfance avaient été celles d'un géant. Un géant dont les hurlements pouvaient exploser à tout moment. Qui donnait des coups de pied dans les chaises qui s'écrasaient contre les murs, qui tapait du poing sur la table en rugissant, avant de se lever et de disparaître pour quelques jours.

Eduardo Paredes fit un geste en direction de la chaise vide de l'autre côté de la table. Nicolas s'assit.

– Ça fait quoi… dix ans qu'on s'est vus pour la dernière fois? demanda son père.

– Onze.

Nicolas détourna le regard tout en se rappelant la dernière fois, dans l'appartement de ses parents à Sollentuna. Sa mère venait juste de mourir quelques semaines plus tôt. Nicolas avait fait son service militaire dans les commandos marine et avait annoncé à son père qu'il avait l'intention de continuer dans l'armée.

Traidor, avait dit Eduardo. Traître. Il s'était tourné. Avait ouvert la porte d'entrée et Nicolas avait quitté l'appartement. Quelque temps plus tard, Nicolas avait appris que son père était retourné au Chili. Il ne lui pardonnerait jamais d'avoir abandonné Maria.

Maintenant, c'était pour sa sœur que Nicolas était là. Elle voulait que les fragments de leur famille puissent faire la paix. Pour Nicolas, une explication suffisait. Il fut surpris de la force que dégageait son père. Comme cela l'affectait, faisait à nouveau de Nicolas un garçon sans défense.

Une excuse. C'était tout ce dont il avait besoin. *Pardon de vous avoir laissés seuls toi et ta sœur après la mort de votre mère. Vous n'aviez que dix-huit et dix-neuf ans. J'ai eu tort.*

En même temps, il ne pouvait se défaire de l'idée que son père était gravement malade. Que c'était pour cette raison qu'il avait cherché à le voir. Il scruta son visage avec anxiété, à la recherche de signes de maladie.

– Tu es toujours dans l'armée?

Nicolas secoua la tête. Un serveur s'approcha. Nicolas commanda un café. Noir.

– J'en suis content. Dans tous les cas, je t'ai pardonné. J'ai besoin de ton aide.

Eduardo tendit la main vers sa tasse de café, prit une gorgée. Du bout de sa langue, il chercha une miette de pain au coin de sa bouche.

– Ce n'est pas grand-chose, mais j'ai un problème, dit Eduardo Paredes en espagnol. J'avais engagé un ami à moi ici en Suède comme aide-soignant pour Maria. C'est de l'argent facile, tu sais. Quelques milliers de couronnes par mois dont j'avais besoin au Chili. Mais maintenant, mon ami est dans le pétrin. J'ai besoin de quelqu'un pour certifier qu'il s'est occupé de Maria. La persuader de faire de même. Cela signifierait beaucoup pour moi.

Eduardo Paredes sortit une feuille de papier de sa poche, la posa sur la table et la fit tourner.

Nicolas sentit ses mains se mettre à trembler. Il les enfonça sous la table.

– C'est pour ça que tu l'as contactée?

– Je n'ai encore rien dit à Maria, le mieux ce serait que tu lui parles. Comme je l'ai dit, Nicolas, j'ai des problèmes. Ceci est une chance pour toi et moi de repartir à zéro, d'arranger les choses. Tout ce que tu as à faire, c'est de signer ici.

Il montra la ligne en pointillés au bas de la feuille. Le serveur revint avec le café. Il le posa devant Nicolas qui fixait la feuille A4 sur la table.

Pourquoi ne parvenait-il pas à prononcer un seul mot? Pourquoi restait-il assis, pétrifié? Son père essayait de lui faire commettre un crime. Durant toutes ces années d'absence, il avait ramassé de l'argent sur le dos de Maria. Il avait profité de son état.

Nicolas s'éclaircit la gorge.

– C'est pour ça que tu nous as contactés? demanda-t-il à nouveau en désignant rapidement le papier. Pour ça?

Sa voix lui semblait étrangère. Forcée.

Son père acquiesça.

Nicolas prit une profonde inspiration. Il serra les poings si fort que ses ongles s'incrustèrent dans ses paumes.

– Ne t'approche plus de nous. Ne nous contacte plus jamais, ni ma sœur ni moi.

Nicolas attrapa sa tasse de café et en versa le contenu sur le papier. Il se leva et quitta le bar.

PARTIE II

J'ai presque trente ans. Mes meilleures années sont bientôt derrière moi et je n'ai jamais été ne serait-ce que proche d'une femme – ni comme petit ami, ni pour un coup d'un soir. Elles ne veulent pas de moi. Elles me le font clairement savoir aussi. Elles ne me détestent peut-être pas, mais elles me méprisent, et c'est pire.

Homme, anonyme.

1.

La pizzeria Grimaldi était située non loin de la station de métro Bredäng. L'établissement comptait neuf tables recouvertes de nappes rouge et blanc, un comptoir en verre avec cette salade de chou blanc omniprésente dans les pizzerias suédoises et des petits bols en plastique ronds remplis de vinaigrette. Les murs étaient recouverts d'un papier peint représentant des briques rouges, sur lequel étaient accrochées des affiches de football et de boxe, la plupart représentant Zlatan Ibrahimović et Mohammed Ali.

Il était 17 h 15 lorsque Nicolas commanda une Vesuvio à emporter et s'installa pour attendre à une table vide près des toilettes. Ce matin-là, il s'était levé à cinq heures. Avait récupéré le camion. Avait monté et descendu les meubles d'un immeuble de Kungsholmen. Il était vidé. Il se languissait de son lit. D'une autre vie. Il ne pouvait plus continuer ainsi. Toujours regarder par-dessus son épaule, craindre d'être arrêté pour son implication dans les enlèvements des financiers.

Nicolas sortit la carte de visite que Magnus Örn lui avait donnée et composa le numéro sur son téléphone portable.

– Nicolas ! fit Magnus quand il reconnut son interlocuteur. Je suis content que tu m'appelles.

– J'aimerais beaucoup qu'on se voie.

– Que dirais-tu de la semaine prochaine ?

– À Londres ?

– Non, non. Je serai à Stockholm à ce moment-là. Je te recontacte dans les prochains jours et on trouvera une date.

La sonnette de la porte tinta.

Deux hommes et une femme – tous dans la vingtaine – entrèrent.

Les hommes semblaient défoncés. Leurs regards étaient fixes. Douteux. Nicolas pensa aussitôt à Ivan. Il avait décidé de ne pas aller le voir. Rien de bon ne pouvait en ressortir. Il n'était pas intéressé par ce qu'Ivan avait à raconter. Nicolas jeta un coup d'œil à la femme. Elle était belle avec des cheveux bruns et bouclés qui lui tombaient dans le dos. Des yeux bleus brillants. Elle tenait l'un des hommes par la main.

– Sur place? demanda le pizzaïolo.

– Oui.

Ils remplirent leurs assiettes de salade de chou, prirent chacun leur canette de soda dans le frigo et s'installèrent dans une des alcôves tout au fond de la salle.

La conversation avec son père lui revint en mémoire, bien que deux jours se soient écoulés depuis. Inutile d'en parler à Maria. Elle serait blessée et se sentirait stupide d'avoir insisté pour que Nicolas le rencontre.

Au bout d'un moment, l'un des hommes se leva, passa devant Nicolas et disparut aux toilettes. À travers la porte fine, Nicolas entendit la lunette des toilettes se rabattre, l'homme marmonner quelque chose avant d'aspirer bruyamment par le nez.

Il renifla encore, tira la chasse et ouvrit la porte.

À l'instant où il passa devant lui, Nicolas tourna la tête, car la sonnette de la porte d'entrée retentit.

Un type vêtu de noir, avec casquette et foulard remonté jusqu'au nez, entra. Il gardait son bras caché le long du corps. À cinquante centimètres de l'homme, il leva le bras et tira. L'homme fut touché à l'arrière de son crâne et projeté en avant sur une table vide qui se renversa.

Les clients du restaurant se mirent à crier tout en se réfugiant sous les tables. Le pizzaïolo se précipita dans sa cuisine. Une femme était allongée sur le ventre, les mains sur la tête, en hyperventilation.

Le tireur traversa la pièce, en direction du couple recroquevillé dans l'alcôve.

Nicolas resta assis, regardant le cadavre. Du sang et de la matière cérébrale coulaient de l'arrière de sa tête sur le lino brillant.

Dans sa chute, sa chemise s'était relevée et un Glock noir dépassait de la ceinture de son pantalon.

Nicolas se trouvait à deux mètres de l'arme. Il jeta un coup d'œil vers l'homme en noir qui lui tournait le dos. À l'extérieur, devant la vitre, un autre homme en noir attendait sur une moto, les yeux rivés sur la pizzeria.

Nicolas comprit qu'il s'agissait d'un règlement de comptes. Le tireur devait finir son travail, tuer l'autre homme, quitter les lieux et sauter à l'arrière de la moto. La drogue. Les femmes. Le manque de respect. N'importe quoi pouvait les avoir conduits ici. Et Nicolas ne pouvait rien faire. S'il intervenait, la police l'aurait dans son radar et, s'il n'avait pas de chance, le relierait aux enlèvements de financiers de l'année précédente. Il ne pouvait pas prendre le risque qu'ils perquisitionnent son domicile. Dans son appartement se trouvait le sac contenant les cinquante mille dernières couronnes et un pistolet. Maria n'avait personne d'autre que Nicolas. Et elle avait besoin de lui plus que jamais.

Le couple dans l'alcôve leva les mains.

Le tireur s'approcha, l'arme levée, sans se presser. L'odeur de poudre piquait le nez.

Nicolas ne quitta pas la femme des yeux. Son visage était pâle. Elle ouvrit la bouche comme pour parler, mais aucun mot ne sortit. Nicolas souffrait avec elle.

Elle n'était probablement pas impliquée, avait juste fait le mauvais choix de tomber amoureuse du mauvais type.

L'homme dans l'alcôve se leva, avec un air de défi. Mais soudain, ce fut comme si son masque se fissurait et qu'il comprenait qu'il allait mourir. Nicolas détourna le regard. Il avait vu assez de sang couler. Ici. Mais aussi par le passé.

Le coup de feu résonna et Nicolas leva instinctivement les yeux.

La balle avait touché l'homme en pleine poitrine, le projetant en arrière. Il resta allongé, le corps agité de spasmes. Le regard de la femme allait de l'arme à son petit ami agonisant. Le tireur se plaça jambes écartées au-dessus de lui, et lui logea une autre balle dans la poitrine.

La femme gémit bruyamment.

– Ce sera bientôt fini, marmonna Nicolas en jetant un rapide coup d'œil par la fenêtre.

Il croyait que le tireur allait se retourner et quitter la pizzeria, mais au lieu de cela, il pointa son arme sur la tête de la femme.

– Non, cria-t-elle, non, je vous en prie!

Elle se plaqua contre le mur, se fit toute petite, leva les mains au-dessus de sa tête et supplia pour qu'il lui laisse la vie sauve.

Nicolas fixa le Glock de la première victime qui dépassait de sa ceinture. L'angle de tir était dégagé, la cible à moins de dix mètres et il savait qu'à cette distance il ne raterait jamais sa cible.

Il devait prendre une décision.

2.

Tom Lindbeck était seul dans la salle du cinéma Grand, sur l'écran défilait le générique de fin.

Pourquoi les gens ne respectaient-ils pas ceux qui ont travaillé sur le film? Ce n'est qu'une fois la dernière ligne disparue qu'il se leva. Le pop-corn crissa sous ses semelles et ses baskets heurtèrent un gobelet de soda. Tom se pencha et le porta à la poubelle, près de la sortie.

Dans le foyer, les spectateurs boutonnaient leur veste, se tenaient en petits groupes et bavardaient ou s'apprêtaient à sortir dans l'air de la soirée d'avril. Katja, la nièce de vingt et un ans de Tom, l'observait avec impatience. La sortie au cinéma avait été le cadeau qu'elle lui avait offert pour son trente-troisième anniversaire.

– On va prendre une bière? proposa-t-elle.

– Tu peux si tu veux, mais pour moi ce sera un verre d'eau. Je dois aller m'entraîner après.

Sur Sveavägen, la pluie tombait en gouttes microscopiques. Tom enfila sa veste, remonta la fermeture Éclair jusqu'à sa pomme d'Adam et jeta son sac de sport sur son épaule.

Ils traversèrent en direction de Sergels torg. Au niveau de la plaque commémorative à l'endroit où Olof Palme avait été abattu, Tom ralentit le pas et regarda vers les escaliers. Il imagina l'assassin du Premier ministre les dévaler pour rejoindre Malmskillnadsgatan. Disparaître. Enfant, Tom avait rêvé de construire une machine à remonter le temps, pour revenir à la nuit du meurtre et attraper l'assassin. Devenir un héros adulé.

Ils trouvèrent un pub irlandais sur Kungsgatan, le Galway's. L'endroit était à moitié plein. Bas de plafond. Des boiseries en bois. Des alcôves habillées de cuir vert. Des écrans de télévision. The Pogues dans les haut-parleurs. Le siège en cuir grinça lorsque Tom s'installa dessus. Il sortit son téléphone portable, ce qu'il faisait toujours lorsqu'il visitait un nouvel endroit. En partie parce qu'il était curieux, en partie parce que cela lui donnait un sentiment de contrôle. Le site internet du pub se vantait que la plupart de son personnel était composé de véritables Irlandais et que le comptoir du bar était l'un des plus longs de Stockholm.

Katja revint et glissa à Tom un verre d'eau contenant des glaçons. Elle but une grande gorgée de sa bière et essuya la mousse sur sa lèvre supérieure.

– Tu veux entendre des ragots?

Elle se pencha vers lui et baissa la voix.

– Tu sais qui couche avec Rakel?

Tom ignora l'absurdité de la question, comment aurait-il bien pu le savoir, et secoua la tête. L'amie de Katja apparut dans son esprit. Une 10/10. Inaccessible aux hommes ordinaires.

– Le présentateur télé Oscar Sjölander, celui de TV4, tu sais. C'est n'importe quoi. Il est marié et a deux filles.

Katja s'appuya sur le dossier et attendit la réaction de Tom. Il n'y en eut aucune. Tom n'était pas surpris. Oscar Sjölander était un de ceux que toutes les femmes s'arrachaient.

– Rakel croit qu'il va quitter sa femme pour elle. Elle est un peu idiote. Tu as lu ce qu'ils écrivent sur lui sur Flashback?

Tom secoua la tête et porta le verre d'eau à sa bouche.

– Apparemment, il a failli se faire prendre par le mouvement #MeToo, dit Katja. Il n'arrive pas à garder sa bite dans son pantalon. Et il bat sa femme. Ce n'est qu'une question de temps avant qu'il ne s'en prenne à Rakel aussi. S'il ne se lasse pas d'elle et ne la largue pas avant.

Cela ne surprit pas Tom non plus. Les femmes se moquent de savoir si les hommes sont des mecs bien. Ce qui comptait, c'était autre chose : l'argent, le boulot. Quelle voiture on conduisait. Quels vêtements on portait. Tom était laid, même s'il avait quelque peu amélioré son apparence grâce à un entraînement un peu obsessionnel et régulier. Malheureusement, cela ne l'avait pas aidé avec les femmes. Elles ne l'avaient jamais aimé. Elles voulaient des hommes comme Oscar Sjölander. Riches, célèbres et sûrs d'eux. Ceux qui traitaient leur entourage comme de la merde. Katja pouvait faire semblant d'être contrariée, la triste vérité était que si l'occasion s'était présentée, elle aussi aurait écarté les jambes pour le présentateur.

– Tu vois quelqu'un ? demanda Katja.

– Oui.

Katja sembla surprise, elle agita son index pour lui indiquer qu'il devait poursuivre.

– Elle s'appelle Henrietta.

– C'est super, s'exclama Katja. Vous vous êtes rencontrés sur Tinder ?

Quelques mois plus tôt, Katja avait créé un profil Tinder pour Tom. Mais sa nièce avait fixé la fourchette recherchée aux femmes âgées de vingt-sept à quarante ans. Divorcées. Jetées au rebut. Tom préférait les jeunes femmes. Comme tous les hommes, même s'ils ne l'admettaient pas publiquement. Non pas que cela fasse une grande différence – même les divorcées les plus laides ne voulaient pas de lui.

– Non, à la salle de sport, répondit Tom.

Il se leva pour aller aux toilettes, surtout pour éviter l'interrogatoire de Katja.

Trois jeunes filles étaient assises à une table non loin des toilettes. Des femmes ordinaires, pas vraiment des beautés. Tom regarda avec espoir dans leur direction, l'une d'elles lui renvoya un regard dégoûté, se pencha vers son amie et chuchota quelque chose. Des grimaces. Des ricanements. Il ressentit une douleur à l'estomac et se dit qu'il ne savait plus si c'était de la colère ou de l'excitation.

La différence était difficile à cerner.

Peu après le retour de Tom, ils décidèrent de partir. Katja devait rentrer chez elle. Elle habitait à Blackeberg, une banlieue un peu éloignée. Tom avait prévu d'aller à la salle de sport et proposa à Katja de l'accompagner jusqu'à la station de métro de Fridhemsplan.

– Il se passe tellement de choses merdiques ces temps-ci, je ne veux pas qu'il t'arrive quoi que ce soit, dit-il.

– Merci, répondit Katja. Depuis que maman est morte, tu es le seul qui s'occupe vraiment de moi.

3.

Nicolas ne pouvait pas assister à l'exécution de la femme les bras croisés. Elle était jeune, elle avait toute la vie devant elle. Les hommes dont le sang coulait sur le sol étaient des criminels endurcis qui savaient dans quoi ils s'étaient embarqués.

Nicolas arracha l'arme du mort qui dépassait de sa ceinture. Au moment où ses doigts se refermèrent sur la crosse, son cerveau passa en pilotage automatique. Il se redressa et tira en expirant.

La balle toucha la nuque, traversa la gorge et se ficha dans le mur. Instinctivement, il avait tiré vers le haut, pour tuer, comme il avait été entraîné à le faire.

L'homme tomba en avant, le jet de sang atteignit la femme au visage. Elle hurla, pensant probablement avoir été touchée elle-même.

Nicolas se retourna.

Le conducteur de la moto brandissait une arme automatique.

– Baissez-vous ! hurla Nicolas en se jetant de tout son long sur le sol.

La vitre éclata en une pluie de morceaux de verre. Nicolas rampa vers la sortie pendant que les éclats de verre s'enfonçaient dans ses avant-bras et ses cuisses. Il sentit les balles siffler au-dessus de sa tête. Son corps savait où il devait aller, ce qui était attendu de lui pour survivre. Il atteignit la porte et s'agenouilla, son arme prête à tirer.

Il s'apprêtait à repérer l'endroit exact où se trouvait le tireur, lorsque la fusillade s'arrêta. L'instant d'après, la moto démarra dans un crissement de pneus et disparut en direction de l'autoroute E4.

Nicolas regarda les dégâts.

Les clients du restaurant étaient encore allongés sous les tables, serrés les uns contre les autres, les mains sur la tête. Soulagé, il constata que personne ne semblait blessé.

La femme avait le sang du tireur sur le visage, dans les cheveux et sur ses vêtements, mais était-elle indemne? Nicolas repoussa le corps vêtu de noir et l'aida à s'asseoir le dos contre le mur.

– Ça va?

Elle hocha la tête, regardant autour d'elle avec confusion.

– Comment tu t'appelles?

– Molly.

Un léger râle émanait de son petit ami. Nicolas s'agenouilla et étudia les impacts de balle, posa son arme et appuya ses deux mains sur une des plaies.

Du coin de l'œil, il voyait les autres clients sortir en rampant de leur cachette et se relever prudemment. Quelqu'un pleurait. Nicolas envisagea de quitter les lieux avant l'arrivée de la police, mais il décida que cela semblerait plus suspect que s'il restait.

Il avait agi en légitime défense et lui avait sauvé la vie.

– Va dans la cuisine chercher des serviettes en papier. Nous devons arrêter l'hémorragie, dit-il à Molly pendant qu'il déchirait la chemise de son petit ami.

La première voiture de police freina devant la pizzeria trois minutes plus tard. Deux agents – un homme et une femme – éteignirent leur sirène, mais laissèrent le gyrophare tourner. Une foule de curieux s'étaient rassemblés devant la vitrine brisée et immortalisaient la scène chaotique sur leurs téléphones.

Les policiers leur crièrent de reculer. Nicolas était agenouillé au-dessus du petit ami de Molly et pressait des serviettes contre sa poitrine. L'homme était en état de choc. Son pouls s'accélérait, sa température chutait rapidement. Son corps avait commencé à s'éteindre, se concentrant uniquement sur le fait de ne pas défaillir et mourir. Nicolas ne pensait pas qu'il survivrait.

– On a besoin d'une ambulance ! cria Nicolas par-dessus son épaule.

– Elle est en route, répondit la policière.

Elle se pencha sur Nicolas et inspecta l'homme.

– Merde ! marmonna-t-elle en s'approchant de son collègue pour lui murmurer quelque chose.

Nicolas comprit qu'elle avait reconnu le blessé. La police lança un appel à la radio. Deux ambulanciers en gilet jaune fluo s'agenouillèrent à ses côtés. Nicolas se releva maladroitement. D'autres policiers arrivèrent. Ils établirent un périmètre de sécurité. Crièrent aux gens de garder leurs distances. Quelqu'un cria « sales keufs ! ». Nicolas s'attarda dans le fond de la pièce, pour ne pas apparaître sur les vidéos qui ne manqueraient pas d'être postées sur les réseaux sociaux.

Il ramassa une chaise qui était tombée et s'assit lourdement. Sa poitrine, ses mains et ses avant-bras étaient poisseux de sang, à la fois le sien et celui du blessé. Il retira quelques morceaux de verre pendant que d'un regard vitreux il suivait le chaos organisé qui s'était installé sur la scène.

Les ambulanciers avaient chargé le blessé sur un brancard et avaient disparu, trois policiers à l'air sombre recueillaient les dépositions des clients du restaurant. Les policiers parlaient avec un homme qui montrait Nicolas du doigt.

– Je vais devoir vous demander de nous accompagner à la voiture.

Nicolas se leva lentement. La policière, le regard sérieux et attentif, avait posé sa main sur son arme de service.

– Vous avez une pièce d'identité ?

Nicolas tendit lentement le permis de conduire qu'il avait dans la poche de son pantalon.

On lui dit d'attendre dans la voiture de patrouille. Tout en passant l'ongle de son index sur le revêtement en tissu noir, il se dit que quoi qu'il arrivât à présent, il n'y pouvait rien. Il avait moralement bien agi, s'il n'était pas intervenu, la femme serait morte à l'heure qu'il est. Elle avait eu une nouvelle chance, une chance de vieillir.

À l'extérieur de la voiture, un homme habillé en civil discutait avec les policiers qui étaient arrivés les premiers sur les lieux. L'homme avait la quarantaine, mesurait presque deux mètres de haut, portait un trench-coat et avait le crâne rasé.

Au bout d'un moment, il s'installa sur le siège avant et tourna son grand corps vers lui.

– Nicolas Paredes, lut-il sur le permis de conduire avant de lever la tête. Pouvez-vous me raconter ce qu'il s'est passé là-dedans?

Nicolas prit son temps. Il expliqua en détail et objectivement, à peu près comme il avait pu le faire dans le passé pour un supérieur à l'armée. Il évita d'enjoliver ou de changer des détails qui pouvaient être perçus comme préjudiciables à son égard. Le policier acquiesçait et posait parfois une question. Au grand soulagement de Nicolas, il ne semblait pas hostile.

– Comment pouviez-vous être sûr de le toucher? La distance était de quoi, peut-être douze-treize mètres?

– Dix. Je suis militaire. Ou plus exactement, je l'étais.

– Plus maintenant?

Nicolas secoua la tête. Molly était assise, une couverture sur les épaules et parlait avec un infirmier. Elle s'était lavé le visage, mais ses cheveux bruns étaient encore recouverts de sang séché.

– Je peux vous demander pourquoi? s'interrogea le policier.

Nicolas secoua la tête.

– Je ne peux malheureusement pas vous le dire. Pas sans un avocat.

L'homme grommela, changea de position et remua ses longues jambes. S'il décidait de perquisitionner chez Nicolas, ils trouveraient l'argent et le pistolet. Il devait se montrer coopératif, ne pas leur donner de raison de fouiller son appartement.

– Quand pourrai-je partir d'ici ? demanda Nicolas prudemment.

– Pas pour le moment.

– Je suis soupçonné de quelque chose ?

– Pour l'instant… non. Mais vous avez tué un homme. Vous allez donc être emmené au poste de police pour un interrogatoire plus approfondi.

4.

Vanessa retira ses chaussures, se pencha en arrière sur sa chaise et posa ses pieds sur le bureau. Les locaux de la Crim' étaient vides. Ses collègues étaient rentrés chez eux rejoindre leurs familles, leurs animaux de compagnie et leurs hobbies. Elle-même avait passé la dernière heure à relire le CV criminel de Karim Laimani.

Karim Laimani était l'archétype du criminel violent. Son premier démêlé avec la police remontait à l'âge de quatorze ans, lorsqu'il avait agressé un garçon de son âge. Drogues, trafic d'armes, coups et blessures, voies de fait caractérisées, vols à main armée. Il avait été incarcéré quatre fois au total.

Dans sa cellule du centre de détention d'Åkersberga, les techniciens avaient trouvé des chaussures avec le sang d'Emelie sur les semelles. Sur les caméras de surveillance de la prison, on voyait clairement que c'étaient les mêmes chaussures que Karim portait lorsqu'il était revenu de permission. De plus, sur son pull, ils avaient trouvé un de ses cheveux. Karim et son avocat avaient essayé d'expliquer que le cheveu avait pu s'accrocher là lors d'une précédente occasion, mais Emelie s'était fait faire une teinture chez le coiffeur une semaine avant la permission de sortie.

Ils ne pouvaient pas expliquer le sang, mais Karim niait toujours s'être rendu à Täby pendant sa permission.

Le mobile et les constations médico-légales désignaient Karim Laimani. Elle chercha le numéro d'Ove et appuya sur *appel*, tout en se levant pour aller à la machine à café.

– Tu es occupé? demanda-t-elle.

– Je joue au hockey.

– Ça ne se joue pas en hiver?

– Un jeu vidéo. Avec mon fils.

Vanessa se dit que le monde allait malgré tout de l'avant. Du moins la paternité. Il lui était impossible d'imaginer son propre père, monsieur le directeur, jouer à des jeux vidéo ou même s'intéresser à leur vie.

En arrière-plan, un garçon jubila.

– Et maintenant, je viens d'encaisser un but.

– Je suis en train d'étudier les antécédents de Karim, dit Vanessa. Il est violent, coléreux, il se drogue et il bat les femmes.

– Oui?

– Mais il n'est pas stupide.

– Ce n'est pas vraiment un Prix Nobel en puissance non plus, s'esclaffa Ove.

– C'est un criminel professionnel. Il en sait probablement autant que toi et moi sur les enquêtes et les preuves médico-légales. Pourtant, il oublie de changer de chaussures après le meurtre et se présente à la prison. Et ce n'est pas tout. Il porte le même pull.

– Elle l'avait quitté pour quelqu'un d'autre. Il était offensé. Au diable les conséquences. Ce ne serait pas la première fois qu'un homme des cavernes jaloux tue son ex ou sa petite amie.

Vanessa s'arrêta devant la machine à café.

– Mais n'aurait-il pas dû tenter de s'enfuir? Il aurait dû savoir que la première chose que nous ferions serait de vérifier si des hommes déjà condamnés se trouvaient dans son entourage.

Elle appuya sur le bouton, la machine se réveilla et du café noir fumant coula dans sa tasse.

– Écoute, Vanessa. Je ne sais pas comment le cerveau de ces tarés fonctionne. Mais les preuves médico-légales parlent d'elles-mêmes. Les statistiques aussi. Karim Laimani a tué Emelie parce qu'elle l'a quitté.

Vanessa retourna à son bureau, toucha la souris de son ordinateur et consulta le site de *Kvällspressen*. Le tabloïd titrait sur une nouvelle fusillade. Cette fois-ci à Bredäng. Deux morts, un blessé grave. Les photos granuleuses montraient les techniciens entrant dans une pizzeria, une vitrine brisée et des policiers en uniforme aux visages fermés. Une carte postale nocturne de la guerre des gangs à Stockholm.

Avant de ranger le dossier contenant les papiers de Karim dans le classeur, Vanessa jeta un dernier coup d'œil aux photos du corps sans vie d'Emelie Rydén.

Vanessa sortit de l'ascenseur, longea les rangées de véhicules de patrouille alignés dans le garage du commissariat central de Kronoberg, dans le quartier de Kungsholmen. Les hommes comme Karim Laimani ne contrôlaient pas leurs pulsions. C'était ce qui les différenciait des citoyens ordinaires. Chaque revers était un affront personnel. Ils dirigeaient toujours leur haine vers l'extérieur, sans jamais se remettre en question.

La porte du garage s'ouvrit et une voiture de patrouille entra.

La voiture se gara dans un espace vide devant elle, le bruit du moteur s'arrêta et les portières s'ouvrirent. Les policiers descendirent, levant les mains pour la saluer. Vanessa s'avança vers eux.

– Les cellules de garde à vue du district sud sont pleines, nous avons dû l'amener ici.

Elle essaya de regarder sur la banquette arrière.

– La fusillade de Bredäng?

Le policier hocha la tête. Il était pâle et semblait épuisé.

– Ça ressemblait à quoi?

– La merde, répondit-il rapidement. Deux morts. Un troisième probablement en train de mourir en ce moment même. Des éclats de verre et du sang partout.

La femme ouvrit la portière arrière. L'homme qui descendit de la banquette arrière était dos à Vanessa, pourtant elle lui trouva tout de suite quelque chose de familier.

Son tee-shirt blanc était taché de sang, ses avant-bras recouverts de bandages. La femme lui fit faire le tour de la voiture, passa devant Vanessa et le dirigea vers les ascenseurs. Nicolas et Vanessa se regardèrent une demi-seconde. Aucun d'eux ne montra le moindre signe de reconnaissance. Vanessa se tourna vers le policier et lui donna une tape sur l'épaule.

– J'espère que le reste de la soirée sera plus calme.

– Moi aussi, dit-il en rejoignant Nicolas et la policière.

Vanessa les suivit du regard.

Dans quelle mesure Nicolas était-il impliqué dans la fusillade de Bredäng? Était-ce lui qui avait abattu les hommes dans la pizzeria? Il était intelligent, réfléchi et calme – affectueux et tendre avec sa sœur. Mais il y avait une autre facette chez lui. Vanessa n'avait jamais rencontré quelqu'un avec une aussi grande capacité à la violence que Nicolas Paredes. Les forces armées suédoises avaient dépensé des millions de couronnes pour sa formation. En tant que membre des Forces spéciales, il était entraîné à tuer. Rapidement, efficacement et sans faire de sentiment.

Pouvait-il avoir été recruté par un gang de banlieue?

Non, cela ne correspondait pas à l'image que Vanessa avait de lui. Nicolas avait une morale, il ne s'adonnait pas à la violence gratuite.

Il n'était pas comme Karim.

S'il avait des ennuis, Vanessa serait obligée de l'aider, il avait risqué sa vie plusieurs fois pour elle l'année précédente. Il l'avait suivie à la pointe de l'Amérique du Sud pour retrouver Natacha. Sans lui, ni Natacha ni elle ne seraient en vie aujourd'hui.

Le moins qu'elle puisse faire était de découvrir ce qui s'était passé. Elle fit demi-tour et se précipita vers les ascenseurs.

5.

Tom marchait le long de Sankt Eriksgatan, son sac de sport en bandoulière. Il ouvrit la porte du club, salua le type à l'accueil et passa sa carte de membre devant le lecteur.

Des femmes en legging et veste de sport légère ou en *crop top* transpiraient sur les steppers et les tapis de course. Des gars costauds soulevaient des poids, gémissaient sourdement, bandaient leurs muscles.

Tom trouva un casier vide et se changea.

Il enfila d'abord son pantalon de survêtement, passa devant le miroir et inspecta son torse. Les injections de testostérone lui avaient donné des épaules plus larges et une barbe plus fournie, même s'il se rasait soigneusement chaque matin. Il était un gentleman tout de même, pas un clochard. Il se tourna pour examiner son dos. Il était laid avec des boutons rouges et des points noirs. Un de ses collègues qui l'avait vu se changer lui avait demandé s'il dormait sur une râpe à fromage. Les autres avaient ri. Même s'il en avait l'habitude, Tom détestait qu'on se moque de lui.

La porte s'ouvrit, le bruit d'une barre d'haltères frappant le sol résonna dans le vestiaire. Un immigré aux biceps saillants et à la mâchoire d'acier, transpirant dans un maillon de catch blanc entra.

Tom se détourna du miroir. Il ne voulait pas paraître vaniteux et faible.

Il enfila son tee-shirt tout en observant discrètement le nouvel arrivant, qui s'était assis et avait sorti une boîte de thon. Il avait l'air d'un petit délinquant. Il avait probablement une jolie petite amie blonde sexy avec un corps superbe. Elle était même probablement aussi ici à la salle de sport. Allaient-ils rentrer chez eux après? Se doucher ensemble?

Le type ne fit pas attention à Tom, il rota bruyamment et retira son débardeur.

Sur Facebook, il y avait des forums réservés aux femmes. Des zones sans hommes, comme on les appelait, dans lesquelles on discutait de sexe, de règles et de rencontres. Tom était membre de plusieurs de ces forums grâce à un faux profil. Les femmes s'y moquaient des hommes maigres et maladroits avec lesquels elles avaient des aventures d'un soir. Certaines écrivaient qu'elles voulaient être «correctement baisées», par de «vrais hommes». Elles discutaient de la taille des pénis, et critiquaient les hommes qui ne parvenaient pas à les satisfaire au lit. Comment cela s'inscrivait-il dans un discours d'égalité? Tom ne comprenait pas. Il posait des questions aux femmes, inventant toutes sortes de maux dont souffrait son faux profil. Pour les faire décrire leurs corps. C'était intime, cela l'excitait. Dans la réalité, aucune d'elles ne lui adresserait la parole.

Il se pencha en avant, laça ses chaussures.

L'autre avait fini sa boîte de thon, et prépara son lancer. La boîte fit un arc de cercle dans les airs, manqua la poubelle, heurta le mur et tomba sur le sol. Le type laissa la boîte où elle était.

Allongé sur le dos sur un banc, Tom gonfla ses pectoraux. Huit fois réparties en quatre répétitions. Vingt-six kilos sur chaque haltère. Il était plus fort que jamais, ses muscles luisaient et se gonflaient sous sa peau pâle.

La créature maigre comme un oiseau qu'il avait été quelques années auparavant avait disparu.

Il essuya ses lunettes sur sa serviette, les remit en place.

Juste derrière lui, une fille d'une vingtaine d'années s'entraînait aux haltères. Ses cheveux blond cendré étaient noués en un chignon serré sur le haut de la tête. Sans pouvoir s'en empêcher, alors qu'il soufflait, il se tourna et l'observa. Elle sembla agacée, et lui lança un regard noir. Henrietta n'était pas venue. Il contrôla son compte Instagram pour voir où elle était, mais elle n'avait rien posté de la journée.

Tom se rallongea sur le banc, attrapa les haltères et se mit au travail. Vers la fin, il ferma les yeux et gémit entre ses mâchoires serrées. Ses dents grinçaient sous l'effort. L'acide lactique bouillonnait. Il laissa tomber les haltères sur le sol et reprit son souffle. À sa grande surprise, il sentit que la fille se tenait à côté de lui.

– Arrête de me regarder, dit-elle. Sinon je vais le dire à l'accueil.

Tom redressa le dos. Les autres hommes l'observaient avec dégoût. Il se leva, remit les haltères en place sur le support devant le miroir avant de se diriger vers les tapis de course. Quelle différence cela faisait-il qu'il ait passé des années à construire son corps, à l'entraîner au maximum de ses limites, à le gaver de testostérone ? Quelque chose faisait que les femmes le fuyaient. Il était fatigué de leur mépris. Tom était intelligent, il pouvait résoudre le Rubiks Cube en moins d'une minute. Certes, loin du record mondial de 4,73 secondes. Mais s'il avait été riche ou une star du sport ou de la télévision, les femmes se rueraient sur lui.

Il était laid et pauvre. Un *loser*. Il vivait seul et mourrait seul, sans que personne, à part Katja, ne s'en soucie. Il régla le tapis de course et courut sans motivation quelques minutes avant de s'essuyer avec une serviette en papier.

Dans le miroir, en retournant au vestiaire, il vit deux femmes faire une grimace de dégoût dans son dos. Il se rendit compte qu'il avait oublié de laver son haut et sa tenue de sport. Il devait probablement puer. Tom s'en moqua et décida de changer de salle de sport, pour la quatrième fois en six mois. Peut-être pourrait-il voir Henrietta quand même. Il se changea sans se doucher, enfila son jean, son haut et sa veste et se coiffa d'une casquette.

Ses vêtements lui collaient à la peau. Il sentit la haine s'enflammer, plus forte qu'elle ne l'avait jamais été. Ou était-ce de la tristesse? D'être seul, un paria, constamment rejeté. De tout et de tous.

6.

Avant que les personnes arrêtées ne soient emmenées au centre de garde à vue au sixième étage, elles étaient conduites à l'officier de permanence, trois étages plus bas. Vanessa sortit de l'ascenseur et essuya ses paumes de main sur les jambes de son pantalon. Nicolas était assis sur un banc en bois, la tête baissée et les coudes posés sur les cuisses. Il ne leva pas la tête. Derrière un écran de Plexiglas, le policier avec lequel Vanessa avait parlé dans le garage remplissait la fiche d'arrestation. Elle supposa que sa collègue expliquait à l'officier de permanence pourquoi Nicolas avait été emmené à Kronoberg plutôt qu'en détention à Flemingsberg alors que la fusillade avait eu lieu à Bredäng, dans le sud-ouest de Stockholm.

Vanessa contourna Nicolas qui ne l'avait toujours pas remarquée, s'approcha de son collègue et tapota sur le panneau de Plexiglas.

Le policier leva les yeux, surpris.

– Oui?

– Je me rends compte que je le reconnais d'une autre affaire, dit-elle en montrant Nicolas. Qu'est-ce qu'il fait ici?

– D'après ce qu'on a compris, il a tué un des hommes. C'est un peu compliqué. Selon les témoins, c'était pour sauver une femme. Nous allons le garder pour la nuit et nous perquisitionnerons chez lui pour exclure toute appartenance à l'un des gangs.

Il reprit son stylo. Vanessa déglutit. Il ne fallait pas qu'il ait des soupçons.

– Je peux lui parler?

Le collègue lui jeta un regard incompréhensif.

– Pourquoi?

– Comme je l'ai dit, il est impliqué dans une autre affaire et j'ai besoin de réponses à certaines questions, dit Vanessa.

L'officier haussa les épaules.

– Vas-y. Mais la police judiciaire du district sud sera là d'une minute à l'autre pour l'interroger, alors il va falloir faire vite.

Vanessa s'installa sur le banc à côté de Nicolas, tournant le dos au policier.

– Je vais essayer de t'aider, mais tu dois d'abord répondre à une question. Qu'est-ce que tu fais là? demanda-t-elle à voix basse.

– Il allait tuer la femme aussi, marmonna Nicolas.

– Qui?

– L'homme qui a tiré sur les deux autres dans la pizzeria. Il allait l'exécuter elle aussi. J'ai pris l'arme de la première victime et j'ai tué le tireur.

Vanessa décida rapidement qu'il disait la vérité. Elle en fut soulagée.

– As-tu des choses compromettantes chez toi?

Nicolas la regarda avec surprise.

– Pourquoi cette question?

– Parce qu'il y aura bientôt un mandat pour une perquisition.

Nicolas ferma les yeux et serra les dents.

– Derrière la baignoire, il y a un sac noir avec du liquide. Et une arme.

– Et l'argent vient des enlèvements?

Nicolas acquiesça lentement. Vanessa délibéra une fraction de seconde avec elle-même. C'était son ami, du moins une des rares personnes auxquelles elle tenait vraiment. Il avait risqué sa vie pour elle et Natacha au Chili. Sans Nicolas, Vanessa serait en train de pourrir dans une fosse commune de la Colonia Rhein.

Elle était obligée de l'aider, même si cela impliquait d'enfreindre la loi. Elle risquait toute sa carrière si elle se faisait prendre. Et c'était tout ce qu'elle avait. Mais si elle ne faisait pas ce qu'elle pouvait pour Nicolas, elle était déloyale. Ce qui serait pire, décida-t-elle.

– L'adresse? Et comment je rentre?

De l'autre côté de la pièce, des voix s'élevèrent. Le policier arrivait avec l'officier de permanence qui devait vérifier que Nicolas savait pourquoi on l'avait amené ici, s'il était blessé ou malade et s'il souhaitait un avocat commis d'office.

– 14 C Ålgrytevägen à Bredäng, siffla Nicolas. Le code est 1132. Troisième étage. Frappe à la porte de l'appartement voisin, le nom «Wood» sur la porte. Celine t'aidera à entrer.

Vanessa étudia son GPS et quitta l'autoroute E4. Un moment plus tard, elle passa à vive allure devant le centre de Bredäng, où une dizaine de curieux s'attardait devant les barrières. Elle espérait que cela prendrait du temps d'interroger les témoins, que les enquêteurs ne se trouvaient pas déjà dans l'appartement de Nicolas. Pour une fois, elle se dit que le manque d'enquêteurs était en fait une bonne chose. Vanessa continua dans Ålgrytevägen et se gara à une centaine de mètres de l'entrée de l'immeuble de Nicolas.

Aucune voiture de patrouille en vue. Elle composa le code et prit l'escalier jusqu'au troisième étage. La serrure ne portait aucune trace d'effraction. Maintenant, il ne lui restait plus qu'à obtenir de Celine le double de la clé.

Vanessa sonna.

La seconde suivante, elle se retrouva nez à nez avec une jeune fille. Elle portait un tee-shirt délavé avec l'inscription *Feminazi.*

– Oui? dit la jeune fille en jaugeant Vanessa avec hostilité.

– Je cherche Celine, dit Vanessa en regardant dans l'appartement par-dessus sa tête.

– Qui la demande?

– Moi.

La fillette haussa les sourcils.

– Vous êtes des services sociaux?

– Non.

– Vous voulez me recruter dans une secte?

– Non.

– Qu'est-ce que vous voulez alors? Vous êtes flic ou quoi? Dans ce cas, je veux un avocat.

– Je suis flic, mais tu n'as pas besoin d'avocat. Je suis ici pour aider Nicolas.

– Je ne connais pas de Nicolas, dit Celine en essayant de refermer la porte.

Vanessa réussit à mettre un pied dans l'ouverture.

– Il a des ennuis. Il faut que j'entre dans son appartement. C'est urgent. Il m'a dit que je devais parler à Celine et qu'elle m'aiderait.

Celine pouffa.

– Vous croyez que je suis débile ou quoi? Vous n'avez pas trouvé de retraité à arnaquer?

– Je suis sérieuse. C'est Nicolas qui m'envoie. Je le connais.

– Prouvez-le.

– Comment pourrais-je le faire?

Celine haussa les épaules.

– À vous de trouver.

– Je te donne cinq cents couronnes.

– Vous croyez que je vendrais un pote pour un billet de cinq cents couronnes?

– Mille alors?

Celine se mordit la lèvre et secoua lentement la tête.

– Je suis désolée, mais je ne suis pas à vendre.

Vanessa jeta un coup d'œil derrière elle, dans le couloir. Le temps allait bientôt manquer. Ses collègues pouvaient débarquer à tout moment.

– Celine, je comprends que tu aimes Nicolas, moi aussi. C'est pour ça que je suis ici. Je dois entrer dans son appartement et il m'a donné ton nom, okay? Ça signifie qu'il te fait confiance, comme il me fait confiance à moi. Fais-moi entrer maintenant qu'on puisse l'aider.

Celine regarda Vanessa, hocha la tête et recula d'un pas. Juste au moment où Vanessa allait entrer dans l'appartement, la jeune fille leva un doigt.

– Si vous me faites marcher, vous le regretterez.

Celine tourna les talons et fit signe avec le même doigt tendu que Vanessa devait la suivre. Elles traversèrent l'appartement et Celine ouvrit la porte du balcon.

– Il suffit d'escalader.

Le regard de Vanessa alla de Celine à la porte de balcon de Nicolas, qui était entrebâillée. Elle se rendit compte qu'elle avait mal compris Nicolas. Il n'y avait pas de double des clés. Elle s'approcha de la balustrade et posa ses mains dessus. Il y avait un demi-mètre entre les balcons. Désagréable, mais faisable.

– Tu as des gants?

Pendant que Celine disparaissait dans l'appartement, Vanessa escalada la balustrade et se hissa avec précaution. Elle resta du côté de Nicolas en attendant le retour de Celine. Si ses collègues trouvaient le sac avec l'argent, ce serait difficile d'expliquer ce que les empreintes de Vanessa faisaient dessus.

Celine jeta une paire de gants noirs et Vanessa les enfila.

Elle cligna des yeux plusieurs fois dans la pénombre de l'appartement.

C'était bizarre de se trouver chez Nicolas, même si elle était ici pour l'aider. À bien des égards, il restait un mystère pour elle, malgré tout ce qu'ils avaient traversé ensemble. Elle ne put s'empêcher de s'arrêter une seconde pour jeter un coup d'œil dans la chambre. Le lit était parfaitement fait.

Dans la salle de bains, elle s'agenouilla sur le carrelage gris et regarda sous la baignoire. Un sac de sport noir était coincé contre le mur. Vanessa se remit sur ses pieds, se pencha en avant, réussit à suffisamment faire basculer la baignoire pour récupérer le sac.

En repassant devant la chambre, elle entendit des pas et des voix provenant de la cage d'escalier.

L'instant d'après, quelqu'un appuyait sur la poignée de la porte d'entrée.

7.

– Tuva veut te parler, dit Bengt la Brioche à Jasmina.

– Maintenant?

– Oui.

C'était son premier jour à la rédaction depuis dimanche, lorsque la Brioche l'avait engueulée pour ne pas avoir respecté son délai. Le lundi, il l'avait appelée pour lui dire qu'elle pouvait venir le jeudi, sans expliquer ce qu'il se passerait alors.

Jasmina était restée chez elle durant tout son temps libre, se nourrissant de sandwichs aux maquereaux et pain de seigle, le regard dans le vide. Elle avait essayé de regarder Netflix, mais la moindre scène de violence ou de sexe lui donnait envie de vomir. La seule fois où elle quitta l'appartement fut pour acheter du craque pain et de la charcuterie et du fromage à mettre dessus. Lorsqu'elle était rentrée, un homme lui avait demandé de tenir la porte de l'ascenseur et était monté avec elle. Elle avait tremblé de tout son corps durant toute l'ascension. Une fois à son étage, elle s'était précipitée hors de l'ascenseur, avait tiré la grille et s'était rapidement enfermée. Elle ne voulait pas avoir peur, mais elle ne pouvait pas s'en empêcher. Le moindre homme inconnu était un agresseur potentiel qui pouvait lui faire du mal.

Jasmina frappa à la porte de la pièce de la rédactrice en chef, Tuva Algotsson. Lorsque celle-ci aperçut Jasmina, elle lui fit signe d'entrer et se leva. Tuva portait un tailleur bleu à rayures qui semblait ajouter quelques centimètres à sa taille déjà impressionnante.

Jasmina ne s'était jamais trouvée seule avec sa patronne. Tout ce qu'elle savait de la femme qui l'avait fait venir au journal était ce qui se trouvait dans les articles de la presse spécialisée, où Tuva ne commentait qu'avec parcimonie les questions liées à l'édition. Sa vie privée était entourée de mystère, Jasmina ne savait même pas si elle avait une famille.

– Tu peux refermer la porte derrière toi, dit Tuva. Nous attendons une autre personne, je vais l'appeler pour lui dire que tu es ici.

Elle sortit son téléphone portable et attendit pendant qu'il sonnait.

– Tu peux venir maintenant, dit-elle brièvement.

Tuva s'assit derrière son bureau, retira ses chaussures à talons hauts, les lança par terre, puis commença à se masser la plante des pieds d'un air douloureux.

Jasmina resta debout. Elle s'essuya discrètement les mains sur son jean.

– Ce n'est pas l'armée ici, Jasmina. Tu n'as pas besoin d'attendre que je te demande de t'asseoir.

Jasmina s'empressa de prendre place sur une chaise. Son bas-ventre lui faisait encore mal, mais elle serra les dents.

– Pendant que nous attendons, tu peux lire cet article, dit Tuva en poussant un exemplaire de *Kvällspressen* qui se trouvait sur son bureau. Lis à partir de la page quatorze.

– Okay, dit Jasmina.

Jasmina ouvrit le journal, le feuilleta jusqu'à la page indiquée par Tuva.

Le titre était : *La luxueuse vie à l'étranger d'un leader social-démocrate avec sa femme – aux frais du contribuable.* William Bergstrand affichait un grand sourire sur la photo. L'article racontait que le député social-démocrate s'était rendu à Paris avec sa femme. Selon le détail des notes de frais, pour se rendre à une réunion du parti social-démocrate. Mais il n'y avait pas eu de congrès – au lieu de cela, ils s'étaient vautrés dans le luxe, mangeant dans des restaurants fastueux.

Sur la photo de signature, Max Lewenhaupt lui souriait.

Tuva l'observait sans montrer le moindre signe de ce qu'elle pensait ou ressentait. On frappa à la porte et Hans Hoffman entra dans la pièce. Il tira une chaise et la plaça à côté de Jasmina, en face de Tuva. Il avait l'air contrarié, presque en colère.

Jasmina replia le journal et resta assise en le gardant sur ses genoux.

– C'est un bon article, n'est-ce pas? En gros titre dans tout le pays. Il s'est vendu partout, dit Tuva en regardant calmement Jasmina. Tu ne l'as pas vu?

– Non, je suis juste restée chez moi, dit Jasmina à voix basse.

Hans Hoffman se tourna vers elle.

– Les reçus. Les nuits d'hôtel. Les restaurants. C'était ton truc. Comment se fait-il que ce soit «Lewensnob» qui sourit sur la photo de signature?

8.

Vanessa traversa le salon en courant, poussa la porte du balcon et jeta le sac sur le balcon d'à côté. Celine agita impatiemment les mains pour lui dire de se dépêcher.

Vanessa escalada le garde-fou et s'élança.

Elle se cogna le genou sur la balustrade avec un bruit sourd, s'y accrocha, et, avec un peu d'effort, réussit à faire levier pour basculer de l'autre côté. De l'intérieur de l'appartement de Nicolas, elle entendit quelqu'un s'approcher précipitamment. Vanessa se plaqua au sol, protégée par la tôle qui entourait le balcon de Celine.

Celle-ci resta calmement debout, le sac à ses pieds, prétextant admirer la vue.

– Tu viens de l'appartement? demanda une voix d'homme.

– Non, dit Celine. Et vous, vous êtes qui?

Vanessa, accroupie par terre, regarda sous la balustrade et put distinguer une paire de chaussures noires du côté de Nicolas.

– Je suis de la police, dit l'homme. Tu es sûre que tu n'étais pas ici? On aurait dit que quelqu'un avait sauté par-dessus?

La voix était suspicieuse. Celine donna un coup de pied dans la balustrade.

– Est-ce que ça ressemblait à ça? demanda-t-elle. J'ai l'habitude de frapper sur quelque chose quand mes pensées me mettent en colère. Papa dit que je ne dois pas le faire, alors je le fais quand il n'est pas là.

– Il n'y a personne d'autre là? demanda le policier.

– Non, c'est juste moi et mes démons, dit Celine avec un soupir théâtral.

Il y eut un instant de silence.

– Okay, bonne soirée alors.

– Pareillement.

Le policier rentra dans l'appartement de Nicolas et referma la porte du balcon. Vanessa aimait bien cette fille étrange et provocante. Elle rampa en poussant le sac devant elle, franchit le seuil et pénétra dans le salon-cuisine.

Vanessa s'affala sur le canapé, fit la grimace en inspectant son genou douloureux. Ce ne fut qu'à cet instant qu'elle se rendit compte de l'état de délabrement de l'appartement. De grandes fissures au plafond. Du papier peint déchiré. Des meubles abîmés. Des taches sombres sur le tissu du canapé.

Celine referma la porte du balcon.

– Qu'est-ce qu'on va faire maintenant, je suppose que vous devez rester ici un moment? demanda-t-elle, imperturbable.

– Ça ne te dérange pas?

– Bien sûr que non. Vous voulez des œufs brouillés?

– Okay.

– Nicolas dit que je mets trop de sel.

– C'est une mauviette.

Celine hocha la tête d'un air approbateur.

– C'est exactement ce que j'ai l'habitude de dire.

Celine sortit une poêle, ouvrit le frigo et en sortit des œufs. Pendant qu'elle avait le dos tourné, Vanessa vérifia rapidement que l'argent et le pistolet se trouvaient bien dans le sac.

– Où sont tes parents?

– Maman est morte. Cancer. Papa doit être en train de boire. Il est anglais. De Hull. Vous savez comment on surnomme la ville?

Vanessa secoua la tête.

– *The armpit of England.*

Vanessa sourit. Elle jeta un œil autour d'elle, réalisant seulement maintenant que l'appartement – malgré son état délabré – ne sentait pas mauvais. Au contraire, il sentait le détergent. Elle supposa que c'était grâce à Celine, que la jeune fille faisait ce qu'elle pouvait pour éloigner la puanteur, premier signe de pauvreté.

– Vous voulez regarder Netflix pendant que je fais à manger? demanda Celine. Papa n'a pas payé la facture d'Internet depuis deux mois, alors j'utilise le WiFi de Nicolas.

– On peut juste rester tranquilles. Comment as-tu obtenu son mot de passe?

– Il a l'habitude de laisser la porte de son balcon ouverte, alors je l'ai escaladé, j'ai regardé sous le routeur et c'est là qu'il se trouvait. Mais ne lui dites pas. Je ne crois pas qu'il apprécierait.

– Promis.

– Comment connaissez-vous Nicolas? demanda Celine, en versant de l'huile dans la poêle avant de la poser sur la cuisinière.

Vanessa s'enfonça dans le canapé.

On entendait des voix et des pas dans l'appartement de Nicolas.

Ce ne fut qu'à cet instant qu'elle se rendit compte qu'elle portait encore ses gants, elle les retira et posa son manteau sur l'accoudoir.

– Il m'a aidée pour un truc il y a quelque temps.

Celine cassa un œuf dans un bol et leva les sourcils d'un air taquin.

– Vous êtes amoureuse de lui?

Vanessa se mit à rire.

– Non.

Un silence s'ensuivit. Celine fouetta les œufs, la langue appuyée sur sa lèvre supérieure.

– Et toi, es-tu amoureuse de lui? demanda Vanessa prudemment.

– Je ne crois pas, mais j'ai toujours eu un faible pour les hommes plus âgés, dit Celine en versant le contenu du bol dans la poêle.

– Moi aussi, soupira Vanessa.

PARTIE III

La société nous déteste alors que nous sommes des hommes. Personne ne s'intéresse à nous. Nous sommes obligés de recourir à la violence et au chantage pour que la société nous aide.

Homme, anonyme.

1.

Le vent agitait et déchirait la bâche vert foncé. Börje Rohdén, cinquante et un ans, serrait Eva Lind contre lui pour la réchauffer. Bien qu'enveloppés dans deux épaisseurs de sacs de couchage et plusieurs couches de vêtements, ils claquaient des dents. Autour d'eux se dressait la forêt sombre.

– Au moins, nous sommes là l'un pour l'autre, dit-elle en souriant.

Ils le disaient souvent. À moitié sérieusement, à moitié pour plaisanter.

– Qu'on le veuille ou non d'ailleurs, répondit Börje en tournant la tête pour que sa barbe ne la chatouille pas. Nous sommes gelés et donc coincés.

Börje adorait le rire d'Eva et essayait toujours de le provoquer à la moindre occasion. Il lui manquait deux dents à la mâchoire supérieure, mais pour Börje, ce rire était sa plus grande raison de continuer à vivre.

Quelques heures plus tôt, ils avaient été expulsés d'une entrée d'immeuble à Södermalm et avaient pris le bus pour Tyresö. Ils avaient rejoint la cabane qu'ils avaient construite l'été dernier et qu'ils avaient surnommée *Junibacken*, en clin d'œil à Astrid Lindgren qu'Eva appréciait particulièrement.

– Je vais essayer de rallumer le feu, dit Börje en s'extirpant des sacs de couchage. Toi, tu ne bouges pas.

Entre les troncs d'arbre, plus haut sur la colline, la fenêtre d'une maison peinte en rouge était éclairée.

L'été et l'automne dernier, le propriétaire de la maison d'été n'avait pas manqué une occasion pour jeter leurs affaires à l'eau, les accusant de voler ses outils de jardinage et de se droguer à proximité de ses enfants.

– Est-ce vraiment une bonne idée? Et s'il voit que nous sommes ici?

Börje s'imagina le visage d'Oscar Sjölander.

– J'espère que non, répondit-il fermement. On ne peut pas traiter les gens n'importe comment, simplement parce qu'on est une célébrité de la télévision. Et si nous n'allumons pas de feu, nous allons mourir de froid.

Eva soupira.

– J'aimerais qu'il nous laisse tranquilles.

– Je te promets que je ne le laisserai plus te faire de mal.

En septembre l'année dernière, Eva était arrivée à Junibacken avant Börje. Le présentateur de la télévision avait surgi et lui avait hurlé dessus. Alors qu'elle refusait de partir, il l'avait attrapée à la gorge.

– Je ne comprends pas pourquoi il est si en colère? Il a une belle maison, deux enfants adorables, une femme qui est gentille et jolie.

Une large flamme orange s'éleva du bois humide et la chaleur frappa le visage de Börje. Eva se leva, prit deux tranches de pain et se précipita vers le feu.

– Regarde, dit-elle. Il est revenu.

Un chat à rayures grises se frotta en miaulant à sa jambe.

– C'était bien Gustaf qu'on l'avait baptisé l'été dernier? demanda-t-elle en prenant le matou dans ses bras. Oui, c'est ça. Gustaf le chat.

Gustaf pressé contre sa poitrine, elle s'avança jusqu'à un des sacs-poubelle noirs et dénoua le sac de nourriture.

– Voyons un peu si nous avons quelque chose de bon pour toi.

Eva sortit une boîte de thon. Börje voulut protester. Il n'en restait que deux. Mais il se tut.

– On partage, dit Eva en enfonçant son nez dans la fourrure du chat. Lui aussi, il a faim.

Börje leva les mains et Eva lui lança la boîte. Pendant qu'il l'ouvrait, elle gratta affectueusement le chat entre ses oreilles.

L'odeur du poisson fit gargouiller son estomac. Börje s'apprêtait à en mettre un morceau dans sa bouche lorsque son regard tomba sur Eva. L'hiver avait été froid et impitoyable. Son visage était pâle. Sa peau était tendue sur ses pommettes. Il se ravisa et lui tendit la boîte de conserve.

– Tu n'en veux pas? demanda-t-elle, étonnée.

– Je n'ai pas tellement faim, j'ai mangé des fruits avant qu'on se retrouve, mentit Börje. À vous de vous restaurer maintenant, ma petite dame.

Eva mangea de bon appétit en nourrissant le chat. Börje sentit le calme s'installer. Caresser ce chat de gouttière faisait du bien à Eva. Alors lui aussi il aimait ce sac à puces.

Eva était *clean* depuis deux mois. Avec l'entêtement d'un fou, il espérait que ce serait pour toujours. Mais elle avait déjà eu des périodes d'abstinence auparavant. Et puis un jour, elle disparaissait. Elle rechutait. Et alors il la retrouvait assise sur un banc, le regard éteint et la mâchoire molle. Il n'était pas suffisant. Chaque jour il s'inquiétait qu'elle ne lui soit enlevée. Qu'elle fasse une overdose et soit retrouvée morte dans des toilettes sales, une seringue dans le bras.

Enfin, la boîte fut vide, Eva la posa par terre et le chat lécha les restes.

Ils se blottirent tous les trois dans les sacs de couchage, sous la bâche. Gustaf s'était glissé entre eux. Sa fourrure chatouilla le nez de Börje qui éternua.

Il pensa à Oscar Sjölander, espérant qu'il resterait à l'écart. Il voulait le frapper au visage, lui dire de laisser Eva tranquille, mais cela ne ferait qu'empirer les choses. La fois où il avait appris ce qu'Oscar Sjölander avait fait à Eva, il n'avait pas pu se retenir. Il était monté à la maison, avait frappé à la porte et l'avait engueulé. Oscar Sjölander l'avait traité de sale clodo et lui avait claqué la porte au nez. Quelques années plus tôt, il lui aurait cassé la gueule sans sourciller et sans penser aux conséquences. Mais Börje avait juré de ne plus jamais faire de mal à un autre être humain. Le temps passé en prison l'avait changé.

– Tu sais à quoi je pense souvent? demanda Eva.

Börje secoua la tête.

– Que j'aurais aimé te rencontrer plus tôt… avant… avant tout. J'aurais pu me faire belle pour toi, ne pas être aussi moche que je le suis maintenant. Sentir bon. Avoir une maison. Partir en vacances.

Börje ferma les yeux, il savait qu'Eva n'était jamais partie à l'étranger.

– Non, dit-il.

– Tu n'aurais pas voulu vivre tout ça avec moi? demanda Eva, interloquée.

– Ça n'aurait jamais marché. Je n'étais pas quelqu'un de bien, avant. J'étais égoïste, méchant et froid. Pas si différent de ce roi de l'audimat là-haut.

2.

Vanessa descendit au McLarens, commanda un hamburger à Kjell-Arne et s'installa à une table près de la fenêtre. Sur un des murs était accrochée une nouvelle photo en noir et blanc d'un boxeur.

– C'est qui, ça? demanda Vanessa.

Kjell-Arne joignit les mains, décrocha le cadre et l'apporta à Vanessa.

– Johann Trollmann. Il a remporté le titre de champion du monde des poids légers en Allemagne en 1933, mais on le lui a retiré quelques jours plus tard. Pourquoi? Eh bien, parce qu'il était Sinti, une sorte de Rom pourrait-on dire. Avant son combat suivant, on lui a demandé de boxer comme un Allemand. Ce qui signifiait en gros rester immobile et échanger des coups de poing. Et tu sais ce qu'il a fait alors?

Vanessa secoua la tête.

– Il a décoloré ses cheveux et s'est poudré le corps avec de la farine. Une caricature d'aryen.

– A-t-il gagné le combat?

– Non, il a perdu. Avec dignité. Et courage. Puis il a combattu pour Hitler jusqu'en 1942 où il a été envoyé en camp de concentration. Le commandant du camp l'a reconnu, et l'a obligé à entraîner des soldats SS la nuit. Un peu plus tard, il a été battu à mort dans le camp par un criminel armé d'une pelle.

Vanessa soupira.

– Sacrée histoire.

– Il y a de la lumière dans les ténèbres. En 2003, justice lui a été rendue. La Fédération allemande de boxe l'a désigné vainqueur à titre posthume de ce combat pour le titre en 1933.

– Il devait être fou de joie, dit-elle.

Vanessa pensait que c'était typiquement masculin de souhaiter gloire et célébrité après la mort. La question de savoir qui se rendrait sur sa tombe la hantait maintenant, mais elle savait qu'elle cesserait de s'en préoccuper à l'instant où elle rendrait son dernier souffle.

Sur le rebord de la fenêtre gisait un exemplaire oublié de *Kvällspressen*.

Le journal avait appris que Karim Laimani était soupçonné d'avoir assassiné son ex-petite amie durant une permission de sortie. Jusqu'à présent, ni le nom de Karim ni celui d'Emelie n'avaient été publiés, ils étaient désignés comme *Un criminel de 35 ans appartenant à un gang* et *Une jeune femme*. Le journaliste avait également réussi à découvrir que Karim avait menacé Emelie de mort lors de sa dernière visite à la prison. Dans l'article, les antécédents judiciaires de Karim étaient énumérés, et un certain nombre d'experts et d'hommes politiques étaient cités. Tous réclamaient des règles plus strictes pour les permissions de sortie. L'article se terminait en annonçant qu'une veillée en l'honneur de la jeune femme décédée aurait lieu le lendemain dimanche à Sergels torg.

Vanessa reposa le journal et regarda par la fenêtre. Quelques secondes plus tard, son téléphone portable sonna.

– Comment ça va ? la salua Ove Dahlberg.

– Bien, merci.

– Moi aussi, annonça Ove, joyeusement. Merci d'avoir posé la question.

À l'arrière-plan, on entendait une plainte lancinante à propos des friandises du samedi. Ove demanda à l'enfant de faire moins de bruit, fut ignoré, renonça et changea de pièce.

– Je t'appelle au sujet d'Emelie Rydén. J'aurais dû le faire hier, mais…

Vanessa but une gorgée et attendit pendant qu'Ove faisait sortir le gamin qui l'avait suivi.

– Quoi qu'il en soit, nous avons reçu les résultats des analyses des autres objets qui se trouvaient dans son appartement. Dans la poche intérieure de sa veste qui était accrochée dans le hall d'entrée, il y avait un stylo.

Vanessa chercha en vain dans sa mémoire pour comprendre de quoi il parlait.

– Tu m'as demandé d'envoyer la veste parce qu'elle correspondait à ce qu'elle portait lors de sa dernière visite à Karim.

– D'accord?

– Sais-tu ce qu'il y avait sur le stylo?

– Non, Ove, je n'en ai aucune idée.

– Une empreinte digitale qui correspond à l'auteur présumé d'une tentative de viol non résolue il y a cinq ans dans le parc de Rålambshov.

– C'est quel genre de stylo?

– Un stylo à bille bleu ordinaire. Du château-hôtel de Rosersberg.

3.

Les gens se pressaient autour de Börje Rohdén dans l'immense centre commercial Farsta Centrum. Il s'arrêta devant la corbeille à papier et fouilla dedans. Rien d'intéressant.

Une femme l'observa avec dégoût. Börje s'était habitué à ce que les gens grimacent en le voyant. Du moins, il ne se sentait plus tourmenté, comme les premiers temps où il s'était retrouvé à la rue. À l'époque, il se déplaçait courbé, le regard fixé au sol, pour que personne ne puisse le reconnaître.

Börje se traîna jusqu'à la poubelle suivante, trouva une bouteille consignée, et l'enfonça dans son sac. Il fouilla plus profondément. Sentit une masse froide familière et retira la main. Une substance brune était collée dessus. De la crotte de chien.

– Merde, marmonna-t-il.

Il leva la main, chercha quelque part où l'essuyer. Près d'un banc se trouvait une serviette froissée avec laquelle il se nettoya à l'aide des dernières gouttes de la bouteille consignée.

Börje ramassa un journal gratuit. Auparavant, il ne s'était jamais soucié de la météo en dehors des vacances. Maintenant, les prévisions étaient la première chose qu'il regardait lorsqu'il mettait la main sur un journal. Une amélioration du temps était promise pour les jours suivants. Du soleil, quinze degrés. Pas de pluie. La chaleur semblait être là pour rester. La vie était quand même plutôt belle. Lui et Eva avaient survécu à leur deuxième hiver ensemble et tout à l'heure il allait la surprendre avec un Big Mac presque entier qu'il avait trouvé devant le McDonald's.

Börje alla échanger les canettes et les bouteilles consignées qu'il avait ramassées, empocha les douze couronnes et prit l'escalator pour monter sur le quai du métro. La vue donnant sur les hauts immeubles avait poussé les alcooliques qui se rassemblaient sur les bancs du quai pour boire de la bière à surnommer l'endroit le «Sky Bar».

Pour l'instant, le bar ne comptait qu'un seul client : le manchot Elvis Redling sur son fauteuil roulant électrique Permobil. Décoré d'autocollants du club de football Hammarby.

– Börje, s'écria Elvis lorsqu'il l'aperçut, en faisant tourner son Permobil et levant le moignon de son bras. Tape-m'en cinq.

Elvis avait grandi à Farsta. Il était né ici, il restait ici.

L'accident s'était produit sur le quai au cours de l'été 1994. Elvis, qui venait de perdre son emploi de menuisier, était en route pour le centre de Stockholm pour célébrer la victoire de la Suède sur la Roumanie lors de la Coupe du monde de football. Bousculé par un ami, il était tombé sur la voie. Trois wagons étaient passés sur son corps. Il ne restait plus que des lambeaux de chair de son bras et de sa jambe gauches.

Börje jeta un coup d'œil dans le panier du Permobil d'Elvis. Une bouteille de vodka et deux bières fortes. Des Åbro à 7,3 %. Depuis la mort de la mère d'Elvis, un mois et demi plus tôt, Elvis s'en était tenu à la bière et aux comprimés. Mais maintenant, il reprenait de la vodka.

– Comment ça va ? demanda Börje en s'asseyant sur le banc.

Quelque chose de douloureux passa dans les yeux d'Elvis.

– Putain, Börje, je ne sais pas si je me remettrai un jour de la mort de maman. C'est le pire cauchemar de ma vie. L'autre jour, je l'ai appelée, et je me suis demandé pourquoi elle ne répondait pas. Non, bien sûr, elle est morte. Je ne l'ai pas encore compris.

Börje ne savait pas quoi répondre. Elvis se redressa et attrapa une Åbro. Une rame de métro arriva dans le crissement de ses freins. Une classe en sortit et les enfants les regardèrent. Elvis cacha la bière sur ses genoux jusqu'à ce qu'ils soient passés. Il le faisait toujours.

Eh, on ne boit pas devant les enfants. C'est comme ça que j'ai été élevé, avait-il répondu quand Börje l'avait interrogé à ce sujet, au début de leur amitié.

Deux agents de sécurité s'approchèrent d'eux. Börje les reconnut. De sacrés enfoirés. En particulier le plus grand des deux, celui qui s'appelait Jörgen. Il avait le crâne rasé, un ventre à bière et les yeux rapprochés. Il était évident qu'il aimait faire la démonstration de son pouvoir. L'autre était de taille moyenne, de corpulence normale.

Jörgen se posta devant eux. L'autre resta quelques pas derrière, la main posée sur sa matraque, laissant son regard errer sur le quai.

– Vous savez que vous ne pouvez pas rester assis ici, dit Jörgen en accrochant ses pouces à sa ceinture. Vous faites peur aux gens.

– Sois un peu raisonnable, voyons, dit Börje calmement.

– Toi, ferme ta gueule, dit Jörgen en ricanant et baissant la voix. Vous n'êtes que des abominations monstrueuses. Et toi, ajouta-t-il en s'adressant à Elvis, si tu avais un peu d'honneur dans ce corps tordu, tu te serais suicidé.

Le plus petit des agents de sécurité hocha la tête en signe d'approbation.

Börje posa la main sur l'épaule d'Elvis.

– On se casse, ça ne sert à rien de rester ici à discuter.

– Sales rats. Vous êtes des parasites qu'on devrait exterminer, siffla Jörgen tout en souriant.

Börje et Elvis se dirigèrent en silence vers l'ascenseur pour redescendre faire le tour du Farsta Centrum avant de revenir sur le quai.

Eva n'arriva que quelques heures plus tard. Börje se leva et alla à sa rencontre. Il enfouit son nez dans ses cheveux qui sentaient le shampoing.

– *Get a room* ! cria Elvis. Ah non, c'est exactement ce que vous ne pouvez pas faire.

Elvis rentra chez lui dans son fauteuil, Börje et Eva attendirent le métro. Elle posa sa tête contre son épaule, l'air triste et renfermé.

– Il devrait faire plus chaud dans les jours à venir, dit-il sur un ton enjoué. Avec un peu de chance, nous pourrons emménager de façon permanente à Junibacken.

– Ce serait bien, mon ours.

Sa voix sonnait creux, et l'anxiété s'enfonça comme une aiguille dans son estomac. Börje se souvint alors du Big Mac. Il fouilla dans les poches de sa veste. Cela semblait dérisoire, mais c'était tout ce qu'il avait à offrir.

– Ferme les yeux, dit-il.

Börje posa le petit carton sur le banc à côté de lui et porta le hamburger sous le nez d'Eva. Elle renifla.

– Ouvre la bouche.

Ses lèvres se refermèrent sur le pain et la viande et elle ouvrit les yeux. Elle déglutit et les referma. Elle prit le burger dans sa main et mangea, les paupières mi-closes. Par petites bouchées, pour le faire durer plus longtemps. Börje adorait la regarder manger. Si Eva voulait assouvir sa faim, c'était qu'elle voulait vivre.

Une heure et demie plus tard, ils arrivèrent à Junibacken.

Mais Börje et Eva se rendirent immédiatement compte qu'ils n'étaient pas seuls. Quelqu'un fouillait dans leurs affaires.

– Attendez ici, ma petite dame, chuchota Börje avant de se rapprocher.

4.

Tom zappait puis s'arrêta sur une émission de télé-réalité. *Paradise Hotel.* Pendant un certain temps, il y avait quelques années, il avait suivi le programme avec un intérêt presque scientifique. C'était avant qu'il ne se réveille, quand il essayait encore de comprendre pourquoi certains hommes étaient irrésistibles auprès de la gent féminine.

À l'écran, trois hommes discutaient sur un terrain de sport. Deux d'entre eux étaient bronzés, musclés et tatoués. Le troisième était gros, probablement pour jouer le rôle du personnage comique. Les deux mâles alpha soulevaient des poids, gémissaient, tendaient leurs muscles. Le gros les regardait, buvant une canette de Coca, assis sur le palier, son ventre dépassant de son short.

– As-tu pensé à devenir culturiste? demanda l'un des mâles alpha à l'autre.

– Le problème avec les culturistes, c'est que dès qu'ils arrêtent leur carrière ils deviennent gros. Ils finissent par avoir le même corps que Henke, répondit l'autre en faisant un signe de tête vers le gros.

Tous trois éclatèrent de rire. *Les femmes ne se diraient jamais une chose pareille,* pensa Tom. *Il y aurait une dispute, des larmes. Les hommes ont l'habitude de plaisanter et de se chambrer. Mais on n'a jamais le droit de dire du mal des femmes. Surtout pas de leur corps.*

Tom bâilla, sortit son téléphone, alla sur Instagram pour voir si Henrietta avait posté quelque chose.

Elle avait posté une photo, vingt-sept minutes plus tôt. Tom se redressa, approcha l'écran de son visage.

Ce sont des choses qui arrivent, disait le texte.

La photo était accompagnée des hashtags *hôpital de Danderyd. Les urgences.*

Tom se mordit la lèvre en tapant le nom du petit ami d'Henrietta, Douglas, dans la barre de recherche. Il était à l'étranger. C'était l'occasion rêvée de lui parler. De lui montrer ce qu'elle représentait pour lui. Cela nécessiterait des sacrifices, mais c'était un prix qu'il était prêt à payer.

Tom se leva. Il enfila son haut préféré, se mit du déodorant sous les aisselles en tournant le dos au miroir de la salle de bains pour éviter de voir son visage.

Il se plaça devant l'évier, ouvrit un des tiroirs de la cuisine et en sortit un couteau. Il aperçut son reflet dans la fenêtre de la cuisine. Il se sentait comme l'un des héros des jeux vidéo auxquels il passait son temps à jouer. Il s'assura d'avoir un rouleau d'essuie-tout à portée de main. Il frotta le bout de son doigt sur la lame. Cela allait faire mal, mais pas trop quand même. La cicatrice lui donnerait un air viril. Il devait trouver une bonne histoire. Une bagarre? Une morsure de chien? Peut-être avait-il été blessé en sauvant une fille d'un gang de voleurs?

Tom composa le numéro de Taxi Stockholm et un répondeur automatique l'informa que plusieurs appels étaient en cours et lui demandait de patienter.

Il attrapa la poignée de la main droite, inspira profondément, ferma les yeux et s'entailla la paume. Il gémit.

Le téléphone grésilla.

– Taxi Stockholm, vous parlez à Linda.

Le sang coulait sur l'évier, sur le sol. Tom serra les mâchoires. Il était un vrai homme qui pouvait supporter la douleur.

– Allô?

Il contempla la plaie avec fascination, attrapa l'essuie-tout et l'enroula autour de sa main en sang.

– J'ai besoin d'une voiture pour Essinge brogata, dit Tom les dents serrées. Le plus rapidement possible.

Quand Tom entra dans le service des urgences de l'hôpital de Danderyd, l'essuie-tout était rouge, le sang avait taché son haut et son jean.

La pièce baignait dans une lumière blanche et froide. Au centre se trouvait un comptoir ovale où il fut enregistré pendant qu'une infirmière déterminait rapidement qu'il avait besoin de points de suture. Le personnel de l'hôpital courait partout. Derrière la tête de la réceptionniste, il y avait une rangée de huit lits dans lesquels étaient allongés des patients. Sur l'un d'eux, un vieil homme terrifié qu'une infirmière tentait de calmer tenait des propos incohérents.

Tom tendit le cou, vit qu'Henrietta était allongée à trois lits du vieil homme désorienté. Elle n'était pas maquillée, et paraissait plus jeune que d'habitude. *Plus belle aussi*, pensa Tom. À côté d'elle se trouvait un lit vide. Jusqu'à quel point pouvait-il s'approcher? Qu'allait-il se passer si elle le reconnaissait? Non, c'était une question stupide. Il n'était qu'une ombre, et elle ne se souvenait probablement même pas de lui.

– Je me sens très faible, dit Tom en regardant l'infirmière d'un air suppliant. Est-ce que je peux m'allonger un moment? Je crois que je vais m'évanouir sinon.

Il fit mine de chanceler, s'appuyant au comptoir de sa main valide.

– Venez par ici, dit-elle.

Elle l'attrapa sous le bras et le conduisit vers le lit vide. Henrietta ne leva même pas les yeux.

– Attendez ici pour l'instant et quelqu'un viendra s'occuper de vous.

Entre les lits, il y avait un rideau, si bien que Tom ne pouvait pas voir ce que faisait Henrietta. Il commença à regretter d'être venu ici, à quoi cela servait-il? Une demi-heure s'écoula.

Un homme passa en hurlant sur un brancard. Son bras était tordu selon un angle étrange. Tom ferma les yeux, écouta les bruits, s'imagina qu'il était un héros de la Seconde Guerre mondiale, blessé lors d'une mission secrète.

Une heure. Personne ne venait l'examiner. La plaie dans la paume de sa main palpitait et lui faisait de plus en plus mal. Le vieux qui délirait s'éloigna en titubant dans le couloir, pour être ramené par une infirmière quelques instants plus tard.

Tom tenta d'attirer l'attention d'une infirmière qui passait, pour savoir s'il serait bientôt recousu, mais elle l'ignora.

– Excusez-moi, entendit-il depuis le lit d'Henrietta. Je pourrais avoir un peu d'eau, s'il vous plaît?

Personne ne fit attention à elle

Tom posa doucement les pieds sur le sol. Il tira le rideau de côté. Henriette le regarda fixement. Le reconnaissait-elle?

– Oui?

Il fallait qu'il dise quelque chose.

– Tu voulais... J'ai entendu... Je peux t'apporter de l'eau?

Elle lui sourit avec reconnaissance, montrant son pied bandé. Même s'il s'y était préparé, il était un peu triste qu'elle ne le reconnaisse pas. Mais peut-être était-ce aussi bien? Maintenant, il pouvait tout recommencer. Être quelqu'un d'autre.

– Ce serait gentil.

5.

Börje se rapprocha du bruit, se glissa derrière un tronc d'arbre et jeta un coup d'œil. Une lumière sautillait dans l'obscurité et il vit un homme ramasser les pierres de leur foyer et les jeter dans la forêt. Ensuite, la silhouette se dirigea vers les sacs-poubelle noirs, les déchira et commença à éparpiller leur contenu sur le sol. Bien qu'il n'ait pas encore aperçu son visage, Börje comprit qu'il s'agissait du présentateur de télévision Oscar Sjölander.

Il lança un coup d'œil inquiet derrière lui, vers Eva. Il ne voulait pas qu'elle soit bouleversée et effrayée.

Börje sortit de sa cachette. Le présentateur se figea, redressa le dos et se précipita vers lui.

– Vous avez volé le vélo de mon fils, hurla-t-il.

– Non, nous ne l'avons pas volé. Comme vous pouvez le voir, il n'est pas ici, répondit Börje aussi calmement qu'il le pouvait.

Oscar Sjölander braqua le faisceau de sa lampe de poche sur lui. Börje plissa les yeux et leva la main pour ne pas être ébloui. Il gardait son calme. Par égard pour Eva. S'il touchait à un cheveu de cet idiot, la police les ferait partir.

– Alors vous l'avez vendu pour acheter de l'alcool. J'ai dit que je ne voulais pas de vous ici.

– Ce n'est pas à vous de décider. Nous habitons ici. Pouvez-vous éclairer dans une autre direction?

Börje entendit un bruit derrière lui. Eva. Oscar dirigea le faisceau de la torche vers elle. Elle était terrifiée.

– J'appelle la police, cria Oscar Sjölander.

– Calmez-vous un peu.

– Combien coûte votre consommation de drogue à nous, les contribuables ? Si l'ordre régnait dans ce pays, on aurait depuis longtemps aligné les gens comme vous contre un mur et on aurait appuyé sur la détente. Prends ta salope de junkie édentée et dégage !

– Non.

Oscar Sjölander fit un pas vers Börje. Leurs visages se retrouvèrent à la même hauteur, à dix centimètres l'un de l'autre. Quelques secondes passèrent, puis le présentateur comprit qu'il ne pouvait rien faire de plus. Il donna un dernier coup de pied dans un des sacs-poubelle noirs et disparut dans la forêt en direction de sa maison.

– Voilà, c'est fini, dit Börje en souriant à Eva. Ça va ?

Elle hocha lentement la tête, regardant leurs affaires éparpillées sur le sol humide. Börje rassembla les pierres et les replaça en cercle pour allumer le feu, tandis qu'Eva ramassait leurs vêtements et les accrochait sur la corde à linge.

Lorsque Börje tendit la bâche, il heurta quelque chose de dur avec sa botte. Les restes du Walkman. Piétiné.

– Merde ! s'exclama-t-il.

Eva, qui était accroupie en train de rassembler les morceaux de leurs deux assiettes, leva la tête.

– Il a cassé le lecteur de cassettes.

– Peut-être qu'Elvis ou un des garçons en auront un dont ils ne se servent pas.

Eva appelait toujours les personnages dépenaillés du Sky Bar *les garçons*. Börje trouvait que cela avait quelque chose de sympathique.

– Et maintenant, mangeons, ma petite dame. Je meurs de faim.

Börje jeta d'autres branches sur le feu et ils se blottirent l'un contre l'autre. Eva, rassasiée par le hamburger, se contenta d'une tranche de pain. Il étala du thon sur son pain et mangea de bon appétit. Une fois le poisson terminé, il trempa les morceaux de pain dans la saumure et les porta à la bouche.

– Tu sembles un peu triste? dit-il avec hésitation. Nous ne devons pas laisser les gens comme Oscar Sjölander nous gâcher la vie. Tu le sais bien?

Eva regarda le feu.

– Ce n'est pas ça. J'ai vu Nina aujourd'hui, avec un landau. Elle est descendue du train de banlieue à Älvsjö. D'abord, j'ai pensé que j'avais de la chance. Je venais de prendre une douche, je sentais bon, je n'avais pas l'air trop mal en point. Mais elle a fait semblant de ne pas me voir. J'étais tellement contente pour elle, j'aurais aimé oser regarder le bébé ou du moins savoir si c'était un garçon ou une fille. J'ai failli le faire plusieurs fois.

Elle se mordit la lèvre.

– C'est peut-être aussi bien comme ça. J'ai été une très mauvaise mère, je n'aurais probablement pas été une très bonne grand-mère non plus.

Börje passa son bras autour d'elle. Il voulait la réconforter, lui dire que tout irait bien, mais il ne pouvait pas mentir. Nina avait coupé tout contact avec Eva. Rien n'indiquait que cela allait changer.

– C'est elle qui perd la meilleure grand-mère du monde pour son enfant, dit-il, et il le pensait vraiment.

Quand ils allèrent se coucher une demi-heure plus tard, Börje entendit Eva pleurer. Il la serra contre lui, mais ne savait pas quoi dire pour la réconforter.

6.

Tom maintint relevé le rideau qui séparait leurs lits tout en regardant autour de lui. De l'autre côté de l'accueil, il y avait une fontaine à eau sur un support. Tom s'en approcha, remplit un gobelet en carton et revint. Il le donna à Henrietta qui le prit et but goulûment. Un filet d'eau coula le long de son menton, sur sa gorge et disparut entre ses seins. Avec un soupir, elle reposa le gobelet vide.

– Merci, dit-elle.

– Que s'est-il passé? demanda Tom.

Il se sentait étonnamment sûr de lui. Il lui avait donné à boire. Et elle ne l'avait pas regardé de haut. S'il avait une seule chance dans sa vie de devenir son amant, c'était maintenant.

– Je me suis blessée en m'entraînant, expliqua Henrietta. Mon Dieu, je suis tellement maladroite.

Tom s'assit sur son lit.

– Et toi, comment as-tu atterri ici? demanda-t-elle en désignant sa main.

Tom répéta ce qu'il avait dit à l'infirmière.

– Je me suis coupé en cuisinant.

Pourquoi n'avait-il pas menti? Il devait se montrer intéressant et énergique s'il voulait avoir une chance. Il devait rattraper son erreur.

Mais la conversation se déroulait bien, se dit Tom. Il parlait à Henrietta sans être nerveux. Sans bégayer. Elle n'avait pas fait la grimace. Elle ne lui avait pas fait remarquer qu'il la regardait désagréablement ou qu'il puait.

Il se lécha les lèvres.

– Tu fais quoi dans la vie?

– Je suis chef de projet dans une agence de relations publiques.

Elle n'avait encore rien dit sur son petit ami. Cela devait signifier quelque chose. Peut-être était-ce comme Tom le soupçonnait, qu'elle était surtout avec Douglas pour avoir un endroit où habiter. Elle était plus jeune que lui, plus belle.

Tom l'entendait parler, mais ses pensées vagabondaient sur le nombre d'hommes qui l'avaient pénétrée. Sur le forum qu'il visitait souvent, il avait lu que la moyenne pour une femme de vingt-deux ans dans le monde occidental était d'environ cent partenaires sexuels. Henrietta était plus âgée. Elle aurait vingt-cinq ans le 18 mai. Deux cents hommes? Son pénis se mit à gonfler dans son pantalon, frottant contre le tissu de son caleçon.

Henrietta fit un signe de la main.

– Allô? Elle éclata de rire. Je t'ai demandé ce que toi tu faisais dans la vie.

– Je suis policier, répondit-il.

Le mensonge était venu instinctivement. Et il le regretta aussitôt. Pas d'avoir menti, mais de son choix de métier. Policier était certes un bon métier viril. Mais ils ne gagnaient pas grand-chose. Les femmes voulaient qu'on s'occupe d'elles et qu'on prenne soin d'elles. Peut-être aurait-il dû dire qu'il travaillait comme trader? Maintenant c'était trop tard pour changer. Il se pencha en avant, jeta un coup d'œil autour de lui et baissa la voix en confidence.

– Je suis enquêteur et je travaille parfois comme garde du corps.

Elle le dévisagea et il détourna le regard. Il avait toujours eu du mal avec le contact visuel. Le soupçonnait-elle de mentir? Il ne devait pas sembler peu sûr de lui. Après tout, elle parlait avec lui. Dans son esprit, il se voyait assis avec elle à une table de cuisine, en train de dîner. Deux garçons blonds chacun sur leur chaise. La cuisine était claire et propre, comme sortie d'un magazine de décoration. Il allait prendre soin d'Henrietta, de leurs fils. Tout faire pour eux. Nouvelle scène. Henrietta était à califourchon sur lui. Ses seins lourds rebondissaient tandis qu'elle le chevauchait et qu'elle gémissait son nom. Elle descendait, se baissait, et, les yeux fixés sur les siens, se préparait à prendre son sexe dans sa bouche.

– J'ai menti tout à l'heure, s'entendit-il dire. Je ne me suis pas coupé en cuisinant. Une fille était sur le point de se faire violer. L'agresseur avait un couteau. Il m'a coupé la main pendant que je le désarmais. Mais la fille va bien maintenant, il n'a pas eu le temps de lui faire de mal. Il finira probablement en prison.

Henrietta ouvrit la bouche pour répondre, mais tourna la tête, regardant à gauche derrière lui. Une infirmière se tenait au pied de son lit.

– Tom Lindbeck, suivez-moi, un médecin va s'occuper de vous maintenant.

Vingt minutes plus tard, la plaie était nettoyée, recousue avec trois points de suture et sa main bandée. Tom prit congé du médecin et se précipita dans le couloir, courant à moitié vers l'endroit où il avait laissé Henrietta. Le lit où elle était allongée était vide. Il alla à l'accueil, interrompit un jeune homme et se pencha vers l'infirmière qui avait fait son admission.

– Où est Henrietta?

– Pardon?

– La femme qui se trouvait dans le lit à côté du mien, dit Tom fébrilement en le montrant du doigt. Où est-elle?

L'infirmière essuya les gouttes de salive postillonnées par Tom sur sa lèvre supérieure.

– Elle vient juste de partir.

Tom fit demi-tour et s'élança dans le couloir qui menait à la sortie. Il appuya sur le bouton de l'ascenseur. Se ravisa, frappa du poing contre le mur et dévala les escaliers. Dehors, la nuit était tombée. Il sortit, regarda autour de lui. Vide, Silencieux. Derrière lui, il entendit un sifflement lorsque les portes automatiques s'ouvrirent.

Henrietta sortit en sautillant, une béquille dans chaque main. Au même moment, un taxi tourna au coin de la rue. Les phares se rapprochèrent. Leurs ombres se transformèrent en géants contre le bâtiment de l'hôpital.

– Tu n'as qu'à le prendre, dit Tom.

– Merci.

La voiture s'arrêta et Tom ouvrit la portière. Henrietta lui tendit ses béquilles, rit quand elle eut du mal à se glisser sur la banquette arrière.

– Où habites-tu? demanda-t-elle.

Tom lui rendit ses béquilles et se pencha vers elle.

– Lilla Essingen.

– Alors, monte avec moi, proposa Henrietta. J'habite près de Sankt Eriksplan.

7.

Il était dix heures et demie le dimanche soir lorsque Vanessa entendit un petit coup frappé à sa porte. Elle se leva, enfila un jean et un tee-shirt et ouvrit après avoir regardé par le judas.

Nicolas entra. Dans le salon, il fit un geste vers l'oreiller et la couverture roulée sur le canapé.

– Tu as trois chambres, mais tu t'entêtes à dormir là?

– Je suppose que tu t'es assuré que personne ne t'avait suivi jusqu'ici.

– Je suis seulement venu te remercier pour ce que tu as fait jeudi. Je sais que ce n'était pas facile pour toi.

– Tu veux boire quelque chose?

– Je prends ce que tu prends.

Vanessa alla chercher une bouteille de whisky, sortit deux verres et les remplit. Ils s'installèrent sur le canapé. Elle l'examina calmement.

– Comment as-tu fait pour être impliqué dans la fusillade?

Nicolas reposa son whisky.

– Je ne pouvais pas le laisser la tuer. Si je n'étais pas intervenu, il l'aurait abattue elle aussi. L'homme qui avait été touché le premier était armé, j'ai pris son arme, j'avais un angle de tir dégagé et j'ai tiré.

Vanessa se dit qu'il ressemblait à un militaire faisant son rapport. Concis. Factuel. Sans remords. Juste un soldat qui a fait son devoir, neutralisant l'ennemi. Pourtant, elle connaissait suffisamment Nicolas pour se rendre compte qu'il était tourmenté par le fait d'avoir tué une autre personne.

– Comment ça va avec Natacha?

Vanessa ne répondit pas. Nicolas eut l'air de regretter d'avoir posé la question.

– À la fin de l'année dernière, elle a appris que son père était vivant, répondit finalement Vanessa. Elle est auprès de lui maintenant, en Syrie.

– Et comment va-t-elle?

Vanessa haussa les épaules.

– Tu ne lui as pas parlé?

– Elle doit reconstruire sa vie là-bas. Je ne pense pas qu'elle veuille que je…

– Elle t'idolâtre. Tu n'y crois même pas toi-même, Vanessa.

– Non, je sais, dit-elle.

Elle se pencha en arrière, vida son whisky et tendit la main vers la bouteille. Après s'être servie, elle montra le verre de Nicolas, mais il posa sa main dessus.

Elle ne pouvait pas faire semblant devant lui. Nicolas était entré dans leurs vies juste après que Vanessa avait rencontré Natacha au foyer pour réfugiés mineurs, et l'avait prise sous son aile. Il avait vu Vanessa risquer sa vie, sa carrière pour la jeune fille.

– La vérité c'est que je ne suis pas prête à lui parler. Elle me manque trop.

Nicolas lui tapota amicalement le genou. Il se leva.

– Tu pars déjà?

– Je suppose que tu travailles demain.

– Tu ne peux pas rester un moment? demanda Vanessa en se levant à son tour. Ou pars, si tu as autre chose à faire.

Nicolas l'observa, amusé.

– Je vais rester encore un peu, dit-il en se rasseyant et remplissant son verre. Ivan m'a contacté. Il veut me voir.

– Pourquoi ça?

– Aucune idée. Il est à la prison d'Åkersberga.

– C'est drôle, j'y étais dimanche dernier, dans le cadre d'une enquête sur un homicide. Une jeune femme a été assassinée. Son ex, Karim Laimani, était en permission de sortie. Le lendemain, il a rejoint le centre de détention avec son sang sous ses semelles. Tu imagines la rage, parce qu'on l'avait quitté!

– C'est ce qu'il dit?

– Non, il nie tout en bloc. L'audience a lieu demain et je pense qu'il sera mis en examen. Que vas-tu faire pour Ivan?

– Je ne sais pas.

Il donna l'impression de vouloir continuer, mais la suite resta en suspens. Il secoua la tête.

– Putain, je ne sais vraiment pas.

Vanessa se remémora le visage d'Ivan. Son corps trapu et puissant. Son cou inexistant et ses yeux fixes. L'insécurité. La haine. C'était incroyable qu'Ivan et Nicolas aient été les meilleurs amis. C'était difficile de trouver deux personnes plus différentes.

– J'ai reçu une offre d'emploi, dit Nicolas. Du moins, je crois. J'ai croisé un de mes anciens officiers. Il travaille pour une société de sécurité à Londres. Il a dit que je serais… à ma place.

Vanessa se rendit compte qu'elle ne voulait pas qu'il parte. Elle le voulait à Stockholm. Près d'elle. C'était égoïste. Ils ne se fréquentaient même pas. Peut-être était-ce parce qu'ils partageaient le souvenir de Natacha. Qu'ils le gardaient en vie.

– Qu'en penses-tu?

Elle ne pouvait pas lui demander de rester. Pas pour elle.

– Tu as besoin de changer d'air. Sinon tu vas sombrer. Je t'ai vu à Colonia Rhein, tu étais une autre personne. Tu fonctionnais mieux. Je crois que certaines personnes ont besoin de se battre pour quelque chose. Tu as vécu des choses qui te préparent mal à une vie ordinaire.

– J'ai essayé, dit Nicolas.

Elle lui tapota deux fois la cuisse.

– Je sais.

Ils levèrent leurs verres, trinquèrent.

Il y avait quelque chose chez Nicolas qui l'avait attirée dès le premier instant. Qui faisait des étincelles. Qui démangeait. Qui chatouillait. Physiquement, c'était un des hommes les plus séduisants qu'elle ait jamais vus. Incroyablement beau. Grand et musclé. Viril sans être macho. Nicolas était beau. Contemplatif. Mais au fond de lui, il cachait une noirceur, une force primitive pour laquelle l'armée suédoise avait consacré des ressources considérables afin de l'affiner. De lui apprendre à la transformer en une violence contrôlée et efficace.

Elle sentait que cette attirance était réciproque. Mais elle savait que pour qu'il se passe quelque chose, il fallait qu'elle fasse le premier pas. Il y avait une frontière entre eux, un accord tacite qu'elle devait briser. Et elle n'était pas sûre de le vouloir. Parce qu'une fois qu'elle aurait franchi la ligne qu'elle avait tracée, leur relation serait changée à jamais.

– À quoi penses-tu ? demanda Nicolas.

– À rien, répondit Vanessa.

8.

La plupart des journalistes, rédacteurs et vendeurs allaient déjeuner dans les rares restaurants autour de Marieberg. Bengt la Brioche, comme à son habitude, mangeait un *Gorby's pirog* à son bureau.

– Que veux-tu que je fasse aujourd'hui? demanda Jasmina.

La Brioche reposa sa tarte et mâcha la bouche ouverte. Un morceau de viande hachée rougeâtre brillait, coincé entre ses dents de devant.

Depuis que Max lui avait volé son article, Bengt s'était montré plus gentil avec elle et lui avait davantage fait confiance. Tuva avait dû l'informer de ce qui était arrivé. Et la Brioche était bien sûr reconnaissant à Jasmina de ne pas avoir dit qu'il avait rejeté la même proposition de sujet d'article lorsqu'elle était venue d'elle. Elle ne voulait pas se faire davantage d'ennemis à la rédaction.

– À la mi-avril, une femme a été assassinée à Täby, tu en as peut-être entendu parler? Celle qui a été retrouvée poignardée dans son appartement. Nous n'avons pas révélé son nom, mais elle s'appelait Emelie Rydén.

– Oui?

La Brioche gratta le morceau de viande hachée avec son ongle pour le décoincer, l'observa avant d'enfoncer son index dans sa bouche avec un bruit de succion.

– Aujourd'hui, son ex, Karim Laimani, va être présenté au juge pour être mis en examen. Ce salopard avait comme on le sait une permission de sortie. Va au tribunal et suis l'audience.

Jasmina retourna à son bureau. La place de Max Lewenhaupt était vide depuis que Hans Hoffman avait révélé le vol de son article. Son avenir au journal était incertain. Officiellement, il était en congé pour raisons personnelles. Tuva avait demandé à Jasmina de ne rien raconter à ses collègues avant qu'elle n'ait pris de décision.

Bien qu'il soit agréable d'échapper à son comportement grossier et à ses commentaires sarcastiques, elle avait pitié de lui. Voler l'idée d'article d'un autre journaliste, c'était franchir une limite. Mais *Kvällspressen* était un moins bon journal sans Max. En peu de temps, il s'était constitué un réseau d'informateurs au sein de la police. Ce serait difficile pour Tuva Algotsson de le remplacer.

Jasmina rassembla ses affaires et se dirigea vers la sortie. Elle prit l'escalier afin d'éviter de se retrouver dans l'ascenseur avec un homme qu'elle ne connaissait pas. Elle franchit la porte à tambour et passa devant la réception au niveau du rez-de-chaussée. Dehors, elle s'assit sur un banc en attendant son taxi.

Une voiture ralentit dans la zone de chargement. Tuva en sortit, abaissa une paire de lunettes de soleil qui se trouvait dans sa chevelure et se dirigea vers l'entrée.

– Ah! Jasmina, te voilà. Tu vas quelque part?

– Au tribunal.

– Tu as une minute? demanda Tuva en jetant un coup d'œil derrière elle, pour s'assurer que personne n'écoutait. C'est au sujet de Max.

Jasmina hocha la tête. Tuva abaissa les lunettes de soleil sur la pointe de son nez et l'observa par-dessus.

– J'ai envie de le garder. Si ça ne te dérange pas?

Jasmina ouvrit la bouche pour parler, mais Tuva n'avait pas fini.

– Il doit bien sûr te faire ses excuses. Et si cela se reproduit, il devra partir dans la journée. Mais je n'ai pas les moyens de perdre un autre bon journaliste.

Jasmina réfléchit quelques secondes. Elle ne voulait pas causer de problèmes. Son avenir à *Kvällspressen* était encore incertain. Mais que voulait dire Tuva par «un autre»? Quelqu'un avait-il déjà été viré?

– D'accord.

– Si tu veux, je peux vous mettre dans des équipes différentes, pour que vous n'ayez pas à vous croiser?

Jasmina secoua la tête.

– Ce ne sera pas nécessaire.

Tuva sembla satisfaite de sa réponse. La loyauté au journal était primordiale. Une façon de la montrer était de toujours répondre présent quand les chefs appelaient, quelle que soit l'heure du jour ou de la nuit, et les projets qu'on pouvait avoir par ailleurs. Une autre était de ne pas parler des problèmes internes de *Kvällspressen*.

– Bien. On fait comme ça alors. Et si tu as des idées d'articles que la Bri… je veux dire Bengt, retoque, viens me voir.

9.

Börje leva la tête, contempla la façade grise et ressentit un pincement à l'estomac.

Il n'avait jamais vu Nina, la fille d'Eva, autrement que sur la photo qu'elle portait toujours sur elle.

Quand Börje s'était réveillé la veille au matin, Eva n'était plus là et il était fou d'inquiétude. Pour ne pas perdre de temps à faire le trajet entre Tyresö et la ville, Börje n'était pas retourné à Junibacken, mais avait passé la nuit dans une cage d'escalier de Södermalm.

Comment une personne qu'il ne connaissait que depuis deux ans pouvait-elle l'affecter autant?

Sa rencontre avec elle, par cette froide soirée d'automne au Sky Bar, avait changé sa vie.

Börje avait deux enfants. Il les aimait, bien sûr, mais son amour pour eux avait toujours été compliqué. Les réunions de parents, les trajets pour les emmener ou aller les chercher, les entraînements de foot, les séances de coucher. Pour eux, il n'avait pas été prêt à renoncer à lui-même et à sa vie.

Peut-être était-ce là la différence? Lorsqu'il avait rencontré Eva, il n'avait rien eu à sacrifier. Il était sans ressources et alcoolique. Après sa condamnation à la prison, sa famille lui avait tourné le dos. Il n'avait pas d'endroit où vivre et refusait l'aide des services sociaux. Il passait ses journées à attendre la mort au Sky Bar, une bouteille de vodka à la main. Les dimanches, il restait allongé, tremblant des symptômes liés au manque, dans un petit coin de forêt ou une cage d'escalier.

Eva et Börje s'étaient donné du courage et s'étaient aimés violemment, sans condition ni distractions, parce que cet amour était la seule chose qu'ils avaient à offrir.

Pour la première fois de sa vie, il était vulnérable. Il avait peur. Il savait que sans Eva il s'effondrerait, sans pouvoir se relever. Il avait besoin d'Eva, pas seulement pour ce qu'elle était, mais pour ce qu'elle faisait de *lui*.

S'il était arrivé quelque chose à Eva, un accident ou une overdose, et qu'elle se retrouvait à l'hôpital, Börje ne le saurait jamais. Ils n'étaient pas mariés. Aux yeux des autorités, leur amour ne signifiait rien. Mais dans le monde de Börje, c'était la chose la plus importante qui lui soit jamais arrivée. Il ferma les yeux et essaya par la force de sa pensée de la garder en sécurité. En même temps, il savait ce qu'il devait faire. Pour obtenir des réponses, pour peut-être retrouver Eva.

Börje examina son visage dans la fenêtre à côté de la porte de l'immeuble. D'habitude, il évitait les miroirs. Se voir sale et peu soigné lui semblait étrange et peu familier. Son teint était jaunâtre, il avait l'air malade. Il regarda son reflet fixement, se demandant si ses enfants et son ex-femme le reconnaîtraient. Il aurait aimé rencontrer Nina dans d'autres circonstances. Qu'elle puisse pardonner à Eva ou du moins ne pas la haïr. En même temps, il la comprenait, tout comme il comprenait ses propres enfants.

Avec des doigts maladroits, il remit quelques mèches de cheveux en place. Il redressa le col de sa chemise usée, essaya avec les ongles de faire disparaître les taches les plus voyantes avant de tapoter la poussière sur les jambes de son pantalon. C'était tout ce qu'il pouvait faire. L'essentiel, c'était de savoir si quelqu'un avait appelé Nina à propos d'Eva. En même temps, c'était précisément cela qu'il craignait : que Nina ait reçu la nouvelle de la mort de sa mère.

Börje attendit qu'un homme sorte, se glissa dans l'immeuble et étudia la liste des noms.

Nina habitait au deuxième étage. Des voix, des bruits de télévision et des rires lui parvinrent tandis qu'il montait péniblement les escaliers. Des bruits qu'on ne sait pas apprécier tant qu'on a un endroit où dormir. Il ferma les yeux et écouta les cris d'un enfant.

S'il vous plaît, faites que tout aille bien, pensa-t-il. Devant la porte de Nina, il se lissa les cheveux une dernière fois avant d'appuyer sur le bouton de la sonnette. Peut-être était-ce injuste à la fois pour Nina et pour Eva de se présenter ici, mais que pouvait-il faire?

Il ne supportait plus l'incertitude.

Börje entendit des pas et regarda droit dans le judas en essayant d'avoir l'air digne de confiance. La porte s'ouvrit et son cœur fit un bond. Il ne s'attendait pas à ce que Nina ressemble autant à Eva.

– Oui? demanda-t-elle d'un air soupçonneux en parcourant des yeux ses vêtements sales et usés.

– Je m'appelle Börje, dit-il en essayant de sourire. Je suis un ami de ta mère.

Le regard de Nina passa de la méfiance à la colère.

– Je n'ai pas de mère, rétorqua-t-elle.

Börje eut juste le temps de mettre son pied dans l'encadrement de la porte avant qu'elle ne se referme.

– Qu'est-ce que tu fous, putain? siffla-t-elle. Dégage de là, sinon j'appelle la police.

– Tu dois m'écouter, s'il te plaît, Nina, plaida Börje. Ta mère a disparu. Je ne sais pas où elle est.

– Quand j'étais petite, je me suis souvent posé cette question, répondit Nina.

– Je sais qu'elle n'a pas été une bonne mère. Et elle le sait aussi. Mais elle le regrette, elle a changé. Elle ne ressemble peut-être pas à grand-chose aux yeux du monde, mais c'est la personne la plus gentille que je connaisse. S'il te plaît. Aide-moi.

Nina ricana. Elle passa la tête par l'embrasure de la porte et pointa son index sur Börje.

– Comment peux-tu prétendre qu'elle a changé si elle a disparu sans donner de nouvelles? J'en ai assez d'elle. Maintenant, fous le camp d'ici!

Nina lui claqua la porte au nez.

La cour extérieure était vide. Börje sanglota, essuya une larme et se couvrit la bouche de la paume de sa main. Si c'était Eva qui le cherchait, ses enfants auraient réagi de la même manière. Le pire était qu'il ne pouvait pas leur en vouloir.

Eva était la seule personne sur terre qu'il n'avait pas trahie, blessée ou trompée. Elle était la preuve qu'il pouvait encore faire quelque chose de bien. Elle comptait sur lui, elle avait besoin de lui. Tant qu'elle respirait, Börje avait toujours une raison d'être et une place dans l'univers.

10.

Jasmina sauta du taxi devant le tribunal et se hâta de monter les marches de l'escalier en pierre. Avant de pousser la lourde porte, elle observa le ciel d'un bleu éclatant. Les météorologues annonçaient des températures de plus de vingt degrés. L'été semblait arriver à grands pas, à deux jours du mois de mai.

L'audience devait se tenir dans la salle 22.

Des journalistes et des photographes de la chaîne de télévision SVT, de la chaîne de radio SR et *Aftonposten*, le tabloïd concurrent, se pressaient devant. Quelques militantes étaient présentes avec des pancartes faites maison, sur lesquelles on pouvait lire *Tueur de femmes* et *Misogyne*. Les réseaux sociaux étaient en ébullition. Même si les médias traditionnels n'avaient pas publié le nom de Karim Laimani, Jasmina avait lu que des photos de lui et des informations personnelles se trouvaient sur Facebook et Flashback. Un professeur en droit pénal avait appelé au calme dans un article d'opinion, rappelant qu'aucun jugement n'avait été rendu dans cette affaire et il avait aussitôt reçu des menaces de mort et été accusé de sympathiser avec les féminicides et les violeurs.

Le juge est le seul à pouvoir décider si Karim Laimani doit être mis en examen, il doit sentir la pression, pensa Jasmina. *C'est humain.*

Si Karim Laimani était mis en examen, les tabloïds envisageraient au minimum de publier son nom et sa photo. Normalement, ils s'abstenaient jusqu'à la condamnation, mais dans ce cas, il y avait des preuves matérielles et un énorme intérêt public – d'autant plus que la Suède se trouvait dans le sillage du mouvement #MeToo. Jasmina était fortement opposée à l'exposition, en particulier avant la condamnation, mais heureusement cette décision difficile n'était pas la sienne. Quoi que fassent Tuva Algotsson et les autres rédacteurs, ils seraient critiqués.

En attendant l'ouverture de la salle d'audience, Jasmina repensa à sa conversation avec Tuva. Bien sûr, elle serait nerveuse de revoir Max, mais tout le monde avait droit à une seconde chance. Tuva lui avait clairement fait comprendre qu'elle s'était prise d'affection pour elle.

Un cliquetis retentit, les portes s'ouvrirent et la horde de journalistes se mit en mouvement. Jasmina fut la dernière à entrer dans la salle et s'assit dans la rangée de bancs tout au fond.

Elle était nerveuse, car c'était la première fois qu'elle couvrait une audience dans une affaire de meurtre. Jasmina posa son dictaphone sur sa cuisse, appuya sur *rec* et ouvrit son ordinateur.

La juge, une femme rousse d'une cinquantaine d'années, entra dans la salle. Le brouhaha des journalistes s'éteignit aussitôt. Avant de s'asseoir, elle demanda à l'assistance de ne pas perturber l'audience.

Jasmina sentit la nervosité et la tension monter. Une autre porte s'ouvrit et, alors qu'elle tournait le regard dans sa direction, toute la salle se mit à tourner. Son dictaphone tomba avec fracas sur le sol. Jasmina se dépêcha de le ramasser.

L'homme qui avait franchi la porte était le même que celui qui l'avait violée.

11.

Une Ford Scorpio rouge foncé freina dans Surbrunnsgatan. Sur la banquette arrière, deux enfants blonds pressèrent leur visage contre la vitre et fixèrent Vanessa.

Ove descendit de voiture, dit quelque chose aux enfants avant d'aller à la rencontre de Vanessa. Dans son dos, la fillette et le garçon se mirent à se taper dessus.

– Mignons, hein? J'ai oublié les laisses, sinon je les aurais promenés sur la pelouse, fit Ove en désignant le parc de l'autre côté de la rue.

Vanessa eut un sourire en coin.

– Il faut que je me dépêche, Liam a un entraînement de foot et Sara un spectacle de danse.

– Et ta femme?

– Elle a déserté. Temporairement, j'espère. Elle est sortie prendre un verre avec une amie après le travail.

– Déserté, répéta Vanessa. Tu n'es quand même pas ce genre d'homme qui appelle sa femme le «dictateur»?

– Lénine, dit Ove en souriant. Mais ça s'explique par le fait qu'elle s'appelle Lena. Voici le dossier avec ce que j'ai pu trouver sur la tentative de viol.

Le garçon retira sa ceinture et se jeta sur le klaxon. Vanessa et Ove sursautèrent tous les deux.

– Le cessez-le-feu est terminé. Je dois retourner au front, constata Ove.

Vanessa resta debout dans la rue devant son immeuble, le dossier sous le bras. C'était un bel après-midi. Le ciel était d'un bleu éclatant et un vent étonnamment chaud effleurait les façades.

Autant s'offrir un café en terrasse.

Devant le Café Nestro, elle trouva une table libre et commanda un café. Une jeune femme passa devant elle en poussant un landau. Vanessa la suivit du regard. Elle déglutit. Probablement un premier bébé. À l'instant où Vanessa était devenue mère, tout était passé au second plan. À partir de ce moment, elle était avant tout un parent. Quand Adeline était morte, elle n'avait plus personne pour qui être parent. L'enfant hurlant qu'elle avait mis au monde, qu'elle avait fabriquée dans son utérus, qu'elle avait nourrie, n'était plus là. Éliminée de la surface de la Terre. La douleur était toujours physique. Vanessa ne savait même pas où elle avait été enterrée à Cuba, si elle l'avait été. Elle s'était rendue à l'aéroport, avait acheté un billet pour le premier vol disponible vers l'Europe et était rentrée chez elle, en Suède. Elle n'en avait jamais parlé à personne, pas même à Svante. Elle aurait peut-être dû le lui dire. Des années plus tard, il ne l'aurait peut-être pas persuadée d'avorter.

– Va te faire foutre, Svante.

De la poche de sa veste, Vanessa sortit ses lunettes de soleil, les mit sur son nez et se plongea dans sa lecture.

La tentative de viol dans le parc Rålambshov avait eu lieu vers deux heures et demie la nuit du 14 mai 2014. La victime s'appelait Klara Möller, une étudiante en médecine de vingt ans qui rentrait d'un bar. L'agresseur s'était approché d'elle par-derrière, avait appuyé un couteau sur sa gorge et l'avait forcée à se diriger vers un buisson. Mais il avait soudain disparu, sans explication. L'inspecteur avait demandé à Klara Möller comment elle pouvait savoir qu'il s'agissait d'une tentative de viol.

Parce qu'il l'a dit. Il a dit: je vais te baiser comme tu n'as jamais été baisée, espèce de pute idiote, a expliqué Klara Möller.

Elle avait décrit l'homme comme étant frêle, même si elle estimait sa taille à un peu moins d'un mètre quatre-vingts. Il avait le crâne dégarni par endroits, il portait de petites lunettes rectangulaires et ses yeux étaient rapprochés. Elle pensait qu'il avait une vingtaine d'années et qu'il était d'origine suédoise.

Vanessa prit la photo du stylo.

C'était un stylo à bille ordinaire à encre bleue, portant l'inscription château-hôtel de Rosersberg. Où Emelie Rydén avait-elle trouvé ce stylo? Dans son salon de beauté?

Vanessa devait demander à ses collègues de consulter le programme de réservation du salon, afin de vérifier si une personne de l'âge de l'agresseur s'y était rendue récemment. Elle décida également, dès qu'elle en aurait le temps, de se rendre à Rosersberg et d'y chercher un lien avec Emelie Rydén. Mais cela devait se faire rapidement. Si Karim Laimani était placé en détention, Mikael Kask l'enverrait dans une petite ville pour aider les enquêteurs locaux.

Vanessa rangea les documents dans le dossier et alla se resservir en café.

12.

La juge mit Karim Laimani en examen pour le meurtre d'Emelie Rydén et ordonna son placement en détention provisoire. Jasmina rassembla ses affaires et se précipita hors de la salle.

Elle traversa le couloir pavé en courant, entra dans les toilettes, ferma la porte de la cabine, tomba à genoux et vomit dans la cuvette.

Elle tremblait de tout son corps. Jasmina abaissa le couvercle, tira la chasse d'eau, et sortit son téléphone.

Elle lut l'article de *Kvällspressen* sur le meurtre. Selon la police, Emelie Rydén avait été tuée vers minuit, la nuit du 20 au 21 avril.

– Non, murmura-t-elle.

Jasmina secoua la tête. C'était impossible. Elle avait rencontré Thomas – Karim, se corrigea-t-elle – vers vingt heures. Au cours des heures qui avaient suivi, lui et les deux autres l'avaient violée. Ou se trompait-elle? Tout indiquait pourtant que c'était Karim qui avait tué Emelie Rydén. Ils avaient même trouvé son sang sous les chaussures qu'il portait durant sa permission. Était-elle en train de devenir folle? Elle balança son corps d'avant en arrière, essaya d'empêcher les images du viol de s'installer.

Elle ouvrit la porte et croisa son propre reflet, au moment même où l'une des deux militantes entrait dans les toilettes. Elle lança un regard noir à Jasmina.

– Tu es journaliste? demanda-t-elle.

Jasmina acquiesça. La fille s'esclaffa.

– Je ne comprends pas pourquoi vous ne balancez pas le nom de ce salaud. Sales bâtards. Vous les laissez s'en tirer. Au mieux, il prendra quelques années de plus en prison, au pire il sera relâché. Qu'est-ce qu'il arrivera à la prochaine femme qui le quittera ?

Jasmina ne répondit pas. Elle essaya de contourner l'autre, mais la femme fit un rapide pas de côté et lui bloqua le passage.

– En tant que femme, tu devrais avoir honte. La prochaine fois, ça pourrait être une de tes amies ou toi-même qui serez victimes d'un tel homme.

Jasmina quitta les toilettes, sentant la militante la suivre du regard.

Elle se dirigea vers la sortie, où des collègues journalistes déçus marmonnaient et s'attardaient, espérant trouver de quoi alimenter leurs articles ou leurs reportages télévisés. L'avocat de Karim Laimani n'avait voulu faire aucun commentaire. Même le procureur avait évité la foule des journalistes.

Jasmina décida de rentrer à la rédaction à pied pour mettre de l'ordre dans le chaos qui régnait dans sa tête. Elle n'avait jamais haï un autre être humain aussi violemment qu'elle haïssait Karim. Elle voulait le voir souffrir physiquement.

Elle était confrontée à un dilemme. Si elle gardait le silence sur le viol, un meurtrier pouvait s'en tirer. Mais si Karim Laimani était reconnu coupable de meurtre, la peine serait beaucoup plus lourde que s'il était jugé pour viol. Compte tenu de ses antécédents, il risquait la prison à perpétuité. La probabilité qu'il soit condamné était aussi plus élevée que pour un viol. Par son silence, Jasmina pouvait le mettre à l'écart de la société.

Mais qu'en était-il de l'aspect moral ? Jasmina pouvait-elle laisser une personne – une personne méprisable qui méritait vraiment d'être enfermée – être jugée pour un crime qu'elle n'avait pas commis ? Si elle était celle qui lui fournissait un alibi et que Karim Laimani était ensuite blanchi des accusations de viol ? Il serait libéré. Et il pourrait s'attaquer à une autre femme. Jasmina n'avait-elle pas le devoir, en tant que citoyenne, et surtout en tant que femme, de tenir les hommes comme Karim Laimani le plus loin possible de la société ?

13.

Tom se tenait à l'angle de Rörstrandsgatan et de Norrbackagatan, les yeux rivés sur l'entrée de l'immeuble d'Henrietta. En chemin, il s'était acheté de nouveaux vêtements chez Dressman. Il était tellement satisfait qu'il avait demandé à la vendeuse d'enlever les étiquettes, avait enfilé la nouvelle chemise et le pantalon et fourré les anciens vêtements dans le sac.

Durant les deux heures qu'il avait passées ici, il avait balancé entre l'espoir et le désespoir. Il se demandait si son petit ami se trouvait à l'intérieur, s'il s'occupait d'Henrietta. S'il était gentil. Aux petits soins. S'il détruisait ce que Tom et Henrietta avaient construit à l'hôpital et durant le merveilleux trajet en taxi pour rentrer dans la nuit de Stockholm. L'instant d'après, il était persuadé qu'Henrietta était amoureuse de Tom. Qu'elle n'attendait qu'une chose : qu'il sonne à sa porte et qu'il lui arrache ses vêtements pour qu'elle se donne à lui.

Samedi dernier, ils s'étaient dit au revoir devant l'immeuble. Durant tout le trajet depuis l'hôpital, Tom était resté silencieux, à regarder par la fenêtre de la voiture. Il ne se souvenait pas avoir jamais été aussi heureux, aussi proche d'une personne qui ne lui montrait pas de mépris. Henrietta n'avait pas beaucoup parlé, mais elle lui avait proposé de partager le taxi avec elle. Même si c'était l'assurance-maladie qui payait le trajet, il avait l'impression que c'était un cadeau d'amour.

Henrietta était son dernier espoir. Depuis la puberté, il avait toujours rêvé d'approcher le sexe d'une femme. D'être considéré comme suffisamment digne d'y pénétrer. Mais cela n'était jamais arrivé. Personne ne l'avait trouvé suffisamment séduisant pour écarter les jambes pour lui. Se donner à lui. À trente-trois ans, il était toujours vierge.

La porte s'ouvrit et Henrietta sortit en sautillant. Elle portait un jean clair, un haut blanc et avait relevé ses cheveux en chignon.

Tom étouffa l'envie de se précipiter pour lui offrir son aide. Henrietta appuya ses béquilles par terre et sautilla en direction de Sankt Eriksgatan. Tom la suivit à bonne distance. C'était d'une lenteur frustrante. Plusieurs fois, il dut s'arrêter, se forcer à rester immobile pour ne pas la rattraper. Sur le mur en face de lui, une affiche était accrochée.

Amour. Sororité. Musique.

Un festival sans hommes.

Finalement, Tom perdit patience, il traversa la rue en courant, parcourut une centaine de mètres avant de changer à nouveau de trottoir pour revenir droit vers Henrietta. Devait-il garder le regard droit devant lui, ne pas la voir pour qu'elle soit la première à l'apercevoir? Au cas où elle ne le ferait pas, ou si elle ne le saluait pas, tout aurait été en vain. Il devrait recommencer. Alors qu'il restait dix mètres, il se tourna vers une vitrine, vit son visage se refléter de profil.

– Tiens, salut! s'exclama Henrietta.

Tom se retourna, faisant mine de ne la découvrir que maintenant.

– Tu comptes acheter quelque chose? demanda Henrietta en faisant un signe de tête vers la vitrine.

Tom n'avait pas réalisé qu'il s'agissait d'une boutique qui vendait de la lingerie. Des mannequins aux jambes longues et à la tenue provocante observaient la rue d'un regard éteint. Il aurait voulu que le sol l'engloutisse.

– Comment va ton pied? marmonna-t-il.

– Il me fait mal.

– Où vas-tu?

Elle leva sa béquille en direction du centre commercial Västermalmsgallerian.

– Je dois prendre un café avec quelqu'un, mais je suis en avance. C'est difficile d'estimer le temps qu'il faut pour se déplacer avec ça. Et comment va ta main?

Tom passa son doigt sur le bandage.

– Mieux. Moi aussi je vais prendre un café, dit Tom. J'attends un collègue.

Henrietta sourit, ne semblant pas comprendre qu'il voulait l'accompagner.

– Je dois y aller maintenant, dit-elle.

Tom fut pris de panique. Allait-elle le quitter maintenant? Qu'avait-il fait de mal? Tout avait si bien commencé. Henrietta s'était arrêtée, l'avait salué, avait bavardé avec lui. S'était montrée amicale.

– Je vais t'accompagner jusqu'à ce que ton rendez-vous arrive, décida-t-il.

Henrietta haussa les sourcils, serra les lèvres et hocha la tête.

– Okay.

Dans le café devant le H&M, Tom acheta deux cafés. Il n'avait jamais bu de café en dehors de chez lui, il ne s'imaginait pas que cela pouvait être aussi cher. Soixante couronnes pour deux tasses. Il tira la chaise, posa les tasses sur la table et s'assit.

– Merci.

Devait-il demander si c'était un homme ou une femme avec qui elle avait rendez-vous? Non. Il le découvrirait bien assez tôt. Il était heureux qu'elle n'ait encore pas parlé de son petit ami. Cela devait signifier quelque chose. Peut-être que la façade heureuse qu'elle affichait sur les réseaux sociaux n'était qu'une toile de fond. Et que Tom avait vu clair dans son jeu. Compris qu'elle était en fait profondément malheureuse.

Il lui jeta un coup d'œil.

Se l'imaginait-il ou était-elle réservée? Il repassa rapidement en revue ce qui s'était passé depuis leur rencontre dans la rue.

Hormis le fait que c'était un magasin de lingerie devant lequel il se tenait, il n'avait pas fait d'erreur.

Pourtant, il se sentait paralysé. Incapable de trouver un sujet de conversation.

Tom prit une gorgée de son café insipide, qui lui brûla la langue. Il en eut les larmes aux yeux.

– C'est chaud, dit-il.

Henrietta jeta un coup d'œil à sa montre.

– Est-ce ennuyeux de devoir rester à la maison? demanda-t-il.

– Oui.

– Je peux volontiers te tenir compagnie. On peut regarder un film? Je peux te faire la cuisine. Ou on peut commander à un restaurant, c'est moi qui régale. Tu aimes les hamburgers?

Le temps lui manquait, bientôt la personne qu'elle attendait allait arriver et Tom ne savait pas quand se présenterait la prochaine occasion de la rencontrer. Henrietta tourna à nouveau son poignet pour regarder l'heure.

Tom sentit le désespoir l'envahir.

– Ça te dirait? Ce soir, peut-être?

– Je suis déjà prise.

Tom s'humecta les lèvres.

– Et pourquoi pas… demain?

Henrietta leva le regard, et Tom tourna la tête. Derrière lui se tenait une femme brune du même âge qu'elle. Dodue. Avec de grosses cuisses boudinées dans un jean. Le soulagement l'envahit. Ce n'était ni Douglas ni un autre homme. Et qu'Henrietta n'ait pas assez de temps pour voir Tom dans un délai aussi court n'était pas si étrange après tout. Pendant que son amie se penchait pour la serrer dans ses bras, il appuya sur le raccourci permettant de lancer l'enregistrement sur son téléphone portable, se leva et déposa son téléphone dans le sac contenant ses vêtements.

Il se présenta.

– Julia, dit l'amie en lui serrant la main.

– Vous pouvez surveiller mes affaires pendant que je vais aux toilettes ? demanda Tom.

Elles hochèrent la tête et Julia s'assit sur la chaise libérée par Tom. Tout en cherchant les toilettes, il se demanda si elles allaient lui proposer de rester. Il l'espérait. Il se lava les mains, évita comme toujours de se regarder dans le miroir, ouvrit la porte et les rejoignit.

Tom se posta près de la table, attendant que l'une d'elles lui propose d'aller chercher une chaise pour leur tenir compagnie. Il ne se passa rien. Juste un épais silence. Il attrapa son sac. Attendit encore quelques secondes.

– Salut, marmonna-t-il avant de se retourner et de s'en aller.

14.

Jasmina s'attardait dans la salle de rédaction bien qu'elle ait fini depuis longtemps d'écrire son article de 3 000 caractères sur la décision du procureur de placer en détention provisoire Karim Laimani, pour suspicion de meurtre de son ex-petite amie Emelie Rydén.

Elle était agitée et avait du mal à se concentrer.

La haine de Jasmina pour Karim Laimani était en conflit avec sa morale et sa mission de journaliste. Elle était censée rechercher la vérité. Et la vérité, c'était que Karim Laimani était coupable de viol, ce qui rendait impossible qu'il ait pu tuer Emelie – puisque les deux crimes avaient eu lieu en même temps.

Elle ne pouvait pas cacher cette information à la police et laisser le meurtrier d'Emelie en liberté. Mais si elle donnait à Karim Laimani un alibi, l'histoire du viol serait inévitablement révélée. Le mot «viol» serait gravé sur son front pour le reste de ses jours. Mais peut-être y avait-il une autre solution?

Elle sortit son téléphone portable, écrivit un message à Hans Hoffman pour lui demander où il se trouvait.

À mon endroit préféré, répondit-il aussitôt. Jasmina rangea l'ordinateur qu'on lui avait prêté dans sa mallette et quitta la salle de rédaction.

L'endroit préféré de Hans Hoffman, *Little Bollywood*, était un restaurant indien situé à Fredhäll, à deux cents mètres de la rédaction de *Kvällspressen*. La salle était vide. Hoffman était assis à une table près de l'entrée, lisant *Aftonposten* et buvant un Singha.

– Tu as faim? demanda-t-il.

– Non merci, répondit Jasmina en posant la mallette de l'ordinateur sur la chaise vide à côté d'elle. Tu habites dans le coin?

Hoffman leva un doigt et pointa vers le plafond.

– Au deuxième étage.

Jasmina se souvint d'une conversation qu'elle avait entendue au cours de l'une de ses premières semaines au journal. Un correcteur s'était plaint que Hoffman ne répondait pas à son téléphone. L'un des directeurs de l'information lui avait demandé d'appeler le maître d'hôtel de «l'Indien» et d'essayer de le joindre là-bas. Un quart d'heure plus tard, Hoffman s'était glissé dans la salle de rédaction.

– La nourriture est bonne ici? demanda Jasmina, surtout pour rompre le silence.

– Pas vraiment. Mais c'est mieux que les plats surgelés que j'ai mangés les premières années qui ont suivi mon divorce.

– Je suis désolée.

– Tu n'as pas à l'être. Mon ex-femme est ambulancière, elle a sauvé la vie d'un homme lors d'un accident de voiture. Elle s'est mariée avec lui un an plus tard. Ils sont heureux. C'est le genre d'histoire qu'on trouverait belle si elle ne parlait pas de soi.

Jasmina savait que Hoffman, qui était auparavant l'un des journalistes vedettes du journal, avait temporairement quitté *Kvällspressen*. Maintenant, elle comprenait que c'était probablement lié au divorce. Et à sa consommation d'alcool, qui était probablement liée à la rupture. Par la suite, il était revenu pour assurer des remplacements les soirs et les week-ends.

Hoffman arracha un morceau de l'étiquette de la bouteille.

– Ne t'apitoie pas sur mon sort, Jasmina. La vie change. Avant, j'allais m'installer dans les bars autour de Stureplan. Teatergrillen, Sturehof, Riche, Prinsen. Maintenant, je suis ici. Les gens qui me saluaient, qui me léchaient le cul, qui voulaient dîner avec moi, font semblant de ne pas me voir. J'appelle et ils ne me rappellent jamais. Personne ne veut m'embaucher. Je passe mon temps ici, et ça me convient. J'ai appris aussi à vivre avec ça. Dis-moi plutôt pourquoi tu es ici?

– J'ai besoin de ton aide. Si tu as le temps et l'envie?

Hoffman leva la bouteille, ce que Jasmina prit pour un oui.

– Tu as les meilleures sources policières du journal et je voudrais savoir quels enquêteurs sont impliqués dans l'affaire Karim Laimani.

Il se gratta la barbe.

– Pourquoi?

– Juste pour approfondir un peu.

– Ils ne vous apprennent plus à mentir à l'école de journalisme?

Jasmina ouvrit la bouche pour répondre, mais s'arrêta lorsque Hoffman leva les paumes de main et se mit à rire.

– Je m'en occupe, *kiddo*. Tu peux y aller, je t'appellerai plus tard.

15.

Tom était allongé sur le sol du salon. L'appartement était plongé dans une obscurité compacte. La rocade d'Essingeleden bourdonnait. Les rats couinaient, on entendait le bruit de leurs griffes acérées alors qu'ils couraient sur le sol du bureau. Il tendit la main vers son téléphone portable. Il appuya sur la touche *play*. Pourquoi se tourmentait-il, il avait entendu la conversation au moins vingt fois, il la connaissait par cœur.

C'était qui, ça?

Juste un type que j'ai rencontré à l'hôpital.

Il est flippant. Je te jure. Je l'ai vu tout de suite. Et son haleine!

Julia gargouillait, faisait des bruits de vomissements. Henrietta pouffait.

Je sais. Je vais prendre mes distances, mais il avait l'air gentil. Seul.

Arrête Henny, il était répugnant. Et tu as vu ses vêtements? C'était quoi ce qu'il portait? Tu dois être plus claire avec ces gens-là. Sinon ils vont te repêcher dans le port à Frihamnen pour te mettre dans un sac mortuaire.

Henrietta et Julia se mettaient à parler de Douglas et Tom éteignit l'enregistrement.

Les femmes étaient infectes. Tom n'avait rien fait de mal, mais elles ne s'intéressaient qu'à l'apparence. Et à l'argent. Tom ne pourrait jamais s'approcher du sexe d'une femme, ne serait jamais considéré comme assez digne d'y répandre sa semence, de se reproduire.

Il se leva, arracha ses nouveaux vêtements, les jeta à coups de pied sous le canapé. Il ne voulait plus les voir, il ne voulait pas se rappeler. Il avait honte. Comment avait-il pu s'imaginer qu'Henrietta s'intéressait à lui? Elle était comme toutes les autres.

Tom se rendit en chancelant jusqu'à la salle de bains et alluma la lumière. Il commença à arracher le bandage, se sentant prisonnier de son propre corps. Il cria. Il scruta son affreux visage répugnant et hurla. Il serra sa main blessée et donna un coup de poing dans le miroir. La douleur explosa. Le sang coula le long de son bras. Il fallait qu'il retourne dans son appartement pour l'humilier.

Tom s'effondra sur le sol de la salle de bains, enfouissant sa tête dans ses mains. Il sanglota. Haleta. La rencontre avec Henrietta, les fantasmes soudains d'une vie sans la solitude comme condition première n'avaient rien changé. Il était à jamais amputé du corps de la société. Un appendice, non essentiel.

16.

Un ventilateur blanc, placé dans un coin de la pièce, fonctionnait à plein régime.

Ivan Tomic se leva lorsque Nicolas apparut dans l'encadrement de la porte. Il portait un pantalon de survêtement gris et un sweat gris. Aux pieds, des sandales Adidas noires. Son crâne était rasé, les cicatrices brillaient sur son cuir chevelu. Des tatouages sombres couraient le long du col rond, couvrant son épais cou.

Ivan avait un œil au beurre noir. Il y appuya son index.

– Une bagarre. À propos d'un œuf. Un type a cru que j'avais piqué le sien.

– Et c'était vrai?

Ivan sourit. Hocha la tête.

La dernière fois qu'ils s'étaient rencontrés, Nicolas l'avait violemment forcé à révéler les plans de la Légion pour attaquer la planque où Melina Davidson, la femme d'un des financiers kidnappés, était cachée, protégée par la police. Mais Ivan avait délibérément attendu. Jusqu'à ce qu'il soit trop tard. Quand Nicolas et Vanessa étaient arrivés, Melina était morte.

– Que veux-tu? demanda-t-il en tirant la chaise pour s'asseoir.

Ivan prit son temps. Il s'assit et regarda Nicolas.

– M'excuser.

– Je ne pourrai jamais te pardonner.

– La coke m'a fait oublier ce qui était important. J'ai laissé tomber mon meilleur pote. Putain, tu n'as jamais rien fait d'autre que me protéger. Essayé de me remettre sur les rails. (Ivan regarda ses mains entrelacées sur la table.) Je suis *clean* maintenant, je ne toucherai plus jamais à cette merde. La prison, ça vous change un homme. Tu piges? T'as le temps de réfléchir. Sur ton éducation, l'enfance, ce genre de conneries.

Nicolas envisagea de se lever et de partir. Cela avait été une erreur de venir ici. Ce qui est fait est fait. Même si Ivan avait changé, Nicolas ne voulait plus de lui dans sa vie. Il s'était passé trop de choses.

– Mon paternel est mort. Cancer. Du pancréas.

Nicolas revit le père d'Ivan, Milos. Un bonhomme autoritaire. Méchant. Il battait Ivan, criait et tempêtait. Un homme d'une autre génération. Pas si différent d'Eduardo Paredes.

– Désolé.

– Toi, il t'a toujours aimé. Il aurait aimé que tu sois son fils. Doué à l'école, apprécié. Tu sais, tout ce que je n'ai jamais été.

– Avez-vous pu vous voir avant… sa mort?

La bouche d'Ivan souriait, mais ses yeux étaient tristes. Il secoua la tête.

– Il m'a écrit quand il est tombé malade qu'il ne voulait pas que j'assiste à l'enterrement et que j'étais sa plus grosse erreur. La honte de sa vie. Tu es le premier qui me rend visite. Non, le deuxième.

Ivan posa ses coudes sur la table, passa la paume de ses mains sur son crâne rasé. Nicolas fut curieux. Ivan n'avait pas d'ami. Il n'en avait jamais eu. À l'école, il était surnommé «le chien de Nicolas». Pendant une seconde, il crut que c'était Maria qu'Ivan avait réussi à attirer ici.

– Qui t'a rendu visite?

– Juste un type que j'ai connu ici. Eyup. Quand il est sorti, il a poignardé sa meuf à mort. Mais il a été relâché, faute de preuves.

Nicolas sentit son agacement monter. Un féminicide. Bien sûr. Ivan ne pouvait pas changer. Qu'il soit défoncé ou non. Dans sa quête désespérée de reconnaissance et d'appartenance, il s'associait à toutes sortes d'individus. Des hommes qui tuaient des femmes, des membres de gangs, des violeurs.

– Et toi? Comment tu vas? demanda Ivan.

– Je me débrouille.

Le ventilateur sifflait, faisant de son mieux pour faire circuler l'air étouffant.

– Je sais. J'essayais juste d'être sympa.

Nicolas repoussa sa chaise en arrière.

– C'est la dernière fois qu'on se voit. J'avais juste besoin de tirer un trait. Ne me contacte plus jamais.

17.

Les camions passaient les uns après les autres, faisant vibrer le pont en béton. Eva attrapa la rambarde des mains et les suivit des yeux. Petite fille, elle avait rêvé d'être chauffeur routier. Il y avait quelque chose dans la taille des carrosseries qui lui donnait un sentiment de sécurité – si on était le plus gros, personne ne pouvait vous faire de mal. Elle aurait suivi les routes, en Europe et dans le monde.

Eva lâcha la rambarde, poursuivit son chemin.

Après avoir quitté Börje deux jours plus tôt, elle était restée à l'écart et avait dormi dans des endroits où il ne la chercherait pas. Elle avait évité tous les endroits où elle avait l'habitude d'aller lorsqu'elle rechutait.

Devant elle, la forêt se dressait. Même si elle ne voyait pas à travers les arbres, elle savait que le lac scintillait derrière eux. «Comme une fenêtre sur la terre», ainsi que l'avait écrit le poète Tomas Tranströmer. Eva adorait la poésie. Elle avait essayé d'écrire elle-même des poèmes, mais le résultat était pompeux et ridicule. Elle ne les avait jamais montrés à personne, pas même à Börje.

Sous ses pieds, l'asphalte fit place à la terre. Cela sentait l'humidité et les feuilles. Des rayons de soleil se frayaient un chemin à travers la cime des arbres. Le bourdonnement lourd de la circulation se faisait plus lointain, pour finir en un chuchotement.

Le lac était plus petit que dans son souvenir. C'était souvent ainsi. Les choses qui avaient semblé grandes et infinies dans l'enfance rétrécissaient et devenaient plus faciles à gérer.

Elle trouva un creux dans les rochers, s'y enfonça et se laissa envelopper.

Quand était-elle venue ici pour la première fois?

Ce devait être en 1980, elle avait onze ans et son beau-père Kjell l'avait violée.

Après plusieurs heures de marche, elle avait cru atteindre la mer, pensant que c'était la Finlande qui se dressait de l'autre côté. Elle avait mangé ses maigres provisions et lu *Les Frères Cœur de Lion* à la lueur de la lampe de poche qu'elle avait reçue en cadeau d'anniversaire.

Le lendemain matin, un couple de personnes âgées l'avait vue, lui avait demandé où étaient ses parents et l'avait emmenée au poste de police.

Kjell était venu la chercher, l'avait serrée dans ses bras et avait remercié la police pour leurs efforts qui avaient permis de lui ramener sa belle-fille adorée à la maison. Sur le chemin du retour, il était entré dans un parking désert, l'avait jetée sur la banquette arrière et l'avait à nouveau violée.

Eva écarta une mèche de cheveux de son visage et regarda le lac. Pourquoi devait-elle se souvenir des choses difficiles, de ce qui l'avait amenée ici?

Au lieu de cela, elle devait se souvenir de toutes les bonnes choses, de celles qui l'avaient retenue loin d'ici.

La naissance de Nina, les six premières années de la vie de sa fille, quand Eva faisait encore face. Quand elle restait loin de la rue, loin des proxénètes et des clients. Des années pauvres et difficiles. Mais elle avait veillé à ce que Nina soit toujours en bonne santé et propre. Elle avait trouvé un emploi dans une épicerie. Lu des histoires d'Astrid Lindgren et joué avec sa fille. Puis elle avait été licenciée et n'avait pas vu d'autre issue que de recommencer à se prostituer.

Elle préférait s'agenouiller devant les clients que devant les autorités. Au moins, les acheteurs de sexe ne faisaient pas mystère de ce qu'ils voulaient.

Les années suivantes, elle s'était tournée vers l'héroïne, s'injectant ce qu'elle pouvait pour adoucir la douleur. Nina lui avait été enlevée. Le vide dans sa poitrine s'était de plus en plus agrandi, les ténèbres en elle s'étaient épaissies. Les hommes qui la battaient, qui lui disaient à quel point elle ne valait rien, les appartements insalubres, les maladies.

Pour finir, elle n'avait fait qu'attendre la mort. Elle l'avait frôlée à plusieurs reprises. Elle avait fait des overdoses, avait été battue jusqu'à perdre conscience, violée dans des cages d'escalier par d'autres junkies ou dealers. Mais elle avait toujours survécu, toujours réussi à continuer.

Et puis elle avait rencontré Börje au Sky Bar.

Elle avait tout de suite remarqué à quel point il était maladroit et embarrassé en sa présence. Il ne ressemblait en rien aux hommes qu'elle avait rencontrés auparavant. Il n'attendait jamais rien d'elle et il ne lui disait jamais comment elle *devait* être. Elle osait rire sans mettre sa main devant sa bouche, ce qu'elle n'avait jamais pensé pouvoir faire. Il la faisait rire de la misère à tel point qu'une fois elle s'était fait pipi dessus. Même là, elle n'avait pas eu honte. Au lieu de cela, ils avaient pataugé nus dans l'eau devant Junibacken et s'étaient laissés flotter sur le dos en regardant le ciel étoilé.

Tout au fond d'elle-même, elle avait toujours su que le temps passé avec Börje avait été un sursis. Ses rechutes se faisaient de plus en plus fréquentes et elle finirait par entraîner Börje dans sa chute. Elle ne pouvait pas continuer à lui faire du mal. Il ne pourrait pas la soutenir indéfiniment. S'il voulait pouvoir se relever un jour, Eva devait mourir.

Eva sortit la seringue et la posa avec le briquet sur la pierre à côté d'elle. Elle espérait que quelqu'un la trouverait bientôt, pour que Börje n'ait pas à se poser des questions, pour que son corps ne soit pas trop abîmé.

Dans le sac se trouvaient trois lettres d'adieu qu'elle avait écrites. Une pour Börje, une pour Nina et une pour son petit-enfant qu'elle ne connaîtrait jamais. Elle prépara la seringue, chercha une veine dans le creux de son bras et s'injecta le produit en récitant son poème préféré, écrit par Yvonne Domeij.

Le poème était dédié à son fils décédé, Torbjörn. Après son enterrement, Yvonne était devenue obsédée par l'idée de vérifier le temps qu'il faisait. Pas pour elle, mais pour son fils.

Sur la plage je marche en ramassant des pierres et des coquillages que je pense te donner.
Tu peux rire si tu veux, mais c'est tout ce que je peux te donner.

Dans la pauvreté, il n'y a pas de beauté, nous ne devrions pas penser à l'amour.
Tu peux rire si tu veux, mais je t'aimerai toujours.

Eva se dit que Börje suivrait probablement la météo, pour elle.

PARTIE IV

Je ne considère pas les femmes comme des êtres humains. Tout ce qu'elles sont, ou devraient être, c'est les esclaves des hommes. Cuisiner, faire le ménage et écarter les jambes sur commande.

Homme, anonyme.

1.

Oscar Sjölander, quarante-deux ans, foulait le tapis rouge qui menait à la salle des sponsors en compagnie de sa femme Therese. Après s'être arrêté pour les photographes des deux tabloïds et un des magazines people, il les remercia et ils trouvèrent une table haute libre à côté du buffet.

Une trentaine de personnes spécialement invitées se trouvaient dans la pièce.

Des gens, jeunes et vieux, femmes et hommes, réclamaient des selfies en un flot incessant. Il disait oui à tout le monde en souriant. Therese faisait bonne figure. Elle savait que cela faisait partie de son travail.

Elle alla chercher deux verres de vin, attendit docilement un peu plus loin.

– Je trouve toujours que c'est désagréable, murmura Therese une fois qu'ils furent seuls.

– Les enfants s'imaginent souvent des choses. Tu le sais bien.

Oscar fit un signe de tête à un collègue qui passait.

– Josephine n'a pas l'habitude de mentir.

Il pensa à leur fille de cinq ans. Son visage angélique, ses cheveux blonds ébouriffés et ses éclats de rire lorsqu'il faisait « disparaître par magie » son petit nez retroussé.

– Alors elle a rêvé. Nous habitons à Bromma, pas à Bagdad. Pourquoi quelqu'un serait-il entré par effraction sans rien prendre ? Juste resté là à la regarder ?

– Je ne sais pas, dit Therese, mais je rentre à la maison après l'émission.

Elle se tut, lui jetant un coup d'œil. Oscar voyait bien qu'elle attendait la confirmation qu'il l'accompagnerait. Il n'avait pas l'intention de la lui donner. Ne voulait pas le promettre. Qui savait comment cette soirée pouvait se terminer?

Une danseuse passa devant eux, le corps enveloppé d'une courte robe en dentelle, ses belles jambes bronzées recouvertes d'un voile chatoyant. Elle se déhanchait de manière séduisante. Ne lui avait-elle pas fait une fellation lors d'un repas de Noël quelques années auparavant? Comment s'appelait-elle? Mikaela? Misha?

Il restait une heure avant l'émission. Désormais, il détestait ce genre d'événements. Regarder une demi-douzaine de célébrités de série B trop bronzées et désespérées essayer de danser ne l'intéressait pas du tout. Pathétique. Mais une responsable des relations publiques de TV4, son employeur, l'avait appelé pour lui demander d'assister à l'événement en tant que spectateur. De plus, Therese aimait bien le programme.

Oscar était originaire de Växjö et avait commencé sa carrière à la télévision au service des sports de TV4 en tant que reporter. Il avait travaillé jour et nuit. Couvert la Coupe du monde de football, la Coupe du monde de hockey, la Coupe du monde de handball et enfin les Jeux olympiques. Il avait été promu présentateur sportif.

Il était jeune, populaire et beau. Les femmes l'adoraient. La direction de la chaîne avait vu son potentiel et l'avait retiré des sports. Il avait passé quelques années dans l'émission matinale, avait repris un programme de divertissement le vendredi et avait ensuite obtenu son propre talk-show.

Oscar avait remporté le Cristal du meilleur présentateur de programme masculin, avait été désigné comme étant «la célébrité que la plupart des Suédois aimeraient avoir comme voisin» et élu l'homme avec lequel la plupart des Suédoises voulaient avoir une liaison.

Il avait rencontré Therese douze ans plus tôt. Dans un bar. Elle était blonde, avait un magnifique sourire contagieux. Ils étaient rentrés ensemble et s'étaient mariés un an plus tard. À l'époque, elle travaillait comme infirmière, maintenant, c'était elle qui gérait sa société, organisait les conférences et les interviews. Entre-temps, elle s'occupait de leurs deux enfants.

Quelqu'un lui tapa sur l'épaule. Merde. Rakel. Elle tenait une canette de Coca-Cola à la main.

– Salut Oscar.

Ses paumes devinrent moites et Oscar les essuya discrètement sur son pantalon. Comment avait-elle le culot de se présenter ici? Elle était folle.

Therese devança Oscar, lui tendit la main et se présenta.

– Nous sommes collègues, expliqua Rakel. Oscar et moi avons travaillé ensemble à la production de son talk-show l'année dernière.

Avec Rakel, Oscar se sentait jeune. Ou du moins plus jeune. Ces derniers temps, il se demandait s'il n'était pas en train de tomber amoureux d'elle. Il saisissait toutes les occasions de la voir. Ne pouvait pas se passer d'elle.

– Comme c'est super, dit Therese en souriant froidement à Rakel.

Oscar savait qu'elle détestait qu'il travaille avec des femmes plus jeunes. Elle les voyait, à juste titre, comme une menace. Savait qu'il avait du mal à résister à la tentation. Oscar avait remarqué une corrélation entre le nombre des séances d'entraînement de Therese qui augmentait chaque fois qu'il était impliqué dans une production avec de nombreuses jeunes femmes. C'était triste. Bien sûr, il était désolé pour Therese, mais c'était plus fort que lui.

La vérité était que si Oscar avait eu le temps, il se taperait les jeunes assistantes de production toute la journée. Mais après #MeToo, les règles du jeu avaient changé. Il avait été à deux doigts d'être licencié. Dans le milieu, on parlait depuis longtemps de ses histoires de femmes et d'infidélités. Mais pas seulement. Dans un fil sur Flashback, quelqu'un avait écrit qu'il était violent envers Therese.

Avant #MeToo, tout cela était considéré comme des ragots, mais lorsque les tabloïds ont commencé à relâcher la vérification de leurs sources et à publier des noms sans discernement, l'attitude de son employeur à son égard avait changé. Des journalistes à sensation les avaient appelés, lui et Therese, pour leur poser des questions dérangeantes et bourrées d'insinuations.

Bien sûr qu'il avait été violent avec elle. À trois reprises, il avait pété les plombs. Il avait craqué. Mais il n'était pas une personne méchante. Il avait même voté pour l'initiative Féministe et s'était joint à leur marche du 1er Mai l'autre année.

Mais une fois, sous l'emprise de l'alcool, il était allé trop loin. Ils s'étaient disputés, il avait frappé Therese si fort qu'elle s'était évanouie. Il avait eu peur de l'avoir tuée, et l'avait emmenée à l'hôpital.

Elle avait bien sûr menti, l'avait protégé, avait dit qu'elle était tombée dans l'escalier. Et après, il avait eu honte, il lui avait promis que cela ne se reproduirait plus jamais.

Au moment de #MeToo, il avait passé plusieurs heures à appeler différentes femmes qui auraient eu des raisons de parler aux journaux.

Parfois, il avait supplié, parfois crié et menacé. Cela avait fonctionné. Hormis un petit article dans les médias spécialisés, sur un profil masculin anonyme de TV4 qui était largement connu pour profiter de sa position pour coucher avec des femmes plus jeunes dans diverses productions, il s'en était tiré à bon compte.

– Ravie de vous avoir rencontrée, dit Therese à Rakel avant de se tourner vers lui. On va chercher nos places, chéri?

2.

Vanessa descendit de voiture et laissa son regard balayer le château-hôtel de Rosersberg. Des projecteurs illuminaient la façade tandis que des torchères formaient un chemin dans le gravier. À en juger par le bruit, une sorte de fête était en cours. Probablement une de ces fêtes d'entreprise où les gens buvaient trop, étaient infidèles, se battaient et se ridiculisaient aux yeux de tous. Le gravier crissait agréablement sous ses pieds.

Vanessa voulait savoir comment le stylo portant une empreinte digitale correspondant à une tentative de viol dans le parc de Rålambshov vieille de cinq ans s'était retrouvé dans la veste d'Emelie. Elle n'avait pas réussi à se libérer avant, car elle avait passé la semaine à travailler sur une fusillade à Linköping.

Son chef, Mikael Kask, l'avait appelée pour lui dire que la semaine suivante elle serait envoyée à Halmstad pour soutenir ses collègues dans une enquête sur un meurtre commis deux ans auparavant dans un salon de coiffure.

Vanessa aurait pu téléphoner, mais la réceptionniste aurait alors dû vérifier l'appel. Et – d'après l'expérience de Vanessa – se serait montrée moins coopérative.

Elle poussa la porte et pénétra dans un grand hall, éclairé par des chandeliers. Un étroit tapis vert menait au comptoir de la réception où une femme en blazer noir sourit à Vanessa.

– Bonsoir, dit la femme. Vous avez réservé?

Vanessa brandit sa carte de police. Le sourire se figea.

– J'ai besoin de votre aide, dit Vanessa en reportant son regard sur le badge de la femme accroché au revers de sa veste.

Charlotta. Avez-vous déjà reçu une cliente du nom d'Emelie Rydén?

– Je ne sais pas si je…

Sur le comptoir, il y avait un bol rempli de stylos identiques à celui retrouvé chez Emelie.

– Comme je l'ai dit, je suis de la police.

La réceptionniste jeta un nouveau coup d'œil à la carte de Vanessa, puis déplaça ses mains au-dessus du clavier et commença à taper avec ses index. Vanessa se souvint que son père avait l'habitude de traiter les touches de sa machine à écrire de la même manière.

– Non, pas d'Emelie Rydén, dit Charlotta pour finir.

Une porte latérale s'ouvrit. Deux hommes entrèrent en titubant. Leurs rires bruyants résonnèrent entre les murs de pierre tandis qu'ils disparaissaient dans l'escalier.

– Des invités à la conférence? demanda Vanessa.

– Oui.

Vanessa prit un des stylos dans le bol et le fit tourner entre ses doigts. Une personne liée à Emelie s'était tenue exactement là où elle se trouvait en ce moment. Avait pris un stylo, l'avait emporté. Avait même peut-être parlé à la même réceptionniste.

– J'aurais besoin d'une liste des entreprises qui sont venues ici au cours des six derniers mois. Les repas de Noël, les séminaires. Tout.

Charlotta écarquilla les yeux.

– Maintenant?

– Si possible.

– Ça peut prendre un moment à compiler, notre système…

– Vous pouvez le faire pour demain? l'interrompit Vanessa.

Vanessa se gara à sa place habituelle dans le parking souterrain sous le lycée Norra Real. La soirée était chaude, elle posa son manteau bleu sur son bras et poussa la porte.

Depuis la cour d'école s'élevaient des voix et des bruits de ballon. Quelques jeunes jouaient au basket et buvaient de la bière. Quel âge pouvaient-ils avoir ? Seize ? Dix-sept ? Vanessa s'arrêta. Elle écouta les rires, les cris, les voix rauques et joyeuses qui parfois étaient étouffées par le passage d'un taxi ou d'un bus.

Alors qu'elle rentrait chez elle, elle fut envahie par la sourde solitude familière qui l'accompagnait depuis qu'elle avait perdu Adeline. Quand Adeline n'avait que quelques mois, elle était tombée malade. Vanessa l'avait emmenée à l'hôpital, où les médecins avaient diagnostiqué une infection bactérienne impossible à traiter. Tout ce qu'ils pouvaient faire, c'était soulager sa douleur pendant qu'elle s'éteignait. Adeline avait rendu son dernier souffle avec Vanessa à ses côtés.

Qu'est-ce qui empêchait Vanessa de sauter d'un pont ? Ou, comme récemment, alors qu'elle conduisait sur l'autoroute E4, de tourner le volant de quelques degrés et d'entrer en collision frontale avec un camion ? Vanessa ne savait pas. Elle n'aimait pas vivre. Les gens auxquels elle tenait n'étaient plus là. Adeline. Natacha. Elle ne comptait pas Svante parmi ceux qu'elle avait aimés, elle trouvait triste de n'avoir jamais vraiment aimé l'homme avec qui elle avait partagé plus d'une décennie de sa vie.

Et maintenant ? Tout ce qu'elle avait, c'était son travail. Et la question était de savoir si elle se souciait vraiment des victimes de meurtre dont elle essayait d'éclairer les dernières heures de vie. Ou s'agissait-il plutôt d'elle-même ? Du fait qu'elle ne voulait pas se laisser berner par un criminel. Qu'elle voulait punir ceux qui se prenaient pour Dieu, qui causaient de la douleur et de la souffrance. Faire régner l'ordre. Contrôler.

Elle pensa à Nicolas, qui était malheureusement ce qui se rapprochait le plus d'un ami ces dernières années. Il lui manquait. Pour la première fois depuis longtemps, Vanessa eut envie de boire. Pas quelques verres, mais vraiment boire. Pour engourdir son corps. Perdre le contrôle. Mourir un peu. Elle sortit son autre téléphone, celui qu'elle avait utilisé pour ses informateurs criminels lorsqu'elle travaillait pour NOVA, et composa le numéro que Nicolas lui avait donné lorsqu'il était venu chez elle.

3.

Sur le sol brillant du studio, un ancien candidat de télé-réalité dansait le paso-doble avec une jolie brune. Oscar Sjölander étouffa un bâillement en essayant d'apercevoir Rakel dans le public, sur l'autre tribune.

La star de télé-réalité se figea avec la danseuse dans ses bras et l'instant d'après, des applaudissements nourris éclatèrent. Derrière lui, un homme siffla si fort que ses oreilles bourdonnèrent. La star de télé-réalité leva les mains au ciel, montrant ses dents blanches comme du phosphore.

Le public se leva et l'acclama. Oscar applaudit machinalement et sentit son téléphone portable vibrer dans la poche de son pantalon. Il comprit que c'était Rakel, jeta un coup d'œil vers Therese qui écoutait avec attention le verdict du jury.

On se voit ce soir?

Oscar réfléchit. Il devait accompagner leur fille aînée Laura à un tournoi de foot le lendemain à onze heures. Ensuite, toute la famille passerait la soirée du samedi à la maison d'été. Il n'aimait pas tromper Therese, mais n'importe quel homme aurait agi de la même façon à sa place. Celui qui prétendait le contraire était soit homo, soit ne comprenait pas ce que certaines femmes étaient prêtes à faire pour se taper une célébrité. Oscar était réaliste et ne se faisait pas d'illusions. Certes, il était beau mec, il n'avait jamais eu de mal à attirer les femmes avant de devenir présentateur, mais il était clair que le fait d'être une célébrité avait multiplié son attrait par mille. Toutefois Rakel avait quelque chose de spécial. Elle était différente des autres.

C'était plus que du sexe.

Ces derniers temps, il s'était souvent demandé ce que sa vie serait avec elle, s'il quittait Therese. Il aimait sa femme et ses filles, mais il avait aussi besoin de ça. Pour l'instant, retrouver Rakel dans une chambre d'hôtel ou dans son petit appartement lui suffisait. Boire du vin, baiser, prendre un peu de cocaïne, parler de choses dont lui et Therese ne parlaient plus.

Mais dans un mois, dans six mois? Les divorces étaient monnaie courante. Les enfants souffraient davantage de vivre dans un mariage brisé. Il ne serait pas absent, mais les accompagnerait aux entraînements de foot, aux anniversaires et aux musées, tout comme avant.

– Chérie, chuchota-t-il en caressant affectueusement la cuisse de Therese. J'irai à la maison d'été quand ça sera fini. Le chauffage fait encore des siennes. Mais je te ramènerai d'abord à la maison.

Une heure plus tard, il passa prendre Rakel à Frihamnen où elle s'était attardée dans l'espace VIP pendant qu'il déposait Therese à Bromma.

Une partie du public attendait encore un transport. Les taxis faisaient la navette et il gara son SUV Mercedes noir à une certaine distance du studio pour éviter d'être repéré.

Rakel ouvrit la portière côté passager et s'assit là où sa femme avait pris place un quart d'heure plus tôt. Elle se pencha, introduisit sa langue parfumée à la menthe dans sa bouche, et la fit tournoyer.

– Vas-y, démarre, dit-elle en connectant son téléphone portable au Bluetooth de la voiture. Je vais mettre notre playlist.

Ils quittèrent les grues et les conteneurs de Frihamnen au son de *In a Flash* de Ron Sexsmith. Rakel bavardait et lui parlait d'un des danseurs qui l'avait draguée durant la pause. Oscar éclata de rire. Il ne comprenait pas les hommes qui étaient jaloux. Il trouvait que ce serait étrange si personne n'avait envie de coucher avec sa femme. Rakel était une brillante conteuse. Outre le fait évident qu'elle était fantastiquement belle, c'était probablement ce qu'il avait remarqué lorsqu'il avait travaillé avec elle.

Elle n'avait pas été aussi directe que les autres filles de la production. Elle ne lui avait pas jeté des regards appréciateurs et ne s'était pas montrée aussi soumise. Au contraire. Elle avait prouvé qu'elle n'avait pas froid aux yeux, elle faisait des blagues grossières et se moquait de lui. Elle l'avait fait rire de lui-même.

Dès le début, Rakel avait été claire : elle ne voulait rien de sérieux. Elle l'appelait en plaisantant son « amant célèbre », le retrouvait dans des chambres d'hôtel après ses tournées des bars. Fait inhabituel, c'était Oscar qui avait insisté. Pour finir, il avait compris à contrecœur qu'il était probablement amoureux d'elle, même s'il ne l'admettrait jamais de peur de la perdre. Mais ces derniers mois, elle s'était adoucie. Elle pouvait parfois lui montrer quelque chose qui ressemblait à de la tendresse. Certes, elle se moquait encore de lui, de sa vanité, de sa façon pédante de s'habiller, mais derrière le ton enjoué, il sentait qu'elle aussi commençait à considérer leur relation comme autre chose que simplement sexuelle.

– Tu as faim? demanda-t-il.

– Je meurs de faim!

– McDonald's, s'exclamèrent-ils en chœur, en éclatant de rire.

La vie avec Rakel n'était pas compliquée. Ron Sexsmith. Des fast-foods. Des histoires de bar. De l'alcool. Une ou deux lignes de cocaïne. Il savait que ce n'était pas juste pour Therese, que leur vie aussi avait été comme ça autrefois, mais ils avaient maintenant deux enfants et avaient donc d'autres sujets de conversation. Les filles. Les réunions de parents. Les trajets à l'école. Les emplois du temps.

Un peu avant Tyresö, Oscar bifurqua vers la chaîne de hamburgers.

Comme toujours, ils choisirent le *drive-in* – en partie parce qu'ils ne voulaient pas être vus ensemble par les autres clients, mais surtout parce qu'ils préféraient manger en paix dans la maison d'été.

Rakel y alluma les bougies pendant qu'Oscar déballait la nourriture. Il apprécia le calme. Ne pas avoir à ranger les manteaux et les bonnets des enfants, ni à les envoyer à la salle de bains pour se laver les dents, ni leur dire de manger proprement. Une fois le repas terminé, ils emportèrent une bouteille de vin et deux verres à l'extérieur et s'installèrent dans le Jacuzzi.

L'eau fumait, montait vers le ciel étoilé. Le corps nu et élancé de Rakel l'attirait sous la surface éclairée de l'eau.

Oscar pensa aux sans-abri. Ces bâtards qui avaient construit une cabane à quelques centaines de mètres en bas de sa maison d'été et qui jetaient leurs ordures, se droguaient et buvaient à proximité de ses enfants. Même eux, il ne les détestait pas en ce moment.

Il regarda Rakel qui se détendait, les yeux fermés, se servant du rebord comme d'un appui-tête.

Devait-il quitter sa famille pour elle ? L'idée était tentante. Ne plus avoir à faire de cachotteries. Il n'était pas un mauvais bougre. Il verserait à Therese une pension généreuse et lui laisserait la villa. Il n'y aurait aucune difficulté. Oscar se contenterait de voir les filles un week-end sur deux, et de leur offrir des voyages pendant les vacances. Il pouvait s'installer avec Rakel dans un appartement en ville, peut-être la convaincre d'avoir une relation ouverte. Mettre les choses au point dès le début cette fois, pour ne pas avoir à traîner un sentiment de mauvaise conscience comme un boulet.

On n'avait qu'une vie, il voulait profiter au maximum de la sienne. Jeune reporter sportif au *Smålandsposten*, il n'aurait jamais pu rêver du poste qu'il occupait aujourd'hui. Il s'était battu, avait trimé, avait joué des coudes pour se frayer un chemin.

Il remarqua que Rakel n'avait pas bu de vin, attrapa le verre et le plaça dans sa main.

Elle le reposa sur le bord.

– Il faut que je te parle de quelque chose, dit-elle.

Elle avait l'air soucieuse, presque nerveuse. Elle mit sa main en coupe, la remplit d'eau et s'aspergea le visage.

– Ne va pas me faire une crise cardiaque et mourir juste là, mais je suis enceinte.

4.

Vanessa se sentait comme une adolescente lorsqu'elle fourra deux bouteilles de whisky dans les poches de son manteau et se précipita vers le taxi qui l'attendait. Le trajet longeait Karlavägen. Au niveau de Karlaplan, le chauffeur tourna à droite sur Narvavägen.

C'était dans ces quartiers aisés et prestigieux qu'elle avait grandi. Le sentiment d'aliénation était profondément ancré en Vanessa et ne la quittait jamais – peu importait le contexte. Ce n'était qu'à certains moments, avec certaines personnes qui avaient l'impression de ne pas être à leur place qu'elle pouvait ressentir un sentiment d'appartenance. Peut-être était-ce pour cela qu'elle se sentait proche de Nicolas? Le garçon de banlieue qui avait été forcé, contre son gré, d'entrer dans le bastion de la classe supérieure qu'était l'internat SSHL de Sigtuna. Et sa relation avec son père était au moins aussi problématique que la sienne.

Le taxi fit un soubresaut en s'engageant sur le pont menant à l'île de Djurgården et tira Vanessa de ses pensées. Le chauffeur s'arrêta devant l'immense bâtiment en pierre du Musée nordique. Elle traversa lentement la pelouse derrière le restaurant en plein air Josefina's, s'assit sur un banc et attendit.

Vingt minutes plus tard, Nicolas arriva. Il s'assit à côté d'elle sans autre forme de politesse. Il était plus barbu que la dernière fois qu'elle l'avait vu, mais elle décida rapidement que cela lui allait bien. Il portait un blouson noir, un sweat à capuche grise et un jean noir.

De l'autre côté de la baie de Ladugårdslandsviken, les phares des voitures longeaient les quais. Quelque part, le moteur d'un bateau ronronnait.

Vanessa tendit une des bouteilles de whisky. Nicolas l'approcha à la lueur du réverbère, dévissa le bouchon et la porta à ses lèvres. Elle leva le bras et montra sur la droite, vers Strandvägen.

– Au lycée, ma petite sœur Monica sortait avec un type qui habitait là. Elle l'a surpris en train d'embrasser une autre. Pendant une semaine, elle et moi sommes allées là-bas tous les soirs et avons jeté des œufs sur sa fenêtre.

Deux canards sortirent de l'eau, se secouèrent et se dirigèrent vers un buisson en se dandinant. Vanessa but une gorgée de whisky.

– Et la fois où Monica n'osait pas rompre avec un autre petit copain. Elle est restée silencieuse pendant une semaine, à errer et ruminer. Pour finir, j'ai réussi à lui faire dire ce qui la tracassait. Nous avons des voix semblables, alors j'ai fini par appeler et me faire passer pour elle. Ensuite, nous avons mis en place un système. On appelait et on rompait pour l'autre.

Nicolas leva sa bouteille. Vanessa fit de même avec la sienne. Elles s'entrechoquèrent.

– Bien. À la tienne.

– À la tienne.

Ils penchèrent leurs têtes en arrière et burent en chœur.

– J'ai envie de boire à en revenir au stade de l'homme des cavernes, dit Vanessa.

– Pourquoi ça?

Elle haussa les épaules.

– Peut-être parce que c'est l'anniversaire d'Adeline aujourd'hui. Peut-être parce que c'est juste cette période de l'année. Tous les gens autour de moi se préparent pour l'été, prévoient des vacances, du temps libre avec leurs enfants. Je n'ai rien de tout ça. Putain, j'ai plusieurs millions à la banque, mais personne avec qui partir en vacances.

– Ça a l'air triste.

Elle ne parlait jamais d'Adeline. Mais quelque chose chez Nicolas la poussait à baisser sa garde. Voulait-elle expliquer pourquoi elle était parfois difficile à vivre?

– Devenir parent, c'est pouvoir mourir deux fois. Quand Adeline est morte, je suis morte aussi. Tu comprends? Je suis morte, bien que je respire. C'est pour ça…

Sa voix s'éteignit. Vanessa avala une grande gorgée. Elle sentit la liqueur la réchauffer et lui faire du bien au ventre.

– Adeline est enterrée à Cuba. Ma fille adoptive, ou quel que soit le nom qu'on peut donner à Natacha, est en Syrie. Je ne la reverrai probablement jamais non plus. Pourquoi passons-nous tant de temps à penser à ceux qui sont partis plutôt qu'à ceux qui nous entourent?

Nicolas réfléchit un moment.

– Ce n'est que lorsqu'ils ont disparu que nous les cernons et les comprenons. Quand nous écrivons leur histoire, nous prenons le temps de les comprendre. De les juger. Ou de les libérer. Alors nous pouvons enfin dire «il était comme ci, elle était comme ça». Les choses sont plus faciles. On ne peut plus jamais être démenti.

– Ta mère?

– Quoi ma mère?

– Tu m'as parlé de ton père, mais tu n'as jamais prononcé un mot sur ta mère. N'était-elle pas importante pour toi?

Vanessa sentait l'alcool paralyser sa langue et la faire bafouiller.

– Ça fait trop mal d'en parler. Je porte sa mort en moi, sur mon dos, tout le temps. À chaque pas. Dans chaque situation. Un peu comme tu portes celle d'Adeline.

C'était étrange d'entendre une autre personne prononcer le nom de sa fille.

– Ce n'est pas…

Il sentit qu'il l'avait contrariée. Il leva les mains en un geste de résignation.

– ... la même chose. Non, ça ne l'est pas.

Ils se turent. Regardèrent l'eau sombre et la ville éclairée.

Vanessa sentait qu'elle était dangereusement proche de franchir cette frontière. Elle aimait son propre dépouillement quand elle était près de Nicolas. La façon dont elle se déshabillait, couche après couche. Devant les autres, elle voulait être invulnérable, elle voyait chaque mot comme un piège potentiel – mais avec Nicolas, c'était tellement évident qu'il ne lui voulait aucun mal.

Elle tendit la main, attrapa la sienne et la serra. Il la regarda avec surprise.

Que dirait-il si elle lui demandait de la suivre chez elle à Roslagsgatan?

Elle lui jeta un coup d'œil, il était absent et elle le connaissait suffisamment bien pour savoir que quelque chose le tracassait.

– Qu'est-ce qu'il y a, Nicolas?

– Le job à Londres dont je t'ai parlé. Je l'ai accepté.

Vanessa retira sa main. Elle essaya de digérer le fait qu'il allait disparaître. Londres n'était qu'à quelques heures, mais maintenant qu'il était enfin de retour dans sa vie, c'était trop loin. Mais c'était la meilleure chose à faire pour Nicolas. Et il avait plus de dix ans de moins qu'elle.

– Félicitations, dit-elle d'une voix éteinte.

– J'ai échappé d'un cheveu à la fusillade à la pizzeria. Tes collègues me retrouveront, tôt ou tard ils comprendront mon rôle dans les enlèvements. Et s'ils le font, ils verront le lien avec toi.

– Alors c'est un adieu?

– Je pars le week-end prochain.

Il la regarda droit dans les yeux, sourit et pencha légèrement la tête.

– Tu pourrais aller voir Celine de temps en temps? Elle a besoin d'une amie.

Qui n'en a pas besoin, pensa Vanessa sombrement. Elle serra les lèvres, ne voulant pas lui montrer à quel point il l'avait blessée. Elle se leva.

– À un de ces quatre, dit-elle en se mettant à marcher en direction du pont Djurgårdsbron.

5.

Rakel Sjödin resta allongée dans le lit pendant que le bruit du moteur s'estompait. Elle ferma les yeux. Savoura la solitude. Comme d'habitude, elle voulait s'attarder un peu avant d'appeler le taxi. Le silence ici était presque exotique pour elle, enfant de la ville qu'elle était.

Il y avait quelque chose d'interdit et d'émoustillant à se retrouver seule dans la maison d'une autre famille. Si Oscar et elle devenaient réellement un couple, elle viendrait dans la maison d'été aussi souvent qu'elle le pourrait. Avant leur rencontre, elle avait rêvé d'un grand appartement en centre-ville, mais depuis un moment elle naviguait de plus en plus souvent sur les sites de recherche de villas.

Elle roula sur le dos, regarda les belles poutres au plafond.

Je. Suis. Enceinte. Après avoir prononcé ces trois mots effrayants et merveilleux à Oscar, elle avait fermé les yeux. Par peur de sa réaction. Et c'est sûr qu'il avait eu l'air choqué. S'il lui demandait d'avorter, elle le ferait. Ce n'était pas une psychopathe. Une de ces filles qu'on voit dans les séries télé qui gardent le bébé pour que le père ne disparaisse pas de leur vie. Elle ne mettrait pas un enfant au monde contre la volonté de qui que ce soit. Ce ne serait bon pour personne. Encore moins pour l'enfant. Ou la carrière de Rakel.

Elle posa ses pieds nus sur le parquet blanc. Se leva. Sentit le sperme d'Oscar couler à l'intérieur de ses cuisses. Elle l'avait peut-être imaginé, mais quand il s'était mis sur le côté comme d'habitude ce matin, qu'il avait passé ses mains sur les endroits qui la faisaient mouiller et qu'il l'avait baisée, cela avait été différent. Il avait eu l'air plus sérieux d'une certaine manière. Rakel aimait cela. Bien sûr qu'elle avait aussi aimé les autres façons. Mais là, c'était… différent.

Rakel passa devant le grand miroir à côté de la porte de la chambre. S'arrêta. Se tourna de côté. On ne voyait pas qu'elle portait un enfant. Pas encore. Elle avait la même silhouette svelte et le même ventre plat. Elle fit glisser la paume de sa main sur sa fesse. L'empoigna fermement. Non, pas un corps de maman. Mais les choses allaient changer. Elle devait s'y préparer. Mais elle n'allait pas être une de ces mères qui ne parlent que de leurs bébés, et qui, après quelques heures à la maternité, n'étaient plus sociables. Qui n'étaient plus que *maman*. Qui renonçait à leur identité. C'était la chose la plus déprimante qu'elle connaisse.

Rakel alla dans la cuisine ouverte sur le salon. L'odeur du café fraîchement préparé y régnait. Elle sortit une tasse et la remplit. Enfila le peignoir Ralph Lauren qu'Oscar avait suspendu pour elle et s'assit sur le canapé, posant ses jambes sur la table basse.

Elle n'allait pas finir comme la femme d'Oscar. Rakel éprouvait de la pitié pour Therese. Et pour ses filles, qui allaient devoir endurer un divorce. Rakel était elle-même une enfant de divorcés et savait à quel point l'adaptation était difficile. Elle se promit d'être toujours gentille avec les filles d'Oscar, de les traiter aussi bien que l'enfant qui grandissait en elle.

Elle pensa à sortir son téléphone pour appeler Katja. Son amie savait que Rakel devait en parler à Oscar, peut-être se demandait-elle comment ça s'était passé.

Rakel bâilla. Cela pouvait attendre. Elle appellerait dans le taxi en rentrant en ville. Elle lui proposerait de prendre un café à Nytorget. Cela lui ferait du bien d'en parler à Katja, elle qui avait été opposée à cette relation. Elle avait surfé sur Flashback et, les lèvres pincées, elle lui avait montré le fil d'Oscar. Ils le traitaient d'homme qui bat les femmes. Rakel secoua la tête. Elle allait devoir s'habituer à ce genre de ragots à partir de maintenant.

Elle entendit des pas sur le porche et regarda vers la porte d'entrée. Et si c'était Therese? Peut-être étaient-elles parties plus tôt sans le dire à Oscar? Mais l'instant d'après, la sonnette retentit. Ce ne pouvait pas être Therese? Elle avait ses propres clés. Rakel se leva, resserra la ceinture du peignoir et alla ouvrir.

6.

Pour la première fois depuis la disparition d'Eva, Börje avait dormi à Junibacken. Il laça ses chaussures, sentit la douleur lancinante dans le bas de son dos et se redressa. Il appuya ses paumes de main là où il avait mal, pressa ses hanches en avant jusqu'à ce qu'elles craquent.

Il quitta Junibacken, jeta un dernier coup d'œil vers ce qui avait été leur maison à lui et à Eva et remonta lentement le chemin.

Elle était vivante. Il le savait.

La dernière chose qui l'abandonnerait serait l'espoir. Il n'avait pas l'intention de se reposer avant d'avoir retrouvé Eva. Cela avait été étrange de dormir à Junibacken. Vide. Cet endroit était *le leur*. La plupart du temps, il était resté éveillé, se tournant et se retournant. Il avait essayé de trouver une position confortable. Les brefs moments où il avait dormi, il avait rêvé d'Eva. Qu'elle était enfin de retour. C'était l'été, ils se baignaient, partageaient une glace.

Ce n'était pas comme ça que les choses devaient se passer. Ils avaient survécu à un putain d'hiver froid et difficile. Et maintenant Eva avait disparu. D'un autre côté, c'était une bonne chose que ce soit à cette période de l'année et pas durant les mois les plus rudes de l'hiver. Sinon elle aurait pu mourir de froid, se faire renverser par une voiture dans l'obscurité, se perdre sur un lac gelé et traverser la glace.

– Arrête ça, se dit-il.

Il se débarrassa de ces pensées désagréables.

Eva était vivante. Bientôt il la retrouverait et, quel que soit son état, il la soignerait et la remettrait sur pied. Il serait à ses côtés. Il la porterait s'il le fallait. Il n'y avait pas d'autre alternative.

Il s'aperçut qu'il transpirait, s'arrêta et retira sa veste.

Dans le jardin d'Oscar Sjölander, il vit quelqu'un bouger. Un homme se dirigeait vers la porte d'entrée. Avant d'appuyer sur la sonnette, il regarda autour de lui.

Börje resta immobile derrière les buissons. Il suivit ce qu'il se passa.

Enfin, une femme aux cheveux bruns dans un peignoir bleu ouvrit la porte. Börje plissa les yeux. La distance brouillait les contours de l'homme. Et cette femme ne ressemblait pas vraiment à Therese, la femme d'Oscar?

La femme à la porte échangea quelques mots avec l'homme, l'instant d'après elle s'écarta, le laissa entrer et la porte se referma.

Börje resta là un moment, avant de continuer à marcher. Il y avait quelque chose dans les vêtements de l'homme, dans sa manière de se comporter qui éveillait sa curiosité. Mais il n'arrivait pas à mettre le doigt sur quoi.

7.

Vanessa se promenait le long de Sveavägen. Le soleil était brûlant. Le thermomètre indiquait vingt-deux degrés à l'ombre et les météorologues avaient annoncé qu'il ferait encore plus chaud dans les jours à venir. Comme la chaleur venait de l'est, les deux tabloïds avaient choisi de titrer : *La canicule russe.*

Sa tête bourdonnait encore après sa rencontre de la veille avec Nicolas. Pendant deux heures, elle avait erré en ville pour se débarrasser de son mal de tête, mais rien n'y faisait. Elle était déçue que Nicolas déménage. Même si elle savait qu'elle était injuste envers lui.

De l'autre côté de Sveavägen se trouvait le parc de l'Observatoire, vert et accueillant. Dans la fontaine vide, des jeunes faisaient du skateboard. Au pied de la colline, des gens étaient installés sur des couvertures colorées. Sur les marches de l'escalier de la bibliothèque municipale, un dealer attendait ses clients. Sur Sveavägen, des groupes de joggeurs couraient sur le trottoir. Vanessa s'acheta un café frappé glacé à emporter et reprit le chemin de la maison.

Alors qu'elle s'approchait du 13 Roslagsgatan, elle vit une femme aux longs cheveux bouclés et aux lunettes rondes qui attendait sous l'échafaudage. À la grande surprise de Vanessa, elle se mit à marcher droit vers elle.

– Vanessa Frank ? demanda-t-elle.

– Oui ?

– Vous auriez un moment ?

– Ça dépend de quoi il s'agit.

La femme se racla la gorge.

– Une de vos affaires.

À la réflexion, son visage ne lui était pas complètement inconnu. Vanessa se demanda où elle l'avait vue. Un témoin dans une ancienne enquête?

– Pourquoi est-ce que je vous reconnais?

– Je m'appelle Jasmina Kovac. Je suis journaliste. À *Kvällspressen*.

Vanessa haussa les sourcils.

– Si vous voulez une interview, vous devez contacter le service de presse de la police, dit-elle en faisant un pas de côté et elle se dirigea vers la porte de l'immeuble.

Jasmina Kovac tendit une main et toucha le bras de Vanessa, mais la retira aussitôt lorsque Vanessa lui lança un regard meurtrier.

– Je ne suis pas ici en tant que journaliste, expliqua-t-elle. S'il vous plaît, accordez-moi quelques minutes, c'est important.

Vanessa jeta un rapide coup d'œil par-dessus son épaule. Il n'était pas bon d'être vue en compagnie d'une journaliste. Encore moins une journaliste de tabloïd. On pourrait croire qu'elle divulguait des informations. Mais il y avait quelque chose dans l'expression désespérée de la jeune femme qui éveillait la curiosité de Vanessa. Et la pitié.

– S'il vous plaît, répéta Jasmina.

Vanessa montra du doigt le parc Monica Zetterlund. Elles traversèrent Roslagsgatan, Vanessa la première, Jasmina juste derrière. Elles s'assirent sur le banc en bois qui diffusait vingt-quatre heures sur vingt-quatre des chansons associées à la légende du jazz, et Vanessa porta la paille à sa bouche.

– Que voulez-vous?

– Je suis venue vous voir parce que vous êtes la seule femme enquêtrice sur cette affaire, commença Jasmina en se tortillant. Ce que j'ai à vous dire… je me demande si vous pouvez le garder secret?

– Si vous voulez parler avec quelqu'un soumis au secret professionnel, vous devriez aller voir un psychologue ou un pasteur, rétorqua Vanessa, qui regretta aussitôt ses paroles en voyant l'expression de Jasmina.

Elle aspira le reste de son café frappé, se leva à moitié et jeta le gobelet en plastique vide dans la poubelle.

– Karim Laimani n'a pas tué Emelie Rydén, dit Jasmina dans un souffle.

Vanessa se tourna vers elle, interloquée.

– Qu'est-ce qui vous permet d'en être si sûre?

– Je le sais, c'est tout.

– Avec tout le respect que je vous dois. Les preuves scientifiques disent le contraire.

– Le 20 avril, j'étais dans le bar du Scandic Anglais, l'hôtel près de Stureplan. Un homme m'a abordée et nous avons commencé à parler. Il m'a offert un café. Il m'a dit qu'il s'appelait Thomas. Au début, il n'y avait rien d'anormal chez lui, mais il m'a rapidement mise mal à l'aise. Quand j'ai voulu me lever, tout s'est mis à tourner. Mon corps avait cessé de m'obéir. Il m'a emmenée dans une voiture qui attendait. Pendant le trajet, j'ai perdu connaissance.

Jasmina parlait à voix basse. Vanessa se rapprocha.

– Quand je suis revenue à moi, j'étais dans un appartement. Je ne sais pas où. Mais… ils m'ont violée. L'homme qui a dit s'appeler Thomas et les deux autres.

– Et cet homme était…

– Karim Laimani.

Vanessa dévisagea Jasmina, qui passa une main tremblante dans son épaisse chevelure. Son regard était vide et vitreux.

– Puis-je vous demander pourquoi vous ne l'avez pas dit plus tôt? demanda doucement Vanessa.

Jasmina lui adressa un sourire triste et ironique.

– Je ne savais pas qui il était.

– Pourquoi en êtes-vous sûre maintenant?

– Parce que j'étais au tribunal pour l'audience. Je devais faire un article et je l'ai vu entrer dans la salle. (Jasmina soupira, secoua la tête.) J'ai écrit de nombreux textes sur des femmes qui ont été violées et je sais que la seule chose à faire est de porter plainte. Mais je n'ai pas osé. Ils m'ont menacée. Ils savent comment je m'appelle, où j'habite. De plus, il y a ma mère… je… je ne veux pas qu'elle l'apprenne.

Vanessa passa délicatement son bras autour des épaules de Jasmina. Elle aurait voulu ressentir de la rage, mais elle n'était que lasse. Combien de femmes portaient des secrets similaires? Trois hommes avaient détruit la vie de Jasmina et elle ne se sentirait peut-être plus jamais en sécurité.

Jasmina s'appuya contre elle et laissa couler ses larmes. Vanessa la serra plus fort contre elle, cherchant en vain des mots de réconfort.

8.

Oscar Sjölander se trouvait sur le bord du terrain de sport de Hjorthagen et assistait au troisième match de football de sa fille aînée. Laura avait marqué deux buts et Bromma menait 3-1 contre Djurgården. Mais il avait du mal à se concentrer sur le match et à se réjouir des buts de sa fille.

L'annonce de la grossesse de Rakel avait tout chamboulé.

Plus il digérait la nouvelle, plus il se sentait mal. Rakel était son sanctuaire, ce qui brisait la monotonie de son quotidien. Il ne voulait pas recommencer à zéro. Fonder une nouvelle famille. Changer des couches. Être tenu éveillé la nuit par les pleurs d'un bébé. En même temps, il s'en voulait. Bien sûr que Rakel avait envie d'avoir des enfants. Sa propre famille. Elle était jeune. Il avait laissé les choses aller trop loin. Et, sur le coup, il n'avait pas eu le courage d'avoir cette discussion avec elle. Au lieu de cela, il avait prétendu être heureux, ou du moins ne pas s'opposer à l'idée. Il s'était entendu la rassurer sur le fait qu'il quitterait Therese.

L'arbitre siffla la mi-temps et un père de l'équipe adverse s'approcha. Oscar reconnut ce genre de père : un type imbu de lui-même qui voulait parler, discuter football ou hockey et qui croyait avoir quelque chose à dire. Pour se mettre en valeur. Suggérer en passant qu'ils devraient prendre une bière un jour.

Oscar fit semblant de ne pas le voir, se dirigea vers le café pour s'acheter un hot-dog. Sur le parking, une voiture s'arrêta. Deux hommes bien bâtis en sortirent et se dirigèrent vers le terrain de sport. Ils gagnèrent le café et, à la surprise d'Oscar, ils lui demandèrent s'ils pouvaient échanger quelques mots.

Sa première réaction fut l'agacement. Ces idiots voulaient prendre un selfie? Maintenant? Les gens étaient de plus en plus fous.

– Je suis venu assister au match de ma fille, et j'aimerais le faire en paix, répondit-il avec irritation.

Les hommes échangèrent un regard rapide.

– Nous devons vous parler, dit l'un d'eux en sortant sa carte de police.

C'était peut-être une caméra cachée. Une de ces émissions ridicules sur TV3 où on se moquait des célébrités. Si c'était le cas, il valait mieux faire bonne figure. Les policiers l'accompagnèrent vers le parking. Les parents de l'équipe de Laura commencèrent à chuchoter entre eux.

– Okay. Que voulez-vous? demanda Oscar en écartant les bras.

– Vous connaissez une certaine Rakel Sjödin?

Rien n'aurait pu le surprendre davantage. S'il s'agissait d'une plaisanterie, elle dépassait largement les bornes. Oscar promena son regard entre les visages sérieux des deux policiers. Comment connaissaient-ils Rakel?

– Elle a disparu, poursuivit le policier.

Les pensées se bousculèrent dans la tête d'Oscar.

– Que voulez-vous dire?

– Elle a été portée disparue. Son amie prétend que vous vous êtes vus hier soir et que vous avez passé la nuit ensemble.

Oscar sentit la colère monter. Putain de flics. Des gens se faisaient tirer dessus à droite et à gauche dans cette ville, et pourtant ils passaient leur samedi après-midi à venir ici?

– Je suis marié, c'est quoi cette façon de vous pointer ici et d'insinuer que j'ai une liaison? Vous n'avez rien de mieux à faire?

– Calmez-vous.

Le policer fit un pas vers lui.

– Ne me dites pas ce que je dois faire, dit Oscar, excédé.

Il entendit un coup de sifflet et comprit que l'arbitre venait de donner le coup d'envoi de la deuxième mi-temps.

– Si vous voulez bien m'excuser, je veux assister au match de ma fille. Je connais Rakel, mais je n'ai aucune idée de l'endroit où elle se trouve.

Il se détourna pour repartir, mais le policier lui attrapa le bras.

– Vous restez ici.

– Lâchez-moi.

Le premier réflexe d'Oscar fut de se dégager, mais la poigne du policier se resserra. Son collègue lui barra la route, semblant prêt à intervenir. Oscar se calma. Ce serait dévastateur si quelqu'un sortait son téléphone portable et se mettait à filmer. Le policier le lâcha et Oscar se frotta le bras. Au même moment, la radio des policiers grésilla. Le collègue qui était resté en retrait s'éloigna un peu. Oscar n'entendit pas ce qui se disait. Le policier marmonna quelque chose dans la radio, hocha la tête et revint vers eux.

– Nous vous demandons de bien vouloir nous suivre.

Oscar ouvrit la bouche pour protester, mais le policier l'interrompit.

– Tout de suite. Immédiatement.

Il y avait quelque chose dans leurs visages graves qui lui fit comprendre que c'était sérieux. La peur le frappa comme un coup de poing dans le plexus solaire. Une inquiétude qu'il n'avait pas ressentie depuis #MeToo. Avait-on découvert quelque chose de nouveau? Un ancien cadavre qui venait de ressurgir? Une femme qui prétendait avoir été forcée à avoir des relations sexuelles? Peut-être avaient-ils juste inventé cette histoire avec Rakel pour qu'il le suive. Non, ça semblait absurde. D'ailleurs, il ne pouvait rien faire. Ce n'était pas comme s'il pouvait essayer de s'enfuir. Il était innocent. Autant en finir.

– Je vous suis, dit-il.

9.

Dès qu'elle arriva à la rédaction, Jasmina alla droit à la machine à café. Elle se sentait plus légère depuis qu'elle avait parlé du viol à Vanessa Frank. Jasmina avait tout de suite eu confiance en elle, et elle appréciait que Vanessa ne lui ait pas dit qu'elle devait porter plainte.

Une fois le gobelet plein, Jasmina fit demi-tour et faillit renverser le café brûlant sur Max Lewenhaupt.

– Oulà ! s'exclama-t-elle.

Elle se demanda combien de temps il était resté planté là.

– Je peux te parler un instant?

Il la conduisit dans la salle de conférence baptisée « Le baiser » en référence au baiser de mariage du roi Carl Gustaf XVI et de la reine Silvia en 1976 et au seul numéro de *Kvällspressen* qui ait jamais été vendu à ce nombre d'exemplaire : 957 000 journaux.

Max, d'ordinaire si sûr de lui, eut du mal à croiser le regard de Jasmina lorsqu'il referma la porte. Jasmina se sentit partagée. Max était une brute. Un enfant gâté qui avait grandi avec une cuillère en argent dans la bouche et était trop arrogant pour comprendre que tout le monde n'avait pas une vie aussi facile. Mais elle ne pouvait pas ignorer que c'était un journaliste compétent.

– Je voudrais m'excuser pour… oui, pour ce que j'ai fait. C'était idiot.

Jasmina hocha la tête, mais resta silencieuse.

– Je suis désolé.

Jasmina se demanda s'il pensait vraiment ce qu'il disait, ou s'il était ici parce que son maintien à *Kvällspressen* en dépendait.

Probablement la deuxième hypothèse. Mais cela n'avait pas d'importance. Elle voulait passer à autre chose. Oublier. Tuva Algotsson lui avait demandé si elle était d'accord pour que Max reste au journal et Jasmina avait promis de garder le silence sur l'incident. Elle ne voulait pas que quelqu'un perde son emploi à cause d'elle.

Elle saisit la main tendue de Max. Elle aurait vraiment eu envie de lui demander pourquoi il lui avait volé son texte, mais elle n'en avait pas l'énergie, pas maintenant.

– C'est bon, dit-elle.

Il eut un sourire en coin.

– Tant qu'à voler, autant voler aux meilleurs.

– Merci. Ou peu importe.

Le téléphone de Max se mit à sonner. Il lâcha la main de Jasmina, le sortit de sa poche arrière et fixa l'écran.

– Il faut que je réponde.

Max longea la table de conférence et se posta près du tableau blanc à l'autre bout de la pièce. Jasmina se dandina, regarda vers la rédaction et se demanda si elle devait quitter la pièce, mais Max leva la main dans un geste qu'elle interpréta comme signifiant qu'il voulait qu'elle reste.

Jasmina s'approcha de la fenêtre, contempla les bâtiments empreints du style fonctionnaliste de Marieberg. Elle ne voulait pas se laisser convaincre de porter plainte. Ne voulait pas subir un procès. Ne voulait pas être interrogée. Être obligée de répondre à des questions. Elle voulait passer à autre chose. Jasmina avait dit que Karim Laimani n'était pas coupable de meurtre. De cette façon, la police pourrait peut-être mettre la main sur le meurtrier d'Emelie Rydén. Elle oublierait Karim Laimani et ce qu'il lui avait fait.

– Okay, dit Max derrière son dos.

Il frappa deux fois du poing sur la table.

– Tu en es complètement sûr?

Une demi-minute plus tard, il raccrocha.

– Source policière, dit Max en plissant le front. Oscar Sjölander a été arrêté au match de football de sa fille. Apparemment, il y a beaucoup d'activité dans sa maison d'été à Tyresö.

– *Le* Oscar Sjölander?

Max acquiesça.

– Va le dire à la Brioche, dit Max. C'est le moins que je puisse faire.

Jasmina secoua la tête.

– Plus de mensonges. Mais merci quand même.

Elle retourna à son ordinateur portable. Quatre nouveaux e-mails. Elle ouvrit le dernier, qui avait été envoyé d'un compte Hotmail anonyme, à peine quelques minutes plus tôt. Il s'agissait d'une photo de son visage. L'expéditeur l'avait photoshopé sur le corps d'une femme nue. Elle était allongée entre deux hommes qui la pénétraient.

Je sais que tu aimes ça, lisait-on sous l'image.

Un frisson glacé parcourut le dos de Jasmina qui rabattit d'un coup l'écran de son ordinateur. Ses mains tremblaient. L'infect rictus de Karim Laimani lui apparut. Elle se passa la paume de main sur la figure. Ils ne pouvaient pas savoir qu'elle avait parlé avec Vanessa Frank. Ou bien? Elle jeta un œil vers le bureau de Tuva Algotsson, envisagea de s'y rendre. La politique du journal était que toute menace devait être signalée, mais alors Jasmina serait obligée de parler du viol.

10.

Vanessa enfila ses vêtements de sport, prit une bouteille d'eau et quitta son appartement. Elle vérifia à nouveau son téléphone, mais ni son chef Mikael Kask ni Ove ne l'avaient rappelée.

Karim Laimani était un agresseur de femmes, mais il n'avait pas tué Emelie – si l'histoire de Jasmina Kovac était vraie. Et Vanessa n'avait aucune raison d'en douter. Karim Laimani devrait quitter la détention provisoire pour retourner à la prison d'Åkersberga. Il redeviendrait bientôt un homme libre, à moins que Jasmina ne change d'avis et ne décide de porter plainte. Vanessa comprenait sa réticence. En Suède, seuls quatre pour cent des plaintes pour viol aboutissaient à une condamnation. Et il n'y avait pas de preuve scientifique. Pas de témoin. Non, Jasmina n'aurait aucune chance dans un tribunal.

Vanessa trouva un tapis de course vide, mit ses écouteurs sur ses oreilles et commença à courir au son de *Bohemian Rhapsody* de Queen. L'air conditionné fonctionnait à plein régime, diffusant une fraîcheur agréable. Quand elle eut parcouru cinq kilomètres en vingt-cinq minutes, elle se sentit satisfaite. Freddie Mercury chantait *Somebody to Love* et Vanessa passa au rameur. Elle saisit la poignée et poussa sur ses jambes. La voix de Freddie Mercury laissa place à la sonnerie du téléphone. Vanessa consulta l'écran. Mikael Kask.

– Merci de me…

– Je suis désolé de t'appeler encore une fois le week-end, mais nous avons besoin de toi, l'interrompit-il.

– Raconte, dit Vanessa.

Elle ralentit. Reposa lentement la poignée sur la machine.

– Une femme a disparu et nous avons trouvé des traces de sang dans la maison d'été où, selon son amie, elle aurait passé la nuit. La maison appartient à Oscar Sjölander, le présentateur télé.

Vanessa essaya en vain dans sa mémoire de mettre un visage sur le nom.

– La presse va se déchaîner, poursuivit Mikael. Je t'envoie les coordonnées. On se retrouve là-bas.

La maison d'été d'Oscar Sjölander était située dans un endroit isolé, le voisin le plus proche se trouvait à trois cents mètres. La maison était entourée de buissons et d'arbres, mais on pouvait l'apercevoir depuis le sentier qui longeait le terrain.

Le jardin se composait d'une grande pelouse avec quelques arbres fruitiers, un trampoline et une cabane de jeux blanche.

À la porte d'entrée, Vanessa se vit remettre une paire de couvre-chaussures, une combinaison jetable et une paire de gants en latex. Mikael Kask attendait dans le hall d'entrée. Il avait la cinquantaine, mesurait plus d'un mètre quatre-vingt-dix et avait des yeux verts brillants. À la fin des années 1980, il avait travaillé comme mannequin à New York avant de se reconvertir et devenir commissaire. Au sein de la police, il était connu comme un coureur de jupons. Célibataire. Sans enfants. Mais c'était un bon enquêteur et Vanessa le respectait. Après six mois à la Crim', elle était presque sûre que c'était réciproque.

– Qu'est-ce qu'on a? demanda-t-elle.

– Je ferai un vrai briefing avec tout le monde plus tard. Mais pour l'instant, pas grand-chose. D'après Katja Tillberg, l'amie de Rakel Sjödin, Oscar Sjölander et Rakel avaient une liaison. Ils sont venus ici ensemble hier soir. Ont passé la nuit ici. Ce matin, Katja a reçu un SMS de Rakel qui disait qu'elle avait peur d'Oscar. Katja a essayé de lui téléphoner, mais n'a pas obtenu de réponse. Elle a appelé le 112 qui a envoyé une patrouille. La porte n'était pas verrouillée. Ils sont entrés, ont découvert des taches de sang sur le canapé. Oscar Sjölander est actuellement interrogé à ce sujet.

Vanessa s'approcha du canapé. Deux taches de sang de la taille d'un poing brillaient, rouge sur le tissu blanc.

– Que dit-il?

– Qu'il n'a aucune idée de l'endroit où elle se trouve. Il prétend que des sans-abri toxicomanes qui sévissent dans le coin les ont menacés, lui et sa famille. Ils traînent dans la forêt en bas près de la plage, si tu suis le sentier et que tu restes à droite. Tu peux prendre un technicien de la Scientifique avec toi et aller voir?

– Elle n'a donc disparu que depuis quelques heures, mais nous sommes déjà à fond?

– C'est la direction qui le veut, compte tenu des circonstances.

– Le facteur célébrité, tu veux dire?

Vanessa fit signe à Trude Hovland – la technicienne qui était au domicile d'Emelie Rydén – et lui transmit les instructions de Mikael. Elles suivirent le sentier vers l'eau. Le soleil ne brillait plus aussi fort, mais l'air était étouffant. Trude avait baissé sa capuche et son masque pendait comme un bavoir sous son menton.

C'était incroyable qu'elle puisse être aussi séduisante malgré son accoutrement. Vanessa essaya de voir s'il y avait une bague sous les gants en latex fins, mais elle n'en détecta aucune.

– Je sais que ce n'est pas une question politiquement correcte, mais d'où viens-tu? demanda Vanessa.

– En Norvège, nous ne sommes pas si susceptibles que vous les Suédois avec ce genre de choses, répondit Trude avec insouciance. Mon père est indien, ma mère est norvégienne. J'ai grandi à New Delhi et Oslo.

À une vingtaine de mètres de la rive, le sentier se divisait en deux. Elles prirent la droite, comme Mikael l'avait indiqué. La forêt s'épaissit autour d'elles. L'air était plus humide, presque frais.

– Ce n'est pas plutôt l'inverse d'habitude?

– Que veux-tu dire?

– Que nous les Suédois allons en Norvège pour prendre vos emplois, dit Vanessa avec un sourire en coin. Vous pensez que nous avons des salaires de misère ici, n'est-ce pas?

– Je suis tombée amoureuse d'un Suédois et j'ai emménagé ici il y a plusieurs années. Nous avons rompu, mais je suis restée.

– Je suis désolée.

Trude haussa les épaules.

– Tu n'as pas à l'être. J'aime mon travail et je me plais à Stockholm. De plus, c'est moi qui l'ai trompé, alors c'est normal qu'il m'ait larguée.

Entre deux arbres, Vanessa aperçut une bâche verte. Trude passa devant et elles quittèrent le sentier. Dans une clairière, un vieux foyer et une souche d'arbre qui semblait avoir servi de siège. Sous la bâche, des piles de vieux journaux et, à côté, deux sacs de couchage. Trude releva son masque et les examina rapidement.

– Des sacs de couchage, une vieille miche de pain, un lecteur de cassettes, des vêtements.

Vanessa s'accroupit près des journaux, la plupart des journaux gratuits *Metro*. Elle enfila une paire de gants en latex et les feuilleta rapidement. Le plus récent était un *Aftonposten* datant d'une semaine.

– Sjölander a bien dit qu'ils étaient drogués? demanda Trude. Ce n'est pas un peu trop bien rangé pour ça? Qu'est-ce que tu en penses? Regarde, ils ont même un fil à linge.

Entre deux bouleaux était accrochée une corde bleu pâle et usée. Dessus, une dizaine de pinces à linge étaient accrochées.

Vanessa entendit des pas, se retourna et vit Ove Dahlberg qui arrivait le long du chemin.

– Ils veulent qu'il y ait le plus de monde possible mobilisé.

– Les journalistes ont déjà commencé à appeler?

– Non, mais ce n'est qu'une question de temps. Toi et moi nous devons aller à Blackeberg pour rencontrer une Katja Tillberg. C'est elle qui nous a appelés et qui était inquiète. Kask veut que nous découvrions la nature de la relation entre Oscar Sjölander et la victime.

– Est-ce que ce n'est pas assez évident? demanda Vanessa.

Ove haussa les épaules.

– Et les parents alors?

– Nous avons déjà des gens sur place, dit Ove. Et avec la femme d'Oscar Sjölander.

Vanessa se sentit soulagée. Personne n'aimait annoncer aux parents de mauvaises nouvelles concernant leurs enfants. Mais elle encore moins. Elle savait mieux que quiconque ce que signifiait la perte d'un enfant.

Vanessa se tourna vers Trude, qui avait sorti un appareil photo.

– Allez-y, je me débrouillerai, dit la Norvégienne, le regard rivé sur le petit écran devant elle.

11.

Oscar Sjölander attendait les deux inspecteurs qui avaient quitté la pièce pour faire une pause. Il ferma les yeux, posa ses coudes sur la table et reposa sa tête entre ses mains.

Qu'est-ce qu'il se passait, putain?

Il n'y comprenait rien. Rakel avait disparu. D'une manière ou d'une autre, ils savaient qu'elle avait passé la nuit avec lui. Il devait y avoir un malentendu. Pour commencer, il avait menti, bien sûr, il avait dit qu'ils étaient amis, collègues. Il avait essayé de sauver son mariage. Mais il avait fini par dire la vérité. Il leur avait parlé de leurs nuits passées ensemble, de leurs rencontres. Du bébé dans le ventre de Rakel. Ils avaient demandé si Rakel et lui s'étaient disputés et il avait nié, tout en admettant honnêtement que la grossesse avait changé sa perspective sur l'avenir de leur relation.

Mais ils devaient comprendre qu'il n'avait aucune idée de l'endroit où se trouvait Rakel. Il était parti de la maison d'été, était rentré chez lui à Bromma, avait récupéré Laura et s'était rendu au terrain de sport de Hjorthagen.

La porte s'ouvrit et les inspecteurs reprirent place en face de lui, le visage grave. L'inspectrice qui dirigeait l'interrogatoire – une femme laide aux cheveux courts, d'une bonne quarantaine d'années – croisa les bras. Son collègue, qui portait une veste en velours côtelé verte, appuya à nouveau sur le dictaphone.

– Alice Lundberg et Niklas Samuelsson reprennent l'interrogatoire d'Oscar Sjölander, dit-il en se penchant en arrière.

Oscar se redressa et déglutit.

– Il faut me croire, putain, dit-il.

Il entendit le son de sa voix. Désespéré. Aux abois. Pourquoi ne disaient-ils rien ? Pourquoi se contentaient-ils de l'observer ? Il disait la vérité.

– Nous avions une liaison, oui. Nous nous sommes vus hier. Mais quand je suis parti ce matin, elle allait bien. Il n'y avait pas de sang sur le canapé. Nous devions nous voir dans la semaine. Je n'aurais jamais fait de mal à Rakel et sa disparition m'inquiète autant que vous.

Il les regarda l'un après l'autre. Il était évident qu'ils ne le croyaient pas.

– Dans une poubelle, à environ cinquante mètres de chez vous à Bromma, on a trouvé un sac en plastique noir, dit la femme.

Oscar ouvrit les bras.

– Oui, et alors ?

– Dedans, il y avait un pull et un couteau. Les deux portant des traces de sang. Votre femme a confirmé que c'était votre pull. Et que le couteau se trouvait chez vous avant. Comment pouvez-vous l'expliquer ?

– Les clodos. Les camés. Ceux dont je vous ai parlé. C'est sûrement ce salopard. Je suis allé les voir et je n'ai pas toujours été très sympathique. J'ai dit que je ne voulais pas d'eux là-bas et ils ont dû s'en prendre à Rakel pour se venger. Avez-vous trouvé leur foutue… tanière ?

– Nous avons demandé à nos collègues sur le terrain de garder un œil ouvert, répondit Alice Lundberg, avant de se taire et de fixer un point sur le front d'Oscar. Des informations suggèrent que vous avez déjà été violent par le passé. Envers des femmes.

Oscar était persuadé qu'elle était une de ces féministes enragées qui détestaient les hommes. Sûrement employée pour respecter un quota. Elle n'avait pas franchement l'air d'avoir été capable de baiser pour monter les échelons.

– Où est-ce que vous avez trouvé ces informations? Flashback? dit-il sur un ton de défi en les foudroyant du regard.

– Peu importe d'où elles viennent. Nous voulons que vous répondiez à la question. Avez-vous déjà été violent avec Rakel Sjödin?

– Non! s'exclama-t-il. Jamais!

– Envers d'autres femmes?

Oscar serra les dents. Inspira par le nez. Les mots sortirent par à-coups.

– Je ne ferais jamais de mal à Rakel, dit-il en essayant de garder une voix stable. Je ne sais pas où elle est. Je veux partir d'ici maintenant. Je dois parler avec ma femme. Ceci… ça peut détruire mon mariage et je lui dois une explication. Lui demander pardon.

12.

Ils retournèrent à deux voitures jusqu'au centre-ville. Vanessa entra dans le parking souterrain sous le lycée Norra Real pour y laisser sa BMW. Ove l'attendait devant le Café Nero, le moteur au ralenti, et tendit à Vanessa un café à emporter.

Elle prit une gorgée et posa le gobelet en carton dans le porte-boisson.

– Il faut que je te dise quelque chose, dit-elle. C'est à propos de Karim Laimani.

– Ah oui? Ce salopard? Vas-y.

– Une femme est venue me voir aujourd'hui. Elle lui a fourni un alibi pour la nuit du meurtre.

Ove quitta la route des yeux et lança un regard surpris à Vanessa.

– Qu'est-ce que tu racontes, putain? Qui est cette femme?

– Elle veut rester anonyme. Et je lui ai promis que ce serait le cas. Elle a de bonnes raisons pour cela.

Ils tournèrent sur Sankt Eriksgatan en direction de Fridhemsplan. Une profonde ride s'était creusée sur le front d'Ove. Il avait l'air de vouloir protester, poser des questions, demander plus de détails.

– D'accord, dit-il finalement. Si tu estimes qu'elle est crédible, je n'ai aucune raison de remettre en cause ton jugement. La question est de savoir ce que nous allons faire maintenant. Qu'est-ce qu'on dit à la procureure?

Vanessa tourna son visage vers la rue et sourit.

– Merci, murmura-t-elle.

Son collègue lui lança un coup d'œil sans comprendre.
– De quoi?
– De me faire confiance.

Katja Tillberg faisait les cent pas dans son salon. De la vaisselle, des cartons, des vêtements, des bijoux et des bouteilles d'alcool jonchaient le canapé, les rebords de fenêtre et le parquet clair du petit deux-pièces. Plusieurs photos encadrées étaient posées sur une commode.

Pendant qu'Ove tentait d'amener Katja à s'asseoir et à parler de son dernier contact avec Rakel Sjödin, Vanessa déplaça une bouteille de vin vide pour mieux regarder les photos. L'une d'elles en particulier attira son attention. Une photo prise lors de vacances au soleil. Une version plus jeune de Katja et d'une personne dont Vanessa comprit qu'il s'agissait de Rakel se prélassaient sur un matelas pneumatique rose quelque part en Méditerranée. Elles levaient chacune leur verre décoré de petits parapluies vers le photographe en riant.

Les autres photos étaient différentes. Comme si un photographe professionnel les avait prises. Katja petite, avec des trous entre les dents de devant. Katja, quelques années plus tard, sautant sur un trampoline. Le photographe devait être allongé sur le dos, sur le trampoline lui-même.

– Vanessa?

Elle se retourna. Katja était maintenant affalée sur le canapé. Ove avait tiré une chaise de cuisine et s'était assis de l'autre côté de la table basse. Vanessa déplaça un carton de pizza d'une autre chaise et la plaça à côté d'Ove.

– D'après ce qu'on nous a dit, Rakel vous a envoyé un SMS ce matin? demanda Ove.

Katja fouilla dans le désordre qui régnait sur la table basse. Trouva son téléphone, le déverrouilla et le tendit à Vanessa et Ove qui se penchèrent pour lire ce qui s'affichait à l'écran.

Il est furieux. J'ai peur qu'il me fasse du mal, disait le message.

Ove se pencha en arrière.

– Et par *il*, elle veut dire Oscar Sjölander?

– Oui.

– Qu'est-ce qui vous fait croire ça?

– Parce qu'elle était avec lui hier soir. Ils devaient passer la nuit dans sa maison d'été, c'est ce qu'ils ont l'habitude de faire quand ils se voient les week-ends. Rakel était nerveuse. Elle devait lui annoncer qu'elle était enceinte.

Vanessa et Ove échangèrent un rapide coup d'œil.

– Pouvez-vous nous parler de leur relation? demanda doucement Vanessa. Déjà, depuis combien de temps dure-t-elle?

– Ça fait bien un an environ. Ils se sont rencontrés quand Rakel travaillait sur son talk-show. Ils ont un peu flirté. Pour commencer, c'était surtout lui qui lui courait après. Tous les mecs craquent pour Rakel, vous savez à quoi elle ressemble. Elle était flattée, trouvait que c'était excitant qu'il soit beaucoup plus âgé qu'elle. Et célèbre. Même si ce n'est pas ce genre de filles.

– Que voulez-vous dire, intervint Vanessa. Quelle sorte de filles?

– Qui sont impressionnées par la célébrité. Elle n'est pas superficielle, au contraire. Mais ces derniers temps, c'est comme si elle était tombée amoureuse de lui. Ils se voyaient de plus en plus souvent. Elle ne l'admettait pas, même à moi, mais ça se voyait. Elle se préparait en quelque sorte à une vie avec lui. Ou elle l'espérait du moins.

– Qu'en pensiez-vous?

– Que c'était stupide. Bien sûr, c'était un peu amusant au début. Un peu excitant, sachant qui il est. Mais il est marié, il a une famille. Il n'y avait aucune chance qu'ils forment un couple. De plus, tout le monde sait que c'est un porc.

– Qu'est-ce qui vous fait dire ça?

– Flashback. Il y a tout ce qu'il a fait à sa femme. Et Rakel a dit elle-même que tout le monde dans le milieu était au courant qu'il était infidèle. Tout le temps.

– Était-il violent envers elle?

– Pas que je sache.

Vanessa, qui était assise penchée en avant, redressa le dos.

– Croyez-vous qu'elle vous l'aurait raconté?

Katja réfléchit quelques secondes.

– Peut-être pas. Elle savait déjà que je ne l'aimais pas beaucoup.

Une heure plus tard, Ove s'arrêta en double file devant la rangée de voitures garée au pied de l'immeuble de Vanessa. En rentrant au centre-ville, ils avaient appelé leur chef qui leur avait dit qu'ils n'avaient pas besoin d'eux à Tyresö. Ove coupa le moteur et ils restèrent assis un moment en silence.

– Je vais retranscrire notre conversation avec Katja et l'envoyer, dit Vanessa.

– Merci.

Ove tambourina avec ses doigts sur le volant.

– Je vais parler de Karim Laimani à la procureure. Essayer de la convaincre de nous accorder quelques jours supplémentaires pour trouver un autre coupable. Tu as des idées?

– Pas vraiment. Nous avons l'empreinte digitale sur le stylo, celle de la tentative de viol. Mais ça n'a pas forcément de rapport avec l'affaire. Nous devons creuser davantage dans son passé. Trouver un autre mobile.

– D'accord.

Ove ouvrit l'espace de rangement entre les sièges, fouilla et sortit un Snickers. Il déchira le papier et en prit une grosse bouchée.

– Et le hasard? demanda-t-il, la bouche pleine de chocolat.

– Que veux-tu dire?

– Un fou. Il la voit par la fenêtre, entre et la poignarde à mort. Disparaît.

– Tu oublies que le sang d'Emelie se trouvait dans la cellule de Karim. Ça suggère un lien. Et pourquoi aurait-elle laissé entrer un inconnu?

– Il a pu envoyer quelqu'un pour l'assassiner? Quelqu'un qu'elle connaissait, en qui elle avait confiance, puisqu'elle a ouvert la porte?

Vanessa haussa les épaules. Ove grogna et enfourna davantage de chocolat dans sa bouche.

– Et que penses-tu de Rakel? Elle est en vie?

– Je ne sais pas, soupira Vanessa. Je ne sais pas, putain. Je ne sais vraiment pas.

13.

Henrietta marchait d'un pas rapide, la musique dans ses écouteurs et le regard fixé droit devant. Tom gardait une distance de trente mètres – il n'y avait aucune raison de risquer d'être découvert. Après avoir traversé le pont Sankt Eriksbron, elle continua jusqu'au supermarché ICA au coin de Rörstrandsgatan, où elle tourna à gauche. Il enfonça ses mains dans les poches de sa veste, prit des forces en touchant le billet pour le match au Stadion de Stockholm où il s'était rendu ce jour-là.

Les pubs et les restaurants étaient bondés, la musique s'échappait par les fenêtres. Derrière elles, des gens heureux et prospères étaient assis. En couple ou en groupe.

Quand il était jeune, Tom était persuadé qu'il serait l'un d'eux. Que tout s'arrangerait : il rencontrerait une femme, fonderait une famille. Mais les années avaient passé et il s'éloignait de plus en plus de ce scénario, il devenait de plus en plus solitaire. Désormais, il n'avait même plus l'impression d'appartenir à la même espèce que les personnes avec lesquelles il partageait la ville.

Il était tellement plongé dans ses pensées sur ce qui n'était jamais devenu réalité qu'il découvrit trop tard qu'Henrietta avait disparu. Elle était probablement sur le chemin du retour, mais il ne pouvait pas le savoir avec certitude.

Tom accéléra le pas, arriva à Norrbackagatan et souffla en l'apercevant de dos. La distance était trop grande. Il accéléra le pas, la rattrapa.

La distance diminua. Cinq mètres. Quatre mètres. Effectivement, elle tourna pour entrer dans son immeuble, au 36 Norrbackgatan. Tom se pencha et fit semblant de nouer ses lacets tout en jetant un coup d'œil sur le code qu'elle tapait pour entrer. Un, sept, huit... il lui manqua le dernier chiffre. Henrietta ouvrit, disparut. Son pas résonna dans la cage d'escalier avant que la porte ne se referme. Tom tendit le cou. Une autre porte s'ouvrit. Elle habitait donc dans l'immeuble de la cour. La façade était beige, le bâtiment datait probablement du début du siècle dernier.

Demain, Tom devait retourner travailler, il ferait mieux de rentrer, il lui fallait au moins une demi-heure de marche, mais il n'en avait pas encore terminé ici.

Il s'approcha du boîtier, regarda autour de lui et essaya quatre combinaisons avant qu'une petite lumière verte ne s'allume. Le dernier chiffre était neuf. Tom sourit. 1789. La Révolution française. Il aimait les codes d'entrée faciles à retenir.

Il se glissa dans la cage d'escalier, poussa la porte donnant sur la cour. Il entra dans le hall suivant. Il s'arrêta, s'assura qu'il était seul avant de monter l'escalier.

Erlandsson/Bucht était inscrit sur une plaque en laiton. Tom entendit le bruit d'un téléviseur. Chez lui, sur son ordinateur, il avait des fichiers de conversations, de bribes de mots, de disputes et de rapports sexuels enregistrés secrètement. Il aimait espionner les gens, découvrir ce qu'ils ne mettaient pas sur leurs réseaux sociaux. La nuit, quand il n'arrivait pas à dormir, il ouvrait ces fichiers et les écoutait, se souvenant des femmes qu'il avait suivies, étudiées, apprises à connaître, sur lesquelles il s'était masturbé et avec lesquelles il avait rêvé d'une vie commune.

Derrière lui, une fenêtre donnait sur la cour. Tom regarda la façade d'en face. À l'extérieur de la cage d'escalier, il y avait plusieurs petits balcons. De là, on devait pouvoir voir directement dans l'appartement d'Henrietta et de Douglas.

Tom traversa à nouveau la cour intérieure, entendit un bruissement dans les buissons. Il aperçut la queue du rat avant que celui-ci n'arrive en lieu sûr.

Il se sentait une affinité avec les rats. Dès leur naissance, ils faisaient l'objet d'une guerre d'extermination. Pourtant, ils se multipliaient, trouvaient un moyen de vivre. Ils étaient partout, dans leurs galeries souterraines. Il n'y avait que les individus les plus faibles qui étaient visibles aux yeux des gens. Ceux qui cherchaient de la nourriture en plein jour étaient au plus bas de l'échelle de la communauté. La plupart vivaient gras et heureux dans des cachettes sûres. Quand les rats ne mangeaient pas, ils baisaient. Les mâles étaient insatiables et pouvaient s'accoupler jusqu'à vingt fois par jour. Parfois, il se demandait s'il n'aurait pas mieux réussi dans la vie, s'il était né rat.

Tom ouvrit la porte avec précaution, resta planté là un moment pour s'assurer que personne ne descendait. Il monta jusqu'au balcon supérieur au troisième étage. Il essaya la poignée et constata qu'elle n'était pas verrouillée. Il sortit sur le balcon et vit Henrietta Bucht allongée sur son canapé sous une couverture, une serviette enroulée sur la tête.

Tom referma la porte derrière lui. L'espace était assez grand pour qu'il puisse s'allonger sur le ventre. S'il emportait une couverture pour se la mettre sur la tête, il pourrait prendre des photos sans être dérangé.

14.

Nicolas entendit un bruissement à l'extérieur. La porte du balcon était ouverte. Il sortit, posa ses mains sur la balustrade et regarda les immeubles en béton.

C'était une belle soirée étoilée et chaude. De nouveau, le même bruit – cela venait du balcon de Celine.

– Celine, tu es là ?

– Non.

La voix de Celine. Il sourit, se pencha par-dessus la balustrade, essaya de voir derrière la tôle. Elle leva la tête.

– Qu'est-ce que tu fais ? demanda-t-il.

– Je campe.

Elle se mit sur ses pieds. Le bas de son corps était enfoncé dans un sac de couchage.

– Tu vois ? Tu peux baisser d'un ton maintenant, tu détruis l'illusion de la nature sauvage.

– Désolé, dit Nicolas. Mais tu vas dormir ici ?

– Je te dérange ?

– Non bien sûr, dit-il en souriant. Fais juste attention à ce que les loups ne t'attrapent pas.

Il s'assit, appuyant le dos contre la balustrade de son balcon. Pencha la tête en arrière et regarda les étoiles.

– Merci d'avoir aidé mon amie quand elle était ici.

– Vanessa ? Ah, elle est cool. Pour une flic.

Le calme se fit. Depuis l'un des appartements voisins, on entendait un beat de hip-hop sur lequel un homme criait sa haine de la société. La rencontre de Nicolas avec Magnus Örn s'était bien passée. Il lui avait parlé d'AOS Security, expliqué que les employés étaient d'anciens soldats du monde entier. Et que Nicolas, avec son expérience au sein des Forces spéciales, serait accueilli à bras ouverts.

Les missions allaient du travail de garde du corps à l'assistance aux troupes britanniques et américaines dans les zones de guerre – combat, patrouille ou encore entraînement. Nicolas se voyait offrir un salaire de base de quatre-vingt-dix mille couronnes par mois et un appartement à Londres. Des indemnités avantageuses en cas de service à l'étranger. Il avait eu le souffle coupé et avait accepté sur-le-champ. C'était la meilleure chose à faire.

Pourtant, il se sentait toujours tiraillé. C'était ici que se trouvait Maria. Et Vanessa, qui était la seule personne à part sa sœur en qui il avait confiance. De plus, Celine lui manquerait. Elle serait seule quand il partirait.

– Nicolas, qu'est-ce que tu fais dans la vie en fait?

– Avant, j'étais soldat.

Il se demanda s'il devait parler à Celine de son nouveau travail à Londres, qu'il allait disparaître, mais décida de ne pas le faire. Pas encore.

– Tu as déjà tué quelqu'un?

– J'ai tiré sur un homme la semaine dernière, répondit Nicolas. À la pizzeria.

– C'était toi? C'est pour ça que la police était ici?

– Oui.

La bonne réponse était qu'il avait tué beaucoup de gens, même s'il n'en connaissait pas le chiffre exact. Probablement plus d'une vingtaine. Presque dix ans dans l'armée et les Forces spéciales. Des missions en Afghanistan, au Mali, au Nigeria. Des opérations secrètes dans le monde entier. Des situations où la vie de Suédois était en danger. L'année dernière: avec Vanessa dans le sud du Chili. L'autre semaine, à la pizzeria. En état de légitime défense. Mais quand même. Selon toute vraisemblance, il était parmi les Suédois vivants l'un de ceux qui avaient pris le plus de vies humaines. Plus que n'importe quel membre de gang redouté. Pourtant, il n'était pas considéré comme un meurtrier. Du moins, pas aux yeux de la loi. Et maintenant, sa capacité à éteindre la vie venait de lui permettre d'obtenir un emploi bien rémunéré.

Le monde était étrange, les motivations de certains pour tuer étaient considérées comme légitimes, alors que d'autres étaient punis. Il suffisait de franchir une ligne invisible. À certains endroits, il était permis de lapider une femme parce qu'elle avait été violée ou de tuer un homosexuel parce qu'il en aimait un autre.

– Mais tu ne dois pas aller en prison?

L'inquiétude qu'il entendit dans sa voix lui fit chaud au cœur.

– Non.

– Pourquoi tu l'as tué?

Nicolas soupira. Pas parce que la question l'agaçait, mais parce qu'il ne savait pas comment formuler la réponse.

– Parce qu'il allait tuer une autre personne.

– À laquelle tu tenais?

– En fait, non. Mais elle n'était pas impliquée. Elle ne méritait pas de mourir.

Il entendit Celine se tortiller dans son sac de couchage.

– Tu tuerais quelqu'un qui voudrait me faire du mal? demanda-t-elle à voix basse.

Il éclata de rire, avant de comprendre qu'elle était sérieuse.

– Oui, Celine. Je le ferais.

– Bien.

PARTIE V

Un génocide des femmes serait parfaitement justifié, à mon humble avis.

Nom d'utilisateur : Saint Marc Lépine.

1.

Börje grimpa les escaliers. Ses jambes étaient lourdes, sa tête bourdonnait de fatigue. Il fallait qu'il obtienne une réponse. Et le seul moyen était de sonner à nouveau à la porte de Nina. Ces derniers jours, quelque chose avait changé en lui. Il cherchait toujours. Mécaniquement. Pour se tenir occupé. Mais il avait perdu espoir. On était désormais lundi, et elle avait disparu depuis le dimanche précédent.

Tout le monde avait abandonné Eva. Mais Börje n'allait pas le faire. Il allait chercher jusqu'à ce qu'il obtienne une réponse. Il lui devait bien cela, après tout ce qu'elle avait fait pour lui.

Il s'arrêta devant la porte de l'appartement, appuya sur la sonnette. Il ne prit pas la peine de se lisser les cheveux, se moquait d'être sale. De l'autre côté de la porte, il entendit des pas s'approcher. La poignée s'abaissa et Nina le regarda fixement. Elle ressemblait tellement à Eva que cela lui faisait mal.

– As-tu eu des nouvelles de ta mè… d'Eva? demanda Börje.

Nina ne sourcilla pas.

– S'il te plaît. Tout ce que je veux, c'est savoir, pour pouvoir arrêter de chercher.

Une larme s'échappa, roula le long de sa joue avant de se perdre dans sa barbe. Nina s'écarta. Il resta indécis.

– Tu veux que… que j'entre?

Börje sentit l'odeur de nourriture. Un lave-vaisselle en train de rincer.

– Mon fils dort, chuchota Nina.

Börje défit ses chaussures. Il les posa soigneusement sur le paillasson. Nina s'assit sur une chaise dans la cuisine. Börje resta debout devant l'évier. Il ne voulait pas salir le coussin de la chaise. Nina faisait de son mieux pour ne pas montrer à quel point il sentait mauvais. Il évita de la regarder. Pas parce qu'il avait honte, mais parce qu'elle lui rappelait tellement sa mère.

– Tu peux arrêter de chercher, dit-elle. Ils l'ont retrouvée il y a deux jours.

L'air lui manqua. Ses jambes se dérobèrent, il s'appuya contre le rebord de la table avant de s'accroupir.

– Elle s'est suicidée, dit Nina en triturant la nappe.

– Pourquoi? chuchota Börje. Je ne comprends pas. Elle allait mieux. Nous avions passé l'hiver, nous devions…

Les pieds de la chaise raclèrent le sol lorsque Nina se leva et l'aida à se redresser. D'une main, elle attrapa une deuxième chaise et de l'autre elle le poussa doucement dessus.

– Elle t'a écrit une lettre.

Nina quitta la cuisine. Elle revint avec une enveloppe blanche. Dessus, Eva avait écrit *Börje*. Il sanglota. Il ne pouvait pas se retenir. Il pressa l'enveloppe contre sa poitrine, comme s'il avait peur que Nina ne la lui réclame à tout moment. Des larmes coulèrent sur ses cuisses.

– Excuse-moi, dit-il au bout d'un moment.

– C'est rien. Moi aussi, j'ai pleuré. Je ne pensais pas le faire. Mais je l'ai fait.

Elle se dirigea vers l'évier et fit couler l'eau froide avant de remplir un verre et de le poser devant Börje. Elle déchira un morceau d'essuie-tout et le lui tendit.

– Tu l'aimais, constata-t-elle.

Il acquiesça.

– C'était ma meilleure amie. La meilleure que j'aie jamais eue. Le genre d'amie qu'on ne peut jamais s'imaginer avoir avant d'avoir rencontré la personne.

Une ombre passa sur le visage de Nina.

– C'est étrange, dit-elle. Comment quelqu'un peut être à la fois une épouvantable mère pour une personne et la meilleure des amies pour une autre.

Börje ne savait pas quoi répondre. Il but une gorgée. Reposa le verre d'une main tremblante.

– Vous… Elle parlait beaucoup de toi. Tous les jours. Elle t'aimait plus que tout.

Börje renifla.

– Que disait-elle? chuchota Nina.

Il fouilla dans ses souvenirs.

– Elle m'a raconté la fois où tu as sauvé une autre fille de la noyade, à la plage de Sätra. Quand tu t'es enfuie en forêt, déguisée en Ronya, fille de brigand. Comment tu faisais semblant de dormir, éteignais la lumière quand elle frappait, même si elle savait que tu lisais des histoires sous les couvertures. Que d'abord tu voulais être conductrice de train. Puis pêcheuse. Comment tu as pleuré quand tu as perdu ta première dent, parce que tu avais peur de la petite souris. Et ce Noël où…

Des pleurs d'enfant se firent entendre à l'autre bout de l'appartement. Nina sursauta, se leva. Elle s'absenta un moment. Elle revint avec un petit bébé dans les bras. Le bébé gazouillait. Börje se pencha en avant. Il avait le nez d'Eva.

– Edvin, dit Nina en souriant. Il s'appelle Edvin.

2.

Vanessa déjeunait au Dinos, un restaurant italien de quartier sur Kronobergsgatan. Elle ne quittait pas des yeux le journal ouvert à côté d'elle, tournait les spaghettis sur sa fourchette, les trempait dans la sauce tomate et les portait à sa bouche.

Mikael Kask avait annulé le voyage de Vanessa à Halmstad pour qu'elle collabore avec Ove à l'enquête sur Rakel Sjödin. La direction exigeait des résultats. Notamment parce qu'Oscar Sjölander était une des cibles de #MeToo.

Kvällspressen lui avait consacré pour le deuxième jour consécutif sa une, ses gros titres et le dossier de la 2-3 à l'intérieur. Les femmes disparues font vendre les journaux. Pas autant que les femmes démembrées et torturées, mais presque. Aucun journal n'avait encore diffusé le nom d'Oscar Sjölander. Les journalistes l'appelaient tour à tour *la star de télévision* ou *le présentateur télé*.

Rakel était *la maîtresse* ou *la jeune maîtresse*. Les rédacteurs ne manquaient jamais de souligner la différence d'âge et avaient déniché de belles photos innocentes de Rakel. Lors des interrogatoires, Sjölander niait toujours avoir quoi que ce soit à voir avec la disparition de la jeune femme, tout en admettant qu'ils aient eu des relations sexuelles. Plusieurs personnes du milieu de la télévision avaient témoigné, sous couvert d'anonymat, de l'appétit de la star de la télévision pour les jeunes femmes. Une série de photos montrait la police scientifique passer au peigne fin la rue devant la villa d'Oscar Sjölander à Bromma.

Ce n'était probablement plus qu'une question de temps avant qu'il ne craque et n'avoue.

La porte du restaurant s'ouvrit et un vent chaud s'engouffra à l'intérieur. Vanessa leva les yeux de son journal et vit Ove Dahlberg s'essuyer le front avec la paume de sa main.

– Nous avons reçu le feu vert pour rechercher un autre suspect dans l'affaire d'Emelie Rydén, dit-il en s'asseyant en face d'elle.

Ove demanda un verre d'eau à un serveur qui passait. Son visage était écarlate. De nouvelles gouttes de sueur apparaissaient sur son front.

– La question est de savoir par où commencer.

Vanessa lui tendit une serviette en papier. Il la prit avec reconnaissance.

– Retraçons encore une fois les dernières vingt-quatre heures de la vie d'Emelie, suggéra-t-elle. Quelque chose a dû nous échapper. Examinons les preuves pour voir comment elle s'est procuré ce stylo.

– Pourquoi ce stylo est-il important?

– Je ne sais pas encore s'il l'est.

Ove jeta un coup d'œil envieux à son assiette. Elle eut un sourire en coin et la poussa vers lui.

– Oui, tu peux goûter.

– Des boulettes de viande à la sauce tomate?

Elle acquiesça et ajouta sur un ton goguenard:

– Tu veux que je vous laisse tranquilles, toi et les boulettes?

– Tant que tu ne nous filmes pas. Ma femme serait jalouse.

Pendant qu'Ove terminait son assiette, Trude Hovland appela sur le téléphone de Vanessa.

– Je vais aller droit au but, annonça Trude.

Vanessa avait toujours trouvé que les Norvégiens n'avaient pas l'air sérieux lorsqu'ils parlaient. Leur accent leur donnait toujours un air surpris. Trude était une exception.

– Dans la cabane, on a trouvé une correspondance dans le registre des casiers judiciaires. Les empreintes digitales et l'ADN correspondent à Börje Rohdén. Condamné pour homicide involontaire. Coups et blessures. Voies de fait aggravées. Conduite en état d'ivresse. Je t'ai envoyé un résumé par mail.

– Dernière adresse connue?

– C'est justement ce qui est un peu délicat. Il n'en a pas. Depuis qu'il a été libéré, il a disparu dans la nature. Pas d'arrestation, pas de déclaration aux Impôts, rien. Mais je t'ai envoyé les coordonnées de ses enfants et de son ex-femme.

Vanessa résuma ce que Trude venait de dire à Ove, qui versa un filet d'huile d'olive sur la sauce tomate et absorba les derniers restes avec un morceau de pain.

Dès leur retour au commissariat central, Vanessa démarra son ordinateur et nota le nom de Börje Rohdén en lien avec la disparition de Rakel Sjödin, afin que ses collègues la contactent si on le retrouvait.

Elle parcourut ensuite le mail de Trude.

Börje Rohdén était né en 1968 à Sala dans le Västmanland. Il avait été poursuivi dans sa jeunesse pour plusieurs actes de violence mineurs. Ensuite, les choses avaient semblé s'être calmées. Il avait créé sa propre entreprise de construction dans sa ville natale, fondé une famille, eu deux enfants et, pendant un certain nombre d'années, avait eu un revenu imposable de plus d'un million par an.

Il y avait cinq ans, Börje Rohdén avait renversé et tué deux personnes au volant de sa voiture. Un père et son fils de dix ans. Börje avait pris la fuite, mais avait été appréhendé peu après par une patrouille de police parce que des témoins avaient relevé le numéro de sa plaque d'immatriculation. L'Alcootest avait révélé un taux de 1,7 pour mille et il avait été condamné pour conduite en état d'ivresse aggravée et homicide involontaire. Sa femme avait demandé le divorce. Trude était méticuleuse – elle avait même joint les papiers du divorce. Après avoir purgé sa peine de deux ans de prison à Salberga, Börje Rohdén avait disparu. Et voilà que ses empreintes réapparaissaient dans une cabane située à trois cents mètres de la maison où Rakel avait disparu. Lors de l'interrogatoire, Oscar Sjölander avait déclaré que Börje Rohdén l'avait menacé. Qu'il consommait de la drogue. Qu'il avait volé des objets.

Vanessa retira ses chaussures et posa ses pieds sur son bureau.

Aurait-il un lien avec la disparition de Rakel?

Un couteau ensanglanté et un pull appartenant à Oscar Sjölander avaient été retrouvés devant son domicile à Bromma. La théorie des enquêteurs était que le présentateur avait paniqué quand Rakel lui avait annoncé qu'elle était enceinte. L'avait agressée. Avait caché son corps. Mais où? Un criminel inexpérimenté, qui en plus aurait agi sous le coup de la panique, aurait laissé des traces derrière lui. L'agresseur était venu dans la maison d'été. Les taches de sang sur le canapé correspondaient au groupe sanguin de Rakel. La femme d'Oscar Sjölander, Therese, avait déclaré durant son interrogatoire qu'elles ne s'y trouvaient pas auparavant.

Rakel aurait-elle laissé entrer un inconnu, comme ça? Vanessa retira ses pieds de son bureau et remit ses chaussures. Son téléphone portable sonna. Ove. Elle appuya sur *répondre*.

– Je te manque déjà? demanda-t-elle.

– Ils ont retrouvé Rakel Sjödin.

3.

Börje se réveilla en position fœtale sur le canapé d'Elvis. Sa frange pendait sur ses yeux, il repoussa ses cheveux et redressa lentement son grand corps. Il avait un mal de tête lancinant et un goût de vomi et d'alcool dans la bouche.

– *Good morning* Farsta, marmonna Elvis d'une voix rauque depuis son Permobil dans lequel il s'était endormi.

Entre eux se trouvait une table jonchée de bouteilles d'alcool, avec une vieille radio démontée, de l'essuie-tout, des rappels de paiement, toutes sortes d'outils et une grande photo d'une vieille femme que Börje supposait être la défunte mère d'Elvis. Et là, au milieu de tout ce bazar, la lettre d'Eva. Toujours pas ouverte. Börje essuya la lettre contre la jambe de son pantalon et la posa sur l'accoudoir du canapé. Qu'importait ce qu'elle avait écrit? Elle n'était plus là. Elle l'avait abandonné.

Börje se leva péniblement et ouvrit la porte du balcon pour laisser entrer un peu d'air. Son corps réclamait plus d'alcool.

Le regard d'Elvis lui brûlait le dos. C'était comme dans la chanson de Plura Jonsson: *On peut s'amuser autant qu'on veut dans la vie. Si on est prêt à en payer le prix.*

Börje n'était pas prêt. Le prix était trop élevé. L'idée de devoir vivre sans Eva lui était insupportable. Après avoir quitté Nina la veille, il avait frappé chez Elvis et lui avait demandé s'il avait de quoi boire.

– Il t'en reste? marmonna Börje.

– Non.

Elvis grimaça, se pencha en avant et se massa le moignon de sa jambe.

– Putain. On a vraiment tout bu?

Elvis secoua la tête.

– Allez, sors le reste alors. J'ai besoin d'un verre.

Son ami traversa le salon en roulant, se gara à côté de Börje.

– J'ai vidé ce qui restait hier soir pendant que tu dormais.

Börje dévisagea Elvis, qui regardait les tours d'immeubles.

– Mais pourquoi?

– Pour ton bien. Écoute mon pote. Je comprends que tu aies rechuté hier. Mais si tu veux te cuiter à mort, tu devras le faire tout seul, je n'ai pas l'intention de te regarder faire. Eva aurait été en colère contre moi.

Börje sentit la rage familière parcourir son corps. Il se précipita dans la cuisine, fouilla les tiroirs, ouvrit les placards. Il jeta tout par terre. Ne trouvant rien de buvable, il se dirigea alors vers la chambre et souleva le matelas qui recouvrait le lit une place. Dans la table de nuit, il trouva deux cents couronnes qu'il fourra dans la poche de son jean.

Il revint dans le salon, posa les mains sur les accoudoirs du Permobil et se pencha en avant, menaçant.

– Tu mens. Tu n'aurais jamais jeté l'alcool. Dis-moi où tu le planques.

Elvis affronta calmement son regard. Il secoua lentement la tête.

– Arrête, putain, grogna-t-il. Je l'ai fait pour toi. Parce que je suis ton pote.

Börje ricana et se redressa.

– Ton pote? Pourquoi j'aurais besoin de toi, bordel? Tu n'es qu'un putain d'infirme.

Qu'il aille se faire foutre. Au diable tous ses pathétiques bénéficiaires de l'aide sociale et ces malades longue durée. Il n'était pas l'un d'eux. Il n'avait pas besoin d'eux. Il avait besoin d'alcool.

De réconfort. Une dernière cuite pour se donner du courage. Et puis la mort.

– De plus, je sais qu'on ne t'a pas poussé sur les rails. Tu as essayé de te suicider. Tout le monde le sait. Mais tu étais trop con pour réussir.

Il se délecta à la vue des yeux d'Elvis brûlant de honte.

Börje empocha la lettre d'Eva. Donna un coup de pied à la table basse si fort qu'elle s'écrasa dans le radiateur. Les objets qui s'y trouvaient tremblèrent avant de tomber.

– Börje. Tu vas où ?

– Qu'est-ce que tu crois ? répondit-il en claquant la porte de l'appartement derrière lui.

4.

Tom était assis à la table de sa cuisine, enveloppé dans la robe de chambre rouge qui avait autrefois appartenu à sa mère. Des restes de nourriture, des taches et des marques de brûlure des milliers de cigarettes qu'elle avait fumées durant sa misérable vie recouvraient le tissu rugueux.

Elle avait pratiquement vécu dedans. Bien que des années se soient écoulées depuis sa mort, il ne l'avait jamais lavée. En fait, il ne comprenait pas pourquoi il l'avait gardée. Il la haïssait. Il frissonnait à la simple pensée de son corps pâle et flasque et des poils pubiens sombres et frisés qui dépassaient de l'interstice de sa robe de chambre.

Les pleurs dans la nuit. Comment, lorsqu'il n'y avait pas d'hommes dans le tableau, elle se glissait dans le lit étroit de Tom – pressant son visage contre ses seins gonflés et répugnants pendant qu'elle sanglotait.

Mon garçon chéri. Qu'allons-nous devenir?

Tom se débarrassa de ces souvenirs et regarda par la fenêtre. Il ne voulait pas haïr les femmes, mais cela devenait de plus en plus difficile. La société leur avait donné tant d'avantages, des privilèges auxquels lui en tant qu'homme ne pouvait que rêver. Les femmes étaient indispensables à la société, à la survie de l'humanité. Un homme n'était nécessaire que pour l'acte sexuel. Après, il pouvait tout aussi bien mourir. Si au moins une seule femme avait voulu de Tom, s'était donnée à lui et l'avait traité en être humain, et non pas comme une erreur génétique.

Quelques années auparavant, Tom avait eu le projet ambitieux de payer un homme pour agresser une femme. Il visualisait la scène dans son esprit. La femme serait belle et jeune. Elle se promènerait dans la forêt. L'homme se jetterait sur elle, elle se rendrait compte de la gravité de la situation.

Tom viendrait alors à la rescousse. Il assommerait l'homme, la sauverait. Ensuite, elle ne pourrait pas s'empêcher de tomber amoureuse de lui. Ils se marieraient et, lors du mariage, elle raconterait aux invités comment ils s'étaient rencontrés. Et Tom serait modeste, expliquant qu'il n'avait agi que par instinct, comme un homme.

Mais cela n'avait été que des fantasmes enfantins. Il avait honte d'avoir été aussi naïf.

Sois toi-même.

La beauté est dans l'œil de celui qui regarde.

Tout le monde a une âme sœur, il suffit de la chercher.

Durant toute son enfance et le début de sa vie d'adulte, Tom avait espéré et cru que c'était le cas. Il avait vu les autres marcher deux par deux dans les couloirs de l'école, se tenir la main, il avait vu des collègues s'enivrer pendant les séminaires et les fêtes d'entreprise, disparaître en gloussant. Baiser. Se donner l'un à l'autre. Dans le métro, il avait entendu de beaux hommes aux mâchoires taillées à la serpe et aux larges épaules parler de leurs aventures d'un soir. Se plaindre des femmes qui revenaient à la charge.

Lentement, Tom s'était effondré. Il avait vu clair dans les mensonges. Les femmes étaient partout autour de lui. Au travail, au supermarché, sur les trottoirs, à la salle de sport. Si proches. Mais avec le temps, il avait appris que toute tentative d'aborder une femme menait à l'humiliation. Aux grimaces dégoûtées. Aux menaces de se plaindre à la police s'il ne les laissait pas tranquilles. Il ne parviendrait jamais à se faire aimer d'une femme. Il ne parviendrait jamais à ce qu'une femme le touche volontairement.

Tom serra les mâchoires, ravala sa haine de lui-même, se concentra sur les photos granuleuses d'Henrietta Bucht sur l'écran de son ordinateur.

Il allait détruire sa vie, comme elle et d'autres femmes détruisaient la sienne chaque jour.

Malheureusement, il n'avait pas encore de photos d'elle nue. En revanche, il avait dressé un tableau plus détaillé de son quotidien. Elle travaillait à l'agence de relations publiques Ronander à Stureplan. Son petit ami Douglas recevait un salaire de la même entreprise. Les premiers posts d'eux ensemble étaient apparus sur son compte Instagram un an et demi plus tôt. En décembre, elle avait fièrement annoncé qu'ils achetaient un appartement à Norrbackagatan.

Il choisit quatre photos, les retoucha rapidement, puis éteignit l'ordinateur.

Le téléphone prépayé de Tom vibra. Hier, il avait envoyé un message crypté sur l'application Telegram à la seule personne qu'il considérait comme un ami.

La réponse était *Je dois y réfléchir*.

Tom sourit. Il savait qu'il parviendrait à le persuader.

Les griffes grattèrent le parquet et les rats couinèrent de plus en plus fort. Tom alla chercher un filet de poulet cru dans le frigo et revint. Il se tint au-dessus de la vitre en Plexiglas d'un demi-mètre de haut qui délimitait une partie de la pièce. L'odeur les rendait fous. Ils gémissaient. Ils couraient. Dans des directions différentes. Il jeta la viande rose, entendit le bruit sourd qu'elle fit en tombant. Ils se précipitèrent. Se battirent. Crièrent. Moins d'une minute plus tard, il ne restait plus rien du filet de poulet.

Il se mit en tenue de sport.

Un pantalon de survêtement noir, un sweat à capuche noir et des chaussures de course Adidas. La journée allait être longue, il avait besoin d'expédier sa séance d'entraînement ce matin. Après une heure de parcours, il irait travailler. À la fin de la journée, il verrait ce que faisaient Henrietta et Douglas.

5.

Jasmina était assise, coincée à une table d'angle au café de la galerie commerciale de Stureplan, une des places les plus chics de Stockholm. Autour d'elle, de riches femmes au foyer buvaient des boissons hypocaloriques avec une paille pour ne pas s'abîmer les dents. Deux commerciaux en costume riaient bruyamment quelques tables plus loin.

Son corps était épuisé. Le manque de sommeil lui piquait les yeux. Elle en était déjà à sa sixième tasse de café de la journée. Elle attendait Simona Strand, une jeune femme de vingt-sept ans qui travaillait comme réceptionniste dans la société de production TLZ à Frihamnen et qui avait contacté Jasmina, affirmant avoir eu une brève liaison avec Oscar Sjölander quelques années auparavant.

Ces derniers jours avaient été les plus mouvementés de sa vie professionnelle.

Depuis l'arrestation d'Oscar Sjölander, elle n'était rentrée chez elle que pour dormir quelques heures avant de retourner à la rédaction.

Dans les deux jours qui ont suivi la disparition de Rakel, son article avait été publié à la une de *Kvällspressen*, et elle avait reçu des éloges de la part de la Brioche et de Tuva Algotsson. Pourtant, Jasmina ne parvenait pas à s'en réjouir. Elle regardait constamment par-dessus son épaule, terrorisée à l'idée de voir surgir à tout moment l'un des hommes qui l'avaient violée. Elle courait dans la cage d'escalier jusqu'à la porte de son appartement. Elle haïssait Karim. Se haïssait elle-même pour avoir contribué à sa libération. Elle savait qu'il avait été ramené à la prison d'Åkersberga, mais qu'il serait bientôt libéré. Avec lui en liberté, elle ne savait pas si elle réussirait à rester à Stockholm.

Jasmina reconnut Simona Strand grâce à sa photo de profil sur Facebook et se leva. Simona, qui se dirigeait vers l'autre côté de la salle, un smoothie à la main, se retourna et vint alors vers la table de Jasmina.

Elle était encore plus belle que sur les photos. Vêtue d'une jupe d'été et d'un débardeur. Des lèvres pulpeuses et brillantes qui n'étaient probablement pas naturelles. Des cheveux blonds et ondulés qui lui descendaient jusqu'aux épaules.

– Merci d'avoir accepté de me rencontrer.

– Vous ne devez en aucun cas divulguer mon nom ou celui de la société de production pour laquelle je travaille. J'ai un petit ami.

Jasmina n'aurait jamais révélé une source à qui on avait promis l'anonymat. À personne. Elle lui assura une fois de plus que son secret serait bien gardé. Elle repoussa sa tasse de café et posa son dictaphone sur la table.

– Comment vous êtes-vous rencontrés?

Simona enroula quelques mèches de cheveux autour de son index.

– À un repas de Noël, il y a quatre ans. TLZ produisait ce magazine de football qu'Oscar dirigeait.

Jasmina nota qu'elle l'appelait *Oscar*. Pas *Sjölander*. Pas *Oscar Sjölander*.

– Il avait l'habitude de venir, de dire bonjour, d'être gentil. Un peu dragueur, peut-être. J'étais nouvelle et je ne connaissais pas sa réputation. Je savais qu'il avait une femme et des enfants. Mais à ce repas de Noël, il était bourré. Moi aussi. On s'est éclipsés dans la cave, on s'est embrassés.

Simona glissa la paille entre ses lèvres. Les muscles de sa gorge se mirent en mouvement. Jasmina n'avait pas encore décidé ce qu'elle pensait d'elle.

– Quelques jours plus tard, j'ai reçu un SMS. Il se demandait si j'avais envie de le voir. C'était au milieu de la semaine. Nous sommes allés dans sa maison d'été, c'est cette maison d'où Rakel Sjödin a disparu. Là… oui, jusqu'où je dois aller dans les détails?

Jasmina se sentit rougir.

– Racontez-moi ce qui vous semble pertinent. Je poserai des questions si nécessaire, s'empressa-t-elle de dire.

– Nous avons fait l'amour.

Jusqu'à présent, Simona n'avait rien rapporté de particulier. Ce n'était un secret pour personne qu'Oscar Sjölander était notoirement infidèle si on lisait les tabloïds ces derniers jours.

– Était-ce… violent?

Jasmina n'avait jamais posé une question aussi intime. En général, elle était réticente à parler de sexe. Elle n'avait jamais vraiment eu d'amies, elle s'était toujours tenue à l'écart. Jasmina se rendit compte que sa curiosité dépassait son rôle de journaliste. Elle regarda anxieusement Simona, qui, à son soulagement, ne sembla pas gênée par la question.

– Un peu. Mais c'est comme ça que j'aime le faire, alors ce n'était pas un problème. Nous nous sommes vus régulièrement. Il me plaisait de plus en plus. Il disait qu'il commençait à avoir des sentiments pour moi et qu'il envisageait de quitter sa femme. Avec le recul, j'ai honte de l'avoir cru. Mais j'ai fait bonne figure. J'ai espéré. Je n'ai pas posé davantage de questions. J'ai bien vu qu'il s'agaçait quand on en parlait.

Simona se mordit la lèvre. Jasmina s'imagina la scène, Oscar Sjölander sur elle, derrière elle. Elle se rendit compte que c'était la première fois qu'elle pensait au sexe depuis le viol.

– Tout d'un coup, silence radio, poursuivit Simona d'une voix basse. Il ne répondait plus aux appels, SMS, rien. Je me suis inquiétée. Je suis allée au bâtiment de TV4 après le travail, j'ai attendu dehors et je l'ai abordé. Il m'a dit de monter dans sa voiture. Nous avons roulé jusqu'à une zone boisée déserte sur

Djurgården. Il m'a hurlé dessus. Il m'a attrapée à la gorge. Il m'a dit que si j'en parlais à quelqu'un ou si je le recontactais, il m'enverrait les gangs de motards. Qu'il me ferait virer. Qu'il s'assurerait que je n'aurais plus jamais de boulot dans le milieu. J'ai cru qu'il allait me tuer.

Jasmina rapprocha le dictaphone de Simona qui s'était penchée en arrière.

– Qu'est-ce que vous avez fait?

– Comme il a dit. J'étais terrifiée. Vous n'avez pas idée combien d'histoires similaires j'ai entendues sur lui. C'est un putain de psychopathe. Je ne comprends pas comment il n'est pas tombé au moment de #MeToo. Ou plutôt si, je le sais.

Un bref rire sans éclat s'échappa de la bouche de Simona. Jasmina déglutit. Elle pouvait comprendre la peur.

– Il a appelé toutes les filles avec lesquelles il a couché depuis son arrivée à Stockholm. Il les a menacées. Suppliées. Leur a demandé pardon. Il est terriblement manipulateur. Il a parlé de ses filles, de sa femme, a dit qu'il avait changé. Je crois que tout le milieu était choqué qu'il passe à travers. Je sais qu'il ne faut pas croire ce qu'on lit sur Flashback. Mais beaucoup de ces histoires sont vraies, je le sais.

Jasmina porta la main à ses lunettes qui avaient glissé sur le bout de son nez et les remonta.

– Comment se fait-il que vous me racontiez tout ça?

– Je veux que tout le monde comprenne quel salaud il est. J'aurais dû le raconter plus tôt. Si je l'avais fait, ce ne serait pas arrivé.

– Vous parlez de la disparition de Rakel Sjödin?

– Oui.

Jasmina ne savait pas quoi répondre.

Elle n'avait aucune idée si Oscar Sjölander avait agressé Rakel Sjödin – même si tout portait à le croire. En tant que journaliste, elle devait rester objective, présenter des faits. Pas spéculer sur la manière dont un crime aurait pu être évité.

L'écran du téléphone portable de Jasmina s'éclaira. Elle craignit qu'il ne s'agisse d'une nouvelle menace anonyme. Depuis samedi, elle en avait reçu une autre, où son visage avait été placé à côté du corps d'une femme décapitée, probablement de la guerre en Syrie.

Mais là, c'était un SMS de Max.

Dépêche-toi de rentrer, ils ont retrouvé le corps de Rakel Sjödin.

Jasmina se leva.

– Je dois y aller, dit-elle en rassemblant ses affaires à la hâte.

6.

Vanessa était assise à la table près de la fenêtre du McLarens. Les derniers rayons de soleil désespérés s'accrochaient aux façades. Elle avait décliné l'offre de Kjell-Arne de manger quelque chose, s'était contentée d'une pinte de bière forte qu'elle n'avait pas touchée.

Les photos du corps nu et pâle de Rakel Sjödin lui revenaient sans cesse à l'esprit. Elle avait déjà vu des cadavres, mais la mort de Rakel l'avait affectée d'une manière à laquelle elle n'était pas préparée. Peut-être était-il plus facile de comprendre un meurtrier qui venait du bas de l'échelle sociale? Quelqu'un qui avait eu une enfance difficile, qui avait détruit son avenir avec la drogue, qui avait été seul, vulnérable et victime de harcèlement. Mais Oscar Sjölander était une star populaire de la télévision, avec un salaire d'un million de couronnes, deux filles et une femme. Une maison d'été à quelques kilomètres du centre-ville. Une enfance stable. Des parents encore mariés et en vie.

Vanessa n'était pas la seule à être affectée. Le meurtre avait ébranlé toute la Suède. La double vie d'Oscar Sjölander était sur toutes les lèvres. Des femmes anonymes s'exprimaient dans les journaux et sur les sites Internet sur ce qu'il leur avait fait subir. Des polémistes se comportaient comme des piliers de bar se disputant au comptoir. Sur les réseaux sociaux, les gens rivalisaient d'imagination pour inventer les peines les plus cruelles et les plus créatives. Vanessa ne parvenait pas à décider si c'était ainsi qu'une société saine *devait* réagir. Avec colère. Frustration. Quelle était l'alternative? L'indifférence?

Les preuves contre Oscar Sjölander s'accumulaient. Le pull ensanglanté, le couteau considéré comme l'arme du crime, à vingt mètres de sa villa de Bromma. Le mobile. Il ne voulait pas avoir d'enfant avec Rakel. Ses antécédents de violence bien documentés à travers les récits de femmes qu'il avait menacées. Attrapées à la gorge. Réduites au silence. Le SMS de Rakel à son amie Katja. Et maintenant, même sa femme, Therese, avait admis qu'il l'avait battue.

Oscar Sjölander niait. Mais dans les enregistrements des interrogatoires que Vanessa avait entendus, il s'était montré de moins en moins convaincant. Il continuait à accuser le sans-abri. Après l'autopsie, les médecins légistes seraient en mesure de déterminer l'heure approximative du décès. Cette heure pourrait être comparée à celle à laquelle le SUV noir d'Oscar Sjölander était passé devant les caméras de surveillance sur la route entre Tyresö et Bromma.

Vanessa entendit frapper à la fenêtre et jeta un coup d'œil pour tenter d'identifier l'ombre à l'extérieur. Trude Hovland lui fit signe et un geste que Vanessa interpréta comme une demande pour se joindre à elle. Elle acquiesça, mais le regretta aussitôt. Elle aurait préféré rester seule avec ses pensées.

Trude commanda une bière et prit place.

– Quelle journée! soupira-t-elle en prenant une gorgée. J'avais vraiment besoin de prendre l'air.

– Tu habites dans le coin?

Trude hocha la tête

– Dans la rue Markvardsgatan.

Vanessa fit un geste en direction de son propre immeuble avec son pouce.

– Roslagsgatan. Près du parc Monica Zetterlund.

– Qu'est-ce que c'est?

Trude montrait la liste des entreprises qui avaient séjourné au château-hôtel de Rosersberg et qui dépassait du sac de Vanessa.

– Ove et moi essayons d'identifier un autre coupable pour le meurtre d'Emelie Rydén. Ou du moins, nous aurions dû le faire. L'enquête sur Rakel Sjödin a reçu la priorité.

– Est-ce que ça a un rapport avec l'empreinte digitale sur le stylo de Rosersberg?

Vanessa hocha lentement la tête. Elle prit une gorgée de sa bière devenue tiède et éventée.

– As-tu des idées? demanda Trude.

Vanessa chercha Kjell-Arne du regard. Elle avait envie d'un gin tonic. De se détendre. De dormir sans rêves. Sans voir ces images de femmes poignardées.

– Emelie Rydén fait entrer son tueur. Elle le connaît. Ou du moins elle le reconnaît. Surtout, *lui*, il sait qu'elle est seule ce soir-là. Peut-être est-ce un client de son salon de beauté?

– C'est sûr que les hommes suédois font attention à leur apparence, mais il ne doit pas y avoir beaucoup de clients masculins qui ont fréquenté son salon au cours des six derniers mois.

– Quinze.

– Vous les avez vérifiés?

Kjell-Arne repéra Vanessa. Elle écrivit *GT* avec les doigts. Il lui montra un pouce levé en retour.

– Avec le registre des casiers judiciaires, dit-elle en se tournant vers Trude. Rien d'anormal.

– Des clients qui auraient payé au noir?

Vanessa haussa les épaules. Bien sûr, certains clients d'Emelie auraient pu payer au noir, mais alors ils ne seraient pas répertoriés dans le carnet de rendez-vous que ses collègues avaient passé en revue.

– Les statistiques…, commença Trude.

– … disent que c'est Karim, l'interrompit Vanessa. Environ vingt-sept femmes sont assassinées chaque année en Suède, et dans seulement six pour cent des cas, l'auteur du crime est inconnu de la victime. Quelle est la première chose que nous faisons quand nous enquêtons sur la mort d'une femme? Nous vérifions son partenaire. La deuxième? Les autres hommes de son entourage. Nous le faisons systématiquement – parce que les statistiques nous disent de le faire. Le plus souvent, cela nous mène dans la bonne direction. Cette fois, cela nous a menés tout droit à Karim. Violent. Il a déjà abusé de femmes par le passé. Il a menacé Emelie. C'est un salopard, mais il ne l'a pas assassinée.

– Comment le sais-tu?

– Il a un alibi.

– Ce pote à lui?

– Non, une autre personne. Une femme.

– Mais le sang sous sa chaussure?

Vanessa hocha la tête. Elle plaça la liste de deux pages des invités à des séminaires à Rosersberg devant Trude qui eut un air perplexe.

– La page suivante.

Trude se dépêcha de tourner la feuille. Elle écarquilla les yeux. Fixa la ligne que Vanessa avait surlignée au marqueur jaune.

– Oui, là tu as bien un lien.

7.

Le Sky Bar était vide, mais Börje avait réussi à emprunter de l'argent pour acheter une autre bouteille de vodka et il était maintenant assis seul sur le banc, ses pensées flottant dans son cerveau engourdi. Il s'était suffisamment enivré pour trouver le courage de mourir. Sa tête tomba sur sa poitrine et il faillit s'endormir. Sa bouche vivait sa propre vie. Il s'ébroua. Se parla à lui-même de façon incohérente.

Lorsqu'il avait été libéré de la prison de Salberga, il n'avait pas eu le choix. Que lui restait-il à Sala? Ses enfants le méprisaient. Leur mère aussi. Il n'avait jamais été un bon père. Lorsqu'il avait été condamné, son fils aîné avait été tabassé à l'école, ils l'avaient traité d'assassin dans les couloirs de l'école. Pendant le procès, Börje n'avait même pas eu la décence de demander pardon à la veuve. Un idiot d'avocat zozotant lui avait dit de garder le silence.

Lorsque Börje avait purgé sa peine et été libéré, il s'était rendu directement à la gare et avait pris le premier train pour Stockholm. Dans la capitale, il avait dormi dans les wagons du métro. Par peur des bandes de jeunes qui parcouraient les rues la nuit. Il s'était fait tabasser plusieurs fois. D'une certaine manière, cela lui avait fait du bien aussi. Comme s'il le méritait. Vingt-quatre mois de prison – ce n'était pas une expiation pour le meurtre de deux personnes.

La mort d'Eva était son réel châtiment. Dieu ou pas. Un homme en état d'ivresse ne pouvait pas s'en tirer après avoir tué deux personnes.

Börje se remit sur ses pieds en chancelant. Il trébucha, resta debout un moment pour retrouver son équilibre. Il marcha le long du quai. Ceux qui attendaient le métro se poussèrent.

C'est ça. Méprisez-moi.

Deux minutes jusqu'à l'arrivée du métro.

Il allait se jeter devant le métro. Pour échapper à des mois d'ivresse. D'angoisse. D'abstinence. De misère. Il allait inévitablement mourir avant la fin de l'année, qu'il le veuille ou non. Autant choisir lui-même comment. En finir. Arrêter de s'apitoyer sur son sort. Maintenant qu'Eva était partie, il ne rendrait plus personne heureux. Il avait mauvaise conscience pour ce qu'il avait dit à Elvis. Pour la façon dont il l'avait traité. Son ami n'avait rien fait de mal, il avait juste essayé de l'aider. De tirer Börje vers le haut, de lui maintenir la tête hors de l'eau. Ce qu'il n'avait pas réussi à faire pour Eva.

Une minute.

Les voyageurs se levèrent de leurs bancs. Les phares de la voiture de tête apparurent au loin. Se rapprochèrent. Balayèrent le quai. De longues ombres dansaient sur les murs. Börje grogna, se fraya un chemin vers l'avant. Il avait envie de sauter. Il vacilla. Il lâcha sa bouteille qui se brisa. L'alcool coula sur le béton. Des regards inquiets. Une adolescente lui jeta un regard furieux.

– Faites attention ! cria une femme avec un landau.

Börje grogna. Se concentra sur ce qu'il s'apprêtait à faire. Un saut. Ensuite, il ne serait plus qu'un morceau de viande sanguinolente. Eva ne lui manquerait plus à chaque seconde. Il serait libéré de la culpabilité et de la honte. Il n'avait plus rien pour combler les vides.

Les freins crissèrent. Les phares l'aveuglèrent et il leva la main pour se protéger.

– Ma petite dame. J'arrive, bredouilla-t-il.

8.

La salle de rédaction était en pleine effervescence. Jasmina croisa le regard de la Brioche qui s'avança vers elle pour s'appuyer sur son bureau.

– Kovac. Quel sacré texte, putain! Ça va très bien se vendre!

Il frappa deux fois du poing sur le bureau, fit un saut de côté et continua à danser.

– Quand les pizzas arriveront, il y en aura pour tout le monde au bureau des informations, s'exclama-t-il. Bravo à tous, bon travail!

À côté de Jasmina, Max Lewenhaupt martelait le clavier de son ordinateur portable. Sa langue sortait au coin de sa bouche. Ses cheveux habituellement bien peignés étaient ébouriffés.

– Tu peux relire ça avant que je l'envoie? demanda-t-il sans lever les yeux.

– Bien sûr.

– Donne-moi deux minutes, je dois juste peaufiner un dernier truc, dit-il en continuant de pianoter.

Lorsque Rakel Sjödin avait été retrouvée morte, la *story* avait perduré d'elle-même. L'intérêt des lecteurs ne s'était pas démenti. Le moindre nouvel article battait des records. Contrairement à la croyance populaire, ce n'était pas les clics rapides sur Internet que les rédactions recherchaient, mais la fidélité. Des visiteurs réguliers, ceux qui payaient. Alors il s'agissait d'offrir de la qualité.

Le nombre d'abonnés électroniques augmentait actuellement de trois cents par jour.

– Voilà ! s'exclama Max, en se penchant en arrière et tournant l'ordinateur vers Jasmina.

Elle fit rouler sa chaise pour s'approcher. Leurs coudes se touchèrent. Elle retira le sien. L'article était un texte assez long sur les derniers développements de l'affaire Rakel Sjödin survenus au cours de la journée et commençait par un bref résumé sur le placement en détention de la *personnalité de la télévision*.

Ensuite, Max passait en revue les informations qui avaient filtré du commissariat central lors de l'interrogatoire d'Oscar Sjölander. Selon une source anonyme proche de l'enquête, le présentateur avait fondu en larmes lorsqu'il avait appris que le corps avait été retrouvé. L'interrogatoire avait dû être interrompu. Et l'avocat d'Oscar Sjölander avait fait savoir dans une brève déclaration que son client allait très mal. La famille de Rakel avait été informée.

Après un intertitre arrivait ce qui ferait probablement les gros titres du lendemain. La police avait confirmé, pour la première fois, que le couteau ensanglanté retrouvé devant la villa du présentateur à Bromma était bien l'arme du crime.

Jasmina sentit que Max l'observait dans l'expectative.

La dernière partie était la scrupuleuse déclaration d'un haut responsable de TV4, selon laquelle la chaîne ne ferait aucun commentaire sur les accusations.

– Bien, dit-elle quand elle eut fini de lire.

– Bien ? C'est tout ?

Il semblait déçu.

– C'est très bien, Max. Mais tu le sais déjà, dit Jasmina en se levant.

– Tu es sûre ?

– Oui, Max. Je suis sûre, dit-elle en souriant.

La Brioche réunit les journalistes restant au bureau des informations.

Jasmina prit une part de pizza à l'ananas, du Fanta dans un gobelet en plastique et se positionna dans le demi-cercle de journalises qui s'étaient regroupés autour de la Brioche. Il les remercia pour leur travail acharné durant ces derniers jours de reportage intenses. Jasmina avait hâte de rentrer chez elle, de retrouver son lit. Elle se rendit compte que c'était la première fois qu'elle pensait au petit appartement sur Valhallavägen comme à *chez elle*. En fait, elle voulait rester. Karim Laimani n'avait pas le droit de gâcher cela. Chaque fois qu'elle pensait qu'il l'avait violée, elle était prise de nausée. C'était injuste. Il allait être libéré, elle allait se souvenir de lui tous les jours jusqu'à la fin de sa vie.

La Brioche commença à répartir les tâches pour le lendemain. On lui demanda de se présenter à la salle de rédaction à treize heures.

– Ce n'est qu'une question de temps avant que nous rendions publique l'identité d'Oscar Sjölander. Je veux que tu prépares un article de fond détaillant sa vie. Sers-toi des contacts que tu as à Växjö pour retrouver ses amis d'enfance et les gens qui l'ont connu dans sa jeunesse. Ça te va, Kovac?

– Bien sûr. Pas de problème.

Jasmina retourna à son bureau pour rassembler ses affaires. Max la suivit en traînant les pieds. Il bâilla. Rangea son ordinateur.

– Tu veux aller boire un verre? demanda-t-il. J'ai tellement de mal à dormir après des journées comme celle-ci.

Elle hésita. Elle voulait être bien reposée pour le lendemain. En même temps, elle avait besoin de se détendre. Elle aussi avait du mal à se relaxer après des journées aussi éprouvantes. Elle avait également besoin d'améliorer ses relations sociales. Depuis que Jasmina était arrivée à Stockholm, elle se sentait seule.

– Allez viens. Un verre, ça te fera du bien.

9.

La rame était à dix mètres de Börje. Les freins crissèrent. Il fit un pas vers le bord. Les rails brillaient en contrebas. Le pas suivant serait son dernier, celui qui l'amènerait sur la voie. Devant le métro. Sous les roues. Il était sur le point de sauter lorsqu'il sentit une main sur son épaule.

La personne qu'il ne pouvait pas encore voir le retint. Börje se retourna et regarda avec colère un visage familier.

C'était Jörgen, l'agent de sécurité qui avait l'habitude de mener la vie dure à Börje, Elvis et les autres du Sky Bar. Ses yeux rapprochés l'examinèrent avec hostilité, se déplacèrent sur la bouteille de vodka brisée sur le sol et revinrent sur lui. Les voitures passèrent à toute vitesse.

– Alors tu te fais une petite fête ici, sur mon quai?

– Lâche-moi, dit Börje en essayant de se libérer.

Autour d'eux, les gens descendaient du métro. Börje était furieux. Il serra les poings.

– Calme-toi, sinon je vais devoir me servir de la matraque, dit Jörgen.

Son collègue fit un pas en avant. Börje porta un coup en direction de Jörgen qui le tenait encore par l'épaule. Mais il était trop ivre. Son poing manqua de peu le visage, mais leur donna le signal de dégainer leurs matraques.

Börje rugit et se jeta sur Jörgen. Ils s'écrasèrent contre la paroi du wagon dans un bruit sourd. Autour d'eux, plusieurs personnes se mirent à crier. Dans le métro, les gens se levaient pour voir ce qu'il se passait. Börje allongé sur son adversaire pendant que l'autre luttait pour reprendre le dessus. Son collègue leva sa matraque et frappa le dos de Börje. Quelque chose se brisa à l'intérieur. La douleur lui fit voir trente-six chandelles.

Börje tomba sur le côté. Il reçut un deuxième coup, sur le haut du bras, avant qu'ils ne se jettent sur lui pour le maintenir au sol en combinant leurs forces. Le visage plaqué contre le quai, il braillait, ne parvenant plus à respirer. Il donnait des coups de pied et se débattait pour se libérer.

Au bout d'un moment, ses mouvements se ralentirent. Les gardes le traînèrent un peu plus loin sur le quai. Jörgen enfonça son genou dans le dos de Börje, le forçant à rester allongé sur le ventre, immobile.

Les portes se refermèrent. Börje sentit contre sa joue les vibrations dans l'asphalte lorsque le métro quitta la station.

– Espèce de sale taré, marmonna Jörgen en s'essuyant la lèvre qui était rouge de sang.

Il cracha.

– On l'emmène dans la pièce? demanda son collègue.

Börje savait de quelle pièce il s'agissait – un espace insonorisé sous le quai du métro dont les agents de sécurité se servaient pour détenir les fauteurs de trouble en attendant l'arrivée de la police. Il n'y avait ni caméra de surveillance ni fenêtre. Les agents prétendaient que la personne détenue s'était montrée violente et qu'il avait fallu la calmer en attendant la police. Il arrivait alors facilement qu'une tête cogne contre un mur ou qu'un bras se casse. Börje s'en moquait. Ils pouvaient le tabasser autant qu'ils le voudraient. Il pouvait encaisser les coups, et il était un homme mort de toute façon.

– Espèce de lâches, siffla-t-il, et la pression du genou augmenta entre ses omoplates.

Il essaya de frapper en arrière avec son bras, mais Jörgen attrapa sa main et la remonta dans le haut de son dos.

Börje hurla.

– Nom de Dieu ce que tu pues, espèce de gorille de clodo. Qu'est-ce qu'elle dit cette salope avec qui tu traînes d'habitude? Mais peut-être qu'elle s'en fout, en vieille pute qu'elle est, dit Jörgen.

– Ne parle pas d'elle comme ça, haleta Börje.

Le garde laissa échapper un rire moqueur.

– La vieille pute.

Börje enfouit son visage contre son épaule, il ne voulait pas qu'ils le voient pleurer.

Ils fouillèrent ses poches. Le collègue de Jörgen trouva la lettre, la leva vers la lumière entre son pouce et son index.

– Ne la jette pas. Quoi que tu fasses, ne jette pas la lettre, marmonna Börje.

– Combien aurais-tu casqué pour tirer un coup avec sa salope? demanda Jörgen en ignorant les protestations de Börje.

– Pas grand-chose, répondit son collègue en pinçant le bras de Börje, qui serra les dents pour ne pas gémir. Pas facile de trouver des nanas plus moches.

Ils lui passèrent les menottes aux poignets, le conduisirent sans ménagement vers l'escalator.

– On va bien se marrer, chef, dit l'autre garde en éclatant d'un rire d'hyène.

– Tu savais qu'on avait un grand stock d'annuaires du téléphone ici? chuchota Jörgen à l'oreille de Börje pendant qu'ils avançaient. De nos jours, plus personne ne s'en sert pour trouver un numéro. Non, tu peux comprendre ça, même toi qui n'es qu'un clown puant sans-abri. Le truc c'est que, quand tu frappes – disons sur une cuisse – avec une matraque, ça laisse de vilaines marques. Alors les flics qui viennent t'arrêter finissent par se fâcher contre nous. Mais... si tu mets un annuaire entre les deux, hop, pas de marque. Mais la douleur est la même. Promis.

10.

Il était vingt heures trente lorsque Tom s'installa sur le balcon de Norrbackagatan.

Dans son sac de sport, il avait emporté des couvertures, un Thermos de café, un bonnet noir, un cahier de sudoku et un appareil photo avec deux objectifs différents. L'appartement semblait vide. Peut-être était-elle en train de manger au pub avec un ami?

Il s'allongea sur le dos, observa les formations de nuages argentés qui dérivaient au-dessus de Stockholm.

Il sortit son téléphone, vérifia le profil Instagram d'Henrietta. Son dernier post remontait à quelques heures. Le lendemain, Douglas et elle et des amis avaient réservé une table à la Taverna Brillo pour fêter l'anniversaire d'Henrietta.

Douglas avait posté des mises à jour plus fréquemment au cours de la soirée. Il était à Copenhague et Henrietta n'était pas avec lui: telle que Tom la connaissait, elle n'aurait pas manqué une occasion de s'afficher sur les réseaux sociaux. Il sortit son cahier de sudoku, en résolut trois des plus difficiles en quelques minutes et le reposa. Il était épuisé. Il envisagea de rentrer chez lui.

Il se connecta au forum sur lequel il traînait le plus souvent. L'utilisateur *Wacko* était en ligne. Il y était d'ailleurs presque toujours. Il restait assis là, à fumer ses cigarettes et à regarder sa caméra dans sa chambre d'enfant. Ils s'étaient écrit quelques fois. Ils avaient mutuellement évoqué leurs anxiétés. Avaient plaisanté. Avaient parlé de suicide.

Qu'est-ce que tu fais? écrivit Wacko.

J'attends un canon, répondit Tom.

Que vas-tu faire avec elle?

Tom gloussa et approcha ses pouces de l'écran, lorsqu'il entendit la porte s'ouvrir.

Deux personnes traversèrent la cour. Il reconnut aussitôt Henrietta. L'homme aussi. Il était large d'épaules et avait des mâchoires de Néandertal. Ses cheveux étaient courts et bruns. C'était un des types de la salle de sport. Rempli de jalousie, Tom avait vu Henrietta discuter avec lui à plusieurs reprises.

D'une main experte, Tom installa l'appareil photo, dévissa le cache de l'objectif et s'installa. Un instant plus tard, la lumière s'alluma dans le salon.

L'homme se tenait le dos à la fenêtre. Henrietta avait enlevé sa veste et portait une courte robe noire. Elle dansait, une bouteille d'alcool à la main. Apparemment, son pied ne la gênait plus. Elle essaya d'entraîner le type qui fit quelques pas de danse avant de s'affaler sur le canapé.

De sa poche, l'homme sortit un petit sac zippé, le brandit et l'agita en l'air. Henrietta disparut, revint quelques secondes plus tard avec un plateau en argent.

Sur le chemin du retour au salon, elle baissa la lumière et la pièce s'assombrit. Tom ajusta le réglage de l'appareil photo. Henrietta posa le plateau sur la table basse, le type y vida soigneusement une partie du contenu blanc du sachet et forma des lignes avec une carte de crédit.

Tom zooma, fit la mise au point et sentit son rythme cardiaque s'accélérer.

11.

Jasmina n'avait vu le Grand Hôtel que sur des photos. Un portier en uniforme vert les salua d'un hochement de tête et leur ouvrit la porte. Max fit une petite révérence pour la laisser passer la première.

Après avoir quitté la salle de rédaction, ils s'étaient rendus avec deux autres collègues au Lemon Bar, près du commissariat central de Kronoberg. Ils avaient bu de la bière pétillante à vingt-cinq couronnes.

Ils avaient parlé des événements des derniers jours, échangé des ragots sur les chefs, discuté d'idées d'articles. Jasmina avait passé un bon moment. Elle s'était sentie détendue, intégrée. Une fois que les deux autres collègues étaient rentrés chez eux, Max avait proposé de passer à autre chose. Lorsqu'il avait mentionné le Grand Hôtel, elle avait d'abord cru qu'il plaisantait. Elle portait un jean et une chemise blanche délavée, qu'elle avait décorée d'une tache de café au cours de la journée. Max avait balayé ses objections et avait hélé un taxi.

– Le bar est par là, dit Max en montrant la droite.

Quelques touristes buvaient des bières en regardant un match de football à la télévision. Un souvenir du Scandic Anglais surgit dans son esprit, celui de Karim se rapprochant d'elle sur le canapé. Jasmina le repoussa.

Ils poursuivirent dans une longue pièce magnifiquement décorée. Des hommes d'affaires au teint hâlé et aux cravates desserrées sirotaient leur cocktail. Des serveurs vêtus de blanc s'affairaient tout autour pour prendre les commandes. Entre les piliers, Jasmina aperçut le château de l'autre côté de l'eau. Les lumières de la ville se reflétaient dans l'eau sombre sous le quai où les ombres se déplaçaient. Du piano à queue qui ressemblait à une grande araignée noire au fond de la pièce s'élevait une mélodie triste. Jasmina la reconnaissait, mais sans se rappeler le titre. Quelques personnes étaient assises sur des chaises de bar autour du pianiste, leurs boissons posées sur le dessus de l'instrument.

– La véranda? demanda Max.

– Je préfère être près du pianiste.

– D'accord.

Jasmina laissa Max commander les boissons pour eux, estimant qu'il valait mieux ne pas montrer son ignorance, et se pencha en arrière.

– Tu viens ici souvent? demanda-t-elle une fois que le serveur eut disparu.

Quelque chose s'éclaira sur le visage de Max.

– Quand j'ai commencé à rêver de devenir journaliste, j'avais l'habitude d'enfiler un costume et de venir ici avec un bloc-notes. Je prétendais être un correspondant de guerre qui récupérait après une longue journée sur le terrain. Mais tu ne dois le dire à personne.

– Promis, dit Jasmina en faisant un sourire en coin. En fait, je faisais quelque chose de semblable.

– Raconte.

– J'obligeais ma mère à me laisser l'interviewer. Elle devait jouer différents personnages. Un jour c'était une star de cinéma qui venait de gagner un oscar, le suivant un politique pris en flagrant délit de mensonge. Ensuite, je faisais des gros titres que j'accrochais dans ma chambre.

Max éclata de rire.

– Elle t'a soutenue alors?

– Toujours.

Max déglutit. Hocha pensivement la tête. Jasmina se détendait. Elle regarda Max en face.

– Pourquoi m'as-tu volé mon article?

Il réfléchit. Se gratta le menton. Jasmina remarqua que ses ongles étaient rongés.

– Parce qu'il était sacrément bon. Mais j'ai honte. C'était minable. Je commençais à désespérer, j'avais peur que tu sois celle qui resterait au journal.

Cette réponse la surprit.

– Qu'est-ce qui t'a fait penser ça?

– Parce que, bien que tu ne parles pas beaucoup, tu as quelque chose qui fait qu'on comprend que tu es douée. Les gens t'écoutent. Appelle ça du charisme, si tu veux.

Personne ne lui avait jamais dit qu'elle était charismatique. Elle l'observa attentivement, se demandant s'il se moquait d'elle.

– Excuse-moi, dit-il en se levant. Je reviens tout de suite.

Max disparut en direction des toilettes. Entre-temps, le serveur arriva avec leurs boissons. Elles avaient l'air identiques et étaient garnies d'une tranche d'ananas et d'une cerise. Jasmina remercia, reçut un signe de tête en réponse et porta le cocktail à ses lèvres.

Max revint, montra son verre.

– Un *Singapour sling*. Tu aimes?

– Je préfère la bière.

Max sourit.

– En fait, moi aussi. Mais dis-moi, concernant mon vol. On est okay?

– Oui.

Max fit tourner son verre, plongé dans ses pensées, avant de le reposer.

– Ça peut paraître ridicule, mais c'est très important pour moi de réussir. Ma famille, mon père en particulier, est contre tout ça. Le journalisme est une industrie en voie de disparition. Nous gagnons des cacahuètes. Il veut que je travaille dans la finance, comme lui. C'est pour ça… Putain, je veux lui montrer que je peux y arriver. Ne pas obtenir la prolongation de mon CDD serait un échec. Et dans ma famille, on n'échoue pas.

12.

Tom ne connaissait rien aux drogues, mais supposa que la poudre blanche était de la cocaïne. Henrietta plaça un chandelier sur la table basse et alluma les bougies. Le type de la salle de sport lui fit signe de s'approcher, dit quelque chose qui la fit rire et lui montra le plateau.

Tom zooma davantage, il pouvait maintenant voir clairement les quatre lignes blanches.

Il passa en mode vidéo et captura toutes les expressions du visage d'Henrietta quand elle sniffa la poudre. Ensuite, elle se pencha en arrière, se pinça le nez et tendit la paille coupée au type. Ils s'allongèrent côte à côte sur le canapé, leurs visages rapprochés. Ils semblaient ne pas pouvoir s'arrêter de parler. C'était l'une des choses les plus intimes que Tom ait jamais vécues. Le type caressa de son doigt le ventre d'Henrietta. Elle se recroquevilla, gloussa et s'étira. Il n'y avait aucun doute sur ce qui allait se passer.

– Brave petite Henrietta, tu es en train de prouver à quel point vous n'êtes toutes qu'une bande de petites putes, marmonna Tom.

Ils se firent une autre ligne, se levèrent sur des jambes tremblantes.

Henrietta monta le volume de la chaîne HI-FI près du meuble télé. Leurs corps se balançaient et Tom se demanda quelle musique ils écoutaient. Henrietta passa sa robe noire par-dessus sa tête. Elle dansa en culotte, les bras levés. Le type retira son tee-shirt. Son torse était musclé, ses veines saillaient dans ses bras gonflés.

Henrietta lui caressa la poitrine, appuya ses seins contre lui, son dos tonique brillant à la lumière des bougies. Tom observa la parade amoureuse tandis que son pénis se gorgeait de sang.

Tom la détestait violemment, en même temps qu'il n'avait jamais été autant excité.

Elle n'aurait pas dû l'humilier. Il ne pouvait pas laisser une telle chose impunie. Bien sûr, il avait de la peine pour Douglas, mais autant qu'il sache avec quelle traînée hypocrite il vivait.

Ils s'embrassèrent. Henrietta se dégagea et désigna la table. Elle posa le chandelier sur le rebord de la fenêtre, ce qui obligea Tom à corriger une nouvelle fois les réglages de son appareil photo.

Henrietta frappa du plat de sa main sur la table. Ses yeux étaient embués, lascifs, remplis de désir. Le type enleva son pantalon et son caleçon, les jeta par terre. Puis il s'allongea nu et sur le dos sur la table basse.

Henrietta prit le sac zippé, s'agenouilla au pied de la table.

L'homme leva la tête, l'observa pendant qu'elle versait de la cocaïne sur la partie inférieure de son pénis, en faisait une ligne avec la carte, inséra la paille dans son nez et inhala la poudre. Ensuite, elle lécha le reste.

Henrietta prit sa place, mais s'allongea sur le ventre et se cambra. Le type sniffa sur sa fesse droite et lui retira ensuite sa culotte.

Tom eut une idée. Il cala rapidement son appareil photo à l'aide des couvertures pour continuer à filmer l'appartement et sortit le micro de son étui. Il se leva doucement, ouvrit la porte du balcon et écouta. La cage d'escalier était silencieuse. Il n'y avait personne. Il traversa la cour en courant et monta les escaliers de l'autre bâtiment. Doucement, il s'accroupit, poussa la fente de la boîte aux lettres et y glissa le micro. Il les entendait haleter et gémir.

– C'est comme ça que tu aimes être baisée, hein?

Henrietta gémit. Un gémissement rauque et soumis. *On se croirait dans un film porno*, pensa Tom en se sentant bander à nouveau et portant sa main à son sexe.

– Oui, oui. Plus fort.

Tom ricana.

La porte d'en bas s'ouvrit et la lumière s'alluma dans la cage d'escalier. Tom tira sur le cordon et referma soigneusement le clapet de la boîte aux lettres. Il se remit sur ses pieds, descendit calmement l'escalier, le micro caché dans la paume de sa main. À mi-chemin il fit un signe de tête à la femme qui montait, portant une boîte de pizza.

En réalité, il aurait voulu avoir davantage de matériel sonore, mais c'était suffisant pour un film qui allait détruire la vie d'Henrietta.

Tom déverrouilla la porte de son appartement au 18 Essinge brogatan et accrocha sa veste. Machinalement, il entra dans son bureau, déplaça la souris de l'ordinateur et vérifia la caméra de surveillance qu'il avait secrètement installée dans la cage d'escalier. Rien de remarquable ne s'était produit pendant son absence.-

Il se rendit à la cuisine, sortit un brocoli frais du frigo, le plaça dans une assiette qu'il alla poser sur son bureau. Il s'allongea par terre et fit cinquante pompes. Il se mit sur le dos et fit cent abdos.

Une fois qu'il eut terminé, il s'assit devant son ordinateur, respirant lourdement à cause de l'effort, et prit une bouchée de brocoli.

Il était anosmique, n'avait donc pas d'odorat et pas beaucoup plus de goût non plus. Tom mangeait végétarien et consommait du poisson aussi souvent qu'il le pouvait, parce qu'il voulait vivre longtemps. La puberté avait été un enfer, parce que personne ne lui avait dit qu'il puait. En troisième, son professeur de sport l'avait pris à part et lui avait expliqué qu'il devait se laver plus souvent. Désormais, Tom se douchait systématiquement tous les deux jours.

Il surfa sur certains de ses forums favoris. Dans la fenêtre sombre derrière l'écran de l'ordinateur, le visage maigre et le crâne dégarni de Tom se reflétaient dans une lueur froide, bleutée. Il ferma rapidement le rideau pour s'épargner cette vision. Certains jours, il ne pouvait pas voir son reflet sans entendre les railleries qu'on lui lançait dans la cour de récréation.

Tom posa les pieds sur le bureau, s'adossa à la chaise et mangea le reste de son brocoli. Il ouvrit le tiroir du haut, sortit une des seringues de testostérone qu'il avait achetées sur le Darknet et ouvrit l'emballage. Il alla dans la salle de bains, baissa son pantalon, s'appuya contre le lavabo et s'injecta le liquide dans le muscle fessier. Il entendit du bruit derrière le mur.

Greta, sa voisine de quatre-vingt-neuf ans, avait laissé sa télévision allumée.

Tom se rendit dans l'entrée où les clés de l'appartement de Greta étaient accrochées. Son idiot de fils obèse les avait laissées chez Tom. La porte d'entrée se verrouillait d'elle-même et parfois, la bonne femme désorientée frappait à la porte de Tom pour qu'il l'aide à rentrer chez elle.

Dans le scintillement de la télévision, Greta dormait, la tête sur la poitrine. La télécommande était posée sur la table basse. Tom baissa le volume. Elle était assise les jambes écartées, sa chemise de nuit remontée à mi-cuisses. Il s'accroupit, essaya d'apercevoir son sexe.

Tom se releva et se rendit dans la cuisine pour inspecter le frigo. Il souleva le couvercle d'une casserole et vit que c'était un ragoût de poisson. Il prit un récipient en plastique dans un tiroir, le remplit et l'emporta dans l'entrée.

Tom fouilla les poches de la veste. Où était passé le portefeuille de la vieille? Il avait l'habitude de rafler quelques billets lors de ses visites. Elle n'avait qu'à s'en prendre à elle-même, de plus, Tom avait davantage besoin d'argent qu'elle.

Il plissa les yeux dans la pénombre, regrettant de ne pas avoir apporté sa torche. Pour finir, il trouva le portefeuille dans le sac suspendu au crochet près du miroir de l'entrée. Il ouvrit le compartiment à billets. Quatre cents couronnes. Il en glissa trois cents dans la poche arrière de son jean. Son regard s'attarda sur les portraits en noir et blanc accrochés au mur.

Il posa son index sur ses lèvres.

– Chuuut, siffla-t-il.

Ils étaient probablement tous morts depuis longtemps. Tout ce qui restait d'eux était des photos jaunies dans l'appartement d'une vieille à moitié sénile. Il emporta la boîte de nourriture et referma derrière lui. Une fois de retour dans son appartement, il vit qu'il avait reçu un message.

J'en suis, disait-il.

Tom sourit.

13.

Vanessa et Ove se rendaient au centre de détention d'Åkersberga pour interroger à nouveau Karim Laimani. Les rochers et les plages de la baie de Brunnsviken étaient bondés de personnes oisives en maillot de bain. Quelques-unes faisaient du canoë. À la radio, un journaliste annonça que tard dans la nuit deux hommes masqués avaient volé une ambulance à Fittja.

– Quelle bande d'idiots! grommela Ove.

Un collègue policier à moto les dépassa sur la voie de gauche.

– Tu as déjà entendu celle avec Gorbatchev? demanda Vanessa.

Ove secoua la tête.

– Moscou. Les années 1980. Reagan en visite d'État. Gorbatchev est en retard pour la réunion. Son chauffeur roule vite, mais pas assez pour Gorbatchev. Il propose de conduire lui-même et ils échangent leurs places. Ils parcourent plusieurs kilomètres. Deux policiers à moto sont au bord de la route. Ils voient la voiture de luxe passer à toute vitesse. L'un d'eux se lance à sa poursuite. Mais il revient très vite.

– Ah oui?

– Son collègue lui demande s'il a dressé une contravention. Le policier secoue la tête. «Il y avait une personne très puissante à bord de la voiture.» «Ah bon, qui donc?» demanda le collègue. «Je ne sais pas. Mais c'était Gorbatchev son chauffeur.»

Ove s'esclaffa.

Au niveau de la rocade en direction d'Albano, la circulation s'intensifia pour finalement former un bouchon. Vanessa ralentit.

– Ouvre la boîte à gants, dit-elle.

Ove se pencha en avant. La Volvo devant eux bougea un peu. Vanessa accéléra légèrement. Elle parcourut quelques mètres avant d'appuyer doucement sur le frein.

– Qu'est-ce que je cherche?

– Une pochette en plastique.

Ove la brandit.

– Qu'est-ce que c'est?

– La liste des entreprises qui se sont rendues au château-hôtel de Rosersberg ces six derniers mois. Regarde le surlignage jaune sur la page suivante.

Ove tourna la page.

– L'administration pénitentiaire, murmura-t-il en se tournant vers Vanessa. Ils ont participé à un séminaire là-bas. Tu penses que c'est en prison qu'Emelie a eu le stylo?

– Nous devrions regarder à nouveau les images de vidéosurveillance de sa visite, maintenant que nous savons ce que nous cherchons.

– Je le ferai dès que nous serons de retour à Kronoberg, dit Ove.

Vanessa et Ove s'avancèrent vers l'agent pénitentiaire en uniforme à l'accueil de la prison d'Åkersberga et expliquèrent l'objet de leur visite. Il passa un coup de fil et leur demanda de laisser leurs téléphones portables et leurs armes de service, avant de franchir le portique.

– Qu'est-ce que tu as fait hier? demanda Ove.

– J'ai vu Trude.

Ove haussa les sourcils.

– Par hasard, précisa Vanessa. Elle était en balade, elle est passée devant mon bar de quartier préféré et elle a fini par entrer boire quelques bières.

– Tu sais ce qu'on dit d'elle, n'est-ce pas? demanda Ove. (Il jeta un coup d'œil au gardien qui les précédait de quelques mètres et baissa la voix.) Elle est accro au sexe.

– Quoi?

Ove hocha la tête.

– C'est pour ça qu'elle a rompu avec son ex. Elle était infidèle. Avec des hommes et des femmes. On dit qu'elle aurait eu une liaison avec ton chef, Kask, depuis. Mais il est loin d'être le seul.

Vanessa ne put s'empêcher d'imaginer son patron avec Trude. Nus, beaux, enlacés. Cette image lui plut.

– Arrête un peu, Ove.

– Je ne fais que rapporter ce que j'ai entendu. Neutre. Équilibré. Service public.

– Plutôt comme un gars boutonneux enfermé dans la cave de sa mère avec des morceaux d'essuie-tout poisseux dans la corbeille et qui écrit des choses affreuses sur Flashback.

Le gardien s'arrêta à une porte, expliqua que le détenu était escorté depuis sa cellule et ouvrit. Vanessa et Ove s'installèrent. Vanessa croisa les jambes et s'appuya contre le dossier raide de la chaise.

La serrure fut déverrouillée et Karim Laimani entra, accompagné de deux gardiens. Sa bouche forma un rictus moqueur. L'homme devant eux n'avait pas tué Emelie Rydén, mais il avait drogué et violé Jasmina Kovac.

Karim s'approcha lentement de la chaise libre. Il jaugea Vanessa sans gêne et se lécha la bouche. Elle ne baissa pas le regard. Se souvint du visage de Jasmina. De ses larmes. De son corps tremblant.

Ove fit un signe aux gardiens de quitter la pièce. Vanessa et Karim se regardaient toujours avec haine. Ove se racla la gorge.

– Nous sommes ici pour savoir si tu as une idée de qui a pu tuer ton ex-petite amie, Emelie Rydén.

Karim ne répondit pas. Il forma un V avec son index et son majeur et passa la langue entre les deux. Vanessa réagit instinctivement. Elle lui enfonça son talon dans l'entrejambe. Fort. Et tourna.

Karim hurla, ses traits se déformèrent sous l'effet de la douleur. Il se releva à moitié, serrant les poings.

Vanessa sourit, les lèvres pincées.

– Tu es trop vieille pour moi, salope, dit Karim en se penchant et frottant la paume de sa main à l'endroit où le coup de pied l'avait frappé.

– Et tu es trop petit pour moi, rétorqua Vanessa en agitant son petit doigt.

– Et si on se calmait? intervint Ove qui s'était levé, prêt à se jeter sur Karim pour l'empêcher d'attaquer Vanessa.

Vanessa leva les mains et lança à son collègue un regard d'excuse. Celui-ci se laissa retomber sur sa chaise.

– Karim, nous enquêtons sur le meurtre de la mère de ta fille. Nous savons que tu ne l'as pas fait, mais nous nous demandons si tu as une idée de la personne qui aurait pu vouloir la tuer, dit Ove.

– Et pourquoi je vous aiderais, gros lard?

– Parce que c'est la mère de ta fille qui a été assassinée, dit Ove calmement.

Vanessa remarqua que son cou était d'un rouge flamboyant. Elle supposa que ce n'était pas dû à la chaleur.

– Tu parles d'une mère. Et pas une super-meuf non plus d'ailleurs.

Ove soupira.

– Semblait-elle avoir peur la dernière fois qu'elle était ici? Y avait-il quelque chose en particulier qui l'a poussée à venir te voir?

Karim serra les lèvres et croisa les bras.

– Nom de Dieu! Aide-nous pour le bien de ta fille Noeva! explosa Ove.

Karim soupira.

– Elle m'a donné un dessin, elle a dit que c'était fini et puis elle s'est barrée.

– C'est tout?

Karim hocha la tête.

– Sais-tu si elle avait un stylo avec elle? demanda Ove.

– Comment veux-tu que je m'en souvienne?

Vanessa se pencha en avant.

– Le sang d'Emelie était dans ta cellule. Quelqu'un l'a placé là délibérément, pour nous conduire à toi. As-tu des ennemis ici à la prison? Quelqu'un qui aurait voulu lui faire du mal pour t'atteindre?

Karim ricana.

– Un homme sans ennemis n'est pas un homme, n'est-ce pas?

– Quatre autres détenus étaient en permission de sortie en même temps que toi, dit Vanessa en lui énumérant les noms. Est-ce que l'un d'eux pourrait être impliqué?

– Dans ce cas, je ne vous le dirais pas, mais je résoudrais le problème moi-même.

Vanessa leva les yeux au ciel, pendant que Karim Laimani appelait les gardiens et se levait. Avant de se retourner, il lui jeta un dernier coup d'œil.

– On se verra à ma sortie, Vanessa Frank.

Vanessa secoua son petit doigt en guise d'adieu.

– Je t'attends, petite bite.

Une heure plus tard, Vanessa et Ove passaient devant le Musée national d'histoire naturelle sur les marches duquel se pressaient des groupes d'écoliers. Le téléphone portable de Vanessa vibra. Numéro inconnu. Elle coinça le téléphone entre son oreille et son épaule.

– Frank à l'appareil?

La conversation dura exactement une minute et vingt-sept secondes. En même temps que Vanessa raccrochait, elle sortit sur la droite au rond-point de Norrtull.

– Je te dépose à Kronoberg. Je dois continuer.

Ove la regarda avec surprise.

– De quoi s'agit-il?

– Rakel Sjödin.

14.

Nicolas Paredes entendit un grand cri provenant de l'appartement de Celine.

Il se leva de son canapé, alla dans la chambre et posa son oreille contre le mur. Nouveau cri. Sa première pensée fut que le père de Celine s'attaquait à elle, mais les sons qui lui parvenaient étaient dépourvus de peur ou de douleur. Elle avait plutôt l'air furieuse. Il regarda l'heure, dix heures et demie. Elle aurait dû être à l'école.

Nicolas sortit sur son balcon. Le ciel sans nuages était bleu clair. Le soleil tapait fort. La porte donnant dans l'appartement de Celine était ouverte. Il l'appela et elle sortit sur le balcon, un énorme casque sur la tête.

– Pourquoi tu cries? demanda Nicolas.

– Je joue à Fortnite.

– À quoi?

– Un jeu vidéo, grand-père.

– On est mercredi. Pourquoi tu n'es pas à l'école?

– Je viens de le dire.

– Parce que tu joues à un jeu vidéo?

Nicolas était de bonne humeur. Il n'avait pas envie de rester enfermé dans son appartement étouffant. Dans trois jours, son avion partait pour Londres. Autant emmener Celine à l'école, si c'était ce qu'il fallait pour qu'elle y aille.

– Dans quel collège vas-tu? demanda-t-il.

Celine ne répondit pas.

– C'est où? Je peux t'accompagner, proposa-t-il.

– Je ne peux pas.

– Pourquoi pas?

– Ma classe est à la piscine d'Eriksdal.

Celine referma la porte et à travers la vitre il vit qu'elle s'était affalée sur le canapé.

Nicolas resta planté là, perplexe. Était-ce son imagination ou avait-il vu une fissure dans l'attitude habituellement si sûre d'elle de la jeune fille? Les filles de son âge avaient sûrement toutes sortes de complexes corporels. Il avait de la peine pour elle. Et Celine n'avait personne à qui parler. De plus, il lui devait une faveur pour avoir aidé Vanessa à sortir son sac.

Il monta sur la balustrade, sauta de son côté et frappa au carreau.

Elle le regarda depuis son canapé, surprise. Se leva.

– Qu'est-ce qu'il y a? mima-t-elle à travers la fenêtre.

Nicolas eut un doute. Il articula très clairement pour qu'elle comprenne ce qu'il disait à travers la vitre.

– Je dois juste te demander… Ce n'est pas…, enfin. Tu trouves que c'est embêtant de te mettre en maillot de bain?

Elle le scruta quelques secondes avant d'ouvrir la porte du balcon.

– Maillot de bain?

Le sujet semblait inconfortable. Nicolas haussa les épaules.

– Oui. Ou bikini peut-être? Je ne sais pas.

– Tu n'entends pas bien? Je ne veux pas y aller, c'est tout. De plus, le chlore jaunit mes cheveux.

Nicolas examina la tignasse verte et se dit qu'un peu de chlore ferait sans doute le plus grand bien à la flore bactérienne qui s'y trouvait. Mais au même instant, il comprit que ce n'était ni le chlore ni un complexe corporel qui était la raison pour laquelle Celine ne voulait pas se baigner.

– Qu'est-ce qu'il y a? demanda-t-elle, agacée.

– Tu sais nager, Celine?

Il n'y avait pas de vent, de petites vagues légères clapotaient contre les rochers. Celine était debout dans l'eau jusqu'aux genoux et avait l'air terrifiée. Devant eux, de l'autre côté de l'eau, se dressait l'île de Fläsket.

– Et si on laissait tomber et qu'on prenait un bain de soleil à la place? plaida-t-elle. L'eau est gelée.

Quand Nicolas l'avait enfin persuadée de se mettre en maillot de bain et de quitter l'appartement, Celine avait refusé de se rendre dans un endroit où on pourrait la voir. À la plage de Mälerhöjden, ils avaient tourné à droite et suivi le rivage.

– Tu ne peux pas passer ta vie avec une bouée.

– Il n'y a aucune loi qui dit qu'on doit savoir nager. Je peux juste ne pas me baigner.

– Comme ça, dit-il en lui montrant un mouvement de natation.

Elle répéta le mouvement avec hésitation.

– Allonge-toi ici sur le ventre, à l'endroit où tu as pied. Essaye. Je reste à côté de toi. Tout le temps.

Celine se mit à genoux. Elle s'allongea contre le fond et fit une brasse.

– C'est pas mal!

– Je me sens ridicule.

– Viens. On va essayer plus loin.

Ils pataugèrent en avançant de quelques mètres dans l'eau peu profonde.

– Je vais garder ma main sous toi, pour que tu ne coules pas.

Celine leva les yeux au ciel, mais fit ce qu'il dit. Nicolas avançait à côté d'elle et la soutenait. Il retira sa main. Ce n'était pas beau à voir, mais elle resta à flot.

– Regarde, Nicolas, je nage, s'écria-t-elle.

Sa bouche se remplit d'eau, elle toussa et se mit à agiter les bras. Il la souleva.

– Tu as vu? toussa-t-elle joyeusement en s'accrochant à lui.

– J'ai vu, dit-il en riant. Essaye encore.

Un moment plus tard, ils se séchaient au soleil sur leurs serviettes. Les cheveux verts de Celine étaient collés en mèches le long de ses joues, elle avait un sourire sur les lèvres.

– C'est plutôt marrant ce truc de natation finalement, dit-elle.

– Bien, dit Nicolas, en lui jetant un coup d'œil.

– Mes doigts sont ridés comme des chips paysannes.

Nicolas regarda sa main.

– C'est pour faciliter la préhension des outils en milieu humide. Autrefois, nous les humains nous travaillions et attrapions des animaux près des cours d'eau et des lacs.

– Tu as appris ça à l'école?

– Non, pendant mon service militaire. Nous avons fait pas mal de plongée.

– Tu peux m'apprendre?

– Bien sûr. Quand tu réussiras à garder la tête hors de l'eau.

– Je veux aussi faire mon service militaire. Ça s'appelait comment ce que tu y as fait?

– Commandos marine. Et puis plongeur de combat.

– Tu crois que je pourrais y arriver?

– Je crois que tu peux tout faire. Si tu le veux.

Celine détourna le visage. Elle roula sur le côté et appuya sa tête contre ses paumes de main.

– Merci, marmonna-t-elle.

Elle s'allongea à nouveau sur le dos sur sa serviette et ferma les yeux au soleil.

Le téléphone portable de Nicolas se mit à vibrer. Il protégea l'écran de sa main. Vanessa. Il se leva et s'éloigna un peu. Il avait lui aussi eu l'intention de l'appeler, s'assurer que tout allait bien entre eux.

– Je veux que tu retournes voir Ivan, dit-elle sans autre forme de salutation. Il sait qui sont les ennemis de Karim Laimani en prison. Qui parmi les autres détenus aurait pu placer les indices qui nous ont fait croire qu'il était derrière le meurtre d'Emelie.

Nicolas voulait se tenir à l'écart le plus possible de son ami d'enfance. Mais Vanessa ne le lui aurait pas demandé si ce n'était pas important. Pour l'aider dans son enquête, bien sûr qu'il ferait tout ce qui était en son pouvoir.

15.

Par l'œilleton, Vanessa regarda dans la cellule, qui comportait une fenêtre à barreaux et une couchette. L'homme qui y était allongé sur le dos avait une barbe grise tachetée de noir. Il était mince, à la limite de la maigreur. Son visage était tuméfié et couvert d'ecchymoses. Ses vêtements pendaient et ses cheveux étaient sales.

– Où l'avez-vous trouvé? demanda Vanessa à la policière qui se tenait derrière elle.

– Il a été appréhendé sur le quai du métro de Farsta par des agents de sécurité, mais il a résisté. Il criait et hurlait, alors nous l'avons emmené pour le mettre en cellule de dégrisement. Lorsqu'il a repris conscience il y a quelques heures, nous nous sommes aperçus qu'il y avait un signalement *häfö* à son sujet, répondit-elle.

Un signalement *häfö* signifiait «placer en garde à vue pour interrogatoire». Il s'agissait donc du Börje Rohdén dont les empreintes digitales et l'ADN avaient été retrouvés dans la cabane près de la maison d'été d'Oscar Sjölander. Connu pour avoir été violent dans le passé. Condamné pour homicide involontaire. Dans la voiture en direction de Västberga, elle avait appelé Mikael Kask, mais n'avait pas reçu de réponse. Lorsqu'il l'avait rappelée une demi-heure plus tard, elle se trouvait déjà à Västberga. Vanessa avait expliqué que Börje Rohdén était placé en garde à vue et qu'elle se demandait s'ils voulaient envoyer les enquêteurs. Mais son chef lui avait expliqué que ce n'était pas nécessaire, bien trop d'éléments accablaient déjà Oscar Sjölander.

– Est-il connu des collègues ici? demanda Vanessa.

– Il n'a jamais été en garde à vue ici. Mais comme j'étais curieuse quand j'ai vu que vous le cherchiez, je me suis un peu renseignée. Il a l'habitude de traîner au Sky Bar.

– Au Sky Bar?

– Le quai du métro de Farsta est surnommé ainsi par les ivrognes du coin. À cause de la vue, disent-ils. Je trouve que c'est plutôt marrant. Ils sont assez inoffensifs, même s'il arrive que l'un d'eux boive un coup de trop et vienne dégriser ici.

La femme déverrouilla la cellule, poussa la porte et Vanessa entra. Elle huma l'air. Du vomi d'alcool. Du détergent. Börje Rohdén semblait à peine remarquer qu'elle était entrée dans sa cellule.

– Je m'appelle Vanessa Frank.

Aucune réaction.

– Je suis enquêtrice à la Crim'.

Börje Rohdén croisa les bras et continua à fixer le plafond.

– Puis-je vous demander ce qui est arrivé à votre visage?

– Demandez aux agents de sécurité, grogna-t-il. Ils m'ont emmené dans une pièce et ils m'ont tabassé. Mais ils vont probablement dire que je suis tombé tête la première contre un mur.

– La table. Ils ont dit que vous vous étiez cogné la tête contre la table.

– Quels idiots.

– Je suis désolée, dit Vanessa. Je vais demander au personnel de s'assurer que vous soyez soigné.

Börje Rohdén se tourna sur le côté, grimaça de douleur. Il évitait toujours de regarder Vanessa dans les yeux. Il s'obstinait à fixer le mur derrière elle.

– Où étiez-vous, samedi matin?

– Je ne sais pas.

– Allez, c'était il y a quatre jours.

Pas de réponse.

– Vous n'êtes pas soupçonné de quoi que ce soit.

Son regard était vide. Indifférent.

– Je ne sais pas si vous avez fait la fête ces derniers jours, mais…

Il se leva d'un bond, se redressa de toute sa hauteur. Ce ne fut qu'à ce moment-là que Vanessa se rendit compte de sa taille. Les yeux qui la regardaient étaient noirs de colère.

– La fête ? hurla-t-il.

Vanessa s'efforça de ne pas reculer. De ne pas montrer qu'elle était surprise par son agressivité soudaine. La situation était sur le point de dégénérer. Elle n'aurait aucune chance face à lui dans cet espace confiné. Elle envisagea d'appeler ses collègues, mais décida qu'elle contrôlait encore la situation. Il serra les mâchoires.

– Vous n'avez aucune putain d'idée de ce dont vous parlez.

– Éclairez-moi.

Börje Rohdén ricana. Secoua la tête. Ses épaules s'affaissèrent, sa posture se fit moins hostile. Son agressivité disparut, remplacée par la fatigue.

Il s'effondra sur la couchette. Vanessa poussa un soupir de soulagement. La silhouette affaissée et triste devant elle éveillait sa sympathie.

Elle fit un pas en avant et s'assit à côté de lui.

– J'enquête sur le meurtre de Rakel Sjödin et…

– Qui? demanda Börje.

Vanessa fut surprise. Même un sans-abri n'aurait pas pu manquer les gros titres de ces derniers jours.

– Oscar Sjölander, dit-elle. Vous savez qui c'est?

– Oui, une brute.

Vanessa sentit qu'il s'énervait à nouveau, sa voix était tendue et dure.

– Il avait l'habitude de venir nous accuser, Eva et moi, de lui avoir volé des choses. C'est à cause de lui que vous êtes là ?

– D'une certaine manière.

Börje Rohdén la regarda avec incompréhension. Vanessa se tut. Qu'il s'interroge. Devienne curieux. Comme elle s'y attendait, il se radoucit.

– De quoi m'accuse-t-il maintenant?

– De meurtre. Rakel Sjödin, une jeune femme avec laquelle il entretenait une liaison, a été retrouvée morte après avoir disparu depuis samedi. Il était la dernière personne à l'avoir vue vivante. Mais, lors de son interrogatoire, il vous a désigné comme potentiel suspect.

Börje ouvrit la bouche, s'apprêta à dire quelque chose, mais il prit une expression de défi et pinça les lèvres.

– Je n'ai rien à voir avec ça, alors si vous voulez bien m'excuser, j'aimerais que vous partiez maintenant.

– Où est Eva? demanda Vanessa.

– Comment savez-vous qui est Eva?

– Vous venez de le dire. Qu'Oscar Sjölander vous accusait vous et Eva d'avoir volé des choses.

Börje l'observa calmement. Il savait quelque chose. Vanessa le voyait.

– Il y a une lettre que je voudrais récupérer, ces bâtards d'agents de sécurité me l'ont volée. Si vous me la récupérez, je vous dirai ce que j'ai vu.

16.

Tom entra dans le restaurant la Taverna Brillo. Il marcha dans un couloir, la cuisine sur sa gauche. Des chefs vêtus de blanc y entrechoquaient leurs casseroles et se criaient des ordres.

Il se souvint soudain qu'il était déjà venu ici. Il ne se trouvait encore qu'à l'aube de son éveil et avait créé un profil sur un site de rencontres. Il avait utilisé les photos d'un Américain qu'il avait trouvé sur Facebook. Il s'était appelé Christoffer, prétendant être un photographe travaillant dans le monde entier, faisant la navette entre Los Angeles, New York, Milan, Paris et Stockholm. Les réponses avaient été nombreuses. Les femmes avaient voulu le rencontrer. De belles femmes. Tom avait été absorbé par le fait de chatter avec elles, de les complimenter, de s'inventer de petites histoires sur la vie de Christoffer.

L'une d'entre elles, Rebecca, se trouvait être une de ses collègues, journaliste à *Kvällspressen*. Jeune, prétentieuse et couronnée de succès. Tom était toujours gentil avec elle, mais elle était carrément dédaigneuse. Elle ne se montrait amicale qu'avec les chefs et les journalistes les plus en vue. Ceux qui pourraient la faire progresser. Rebecca était submergée par sa propre beauté et sa supériorité. Tom, via Christoffer, avait donné rendez-vous à Rebecca à la Taverna Brillo. Il s'était assis au bar et s'était amusé à la regarder attendre en vain. La confiance qu'elle dégageait d'ordinaire se fissurait.

Peut-être étaient-ce les mois où il s'était fait passer pour Christoffer qui lui avaient fait comprendre que les femmes ne se souciaient que de l'apparence, du statut et de l'argent. Quoi qu'elles prétendent. Dans son empressement à les comprendre, il les avait démasquées. Et quand il avait commencé à voir ce schéma se répéter, à savoir qu'il resterait seul parce qu'il était laid, il n'y avait plus eu de retour en arrière possible.

Sur la droite se trouvait la salle de restaurant où dînaient les groupes et les couples. Sur la gauche, il y avait un grand bar où se regroupaient les clients, des verres de cocktail ou des bouteilles de bière à la main. Tom se sentit mal à l'aise parmi ces gens bien habillés et ivres. Il s'approcha du comptoir et commanda un tonic avec des glaçons.

– Une rondelle de citron? demanda le barman.

Tom acquiesça. Il ne pourrait pas sentir le goût, mais ça avait l'air bien.

Le dos appuyé au comptoir, il regarda la salle à manger. Il but une gorgée, posa son verre et aperçut au même instant Henrietta et Douglas à dix mètres de là. Leur groupe était composé de sept personnes. Ils avaient dû arriver juste quelques minutes avant Tom, car ils avaient encore les menus entre les mains. Henrietta était tellement préoccupée par elle-même qu'il ne craignait pas qu'elle le remarque.

Un serveur arriva avec deux bouteilles de champagne qu'il servit avant de les laisser dans des seaux à glace rutilants. Les convives trinquèrent, tournèrent leurs regards vers Henrietta qui sourit, but et reposa son verre. Elle se leva, dévoilant une robe noire sans bretelle. Tom fut excité en pensant à ce à quoi elle ressemblait, nue. Elle dit quelques mots, leva à nouveau son verre et se rassit.

Et s'il la faisait plutôt chanter avec la vidéo, pour la forcer à le satisfaire sexuellement? C'était une pensée charmante et séduisante. Mais le risque était trop grand. Pas avec ses grands projets. Elle n'était qu'une vendetta personnelle.

Il allait détruire sa vie, l'humilier devant son petit ami, ses collègues et ses amis. Elle ne pourrait jamais faire le lien avec lui, même s'il aurait souhaité pouvoir lui dire que c'était lui, Tom, qui l'avait vaincue.

Le serveur prenait leurs commandes, et Tom décida qu'il valait mieux en finir.

Il sortit son téléphone portable, mit ses écouteurs et couvrit l'écran de sa main droite avant de cliquer sur les quarante secondes de film. Pour la bande-son, il avait choisi *Les Quatre Saisons* de Vivaldi.

Les cordes dramatiques démarrèrent, Henrietta et le type de la salle de sport dansaient à contretemps. Cela avait un effet comique. Tom sourit. Les lignes de coke apparaissaient à l'image. Gros plan sur le visage d'Henrietta alors qu'elle sniffait le pénis du type. Elle lécha les restes. La musique se faisait de plus en plus dramatique. Ils changèrent de place. Henrietta se cambrait sur la table basse. La musique ralentit. Les gémissements et les cris d'Henrietta couvraient Vivaldi. La vidéo se terminait sur les mots «Joyeux anniversaire, Henrietta! PS: bonjour à Douglas».

Tom sélectionna les adresses mail des collègues de travail et des responsables d'Henrietta qu'il avait obtenues sur le site web de l'agence de relations publiques et leur envoya la vidéo à partir d'un compte de messagerie anonyme. Ensuite, il se connecta au profil Facebook qu'il avait précédemment créé, posta la vidéo sur les murs Facebook d'Henrietta et de Douglas et les tagua.

Il ne lui restait plus qu'à attendre.

Il rangea son téléphone dans sa poche arrière et s'accouda au bar.

Tom vit Henrietta saisir son téléphone et glisser son doigt sur l'écran. L'instant suivant, elle cacha son iPhone sous la table. Douglas se tourna vers elle et lui demanda quelque chose.

Henrietta se leva sans répondre.

Elle se précipita vers les toilettes, le téléphone à la main. Tom voulait voir la réaction de Douglas, mais le petit ami n'avait pas encore découvert le film. Douglas desserra son nœud de cravate, se pencha vers le type de l'autre côté de la table.

Bah, ce n'était qu'une question de temps. Henrietta n'était toujours pas revenue.

Douglas jetait des coups d'œil vers les toilettes, semblant perplexe sur la disparition soudaine de sa petite amie. Il se mit à pianoter sur son téléphone. Tom supposa qu'il écrivait à Henrietta, lui demandait ce qui la retenait.

Les autres invités semblaient n'avoir rien remarqué, et continuaient à discuter joyeusement.

Douglas se leva brusquement de table, la bouche ouverte, les yeux fixés sur son téléphone. Il se précipita vers les toilettes. Tom le suivit.

Douglas se faufila devant deux femmes en criant le prénom d'Henrietta. Tom prétendit se laver les mains, regardant dans le miroir comment Douglas martelait la porte de la cabine.

– Sors de là et explique-moi ce que c'est que ce bordel ! cria Douglas.

La porte s'ouvrit lentement, le visage d'Henrietta apparut : rouge de larmes et gonflé.

Tom s'éloigna de quelques pas pour ne pas être vu. Henrietta essaya de calmer Douglas, mais il était trop bouleversé. Il la repoussa et passa en trombe devant Tom, quittant la Taverna Brillo sans dire au revoir à personne.

17.

Jörgen Olsén traversa la place Liljeholmstorget, un sac contenant un beef madras à la main. L'air était encore chaud. La sueur coulait le long de sa colonne vertébrale.

Il n'y avait pas grand-monde dans les rues. Quelque part, un chien aboyait.

Une voiture était garée au milieu de la place. Une BMW noire, brillante, aux vitres teintées. *Probablement un trafiquant de drogue*, se dit Jörgen.

C'était ça le problème en Suède. Les honnêtes gens ordinaires n'obtenaient rien. La seule chose qu'un contribuable laborieux pouvait espérer, c'étaient les week-ends, les vacances d'été et le voyage obligatoire de deux semaines en Thaïlande au mois de janvier. En tant qu'agent de sécurité, il pouvait s'amuser à tabasser des junkies ou des ivrognes à l'occasion, mais c'était loin d'être suffisant.

Il devrait partir à l'étranger. Ouvrir un bar, se trouver une jolie Thaïlandaise capable de cuisiner, faire le ménage et satisfaire sa bite. L'hiver dernier, ça s'était presque fait. Pas le bar, mais la femme.

Au Showroom à Pattaya, il avait rencontré Lucy, du moins c'est ainsi qu'elle disait s'appeler. Petite et mignonne comme une poupée. Bonne au lit. Amusante. Parlant un anglais correct. Jörgen avait pour règle de ne pas payer deux fois la même fille pour baiser pendant ces deux semaines. Mais le lendemain, lorsqu'il était retourné au Showroom et qu'il avait vu Lucy, il n'avait pas pu s'en empêcher. Sans savoir comment c'était arrivé, il s'était retrouvé à prendre le petit déjeuner avec elle sur une terrasse le lendemain matin. Le reste de son voyage, il l'avait passé avec Lucy. Elle s'était installée dans sa chambre d'hôtel. Elle le réveillait avec ses lèvres sur son cobra, comme cette Suédoise d'Hollywood Anna Anka avait déclaré à la télé avoir l'habitude de réveiller son mari. Un rêve devenu réalité. Jörgen s'était senti comme James Bond.

Le dernier soir, il lui avait proposé de rentrer avec lui en Suède.

À sa plus grande joie, elle avait accepté. Mais il y avait d'abord des choses pratiques à organiser, bien sûr.

Jörgen était rentré chez lui. Amoureux. Il l'appelait tous les jours après le travail. Il se comportait comme un ado en mal d'amour. Au bout d'une semaine, Lucy avait eu besoin d'argent. Il y avait un problème avec son loyer. Il avait joyeusement fait un virement de deux mille couronnes. La semaine suivante, c'était une de ses tantes qui était tombée malade. Qu'importe, avait pensé Jörgen, maintenant la famille de Lucy était la sienne et il n'allait pas faire la fine bouche.

La tante s'était rétablie, mais Lucy avait ensuite dû être opérée. Rien de grave : elle lui avait expliqué qu'elle voulait se faire belle pour son futur mari. Et qu'elle avait compris que les hommes suédois appréciaient les poitrines généreuses. Pouvait-il lui envoyer vingt mille couronnes pour une opération des seins ? Jörgen en fut tout enflammé. Il avait viré l'argent. Après l'opération, ils avaient skypé et Lucy portait un bandage autour de ses seins. Ils n'avaient pas l'air tellement plus gros, mais Lucy l'avait assuré que c'était la caméra qui le trompait. Jörgen l'avait suppliée pour qu'elle lui montre ses seins, mais Lucy avait refusé. Elle voulait attendre de les lui montrer quand ils se retrouveraient enfin.

Mais quelque chose ne tournait pas rond, Jörgen cogitait.

Presque deux mois s'étaient écoulés depuis qu'il avait quitté Pattaya. Quand viendrait-elle en Suède ? Chaque fois, quelque chose l'en empêchait. Finalement, il l'avait mise au pied du mur. Lucy avait pleuré. Expliqué qu'elle se languissait de lui, de la Suède et de leur nouvelle vie ensemble. Mais elle devait de l'argent au propriétaire d'un bar. Cinquante mille couronnes. Après, elle pourrait voyager. Jörgen vendit ses actions et lui envoya la somme.

Et puis... Silence radio.

Il lui avait fallu quelques semaines pour qu'il comprenne qu'il s'était fait plumer. Un ami lui avait recommandé une page Facebook appelée *Thaisluts Pattaya* où des Suédois se mettaient en garde les uns les autres contre les escroqueries. Parmi les posts, il y avait une photo de Lucy.

Quel genre de personne était capable de tromper les autres de manière aussi sournoise?

Jörgen composa le code de la porte de son immeuble et entra dans la cage d'escalier. Il fit quelques pas vers l'ascenseur, mais s'arrêta. La porte ne s'était pas refermée. Une femme blonde avait placé son pied dans l'encadrement. Elle était habillée comme une bourge. Costume bleu, chemise blanche. Elle était belle. Une MILF. Des seins qui bombaient sous les boutons de sa chemise.

– Jörgen Olsén?

Il fut surpris. La connaissait-il?

– Je peux vous aider?

– Je m'appelle Vanessa Frank et je suis de la police. Je dois vous parler.

Putain, c'était quoi ce bordel? Il avait lu un article dans l'*Aftonposten* sur une féministe qui haïssait les hommes et suggérait qu'il fallait poursuivre les Suédois qui avaient monnayé des rapports sexuels à l'étranger. Était-ce pour cela qu'elle était là? Putain. On faisait de son mieux pour faire le ménage parmi la racaille et autres vermines, pour rendre les rues plus sûres pour les citoyens ordinaires. On pouvait quand même bien s'amuser un peu lorsqu'on était en repos?

– Pouvons-nous parler chez vous? demanda-t-elle.

– De quoi s'agit-il?

– Je préférerais en discuter dans un endroit plus privé, dit-elle en désignant l'ascenseur.

Jörgen la dévisagea. Elle était trop belle pour être policière. Il était bien placé pour le savoir. Les policières auxquelles il avait affaire en tant qu'agent de sécurité pesaient généralement vingt kilos de plus. Elles étaient larges d'épaules, se déplaçaient comme des hommes, parlaient comme des hommes. Cette nana était presque aussi mince que Lucy.

Est-ce que ça pouvait être les potes qui étaient derrière tout ça ? Jörgen aurait quarante ans la semaine prochaine. Peut-être avaient-ils réservé une escort girl pour lui remonter le moral ? Mais en décidant d'abord d'en faire une blague.

– Qu'est-ce que vous en dites, vous avez le temps? demanda la blonde.

Jörgen ricana et s'écarta pour qu'elle puisse entrer dans l'ascenseur.

Il posa son plat à emporter dans la cuisine avant de s'asseoir sur le canapé, les jambes écartées. La blonde était restée debout au milieu du salon. Elle ne semblait pas pressée, laissant son regard errer dans la pièce. Elle s'attarda sur les posters de belles gonzesses bronzées en bikini et de voitures de sport accrochées aux murs.

– Déco intéressante, dit-elle. C'est comme si j'entrais dans la chambre de mon petit ami en 1989. La seule chose qui manque c'est le mouchoir froissé sur la table basse.

Quelle garce effrontée de venir ici et l'insulter. Une fois qu'il l'aura déshabillée, il faudra la punir avec sa matraque charnue. Elle aimait probablement la manière forte. Et sinon, ça n'en serait que plus marrant. Mais lorsqu'elle retira sa veste, il vit qu'elle portait un holster et un pistolet, et devint soudain hésitant. Si l'arme était factice, elle était exceptionnellement réaliste. S'était-il trompé sur toute la ligne?

– Vous et votre collègue, vous avez ramassé un certain Börje Rohdén sur le quai à Farsta, dit-elle.

Merde! La nana était vraiment flic. Ce bâtard de fil de fer les avait dénoncés. La prochaine fois qu'il le croiserait, il ne se retiendrait pas. Le poivrot avait signé son propre arrêt de mort.

– Nous avons jugé qu'il représentait un danger pour le public. Malheureusement, nous avons été contraints de lui mettre les menottes. Ce n'est jamais drôle, mais malheureusement, ça fait partie du travail, répondit-il machinalement.

Elle hocha la tête. Se gratta rapidement le nez sans le quitter des yeux. Quelque chose avait changé en elle. Son regard lui donnait la chair de poule.

– Écoute-moi bien, maintenant, Jörgen. Je sais qu'il n'est pas tombé contre un mur ou contre la table ou quoi que tu aies écrit dans le rapport. Mais tu as de la chance aujourd'hui. La seule chose qui m'intéresse pour l'instant, c'est la lettre.

– Quelle lettre?

Merde. Qu'est-ce qu'ils avaient fait de la lettre? Elle devait être restée dans la pièce sous le quai.

– Il avait une lettre sur lui. Toi ou ton collègue l'avez prise. Et si tu ne veux pas que *je* fasse un rapport imaginaire sur comment tu as reçu une balle dans le ventre après t'être cogné la tête sur la table, tu vas me la donner maintenant.

Bluffer, il devait bluffer. Ne rien lui donner qu'elle puisse utiliser contre lui. Son cerveau tournait à plein régime, mais il ne parvenait pas à en sortir quoi que ce soit de sensé. Bon sang elle lui faisait peur. Comment faisait-elle? Elle était juste plantée là à le regarder avec son regard à rayons X.

– Demande à tes deux neurones de communiquer plus rapidement entre eux, dit-elle en posant sa main sur son arme de service.

– Eh bien…

Elle fit un pas en avant. Attrapa son pistolet. Il eut la nausée.

– Il a dû la laisser tomber.

– Tu peux faire mieux que ça. Où l'a-t-il laissée tomber crois-tu?

– Dans la pièce. Enfin, là où nous les gardons en attendant vos collègues.

– Bien. Alors on y va.

18.

Tom choisit de passer par Kungsgatan. Il roula lentement. Les femmes étaient légèrement vêtues, aguichantes. Leurs corps se dessinaient sous des hauts moulants et des jeans serrés. Beaucoup portaient une jupe. Tom ne savait pas ce qu'il préférait. Bien sûr qu'il était excité par les mois chauds de l'année, mais il était aussi frustré, car il savait qu'il ne s'approcherait jamais de cette peau lisse et bronzée.

Peut-être que des pays comme l'Arabie saoudite n'avaient pas tort? Là-bas, les femmes étaient obligées de se couvrir pour ne pas attirer les hommes. Tom rêvait de partir vivre à l'étranger. Ici, c'était comme vivre dans des sables mouvants, chaque jour il devait lutter pour garder la tête hors de l'eau.

Il s'arrêta à un passage piéton et laissa passer quatre femmes. Elles ne regardèrent pas dans sa direction, ne le remercièrent même pas. Comme cela aurait été facile d'accélérer. De les faucher. De regarder leurs corps rebondir sur le capot.

– Espèce de salopes, maugréa-t-il.

Elles atteignirent le trottoir de l'autre côté et Tom poursuivit sa route.

Il ne voulait pas détester les femmes. Mais c'était plus fort que lui. Peut-être que cela avait déjà commencé avec sa mère, faible, dépressive et repoussante. Elle invitait à la maison toutes sortes d'hommes et écartait les jambes pour eux. Ils les battaient, elle et Tom, buvaient à longueur de journée, la baisaient la porte ouverte quand il rentrait de l'école. Et puis ils disparaissaient. Toujours. Sa mère pleurait, venait dans sa chambre la nuit, s'allongeait dans son lit et cherchait du réconfort.

Tu dois me promettre de toujours être gentil avec les filles, Tom.

Il frissonna. Détestait l'écho de cette voix criarde et plaintive qui résonnait encore en lui. Qui le définissait. Le détruisait.

À la fin du collège, le téléphone de la maison avait sonné. Jenny, la fille la plus populaire de la classe. Jenny, qui fumait en cachette, buvait de l'alcool fait maison et dont on disait qu'elle aurait couché avec un garçon du lycée dans l'aire de jeux à quelques rues de là. Elle avait demandé si Tom voulait la voir pour manger une glace.

Il s'était mis sur son trente et un. S'était douché. S'était parfumé. Avait mis le costume de bal de promo que sa mère avait acheté. Sa mère était fière. Elle avait aidé Tom à gominer ses cheveux. Lui avait donné de l'argent pour acheter des roses. Tom était arrivé au lieu de rendez-vous comme convenu – un banc au cœur de Farsta Centrum – en avance. Le soleil brillait. Le ciel était bleu. Il y avait du pollen dans l'air. Son cœur battait la chamade et ses mains moites collaient au Cellophane.

La première bombe à eau avait touché le sol un peu à côté de ses chaussures. La deuxième l'avait frappé de plein fouet à l'arrière de la tête. De l'urine jaune d'adolescent avait coulé sur sa chemise et sa veste. Les garçons de sa classe étaient arrivés en courant. Tom, paniqué, avait cherché une échappatoire. Mais ils étaient arrivés de toutes les directions. Comme une créature géante et hurlante, ils l'avaient attrapé et l'avaient traîné jusqu'à un parking souterrain. Il s'était pissé dessus. Il avait cru qu'il allait mourir. Ils l'avaient frappé à coups de pied et de poing. Ils avaient baissé son pantalon et enfoncé une bouteille vide dans son anus.

Tu as vraiment cru que Jenny voulait sortir avec toi, espèce de monstre?

Regarde ton costume, je parie que c'est ta mère dégoûtante qui l'a cousu.

Il avait sûrement l'intention de la violer.

Quand l'écho de leurs rires s'était éteint, il était resté par terre, haletant. Son costume était fichu. Sa mère s'était arraché les cheveux, avait pleuré et s'était enfermée dans sa chambre en le voyant. Tom avait roulé le costume et la chemise en boule et les avait jetés dans le vide-ordures.

Pourtant, il avait voulu changer. Il avait supposé que la faute lui incombait. Mais maintenant, il avait compris. C'était la faute du monde occidental. Il faisait partie des perdants. Un de ces hommes blancs et inutiles, moqués et ridiculisés chaque jour par les femmes qui écrivaient dans les journaux. Les putes médiatiques qui se prenaient pour de grandes prêtresses. Les gens ne comprenaient-ils pas ce qu'il se passait? Elles se présentaient comme les opprimées qui se défendaient. Mais qui avait le plus de pouvoir? Tom était un homme blanc. La société attendait de lui qu'il réussisse. Il n'en avait jamais eu l'occasion. Sa mère célibataire, le harcèlement, son apparence particulière. Il n'avait pas fait d'études supérieures. Il gagnait environ vingt-six mille deux cents couronnes brut. Comment avaient-elles le culot de le traiter de privilégié? Elles avec leurs tribunes dans les journaux nationaux, leurs comptes sur les réseaux sociaux avec des dizaines de milliers d'abonnés, leurs dîners avec le pouvoir en place et les politiques.

Toute la vie de Tom n'avait été qu'un appel à l'aide désespéré, étouffé par leurs voix.

Il s'arrêta au feu rouge de Kungsgatan.

Son téléphone sonna. Tom scruta l'écran avec surprise avant de répondre.

– Je le savais, sanglota Katja. Je le savais qu'il lui ferait du mal.

Elle semblait ivre.

– Je n'arrive pas à croire que Rakel soit morte.

– La police t'a interrogée?

– Oui.

– Qu'est-ce que tu leur as dit?

– La vérité, qu'elle était enceinte et qu'elle allait le lui dire. Elle m'a écrit qu'elle avait peur.

Tom était trop furieux pour lui parler.

– Je suis au boulot, dit-il. Je dois raccrocher maintenant. Rappelle-moi s'il y a quoi que ce soit Katja, quand tu veux. Je suis là pour toi.

Ils mirent fin à la communication.

Sa colère à la suite des événements dans le parking souterrain, il ne l'avait pas dirigée contre les garçons qui l'avaient maltraité. Non, il était plus malin que cela. C'était Jenny qui l'avait piégé. C'était elle que Stefan, Max, Jonny et les autres camarades de classe voulaient impressionner. C'était Jenny et la promesse de sa chatte qui avaient été le poison ayant tout déclenché. Dès l'enfance, les garçons se jugeaient les uns les autres d'après leur capacité à attirer les filles. Si les filles de la classe n'avaient pas fait de grimaces à Tom, n'avaient pas froncé le nez de dégoût, ri de ses vêtements, les garçons l'auraient laissé tranquille.

Celui qui ne comprenait pas cela était un idiot.

Derrière lui, une voiture klaxonna, le feu était passé au vert.

Tom prit à droite, quitta Sveavägen, s'engagea dans les petites rues en direction de Malmskillnadsgatan. Sur les trottoirs et aux coins des rues, des femmes à la peau sombre se déplaçaient dans des robes courtes. Les voitures ralentissaient, les vitres se baissaient. Les femmes se penchaient en avant, négociant le prix de leurs services.

Tom se gara sur une place de livraison vide.

Il rêva de ce que cela ferait de s'acheter une pute à la peau sombre. Il avait lu sur Internet que tirer un coup coûtait mille couronnes. Ce n'était pas qu'il ne pouvait pas se le permettre. Mais il ne voulait pas s'humilier. Ce serait comme s'agenouiller. Céder au système. Bien sûr, dans certaines voitures, il y avait des hommes qui n'auraient pas besoin de payer pour une relation sexuelle, qui ne le faisaient que pour s'amuser un peu.

Mais Tom n'était pas comme eux. Pour lui, le seul moyen d'avoir des relations sexuelles était de se payer une pute. Et même dans ce cas, il enfreindrait la loi. La société – les politiques et les féministes – lui avait retiré ce droit. À lui et à des milliers d'autres hommes. Qu'est-ce que la société voulait qu'ils fassent ?

Une des putes le repéra, se dandina jusqu'à sa voiture, la bouche boudeuse. Des cuisses grasses sous une robe jaune fluo moulante. *Non, merci.* Tom secoua la tête et lui fit signe de partir.

Les femmes le méprisaient. Les hommes se moquaient de lui. On lui refusait ce que les autres humains considéraient comme acquis.

L'amour.

L'intimité.

Il était un fantôme que personne ne voyait, que personne ne voulait affronter.

Parfois, il avait imaginé attirer une de ces femmes dans sa voiture, partir et la violer. L'étrangler ou la poignarder. Laisser son corps pourrir dans un fossé. Personne ne s'en soucierait. Personne à part la famille gambienne de la femme. La police ne chercherait pas à retrouver une pute morte qui n'était probablement même pas autorisée à entrer dans le pays. Le proxénète ne prendrait probablement même pas la peine de le signaler. C'était précisément là qu'était le problème. Si on voulait se battre pour quelque chose, il fallait le faire correctement. Faire changer les choses par le sang et la peur.

Tom se gara au sous-sol, tira la bâche sur la voiture et monta dans son appartement étouffant.

Il contrôla la caméra de surveillance. Il ouvrit son frigo, resta un moment à se rafraîchir avant de sortir le récipient dans lequel il conservait son sperme. Dans quelques jours, il vaudrait beaucoup d'argent. Mais s'il avait bien compris, il devait le remplacer chaque semaine pour qu'il soit utilisable. C'était peut-être la dernière fois.

Il passa la brosse à vaisselle sur le plastique, rinça. Retira son pantalon et son caleçon et retourna à son bureau. Il choisit quelques photos de femmes mortes et ensanglantées qu'il avait téléchargées et imprimées et remplit le petit récipient en plastique avec sa semence.

Ensuite, il ouvrit toutes les fenêtres pour créer un courant d'air. Il sortit sur le balcon. Tom regarda la rue en contrebas. Il se sentait purifié, à nouveau capable de penser à autre chose qu'à son membre palpitant.

19.

Vanessa avait le cœur qui battait à tout rompre lorsqu'elle gara sa BMW devant le poste de police de Västberga.

Elle sentait qu'elle était sur le point de faire une percée. Börje Rohdén était assis sur la couchette, tel qu'elle l'avait laissé deux heures et demie plus tôt.

– Vous l'avez?

Vanessa, qui avait caché la lettre derrière son dos, l'agita en l'air.

– J'ai rempli ma part du marché.

Börje hocha la tête, sans quitter la lettre du regard.

– Samedi, je suis parti de Junibacken pour continuer à chercher Eva. Je ne sais pas si ce que j'ai vu est important, mais je pense que ça l'est.

Vanessa s'assit et lui tendit la lettre.

– Qu'as-tu vu, Börje?

– Un homme frapper chez Oscar Sjölander.

Vanessa retint son souffle.

– Tu en es sûr? Tu n'avais pas... elle se tut, attrapa une bouteille imaginaire et la leva à son menton.

– J'étais sobre. C'était avant qu'ils ne trouvent Eva.

Vanessa comprit à la manière dont Börje avait dit *trouvent* qu'Eva n'était plus en vie. Mais elle ne pouvait pas s'y attarder, risquer qu'il s'effondre, arrête de parler.

– Que s'est-il passé ensuite?

– C'est une femme aux cheveux bruns qui a ouvert la porte. Je m'en souviens, parce que ce n'était pas Therese, la femme d'Oscar. Elle est gentille, elle, y a rien qui cloche chez elle. Quand Oscar n'était pas là, elle venait même nous rendre visite.

Vanessa lui montra une photo de Rakel Sjödin sur son téléphone.

– Ça pourrait bien être elle, déclara Börje. Elle l'a fait entrer.

– La voiture d'Oscar Sjölander était-elle là?

– Elle n'y était pas.

Ce que Börje racontait donnait un tout autre éclairage à l'enquête. Un homme que Rakel Sjödin avait fait entrer le matin même de sa disparition. Et de plus *après* qu'Oscar Sjölander fut parti.

– Peux-tu décrire cet homme? demanda Vanessa.

Börje secoua la tête.

– Non malheureusement.

– Avait-il une voiture?

– Dans ce cas, je ne l'ai pas vue. Mais il y a une chose que je peux dire, c'est qu'il était en uniforme.

Vanessa regarda fixement Börje.

– En uniforme?

– Une sorte d'uniforme. Bleu? Gris? Pas très différent de celui que tes collègues portent.

– Un uniforme de police? demanda Vanessa en jetant un coup d'œil vers la porte.

– Peut-être.

Vanessa posa une carte avec son numéro de téléphone portable sur la lettre sur les genoux de Börje.

– Merci de m'avoir raconté ceci, dit-elle en le regardant dans les yeux.

Il hocha la tête. Vanessa s'arrêta à mi-chemin vers la porte.

– Jörgen Olsén a retiré sa plainte contre toi.

Börje resta silencieux. Il continua à passer la paume de sa main sur la lettre.

– Tu as trimballé cette lettre tout ce temps sans la lire? demanda-t-elle.

– Tu penses que je devrais?

– Eva a choisi de l'écrire. Aussi difficile qu'elle soit à lire, je peux t'assurer qu'elle a été plus difficile à écrire.

Vanessa posa une main sur son épaule et lui sourit rapidement avant de se retourner et de quitter la cellule.

Elle s'assit dans la voiture, mit le moteur en route, mais resta sans bouger, les mains sur le volant.

Ce que Börje avait raconté changeait tout. Plus tôt durant la journée, Vanessa avait appelé Nicolas pour lui demander d'aller rendre une nouvelle visite à Ivan Tomic en prison le plus tôt possible, pour savoir ce que Karim n'avait pas voulu leur raconter à elle et à Ove : qui étaient ses ennemis et, par extension, quels autres détenus auraient pu déposer des preuves dans sa cellule. Nicolas aurait une meilleure chance d'obtenir quelque chose d'Ivan. Les criminels n'aimaient pas parler à la police sauf si cela leur était profitable.

Il y avait indéniablement un lien entre les meurtres d'Emelie et de Rakel – pas entre les victimes, outre leur âge et leur sexe, mais entre leurs auteurs présumés. Ils étaient violents envers les femmes, ce qui faisait d'eux des suspects potentiels dans n'importe quelle enquête. Et ce n'était pas tout. Vanessa sentit les poils se dresser sur ses bras alors qu'elle laissa son esprit vagabonder. Une personne connaissant le travail de la police lorsqu'une femme était assassinée pouvait avec très peu de moyens désigner un coupable. Orienter l'enquête dans une mauvaise direction. Même si les preuves étaient insuffisantes, cela pouvait être assez pour avoir soi-même le temps de s'enfuir, de détruire les preuves.

Emelie Rydén et Rakel Sjödin n'avaient peut-être pas été choisies pour elles-mêmes – c'étaient les hommes violents dans leur vie qui avaient fait d'elles des victimes toutes désignées.

PARTIE VI

Il y aura encore beaucoup d'autres tueries de masse.

Nom d'utilisateur : Red Pill Robert.

1.

L'odeur du pain fraîchement sorti du four, du café et des crêpes réveilla complètement Vanessa lorsqu'elle poussa la porte du Mellqvist Kaffebar sur Rörstrandsgatan. Il était à peine sept heures passées, et les habitants branchés de Stockholm buvaient des cappuccinos et lisaient leur journal en survêtement. Mikael Kask et Ove Dahlberg, tous deux en jean et chemise, lui firent signe de la main.

Vanessa commanda un croissant avec du jambon Serrano et du fromage avant de remplir sa tasse à un Thermos de café et de rejoindre ses collègues.

– Oscar Sjölander pourrait donc être innocent? constata Mikael Kask en grattant sa barbe de trois jours soigneusement entretenue.

Vanessa repensa à ce qu'Ove avait raconté sur lui et Trude.

– J'ai aussi quelque chose à dire, mais à propos de l'affaire Emelie Rydén, dit Ove. J'ai visionné le film de la dernière visite d'Emelie à la prison d'Åkersberga. Elle a demandé un stylo à l'accueil. D'après ce que j'ai pu voir, elle ne l'a pas rendu.

Mikael Kask se passa la main dans les cheveux.

– Okay. Commençons par Emelie Rydén. L'auteur du crime devait donc se trouver au centre de détention d'Åkersberga. Peut-être un visiteur? Le membre d'un autre gang qui aurait voulu faire du mal à Karim et qui s'en serait donc pris à Emelie? Qu'en dit-il?

Vanessa jeta un coup d'œil à l'horloge murale. Dans quelques heures, Nicolas devait se rendre à la prison pour essayer de découvrir, par l'intermédiaire d'Ivan Tomic, qui étaient les ennemis de Karim au centre de détention d'Åkersberga. Mais Vanessa ne pouvait pas le leur dire.

– Il ne dit rien, dit Ove. On a vraiment essayé.

– Comment voulez-vous procéder? demanda Mikael.

– Je veux essayer de trouver un lien entre les meurtres, répondit Vanessa.

Ove et Mikael la regardèrent fixement. Elle savait déjà qu'ils réagiraient à peu près de cette manière et prit une bouchée de son croissant. Des miettes tombèrent sur ses genoux.

– Il n'y a absolument aucune similitude, à part le fait que ce soit deux femmes du même âge, protesta Mikael.

– Pas entre elles. Mais entre les hommes qui ont été identifiés comme suspects potentiels. Tous deux sont connus pour avoir été violents envers les femmes, à des degrés divers. Nous avons enquêté sur l'entourage des victimes, sommes tombés sur Oscar Sjölander et Karim Laimani et sommes restés bloqués là. Karim s'est avéré être une erreur. Et maintenant, Oscar aussi.

– Tu oublies…, commença Ove.

– Les preuves scientifiques? Dans le cas de Karim, je suis persuadée qu'elles ont été placées dans la cellule. Dans le cas d'Oscar, nous avons retrouvé l'arme du crime et son pull dans un sac en plastique à une cinquantaine de mètres de sa maison. Je dirais qu'il y a un lien.

– Ça me semble un peu tiré par les cheveux.

Vanessa regarda son chef d'un air suppliant.

– Donne-nous encore quelques jours. Nous devons découvrir qui d'autre était au courant de la relation entre Oscar et Rakel.

– Je peux reparler à Katja, dit Ove en regardant Mikael Kask d'un air interrogateur. Peut-être qu'elle connaîtrait quelqu'un d'autre au courant leur relation.

Le chef de la Crim' soupira et leva les mains.

– Vanessa?

– Je dois interroger Therese Sjölander.

– Pourquoi ça?

– Parce que lors d'un interrogatoire elle a mentionné que leur fille s'était réveillée quelques nuits avant parce que quelqu'un était dans sa chambre. Nous n'y avons pas accordé d'importance, puisque tout accusait Oscar Sjölander.

Mikael Kask porta sa tasse de café à ses lèvres et prit une gorgée.

– Bon, allez-y, dit-il avec résignation.

2.

Ivan Tomic se leva lorsque Nicolas entra dans le parloir. Il portait les mêmes vêtements que la dernière fois. Du gris sur le haut et le bas du corps. Des sandales noires. Ses cheveux avaient légèrement poussé, ce qui lui donnait l'air plus jeune, plus proche du garçon qui avait été le meilleur ami de Nicolas.

– J'ai été surpris que tu veuilles me revoir, dit Ivan en lui tendant la main et Nicolas la serra. Mais content.

Ils prirent place. Nicolas se rappela pourquoi il était ici. Il détestait Ivan. Tout son côté machiste et sa rengaine d'être un mâle alpha. Mais Vanessa avait besoin de son aide pour retrouver l'assassin d'Emelie Rydén. Une dernière faveur, avant Londres. Si cela n'avait pas été important, elle ne le lui aurait pas demandé. Vanessa allait lui manquer. Son humour sec et discret. Son sarcasme. C'était l'une des personnes les plus particulières qu'il ait jamais rencontrées. Pleine de contradictions. Absolument impitoyable avec ses ennemis. Mais sous cette armure se cachait une personne douce, vulnérable et solitaire qui lui était d'une loyauté sans faille.

Ivan regardait Nicolas, attendant qu'il dise quelque chose.

– Maria te passe le bonjour, mentit Nicolas.

– Comment elle va?

– Bien.

– Et toi?

– Je quitte la Suède samedi pour travailler à Londres. Tu as l'air d'aller mieux. (Nicolas mit son doigt sous son œil pour qu'Ivan comprenne qu'il faisait référence à l'œil au beurre noir qui avait pris une couleur jaune pourpre depuis sa dernière visite.) Qui t'a fait ça?

Il avait à peu près prévu ce qu'il allait dire. Comment il allait l'inciter à parler.

Ivan se pencha sur la table. Il lui fit un clin d'œil complice et baissa la voix.

– Karim. Le type soupçonné d'avoir tué son ex à Täby, tu sais.

Nicolas cacha sa surprise.

– Tu le connais?

– C'est un con. Il se vante surtout d'être dangereux. Beaucoup de paroles, pas beaucoup d'action. Quelqu'un va lui faire la peau dès qu'il sera dehors. Il a énervé trop de monde ici.

– Qui?

Ivan le regarda attentivement.

– Personne que tu connais.

Ivan croisa ses mains et les posa sur la table.

– Mais c'est bizarre qu'il lui soit arrivé la même chose qu'à Eyup.

Nicolas réfléchit. La conversation devait porter sur Karim, c'était ce que voulait Vanessa. Mais Ivan avait éveillé sa curiosité.

– Eyup?

– Le mec dont je t'ai parlé la dernière fois. On a pas mal traîné ensemble ici, et il est venu me voir après sa sortie. Quelques semaines plus tard, les flics l'ont à nouveau chopé. Ils pensaient qu'il avait tué sa gonzesse.

– Et il l'avait fait?

Ivan fit claquer sa langue et secoua rapidement la tête.

– Victoria ressemblait à une actrice porno. Elle voulait probablement en être une d'ailleurs. Elle lui rendait souvent visite. Tu sais, quand on se retrouve en tôle, les relations, ça résiste pas trop. Mais entre eux – non. Au contraire. Elle était ici au moins une fois par semaine, elle lui envoyait des photos d'elle nue. Il me laissait sentir ses doigts après… oui, enfin, tu vois. Moi j'aurais jamais pu avoir une meuf qui se comporte comme une pute comme ça.

Ivan renifla, montrant ses dents. Nicolas se força à sourire, à jouer ce jeu qu'il détestait. Il fut frappé du fait que les hommes qui avaient grandi sans sœur – comme Ivan – ne comprendraient probablement jamais pleinement ce que cela signifiait être une fille ou une femme.

– Victoria était spéciale donc. Certains parloirs sont surveillés par des caméras. Personne ne veut de ces pièces-là, sauf Eyup et Victoria. Les matons aimaient bien quand Eyup avait de la visite, ils se tenaient près des écrans et les regardaient baiser. Elle prenait son pied, lui aussi. Les gens sont plus tarés qu'on ne le croit.

Au bout d'une demi-heure, ils se quittèrent. Nicolas marcha lentement dans le couloir, récupéra ses affaires personnelles auprès du gardien à l'accueil et quitta la prison.

Une fois le portail franchi, il se retourna, contempla le bâtiment lugubre, la haute clôture qui l'entourait. Rien de ce que Nicolas croyait que Vanessa voulait savoir sur Karim n'était sorti. Mais Eyup, l'ami d'Ivan, avait donc été soupçonné d'avoir assassiné sa petite amie juste après avoir été libéré. Les similitudes avec Karim étaient frappantes.

Nicolas prit son téléphone. Il composa le numéro que Vanessa utilisait pour ses informateurs. Elle ne répondit pas. Il raccrocha sans laisser de message et se dirigea vers l'arrêt de bus.

3.

Une sonnerie stridente retentit à l'intérieur de la grande maison. Au-dessus de la serrure se trouvait le clavier pour le code. Vanessa recula de quelques pas. Les stores côté façade de la villa blanche de la famille Sjölander étaient baissés. Dans la maison voisine, Vanessa perçut un mouvement. Une femme d'un certain âge l'observait, à moitié cachée derrière un rideau. Quand la voisine curieuse se rendit compte qu'elle avait été repérée, elle recula d'un pas rapide.

Vanessa sonna à nouveau.

– Qui est-ce?

Une voix de femme. Rauque. Creuse. Elle ne correspondait pas aux images de Therese sur les tapis rouges et aux premières de cinéma.

– Vanessa Frank. Enquêtrice à la Crim'. (Elle présenta sa carte de police devant le judas, mais rien ne se produisit.) Pouvez-vous ouvrir?

– J'ai déjà dit tout ce que je savais. Je veux qu'on me laisse tranquille.

Vanessa avait pitié de Therese Sjölander. En l'espace de quelques jours, sa vie avait complètement basculé. Même si les médias traditionnels n'avaient pas nommé son mari, tout le monde savait qui était la *star de la télévision*. Les détails de sa vie, les infidélités de son mari, ses liaisons et les violences qu'il avait commises avaient été étalés sur la place publique.

– C'est important, dit Vanessa avant d'entendre à son soulagement la porte se déverrouiller.

Therese Sjölander avait des cernes sombres sous les yeux, ses cheveux n'étaient pas lavés, son tee-shirt était couvert de taches. Elle sentait l'alcool. La fumée de cigarette. La pénombre de la maison contrastait fortement avec la lumière éclatante du soleil dans la rue. Therese se retourna et précéda Vanessa dans une cuisine équipée à grands frais.

Sur le mur derrière la table se dessinait un grand rectangle d'une couleur plus foncée que le reste du papier peint bleu.

– Il y avait une photo encadrée de la «famille» ici, dit Therese en suivant le regard de Vanessa. Que voulez-vous savoir? Ce que j'ai ressenti quand il m'a frappée? Me montrer la photo d'une nouvelle jeune de vingt ans qu'il se tapait? Me demander si j'étais au courant?

Les restes du cadre, éclats de bois et de verre, étaient éparpillés sous la table.

– Je comprends que…

– Vous comprenez que dalle! cria Therese en renversant la chaise. Vous ne comprenez pas ce que c'est d'avoir sa vie exposée de cette manière. Posez vos putains de questions et foutez-moi la paix.

Therese se dirigea vers un tiroir de la cuisine et en sortit une bouteille de whisky à moitié pleine. Elle tendit la main vers l'évier et posa avec fracas un verre humide sur la table. Elle le remplit.

– Vous avez raison, dit Vanessa. Je ne peux pas comprendre.

Therese porta convulsivement le verre à sa bouche, but à petites gorgées. Sa main tremblait.

– Vous avez dit lors de l'interrogatoire que votre fille avait raconté qu'un homme était dans sa chambre?

– Oui?

– Vous souvenez-vous de la date?

– Deux jours avant d'aller à l'enregistrement de l'émission et de rencontrer cette put… celle avec qui mon mari avait une liaison.

Therese remit la chaise en place, sortit un paquet de Marlboro de la poche de son pantalon de survêtement, et d'une main tremblante alluma une cigarette.

Vanessa vérifia la date sur son téléphone portable. Elle fut surprise de constater qu'elle n'avait presque pas de réseau. La nuit du jeudi 2 mai. Trois jours avant la disparition de Rakel.

– Y a-t-il des éléments qui laissent penser que Josephine disait la vérité? Que ce n'était pas un rêve?

Therese secoua la tête et s'assit lentement sur sa chaise.

– Rien n'a disparu? demanda Vanessa.

– Non.

Therese tira une bouffée. La cendre luttait contre la gravité, mais elle ne fit aucun geste pour la faire tomber.

– Qui aurait pu savoir qu'Oscar allait rencontrer Rakel Sjödin après l'émission?

Therese la regarda fixement, la cendre tomba sur la table.

– Vous voulez dire qu'il se serait vanté de se taper une gamine de vingt ans? Il ne m'a rien dit à moi en tout cas.

Les techniciens informatiques n'avaient trouvé aucune communication indiquant qu'Oscar avait discuté de son rendez-vous avec Rakel avec quelqu'un d'autre, que ce soit depuis son ordinateur ou l'un de ses deux téléphones portables. Il semblait avoir mené l'affaire discrètement.

– Pourquoi me posez-vous ces questions?

La voix, qui avait été fluette, se fissura. Therese écrasa sa cigarette sur le plateau de la table et toussa.

– Je ne fume même pas. J'étais infirmière avant de sacrifier ma carrière pour m'occuper de l'entreprise d'Oscar. Régler les factures, organiser les conférences, m'occuper des enfants. Tout ça pendant qu'il brillait, qu'il était le beau et gentil garçon dont rêvait tout le peuple suédois.

– Vous croyez peut-être que j'essaye de me faire bien voir, mais je comprends de quoi vous parlez. J'ai moi aussi vécu avec un homme célèbre. Je sais à quel point ça éblouit. Tout le monde est ébloui. Nous aussi, nous qui sommes le plus près. Et nous…

– Nous nous tenons si près de la lumière que nous en devenons aveugles. Qui?

– Svante Lidén. Le metteur en scène. Ou le dramaturge, comme il se nomme lui-même.

Therese prit le paquet de cigarettes, le secoua, constata qu'il était vide.

– Je dois juste… j'en ai un autre là-bas.

Vanessa ouvrit l'appli de communication Signal pour voir si Ove l'avait contactée. La réception était trop mauvaise.

– Puis-je emprunter le code de votre WiFi? demanda Vanessa à Therese.

– Le mot de passe se trouve sous le routeur. Là, dans le salon.

Therese se tenait à la fenêtre, elle avait à moitié relevé les stores et elle regardait dans la rue. Elle désigna l'appareil blanc sur un meuble de télévision en bois foncé, où clignotait une petite lumière verte.

Vanessa tendit la main pour retourner le routeur, mais la retira en plein mouvement. Elle se souvenait tout à coup de Celine et de ce qu'elle avait dit à propos de son utilisation du WiFi de Nicolas.

– Quelqu'un est-il entré dans la maison depuis la perquisition? demanda Vanessa.

Therese se plaça derrière elle.

– Non.

Une fois que Vanessa eut appelé Trude depuis le téléphone portable de Therese et lui eut demandé d'appeler un technicien informatique et de se rendre aussi vite que possible à Bromma, elles retournèrent s'asseoir dans la cuisine.

Vanessa désigna d'un geste interrogateur le paquet de cigarettes posé sur la table et Therese lui passa le briquet. Elle alluma la cigarette, se leva, sortit une assiette de l'évier et la posa entre elles.

– Oscar sera-t-il condamné? demanda Therese, qui semblait moins hostile. Je veux dire, on lit tout le temps des histoires sur des hommes qui s'en tirent. Malgré les preuves.

Vanessa souffla la fumée. Ça n'avait pas aussi bon goût qu'elle l'avait imaginé. Les choses le sont rarement quand on en a été privé un certain temps.

– Est-ce que ça a de l'importance? Pour vous, je veux dire?

– Je ne crois pas.

Therese lança au cendrier improvisé un regard étonné, comme si elle n'avait pas remarqué que Vanessa l'avait posé là.

– Le pire, c'est que je n'ai pas accordé la moindre pensée à Rakel. Je sais qu'ils ont retrouvé son corps dans l'eau, qu'elle a été poignardée. (De la fumée blanche s'échappa du nez de Therese.) Elle était belle. Jeune. Oscar est un con. Ça au moins, je le sais. Mais je ne crois pas qu'il l'ait tuée. Il pouvait péter les plombs, il pouvait frapper, mais poignarder quelqu'un? Encore. Et encore…

Therese secoua la tête.

Trude Hovland posa son ordinateur portable sur le sol et s'accroupit à côté de Vanessa près du meuble de télévision. Elle enfila des gants en latex et retourna le routeur avec précaution.

– Allumez la lampe, demanda Trude à Therese Sjölander qui se tenait derrière elles.

Trude s'assit en tailleur, l'ordinateur sur les genoux et demanda à Vanessa de lire le mot de passe qu'elle tapa fébrilement sur les touches.

– Tu vois quelque chose? demanda Vanessa.

Therese Sjölander alluma une nouvelle cigarette. Trude renifla l'air d'un air désapprobateur, mais continua à travailler sur l'ordinateur.

– Entre le 1er et le 2 mai? marmonna Trude avant de s'arrêter de taper sur le clavier et de fixer l'écran. Merde!

Vanessa se pencha par-dessus l'épaule de Trude pour essayer de comprendre ce qui l'avait fait s'arrêter. Fond blanc. Des petites lettres noires. Vanessa ne comprenait rien.

– Dans la nuit du mercredi au jeudi, à 3 h 02, un nouvel appareil a été connecté au routeur, dit Trude. Un ordinateur portant le nom de *Blackpill*.

– Qu'est-ce que tu peux voir d'autre?

– Rien, à part ça. Mais je ne suis pas technicienne informatique. Il va bientôt arriver.

4.

Ove Dahlberg dévisagea Katja Tillberg. La fenêtre était ouverte, deux chiens s'aboyaient dessus dans la rue.

– Pouvez-vous répéter ça?

Il rapprocha son téléphone portable de Katja, vérifia d'un coup d'œil rapide, pour la cinquième fois, que la conversation était bien enregistrée.

– Mon oncle Tom travaille comme gardien de prison.

– Où ça?

Il se força à garder une voix calme, ne pas montrer à quel point il était excité.

– Au centre de détention d'Åkersberga.

Le lien. Vanessa avait raison. Quelle femme intelligente! Belle. Drôle. Mais avant tout, sacrément intelligente. Il l'avait tout de suite compris lorsqu'ils s'étaient présentés l'un à l'autre. Qu'ils aillent se faire foutre tous ces bâtards au commissariat central qui la dénigraient dans son dos. Elle valait mieux qu'eux tous réunis.

– Et votre oncle savait donc que Rakel Sjödin avait une relation avec Oscar Sjölander?

– Oui, je lui ai raconté. Je raconte tout à Tom. Nous sommes très proches. Mais qu'est-ce qu'il a à voir là-dedans?

Ils s'étaient concentrés sur les codétenus, sur les proches qui leur rendaient visite en prison. Peut-être était-ce ce Tom qui avait accueilli Emelie lors de sa dernière visite et lui avait tendu le stylo?

– Quel est son nom complet et où habite-t-il? demanda Ove d'une traite.

Katja plissa le front.

– Tom Lindbeck, dit-elle. Il habite à Essinge brogata. Mais il n'a rien à voir avec tout ça. Il est timide. Gentil. Quand ma mère est morte, c'est lui qui s'est occupé de moi. Il ne ferait jamais de mal à une mouche.

Le regard d'Ove se posa sur la demi-brioche tressée qui se trouvait sur le plat entre eux. Il pouvait bien s'en offrir un petit morceau? Il attrapa une tranche et la porta à la bouche.

– Avez-vous une photo de lui?

Ove déglutit, balaya les miettes au coin de sa bouche.

Katja hocha la tête, sortit son téléphone, tapota dessus et le tendit à Ove. C'était bien le gardien qui était à l'accueil de la prison d'Åkersberga. Il s'était occupé de leur enregistrement les deux fois où ils y étaient allés pour interroger Karim Laimani. Et, comme Ove le soupçonnait, c'était aussi lui qui, sur la vidéo de surveillance, avait donné à Emelie Rydén le stylo. C'était lui l'homme de la tentative de viol dans le parc de Rålambshov.

Ove lui rendit son iPhone.

– Votre oncle s'y connaît-il en technologie?

– Que voulez-vous dire?

– Est-ce qu'il est doué avec les ordinateurs et ce genre de choses?

Katja éclata de rire.

– C'est un vrai mordu d'informatique. C'est son grand hobby, à part la photographie. Il travaillait comme photographe avant, c'est lui qui a pris ces photos, dit Katja en montrant les photos encadrées.

Les proches qui rendaient visite aux détenus laissaient leurs téléphones et leurs tablettes. Tous les objets de valeur étaient enfermés dans un casier à l'accueil. Tom Lindbeck aurait pu pirater le téléphone d'Emelie. C'est ainsi qu'il avait su qu'Emelie serait seule à la maison le soir de son meurtre. Elle l'aurait reconnu et l'aurait laissé entrer. Tom Lindbeck avait pris le contrôle des téléphones portables. Il pouvait suivre ses victimes. Écouter leurs appels. Lire leurs SMS.

Ove fixa son propre téléphone.

Les policiers n'échappaient pas à la règle qui veut que l'on remette ses effets personnels lors des visites et des interrogatoires en prison. Tom Lindbeck se trouvait-il aussi dans son téléphone ? Et dans celui de Vanessa ? Dans ce cas, ils étaient tous les deux en danger. Il savait qu'ils se rapprochaient.

Ove se leva et tendit la main à Katja.

– Merci pour votre aide. Nous restons en contact.

Il referma la porte de l'appartement et descendit la cage d'escalier.

Son téléphone lui brûlait la main. Ove transpirait. Il devait juste se rendre au commissariat central. Prendre un autre téléphone. Appeler Vanessa. Les cabines téléphoniques avaient disparu depuis longtemps, jusqu'à présent, elles ne lui avaient jamais manqué. Ove avait envie de le dire à Vanessa, il aimait la faire rire.

Ove appuya sur la poignée et s'apprêta à ouvrir la porte lorsqu'il entendit un bruit derrière lui.

5.

Vanessa se gara dans le parking à étages du luxueux grand magasin NK, descendit de voiture, s'appuya contre la carrosserie et attendit. Elle grimaça. Sa bouche avait un goût de cendre.

Après Nicolas, elle devait retrouver Trude Hovland et Ove au commissariat central. Elle était tendue. La découverte que quelqu'un avait eu accès au réseau de la famille Sjölander deux jours seulement avant l'assassinat de Rakel Sjödin changeait tout. Avec un peu de chance, Trude aurait quelque chose de plus à leur apprendre sur cet ordinateur qui s'était connecté. Plus tôt, Trude avait expliqué, sans entrer dans les détails, qu'une fois qu'on se trouvait dans le réseau sans fil de quelqu'un, ce n'était pas très difficile de s'introduire dans les autres appareils. Portables, tablettes, ordinateurs. Ce qui pourrait expliquer comment l'homme que Börje Rydén avait vu entrer avec Rakel savait qu'elle se trouvait dans la maison. Mais pourquoi elle?

Nicolas arriva le long des rangées de voitures de luxe garées, Vanessa lui fit signe de la main et retourna s'asseoir au volant. Il ouvrit la portière côté passager.

– Tu l'as vu?

– Lui et Karim ne sont pas franchement amis. Au contraire. Ils se détestent. Apparemment, Karim n'est pas apprécié.

– Qui l'eût cru, dit Vanessa d'un ton sarcastique.

Elle sentit son moral baisser. Jeta un coup d'œil à sa montre. Ove et Trude l'attendaient à Kronoberg.

– Mais il m'a dit autre chose qui je pense pourrait t'intéresser. Connais-tu le nom Eyup Rüstü?

Vanessa réfléchit et secoua la tête.

– Il était en prison en même temps qu'Ivan, dit Nicolas. Il a été libéré cet été. Un peu plus tard, il a été interpellé, soupçonné d'avoir assassiné sa petite amie. Il a été relâché. Le meurtrier court toujours.

– Il y a quelque chose dans cette histoire qui me fait peur, dit Vanessa. Les hommes qui tuent les femmes avec lesquelles ils sont ou ont été en couple, c'est courant. La jalousie, les ruptures, les disputes à propos des enfants. Nous les identifions souvent rapidement. Karim Laimani est l'agresseur type. Violent. Criminel. Auparavant, il avait proféré des menaces de mort envers Emelie. Il avait son sang sous ses chaussures. Un de ses cheveux. Mais ce n'était pas lui.

– Comment le sais-tu ?

Elle pouvait faire confiance à Nicolas autant qu'à elle-même. Si ce n'est plus.

– Un alibi. Durant sa permission de sortie, il a violé une femme au moment où Emelie Rydén était assassinée. Karim et deux autres hommes.

Nicolas la dévisagea.

– Pourquoi…

– Parce qu'elle ne veut pas que ça se sache. Je ne suis pas d'accord, mais c'est son droit. Je n'ai pas non plus donné son nom à mes collègues.

Une femme élégamment habillée passa devant le capot, ses luxueux sacs de shopping à la main. Vanessa s'interrompit et l'observa.

– Hier, un témoin a déclaré avoir vu Rakel Sjödin ouvrir la porte à un homme en uniforme. Aujourd'hui, nous avons découvert que quelqu'un s'était connecté au routeur de la famille Sjölander. Cette personne a probablement pu suivre les communications d'Oscar et de Rakel et ainsi savoir qu'ils se trouvaient dans la maison d'été à Tyresö.

Nicolas réfléchit.

– Donc Oscar Sjölander ne l'a pas tuée?

– On dirait que non.

– Crois-tu qu'il y ait un lien entre Emelie et Rakel?

– Je ne sais pas. Elles n'ont rien en commun. Elles étaient jeunes, belles, mais à part ça, rien. Sauf que nous avons d'abord eu un coupable évident et que maintenant nous n'en avons plus.

Après la découverte dans la villa de la famille Sjölander, Vanessa avait demandé aux techniciens d'examiner le routeur d'Emelie Rydén. Mais pour l'instant, ils n'avaient trouvé aucune connexion inconnue.

– Il y a un lien entre Eyup et Karim, dit Nicolas. Tous les deux étaient détenus à la prison d'Åkersberga.

Vanessa revit leurs vêtements, les pantalons bleus et la chemise blanche. Tout à coup, elle frappa les mains sur le volant.

– L'uniforme!

– Que veux-tu dire?

– L'homme que Rakel Sjödin a laissé entrer portait un uniforme. J'ai pensé à un policier, peut-être un agent de sécurité. Mais les agents pénitentiaires portent des uniformes similaires aux nôtres. Emelie aurait certainement laissé entrer une personne portant l'uniforme d'un établissement pénitentiaire. Et Rakel peut avoir confondu son agresseur avec un policier.

Vanessa démarra son moteur. Elle regarda rapidement à droite et à gauche et sortit de la place de parking. Ils avaient été si proches pendant tout ce temps. Les gardiens à la prison. L'institution pénitentiaire qui avait tenu un séminaire au château-hôtel de Rosersberg. Un gardien avait tendu le stylo à Emelie Rydén. Elle s'était focalisée sur les détenus, ce qui était assez logique après tout. La probabilité de trouver un criminel parmi eux était plus élevée que parmi ceux qui les surveillaient.

– Je te dépose en chemin, dit-elle.

Nicolas boucla sa ceinture et ils passèrent à toute allure devant les rangées de voitures de luxe.

Ils sortirent du parking à étages, tournèrent deux fois à droite et passèrent Sergels torg. Vanessa prit son téléphone, composa le numéro d'Ove. Personne ne répondit. Elle tendit l'appareil à Nicolas.

– Rappelle-le.

Il fit ce qu'elle lui dit. Il appuya sur le haut-parleur et brandit le téléphone. Messagerie.

– Appelle Trude Hovland.

– Elle est en train de t'appeler, dit Nicolas.

– Quoi?

Nicolas plaça le téléphone contre l'oreille de Vanessa.

– J'allais justement t'appeler, dit-elle. Tu es avec Ove?

– Non, il...

– Il faut que je lui parle.

– Vanessa, on a tiré sur Ove.

6.

Vanessa appuya sur l'accélérateur. Ove avait été retrouvé grièvement blessé dans l'entrée de l'immeuble de Katja Tillberg et avait été transporté en urgence à l'hôpital universitaire Karolinska à Solna où il était actuellement opéré. À quel point était-il proche de la solution? Elle n'avait aucun doute que c'était l'assassin de Rakel et d'Emelie qui lui avait tiré dessus.

– Je peux faire quelque chose? demanda Nicolas.

Elle avait presque oublié qu'il était assis à côté d'elle.

– Non.

– Il va s'en sortir?

– Je ne sais pas. Je te dépose ici.

Vanessa tourna à gauche au niveau du 7-Eleven sur Scheelegatan et s'arrêta. Nicolas descendit. Il se pencha dans la voiture.

– Sois prudente, Vanessa.

Elle hocha la tête, Nicolas referma la portière et elle redémarra dans un bruit de crissement de pneus. Une voiture derrière elle klaxonna rageusement.

Mikael Kask annonça qu'il se rendait à Kronoberg. Vanessa décida de l'attendre dans le garage. Elle descendit dans le sous-sol du bâtiment. Quelques minutes plus tard, la voiture de Mikael arriva. Il se gara quelques places plus loin et descendit.

– J'étais en route pour un repas d'anniversaire, expliqua-t-il en retirant sa cravate et l'enfonçant dans la poche de sa veste.

Il était pâle, semblait ébranlé.

– Comment va Ove? demanda Vanessa.

– L'hôpital a juste dit qu'il était sur la table d'opération.

– Nous devons vérifier son téléphone portable.

– Pourquoi?

– Parce qu'il y enregistre ses interrogatoires. Nous devons savoir ce que Katja Tillberg lui a raconté.

– Mais Vanessa, si quelqu'un l'attendait, ça ne peut pas être à cause de ce qu'elle lui a dit. Comment l'agresseur aurait-il pu le savoir aussi rapidement?

Mikael se dirigeait vers l'ascenseur. Vanessa posa une main sur son épaule, l'arrêtant.

– J'ai peut-être trouvé le lien entre les meurtres de Rakel Sjödin et d'Emelie Rydén. Börje Rohdén a dit que l'homme qu'il avait vu entrer avec Rakel portait un uniforme. Imagine qu'il s'agisse de l'uniforme de l'administration pénitentiaire.

– Vanessa... pas maintenant.

– Un autre détenu libéré, un certain Eyup Rüstü, a été soupçonné l'été dernier d'avoir tué sa petite amie deux semaines après sa sortie de prison. Il a depuis été relâché.

Mikael Kask passa une main dans ses cheveux parfaits.

– Quelqu'un a placé des preuves dans la cellule de Karim, poursuivit Vanessa. Et devant la maison d'Oscar Sjölander. Hier, nous avons entendu parler de l'homme que Rakel a laissé entrer. Aujourd'hui, nous avons découvert que quelqu'un avait accédé au routeur de la famille Sjölander.

Mikael appuya sur le bouton de l'ascenseur. Les portes, qui s'étaient refermées pendant qu'ils parlaient, s'ouvrirent à nouveau.

– Tu veux dire qu'un tueur en série serait derrière tout ça?

– Oui.

Mikael Kask s'esclaffa.

– À part Peter Mangs, «le Flingueur d'immigrés», et John Ausonius, «le Laser man», nous n'avons pas eu de tueur en série en Suède depuis 1979. Les victimes n'ont rien en commun à part le fait que ce sont des femmes.

Mikael entra dans l'ascenseur. Vanessa le suivit.

– Non, mais Karim Laimani, Eyup Rüstü et d'une certaine manière Oscar Sjölander ont un lien, eux: ce sont les agresseurs tout trouvés. Quant à Emelie Rydén, elle a laissé entrer son tueur. Nous avons toujours supposé qu'elle le connaissait. Et si elle l'avait reconnu de la prison? Quelques semaines plus tôt, elle avait été menacée de mort par Karim. Et le sang retrouvé dans la cellule de Karim? Qui a accès aux cellules des détenus? Les gardiens, Mikael.

L'ascenseur démarra dans une secousse.

– Tu entends ce que tu dis? dit-il en secouant la tête. Un tueur en série qui travaille comme gardien de prison. Tu regardes trop la télévision. Quel serait le mobile?

– Je ne sais pas.

Les portes s'ouvrirent. Trude Hovland les attendait.

– Il faut que je vous parle, dit-elle.

– Ça devra attendre, dit Mikael Kask en essayant de passer.

– L'oncle de Katja Tillberg travaille comme agent pénitentiaire. Au centre de détention d'Åkersberga.

7.

Tom ouvrit son armoire à fusils et enfonça ses trois armes de poing dans son sac de sport noir posé sur son lit. Ce n'était qu'une question d'heures, voire de minutes, avant que la police ne débarque. Tout menaçait de s'effondrer. Il avait paniqué. Il avait agi sous le coup de la colère. Lorsque Katja l'avait appelé pour lui dire que les enquêteurs allaient une nouvelle fois l'interroger, il s'était posté dans sa cage d'escalier. Et il avait tiré dans le dos du gros enquêteur.

Tout menaçait de s'effondrer.

Il jeta son sac sur son épaule, se rendit dans son bureau. Il prit son ordinateur portable. Regarda autour de lui. Quoi d'autre? Tout était prêt. La planque était loin de Stockholm et n'avait aucun rapport avec quoi que ce soit dans sa vie. Il allait réellement devenir l'ombre qu'il avait toujours été. Tout ce dont il avait besoin s'y trouvait. Il fallait seulement qu'il parvienne à s'y rendre. La rébellion allait se propager à travers le monde.

Le Canadien Alek Minassian et l'Américain Elliot Rodger le regardaient depuis leurs cadres sur le rebord de la fenêtre. Il allait les rendre fiers.

– Messieurs.

Il fit un signe de tête aux portraits.

Tom s'apprêtait à faire demi-tour et quitter la pièce lorsque l'écran de son ordinateur de bureau se mit à clignoter en vert. La caméra dans la cage d'escalier. Il agrandit la fenêtre et vit des policiers s'engouffrer avec des armes automatiques dans l'entrée de l'immeuble.

* * *

Vanessa fixa l'écran. Les casques du groupe d'intervention étaient équipés de caméra à vision nocturne pour qu'elle et les autres puissent suivre le moindre de leurs mouvements. Ils venaient de pénétrer dans la cage d'escalier. Les contours se dessinaient dans une couleur verte fluorescente. La camionnette sombre dans laquelle elle se trouvait était garée sur le pont Mariebergsbron, du côté de Lilla Essingen. L'atmosphère était tendue. Mikael Kask respirait frénétiquement et buvait nerveusement dans un gobelet en carton dont le bord était mâchouillé par ses dents.

L'île de Lilla Essingen était bouclée. La circulation automobile était interdite, les lignes de bus déviées et des policiers armés en renfort étaient postés aux endroits stratégiques. Tom Lindbeck avait été aperçu à l'intérieur de son appartement.

Il n'avait nulle part où fuir.

Bientôt, tout serait terminé et Lindbeck serait arrêté.

Les meurtres de Rakel Sjödin et d'Emelie Rydén seraient résolus.

Peut-être aussi celui de Victoria Ahlberg. Les similitudes étaient frappantes. Si Ove et elle avaient su dès le départ ce qu'ils cherchaient, ils auraient pu relier les assassinats plus rapidement. Peut-être Rakel aurait-elle pu être sauvée? Peut-être y avait-il eu d'autres victimes? Il leur faudrait réexaminer tous les féminicides non résolus en Suède au cours de ces dernières années. Il y avait encore plusieurs pistes qu'ils n'avaient pas eu le temps d'explorer. Et à Karolinska, Ove luttait pour sa vie, sa femme et ses deux enfants à ses côtés.

Derrière Vanessa, la portière s'ouvrit et Trude monta dans la camionnette.

– Comment ça se passe?

– Ils montent, dit Mikael Kask, tendu. Nous allons bientôt l'avoir.

Quelque chose rongeait Vanessa. Elle n'arrivait pas à mettre le doigt dessus. Mais le sentiment qu'ils avaient négligé quelque chose ne cessait de croître. Combien de temps Tom Lindbeck avait-il réussi à échapper à la police? Cela ne pouvait pas se passer aussi facilement. Ils étaient allés trop vite. Peut-être auraient-ils dû attendre, le placer sous surveillance.

– Tu veux bien arrêter ça?

Mikael Kask la dévisageait, lui fit un signe de tête en direction de ses doigts qui tambourinaient contre l'intérieur de la camionnette. Elle s'arrêta, serra le poing et le posa sur son genou.

Le groupe d'intervention avançait toujours.

– Deuxième étage, marmonna Mikael Kask. Allez.

Sur l'écran, Vanessa vit les silhouettes vêtues de noir se regrouper. Elle compta huit personnes. Un bélier fut installé. Le chef de l'intervention leva le poing et donna le feu vert.

La tête du bélier s'écrasa contre la porte.

Puis tout devint noir.

***

Le vent tirait sur les vêtements de Tom. Il remonta la corde, ne put s'empêcher de jeter un coup d'œil sur Stockholm, sur la rocade d'Essingeleden et sur l'eau noire qui s'étendait autour de lui.

Il courut. Il connaissait ce toit comme sa poche. Combien de fois ne s'était-il pas enfui en imagination sur ce toit, avec des policiers à ses trousses? Mais maintenant, tout était réel. La vraie vie. Ils venaient d'entrer dans le monde de Tom, pour jouer selon ses règles. Ses pieds tambourinaient contre la tôle. Lorsque la police comprendrait comment il s'était échappé, il serait trop tard. Ils le poursuivraient dans toute la Suède, dans toute l'Europe, mais seraient obligés de se rendre à l'évidence qu'ils avaient trouvé leur maître.

Personne ne le retrouverait tant qu'il ne voudrait pas lui-même être retrouvé.

Il serait célèbre dans le monde entier. Les femmes rêveraient d'être fécondées par son sperme. De transmettre ses gènes. Il n'aurait que l'embarras du choix.

Derrière lui, l'explosion gronda. Assourdie. Lointaine. Il s'arrêta. Écouta le silence qui suivit avant de reprendre de la vitesse.

* * *

Le silence était total dans la camionnette. Mikael Kask se pencha en avant et fixa l'écran sombre. Trude fut la plus prompte à réagir. Elle arracha son casque, ouvrit les portières et se jeta dehors. Vanessa était juste derrière elle. Elles se précipitèrent dans Essinge brogata. Derrière et devant elle : partout des policiers couraient. Dans les appartements environnants, des fenêtres s'ouvraient, des lumières s'allumaient, des gens curieux regardaient dans la rue. Tom Lindbeck s'était fait exploser, entraînant dans sa mort les policiers de la brigade d'intervention. Par les fenêtres brisées du deuxième étage, une fumée argentée s'élevait dans le ciel nocturne.

La porte de l'immeuble était ouverte. Dans la cage d'escalier, les cris des blessés résonnaient. Vanessa suivit Trude vers le haut. Les policiers qui n'étaient que légèrement blessés descendaient d'eux-mêmes, soutenant leurs camarades.

– Combien de morts? cria Vanessa.

* * *

Tom ouvrit la lourde porte métallique du toit, sortit sa torche de son sac et dirigea le faisceau lumineux vers ses pieds. Il aimait le bruit du chaos. Les sirènes hurlantes, les cris désespérés en provenance de la rue. Il se sentait comme un chef d'orchestre qui avait enfin un orchestre à diriger. Il pouvait enfin faire de la musique avec la haine emprisonnée dans son corps depuis si longtemps.

Il put descendre jusqu'au rez-de-chaussée sans être inquiété, ouvrit la fenêtre et se hissa à l'extérieur. Il atterrit en douceur sur la pelouse, se remit sur ses jambes et regarda dans l'obscurité. Pas une voiture ne passait devant lui sur Gamla Essinge broväg. Il tourna à gauche et trottina le long de la rue déserte. Il regarda les piliers de béton qui soutenaient l'autoroute E20. La circulation grondait. Il ralentit, tourna dans Primusgatan, aperçut entre les arbres le bâtiment en briques bordeaux des autorités policières.

La veille encore, personne en son sein ne savait qui était Tom Lindbeck. Le lendemain, durant toute la journée, et durant toutes les prochaines semaines, ils ne parleraient que de lui. Surtout après ce qui allait se passer samedi. Il s'était tout le temps tenu sous leurs yeux et il les avait tous bernés. Les journalistes, ses anciens collègues, allaient tous devenir fous. Peut-être proposerait-il à l'un d'entre eux une interview exclusive, si cela pouvait s'organiser en toute sécurité. Elle ferait référence dans le monde entier. En réveillerait d'autres. Les pousserait à agir. Il ralentit encore le pas, descendit vers l'eau et le club nautique d'Essinge.

Il appuya le badge contre le lecteur, le voyant rouge passa au vert et la serrure s'ouvrit dans un déclic.

L'automne dernier, lorsque Tom s'était rendu sur le quai pour se faire expliquer le fonctionnement du bateau, il avait appris que le club nautique sentait le diesel et le goudron. Il se demandait à quoi ressemblait cette odeur.

Les petites vagues clapotaient. Les coques des bateaux tanguaient. Sur l'autre rive du petit chenal se dressait l'escarpement rocheux et sombre. Sur le pont Mariebergsbron, sur la droite, les gyrophares clignotaient. Il s'arrêta pour profiter de la scène.

Ils étaient là pour lui. C'était lui qui avait créé cela.

Le bateau était arrimé sur l'avant-dernier anneau d'amarrage. Blanc. Sans prétention. Il monta à bord. Le petit moteur à l'arrière démarra presque immédiatement, il n'eut même pas le temps de s'inquiéter. Tom dirigea calmement le bateau le long des parois rocheuses de Fredhäll, atteignit Kristineberg. Plus loin, le port de plaisance Pampas Marina était bien éclairé. Il ne croisa pas un seul bateau.

Autour de lui, la ville déroulait sa bande-son. Mais sur l'eau, c'était un autre monde. Calme. Sombre. Solitaire.

Il se sentait invincible.

Ce qui s'était passé dans l'appartement avait été nécessaire, ce qui allait suivre maintenant, c'était une vengeance. Contre les femmes qui lui avaient refusé l'accès à leur corps, contre les hommes lâches qui s'étaient moqués de lui, contre la Suède, contre le monde entier.

Mais d'abord, avant de se regrouper, de se préparer, il fallait que la personne qui avait été à deux doigts de tout détruire meure.

8.

Un mort, trois blessés graves. Il était vingt-trois heures et les voisins de Tom Lindbeck avaient été évacués. Les démineurs fouillaient l'appartement de trois pièces à la recherche d'autres explosifs. Les dégâts n'étaient pas aussi importants que ce que l'on avait d'abord craint. L'explosion avait probablement été provoquée par une grenade lorsque la porte avait été forcée. Tom n'était pas dans l'appartement.

Mikael Kask était assis sur une armoire électrique. Ses longues jambes pendaient au-dessus du trottoir. Son regard était vitreux. Absent. La presse était arrivée. *Kvällspressen* en premier, naturellement. Leur rédaction ne se trouvait qu'à quelques centaines de mètres de la scène. Les photographes se pressaient contre les barrières, les journalistes criaient leurs questions au personnel en uniforme qui se déplaçait à l'intérieur des Rubalise bleu et blanc.

Vanessa s'installa à côté de Mikael. Il la regarda d'un air sombre.

– Nous allons l'attraper, dit-il.

Vanessa acquiesça.

– La question est juste de savoir à quel prix.

– Tous les policiers de Stockholm sont à sa recherche, toutes les routes sont bloquées. Il ne peut pas sortir.

– Et Ove?

– Je ne sais pas. Rentre dormir, Vanessa. Tu ne peux rien faire de plus ici. Et j'ai besoin de toi demain. Reposée.

– Espérons que ce ne soit pas le cas.

Mikael Kask la regarda d'un air interrogateur.

– Si on l'attrape dès ce soir, je veux dire.

Mikael sourit rapidement, les lèvres serrées.

– Tu as été formidable. Je suis désolé de ne pas t'avoir fait confiance dès le début. Sans toi, nous ne l'aurions jamais identifié.

Vanessa se pencha pour passer sous les Rubalise, se redressa et ignora les questions que lui lançaient les journalistes surexcités. Elle marcha lentement le long de Gjörwellsgatan en direction du centre-ville. La tour du *Dagens Nyheter* brillait dans le ciel nocturne. Les voitures de police faisaient la navette à côté d'elle. Un hélicoptère bourdonnait.

Elle pensa à la traque du terroriste dont elle avait délibérément oublié le nom, qui avait foncé sur des passants avec son camion sur Drottninggatan. Une ville en proie à la terreur. Une ville se rebellant avec maîtrise. Les habitants de Stockholm qui étaient rentrés chez eux en longues colonnes. Effrayés, mais circonspects. Cette fois-là, la haine du terroriste avait été dirigée contre l'Occident, contre la société libre, contre eux tous. Au milieu du chagrin et du chaos, Vanessa avait pu entrevoir quelque chose de beau dans la communauté. Ressentir l'amour pour ses semblables. Maintenant, elle ne ressentait que le vide. La solitude. Peut-être quelque chose qui rappelait la peur. Tom Lindbeck ne voulait pas mourir. Il était loin d'être vaincu.

Sa voiture se trouvait au commissariat central de Kronoberg. Il serait impossible de prendre un taxi près de Lilla Essingen, toute la circulation était arrêtée et contrôlée. Mais vers Västerbron, ça serait peut-être possible.

Sinon elle devrait marcher jusqu'à Fridhemsplan et héler un taxi. Elle pourrait récupérer sa voiture le lendemain. L'air frais lui ferait du bien.

Quand Vanessa déverrouilla la porte de son appartement, elle était parfaitement réveillée. Elle détacha son holster, retira ses vêtements tachés de poussière, de sang et de saleté, laissa tout en pile sur le canapé avant d'entrer dans la douche.

Pendant que les jets d'eau chaude se déversaient sur son corps, elle pensa à Ove. Il était probablement dans une chambre d'hôpital, avec des tubes et des machines reliés à son corps. Elle espérait qu'il vivrait, que ses enfants n'aient pas à grandir avec un souvenir de lui qui s'estompe. Elle revit le visage pâle de Tom Lindbeck, semblable à celui d'un oiseau. L'administration pénitentiaire leur avait envoyé une photo. Elle frissonna à l'idée de l'avoir rencontré à la prison, de lui avoir parlé. Il les avait trompés. Restait à déterminer comment. Demain, on en saurait davantage.

Rakel. Emelie. Peut-être Victoria Ahlberg. Les policiers d'Essinge brogata. Celui qui s'était vidé de son sang à cause d'une blessure béante à l'abdomen, ceux qui luttaient pour leur vie en ce moment même. Combien de vies avait-il prises ? Et combien de vies allait-il encore prendre avant qu'ils ne l'arrêtent ?

Vanessa coupa l'eau, frissonna dans l'air froid, tendit la main et attrapa sa serviette. Elle se sécha lentement. Dans le salon, elle alluma la télévision. Une édition spéciale montrait des images de Lilla Essingen.

– L'explosion est liée à une opération de police dans un appartement, disait le présentateur. Pour ce qui est des causes de la détonation, qui a coûté la vie à une personne, le porte-parole de la police n'a pas voulu donner de détails.

Le sommeil semblait exclu. Son cerveau fonctionnait à plein régime. Vanessa se leva et se versa un grand verre de whisky. De l'autre côté de la fenêtre, le vent secouait l'échafaudage. Les protections en plastique sur les fenêtres avaient disparu.

Le verre de whisky à la main, Vanessa revint à son canapé et changea de chaîne.

La différence entre elle et la plupart de ses collègues, c'était qu'ils avaient une famille, quelque chose à la maison qui leur permettait de se changer les idées. Un autre contexte. Après l'attaque terroriste, Svante était resté debout à l'attendre.

Leur relation était mauvaise depuis quelques années, il couchait probablement déjà avec Johanna Ek, mais cette nuit-là, il avait été là. Il l'avait prise dans ses bras. Avait voulu lui poser un millier de questions, mais elle lui avait demandé d'attendre. Au lieu de cela, il lui avait raconté une anecdote amusante sur sa journée. Quand ils s'étaient glissés au lit, ils avaient fait l'amour. Pas durement, comme d'habitude, mais doucement. Solennellement.

L'échafaudage grinça. Vanessa leva les yeux, distingua un mouvement derrière la fenêtre. Sa première pensée fut que c'était déjà le matin, que les ouvriers commençaient tôt. Un homme la regardait. Avant qu'elle comprenne que quelque chose n'allait pas, il brandit une arme. Vanessa fixa la bouche du canon, posa ses pieds au sol, prit son élan et se projeta en arrière en faisant basculer le canapé avec elle.

Le coup de feu retentit. Allongée par terre, le canapé entre elle et l'homme, elle ressentit une douleur fulgurante au côté et comprit qu'elle avait été touchée.

9.

La rédaction de *Kvällspressen* était plongée dans le chaos organisé qui accompagnait toujours un événement majeur. Les journalistes qui avaient été rappelés durant la soirée s'arrêtaient rapidement, recevaient des ordres accompagnés de jets de salive de la Brioche et se précipitaient vers leurs bureaux. Jasmina s'était déjà rendue sur les lieux de l'explosion et avait obtenu deux informations intéressantes de la part d'un voisin. Elle appuya sur la touche *play* de son dictaphone.

Celui qu'ils ont évacué était un policier.

Vous en êtes sûr? entendit-elle sa propre voix à travers le brouhaha des cris, des flashs et des policiers qui leur criaient de reculer.

Oui. Il avait un casque, des vêtements foncés. Deux autres policiers l'ont traîné en bas des escaliers. Tout son ventre était ouvert. C'était la pire chose que j'aie jamais vue.

Les sirènes retentissaient à l'arrière-plan. Un policier commença à faire reculer le témoin à qui Jasmina parlait, lui demandant de le suivre.

Attendez. Qui habite dans cet appartement?

C'était l'appartement au-dessus du mien. Il s'appelle Tom.

Avant de parler avec la Brioche, elle voulait en savoir le plus possible elle-même. Elle rentra le prénom et l'adresse de Tom sur l'annuaire téléphonique en ligne hitta.se et obtint son nom de famille. Ensuite, elle se connecta à Facebook. La page de Tom Lindbeck était privée. Aucune information n'était publique. Seule sa photo de profil était visible. Un selfie. Il fixait l'appareil photo, les yeux écarquillés. Son visage était inexpressif, sa bouche fermée.

Jasmina fit une recherche sur Google avec son nom. À sa grande surprise, elle trouva sur la deuxième page plusieurs résultats renvoyant à des articles de *Kvällspressen*. Les articles dataient de plusieurs années. Elle cliqua sur l'un d'eux et comprit immédiatement le contexte. Tom Lindbeck avait travaillé comme photographe à *Kvällspressen*. Elle se leva d'un bond et se précipita au bureau où la Brioche était assis, le téléphone à l'oreille, tout en tapant sur son ordinateur. Il dit à la personne avec laquelle il parlait de patienter.

– Oui? dit-il d'un ton interrogateur en regardant Jasmina.

– Tom Lindbeck.

Le front de la Brioche se plissa.

– Qu'est-ce qu'il a?

– C'est son appartement.

– Qui a explosé?

– Oui.

– Viens avec moi.

La Brioche tendit la main vers son téléphone, coupa la communication sans dire un mot à son interlocuteur et se dirigea vers la pièce de Tuva Algotsson. Jasmina dut courir pour le suivre. Il entra sans frapper et Tuva leva les yeux de son bureau.

– Tom Lindbeck, dit la Brioche en faisant signe à Jasmina de fermer la porte derrière elle.

– Le photographe? Qu'est-ce qu'il a? demanda Tuva en rabattant le couvercle de son ordinateur.

– C'est son appartement qui a explosé sur Lilla Essingen. Sais-tu où il est allé après être parti d'ici?

– Aucune idée. Mais ceci nous donne un énorme avantage sur la concurrence. Tom Lindbeck était une personne vraiment désagréable.

Jasmina, qui se tenait légèrement derrière la Brioche, fit un pas en avant.

– De quelle manière?

Tuva croisa les bras et s'adossa à sa chaise.

– Il était... bizarre. On le pensait tous dès le début. Mais c'était un bon photographe. Fiable. Il répondait toujours présent quand on l'appelait, à n'importe quelle heure du jour ou de la nuit. Au bout de quelques mois, nous avons remarqué une tendance inquiétante. Des journalistes femmes recevaient des messages désagréables, des menaces, des questions sur le sexe, des *dick pics*. Cela se produisait toujours après qu'elles avaient travaillé avec Tom. On l'a confronté, il a tout nié bien sûr, mais il a fini par être viré.

– Et les femmes?

– Aucune n'a voulu porter plainte. C'était une autre époque.

On frappa à la porte vitrée. Max entra, les yeux brillants d'excitation.

– Ma source policière dit que l'opération à Lilla Essingen avait un rapport avec l'affaire Oscar Sjölander. Et pas seulement. Aussi avec la femme qui a été tuée à Täby. Et le policier qui a été blessé par balle plus tôt dans la journée, à Blackeberg.

10.

Vanessa était allongée derrière son canapé renversé et se plaquait contre le sol. Un deuxième coup de feu retentit. La balle perfora le tissu du canapé et s'enfonça dans le parquet.

Une pluie d'éclats de verre s'abattit.

Vanessa comprit que l'homme essayait d'entrer. De s'approcher. Mais qui était-il, putain?!

Elle ne pouvait pas rester comme ça. Sans arme, elle était sans défense. Un troisième coup de feu retentit. Même s'il ne pouvait pas la voir derrière le canapé, tôt ou tard une balle l'atteindrait. Où était passé son holster?

Un quatrième coup.

Elle n'avait plus beaucoup de temps. Le trou dans la fenêtre serait bientôt assez grand pour qu'il puisse passer.

Quelque part sous le canapé renversé se trouvait son Sig Sauer. Elle se déporta sur la droite. Son corps encore humide après la douche glissa facilement sur les lattes. Elle ressentait une brûlure au niveau des côtes, là où la balle l'avait touchée. Du sang colorait sa serviette blanche en rouge, mais ça ne devait pas être grave. Sinon elle ne pourrait pas se déplacer comme elle le faisait. Elle passa le bras sous le canapé, tira sur le tissu bleu de sa veste, sentit son holster en cuir en dessous.

Vanessa retira la sécurité. Tint l'arme par-dessus le bord du canapé et tira à l'aveugle. Elle tourna le poignet vers la gauche. Appuya à nouveau sur la détente. L'homme riposta, mais il avait cessé de s'acharner sur la fenêtre et semblait avoir renoncé à essayer d'entrer maintenant qu'elle était armée.

Vanessa jeta un coup d'œil rapide par-dessus le canapé et se jeta aussitôt à terre. Une balle passa à quelques centimètres au-dessus de sa tête et alla se ficher dans le mur du salon.

Elle entendit des pas provenant de l'échafaudage. Il s'enfuyait.

Vanessa était pieds nus, portant seulement sa serviette enroulée autour de son corps. Les éclats de verre scintillaient sur le parquet. Elle poussa le canapé pour ne pas avoir à marcher sur les éclats tranchants. Elle s'arrêta à un demi-mètre de la fenêtre. Elle se mit en équilibre sur le bord du canapé. Elle attrapa un coussin et le plaça entre elle et la vitre lorsqu'elle frappa sur la fenêtre pour faire un trou pour pouvoir sortir.

Puis elle s'accroupit, posa le coussin sur les éclats de verre et s'élança. Elle atterrit sur les planches de l'échafaudage où se trouvait l'homme un instant plus tôt. Elle faillit perdre l'équilibre de douleur, mais elle réussit à s'agripper à une poutre métallique. Son regard se dirigea vers le bas et tout se mit à tourner. Elle détestait les hauteurs.

Deux étages en dessous, l'arrière de la tête de l'homme était visible. Vanessa courut vers l'escalier de l'échafaudage qui tanguait violemment. Elle s'agrippa à la rampe, et le dévala en essayant de toujours regarder vers l'avant, pas vers le bas. Il était presque au niveau du sol. Elle s'arrêta. Tenant le pistolet à deux mains, elle visa vers la rue et attendit qu'il fasse quelques mètres pour avoir un champ de tir dégagé.

Il leva la tête rapidement avant de se jeter sur le trottoir. Il courut en longeant les façades, en direction d'Odengatan. Vanessa tira. Elle vit la balle toucher le pavé à quelques centimètres de lui. Elle tira encore. Espéra le voir tituber, tomber, rester allongé. Bientôt, il aurait atteint Surbrunnsgatan, tournerait au coin et serait hors de vue.

Dans l'appartement à côté d'elle, un plafonnier s'alluma. Elle appuya rapidement sur la détente, deux fois, mais les deux tirs manquèrent leur cible et l'homme disparut.

11.

Après avoir amarré le bateau à la station-service située à côté de la Pampas Marina, Tom prit son sac et marcha le long de la jetée. Il ne lui restait plus qu'à attendre. L'appartement de Vanessa au 13 Roslagsgatan n'était pas très loin du petit port de plaisance. Tom s'affala sur un banc au bord de l'eau, regarda autour de lui, sortit son ordinateur et se connecta à Internet. Le téléphone de Vanessa se trouvait dans son appartement. Peut-être était-elle déjà morte. Il l'espérait. Il la haïssait.

Tom envisagea de l'appeler pour savoir comme ça s'était passé, mais préféra ne pas le déranger. Pas encore. Et puis, il aimait cet endroit. C'était calme, paisible. Le moment voulu, il le rejoindrait et ils partiraient. Le lendemain, ils se reposeraient, passeraient tout en revue une dernière fois avant de retourner à Stockholm le samedi.

D'abord, il n'avait pas voulu en être. Après tout, rien n'indiquait qu'il serait découvert ou qu'il aurait un lien avec Tom. Mais les événements de ces derniers jours avaient changé la donne. Vanessa Frank et Ove Dahlberg étaient sur leurs talons.

Tom sortit son ordinateur, brancha ses écouteurs et visionna la vidéo d'adieu du tueur de masse Elliot Rodgers, enregistrée quelques jours avant de prendre sa revanche sur le monde. L'Américain était assis dans une voiture de sport aux sièges en cuir noir. Le soleil qui se couchait en Californie donnait à son étroit visage de gamin un éclat jaunâtre.

«Tous ces jeunes si populaires, qui ont vécu une vie hédoniste pendant que je pourrissais dans ma solitude. Ils m'ont tous regardé de haut. Les fois où j'ai essayé de les fréquenter, ils m'ont traité comme une souris. Maintenant, je vais être un dieu comparé à vous. Vous êtes des animaux. Et je vais vous massacrer comme du bétail.»

Chaque mot semblait provenir de Tom, comme issu du plus profond de son être.

Il trouvait du réconfort dans le visage déterminé de l'Américain de vingt-deux ans, il aurait voulu le connaître de son vivant.

Une paire de phares s'approcha dans la rue étroite. Tom se leva lentement. Il rangea son ordinateur et se dirigea vers la voiture. Dès qu'il ouvrit la portière avant, il comprit que les choses ne s'étaient pas déroulées comme prévu.

– Elle s'en est tirée?

L'homme hocha la tête.

– Ça ne fait rien, dit Tom. Elle n'est pas importante. Pas vraiment.

– Je sais.

Tom lui donna une tape amicale sur l'épaule et contourna la Land Rover. Il ouvrit le coffre. L'homme coupa le moteur et le rejoignit. Tom se glissa dans le coffre, tâtonna de la main dans l'obscurité pour trouver le petit levier. Il y eut un déclic. Il retira le couvercle qui dissimulait un compartiment secret et s'allongea. L'homme lui tendit son sac de sport, Tom se recroquevilla et le plaça sur son ventre.

– À dans deux heures, dit-il.

12.

Après qu'elle eut appelé Mikael Kask pour lui donner une brève description de l'homme, les ambulanciers avaient réussi à convaincre Vanessa de se laisser emmener à l'hôpital universitaire Karolinska. Là, ils avaient constaté que la balle n'avait fait qu'effleurer une de ses côtes et ils avaient pansé la plaie. Elle attendait dans une petite pièce le retour du médecin qui l'avait examinée.

On frappa à la porte et Trude Hovland et Mikael Kask entrèrent. Leurs visages étaient graves, leurs regards examinèrent anxieusement le corps de Vanessa, de la tête aux pieds.

– Vous l'avez eu?

– Malheureusement, non, répondit Mikael Kask.

Ils prirent place de manière synchronisée chacun sur une chaise et s'approchèrent du lit de Vanessa.

– Crois-tu que ça ait quelque chose à voir avec Tom? demanda Mikael prudemment.

– Je ne sais pas, répondit Vanessa

Elle se sentait perdue. La seule chose dont elle était sûre, c'était que ce n'était pas Tom qui était apparu sur l'échafaudage. Mais l'idée que la Légion ou le réseau de trafiquants de Södertälje ait décidé de frapper précisément ce soir semblait peu vraisemblable.

– Mais il y a de grandes chances.

Il y eut un moment de silence.

– Vanessa, devons-nous prévenir quelqu'un?

La question était inattendue. Elle la prit de court. Vanessa pinça les lèvres, secoua la tête. Trude sembla remarquer son changement d'humeur et s'empressa d'intervenir.

– Nous avons trouvé pas mal de choses intéressantes dans l'appartement de Tom Lindbeck. Notamment des photos d'Alek Minassian et Elliot Rodger. Nous pensons que Tom est un incel. Ou du moins qu'il est fortement influencé par eux.

– Qu'est-ce qu'un incel?

Elle avait la gorge sèche. Vanessa ne put s'empêcher de tousser, fit un geste vers le lavabo. Mikael Kask se leva, ouvrit le robinet.

– Incel, c'est l'abréviation d'*involuntary celibacy*, expliqua Trude. Le célibat involontaire. C'est un mouvement de dizaines de milliers d'hommes sur Internet qui sont unis par leur haine des femmes. Certains membres associés à ce mouvement sont responsables d'au moins quarante-cinq meurtres aux États-Unis. Alek Minassian et Elliot Rodger sont des icônes dans la sphère des incels. Des tueurs de masse.

– Pas des tueurs en série?

– Non.

Mikael tendit le gobelet en plastique à Vanessa. Elle but lentement pour ne pas en renverser. Quelques gouttes coulèrent le long de son menton, sur sa blouse d'hôpital.

– Nous sommes toujours en train de cartographier l'entourage de Tom. Mais il semble que sa nièce soit la seule personne qui lui soit proche. Nous en saurons plus demain.

Mikael se tortilla.

– Ce que nous n'arrivons pas à comprendre, c'est comment ils t'ont trouvée si rapidement.

– Et Ove, ajouta Trude. As-tu remarqué si quelqu'un vous suivait?

– Non, dit Vanessa en reposant le gobelet sur sa table de chevet.

– Il y a autre chose aussi, dit Mikael, l'air mal à l'aise. Il y a un risque qu'on te retire l'affaire, étant donné les circonstances. Je m'y opposerai bien sûr. Sans toi... Oscar Sjölander serait toujours notre suspect. Karim aussi probablement. Je veux que tu restes. Si tu en as l'énergie. Mais la décision sera prise au-dessus de moi.

Après leur départ, Vanessa s'étira sur son lit.

Dans le couloir, elle entendit des pas et les voix étouffées des infirmières. À la lueur de l'écran de son téléphone, elle lut des articles sur le mouvement incel. Sur Alek Minassian et Elliot Rodger. Elle visionna la vidéo d'adieu qu'Elliot Rodger avait enregistrée avant d'assassiner six personnes et d'en blesser grièvement quatorze en Californie. L'arrestation d'Alek Minassian après qu'il avait fauché vingt-six personnes avec sa camionnette, en tuant dix d'entre elles, à Toronto. Mais ils n'étaient pas seuls, il y en avait d'autres. Sur Reddit, il y avait un groupe qui comptait quarante mille membres. Quarante-cinq meurtres pouvaient être reliés au mouvement incel en Amérique du Nord.

Tom Lindbeck était démasqué, il ne pourrait plus opérer en toute tranquillité. Mais Vanessa était convaincue que Tom n'allait pas simplement disparaître, abandonner. Il y avait autre chose dans l'air. Quelque chose de plus grand. Mais quoi?

Elle ferma les yeux, essaya de dormir. Au bout de vingt minutes, elle abandonna. Elle appela un taxi, se leva, rassembla ses vêtements et quitta sa chambre d'hôpital.

13.

Après être resté recroquevillé dans l'espace aménagé sous la banquette arrière pendant deux heures, Tom s'étira le dos. Il baissa la vitre de quelques centimètres, appréciant l'air frais de la nuit qui pénétrait dans l'habitacle.

Ils traversèrent de petites localités oubliées le long de l'autoroute E20. Ils n'avaient pas réussi à tuer cette garce de policière, mais ils lui avaient fait peur. Ils lui avaient montré qu'ils pouvaient frapper à tout moment. Tom se sentait invincible, presque comme un *Chad*. Dans la terminologie incel, les *Chad* représentaient vingt pour cent de la population masculine, mais couchaient avec quatre-vingts pour cent des femmes. C'était ce calcul qui faisait que les hommes comme Tom se retrouvaient sans partenaire sexuelle. Il avait même vu des graphiques montrant que vingt-cinq pour cent de tous les hommes seraient des incels dans dix ans.

Il restait trente kilomètres avant Eskilstuna. Tom poursuivrait vers l'autoroute E18, changerait de direction, remonterait vers le nord.

– Comment as-tu eu l'idée d'aménager l'espace dans la voiture? demanda l'homme derrière le volant.

– Les Berlinois de l'Est qui fuyaient vers l'Ouest avaient l'habitude d'aménager des espaces similaires dans leurs voitures, expliqua Tom. Tu sais ce que j'ai ressenti quand j'étais là-dedans? La liberté.

Il vit une petite chenille verte bouger sur le tableau de bord et se pencha en avant. Il l'attrapa. Pendant un instant, il pensa à l'écraser entre ses ongles.

– Quand j'étais enfant, les garçons de ma classe me traînaient dans le bois derrière l'école. Au début, ils se contentaient de me frapper et de me cracher dessus, mais au bout d'un moment ils ont fini par se lasser. Au lieu de cela, ils ont commencé à creuser pour trouver des scarabées et des vers de terre qu'ils me forçaient à manger.

Il lança l'insecte par la fenêtre et remonta la vitre.

– Mais un jour, au bout d'une semaine environ, j'ai compris une chose – le pire, ce n'était pas de les manger, mais d'être forcé à le faire. Alors au lieu de rester à l'écart et de me cacher à l'heure de la récré, j'ai couru dans la forêt. J'ai déterré les plus gros vers que je pouvais trouver. Les mains pleines, j'ai commencé à agiter les bras et à les appeler. Quand ils sont arrivés, j'ai mis les vers dans ma bouche et je les ai mangés.

Son compagnon de voyage eut un sourire en coin.

– Est-ce qu'ils ont arrêté de te harceler?

Tom secoua lentement la tête.

– Pendant un moment, oui. Quelques jours, peut-être.

L'homme toussa. Le silence s'abattit à nouveau dans l'habitacle. À l'extérieur ils passèrent encore un village oublié, comme une île éclairée dans toute cette obscurité.

– Arrête-toi ici, dit Tom. J'ai faim.

Ils étaient seuls dans la station-service. Tom demanda deux hot-dogs végétariens et une bouteille d'eau. Lui-même resta assis dans la voiture pour ne pas risquer d'être filmé par les caméras de surveillance.

Les rats lui manquaient. Ils seraient probablement euthanasiés. S'il avait eu le temps, il les aurait relâchés avant de partir.

Une femme d'une quarantaine d'années descendit d'une Peugeot grise. Leurs regards se croisèrent rapidement avant qu'elle ne détourne le visage. Jamais plus une personne ne détournerait le regard. Son visage serait partout, son nom sur toutes les lèvres. Il savait déjà ce qu'il allait dire, il avait peaufiné les phrases pendant qu'il était allongé dans l'espace sous les sièges. Mais cela devrait attendre plus tard. Avant qu'ils frappent, il ne pouvait rien entreprendre qui pourrait compromettre l'opération.

La portière côté passager s'ouvrit. Tom prit les hot-dogs végétariens. Il prit soin de jeter les petits pains sur l'asphalte. Le moteur toussa en redémarrant.

– Attends un peu, demanda Tom.

– Pour quoi faire?

Tom prit une grosse bouchée de sa saucisse. Même s'il ne pouvait pas savoir quel goût elle avait, il aimait la consistance. Il laissa ses dents broyer lentement la masse chaude. Il eut le temps de manger deux bouchées supplémentaires avant que la femme ne revienne à sa voiture. Tom la suivit du regard.

– De quoi s'agit-il?

– C'est la dernière femme à m'ignorer, dit Tom.

Dans les forums incels, on disait qu'une fois qu'on avait avalé la pilule noire – en réalisant que l'espoir de rencontrer une femme s'était définitivement envolé – il n'y avait que trois possibilités: l'accepter, se suicider ou faire comme Elliot Rodger. *To go E. R.*, comme on disait. Mais l'homme assis à côté de lui avait affirmé qu'il existait une quatrième voie. Une guerre subversive contre le système. Victoria Ahlberg, Emelie Rydén et Rakel Sjödin. Toutes les trois étaient des *Stacy*. Des déesses du sexe. Des jackpots de la génétique.

Tom surveillait Victoria Ahlberg et Emelie Rydén depuis la première fois qu'il les avait vues à la prison d'Åkersberga, où elles venaient se faire baiser par leurs mâles alpha. Même si Tom avait choisi la voie de Rodger, il avait été d'accord pour aider. Quand les fémoïdes* avaient déposé leurs téléphones à l'accueil, il en avait pris le contrôle. Il s'était débrouillé pour surveiller l'utilisation des données de Victoria et d'Emelie, écouter leurs appels,

* Ou «humanoïdes féminins», terme principalement utilisé par les incels pour désigner les femmes.

voir où elles se trouvaient. Ni Tom ni l'homme qu'il avait aidé ne s'étaient attendus à ce qu'Eyup Rüstü ou Karim Laimani soient condamnés. En revanche, ils savaient que quand les enquêteurs se rendraient compte de leur erreur, il serait trop tard. La police cherchait toujours les hommes violents dans l'entourage des femmes assassinées.

C'était le crime parfait.

Le meurtre de Rakel Sjödin avait été différent. Un bonus qui s'était présenté lorsque Katja avait parlé de la relation de son amie avec Oscar Sjölander. Plus improvisé. De plus, une possibilité de détruire la vie d'un vrai *Chad*. Mais en fait, Tom ne croyait pas à la guerre subversive. Les méthodes de Rodger et Minassian étaient meilleures. Beaucoup plus efficaces. Une autre approche, dont beaucoup d'incels parlaient, était les attaques à l'acide. Détruire les visages de *Stacy* sélectionnées pour leur montrer ce que c'était que la vraie souffrance.

Ils quittèrent la station-service, s'engagèrent à nouveau sur l'autoroute.

– Ta nièce, Katja, tu la détestes aussi?

Tom haussa les épaules. Il visualisa le visage de Katja. C'était une *Becky*. Une femme d'apparence ordinaire, mais même elles aspiraient à se faire baiser par un *Chad*.

– Elle n'aurait jamais traîné avec moi si nous n'étions pas de la même famille. Et même si je suis son oncle, elle ne peut pas s'empêcher de me mépriser, même si elle ne se l'avouera jamais.

14.

Nicolas ouvrit la porte lorsqu'il vit que c'était Vanessa qui se trouvait devant. Il sortit la tête dans la cage d'escalier, vérifia qu'elle était vide avant de refermer.

Vanessa s'affala sur le canapé.

– Je suis désolée de débarquer comme ça, mais je n'avais nulle part où aller, dit-elle. Je n'en pouvais plus de rester seule à l'hôpital.

– Que s'est-il passé? demanda Nicolas, inquiet, en lui caressant le front et la trouvant pâle.

– J'ai été attaquée. Chez moi, dans mon appartement.

Elle lui résuma les dernières heures, ce qui s'était passé depuis qu'elle l'avait déposé devant le 7-Eleven de Scheelegatan. L'explosion sur l'île de Lilla Essingen. Son retour à pied à la maison. L'apparition soudaine de l'inconnu sur l'échafaudage. L'échange de coups de feu. Les mots jaillissaient d'elle. Incohérents. Par à-coups. Peut-être était-ce la morphine qu'on lui avait probablement injectée. Peut-être était-ce parce que c'était lui. Parce qu'elle savait qu'il la comprendrait quand même. Il l'espérait. Vanessa releva sa chemise froissée, lui montra le bandage.

– Et ton collègue? Celui qui s'est fait tirer dessus?

Elle secoua la tête.

– Il a été touché dans le dos. Il oscille entre la vie et la mort.

– Je suis content que toi tu ailles bien en tout cas.

Nicolas lui prit la main, passa le pouce sur son dos avant de la relâcher rapidement. De se redresser. Il regarda Vanessa avec inquiétude. Il essayait de déterminer s'il l'avait mise mal à l'aise, mais son visage était inexpressif.

– Tu veux quelque chose? De l'eau? Du thé? demanda-t-il.

Vanessa hocha la tête.

– Du thé, ce serait bien.

Alors qu'il faisait chauffer de l'eau, elle lui sourit faiblement.

– Je suis désolée de m'être mise en colère quand tu m'as parlé de Londres, dit-elle. C'était puéril de ma part. Je suis contente pour toi.

– Tu n'as pas à t'excuser. Tu vas me manquer.

– Vraiment? demanda-t-elle.

– Oui.

Son inquiétude commença à s'estomper. Elle était ici maintenant. Auprès de lui. Il était heureux qu'elle soit venue. Si quelque chose était arrivé à Vanessa… non, il ne pouvait pas laisser cette pensée prendre son élan et s'imposer. Il lui jeta un coup d'œil. Elle avait appuyé sa tête contre le bord du canapé, ses yeux étaient fermés.

Nicolas revint avec deux tasses fumantes.

Il resta un moment planté au milieu de la pièce, à contempler son visage paisible, endormi. Il posa les tasses de thé sur la table basse. Il se pencha et la souleva délicatement.

Nicolas porta Vanessa et la déposa sur le lit dans la chambre voisine.

Elle le regarda à travers ses yeux mi-clos.

– Merci, murmura-t-elle.

Elle tendit la main vers lui et lui caressa le haut du bras. Le contact lui brûla la peau, la réchauffa jusqu'au muscle. Nicolas rabattit la couette sur Vanessa et éteignit la lampe avant de s'allonger à côté d'elle, les mains derrière la tête, le regard fixé au plafond.

PARTIE VII

Je lèverai mon verre pour chaque victime qui s'avérera être une femme âgée de 18 à 45 ans.

Homme, anonyme.

1.

À travers la vitre, Vanessa aperçut un homme qui, selon l'infirmière, était Ove. Il était allongé dans la sombre chambre d'hôpital, un masque cachant la partie inférieure de son visage. Des appareils se dressaient autour de lui, tenant la mort à distance.

Elle saisit la poignée, sans parvenir à se décider. Enfin, elle entra, restant perplexe devant lui. Son regard parcourut son corps, jusqu'à son visage recouvert. Dans son esprit, c'était un homme grand et fort – mais là, il avait l'air petit et frêle.

Elle sentit un picotement dans l'œil. Vanessa s'essuya rapidement la joue et jeta un coup d'œil rapide dans le couloir, pour s'assurer que le policier posté devant la porte n'avait rien vu. Elle prit la chaise, en prenant garde de ne pas se cogner sur les machines accidentellement.

Les gens lui faisaient rarement confiance. Ils pensaient souvent qu'elle était compliquée et difficile à comprendre, Ove aussi, probablement. Mais dès le début, à sa manière brusque, il avait montré qu'il se fiait à elle.

– Ne meurs pas, murmura-t-elle.

S'il avait su qu'elle était assise ici à parler toute seule, il se serait moqué d'elle. Vanessa chercha dans sa mémoire, essaya de se souvenir si elle lui avait déjà dit qu'elle l'appréciait. Probablement pas. Ce n'était pas son style – tout comme elle ne parvenait pas à dire à Nicolas ce qu'il représentait pour elle. Mais quelque chose lui disait qu'Ove le savait quand même. Si tant est qu'il puisse savoir ou ressentir quelque chose, allongé là.

Elle voulait lui parler. Elle se fichait que ce soit ridicule et qu'il ne puisse pas l'entendre.

– Je me demande pourquoi il t'a tiré dessus, dit-elle d'une voix basse, à peine audible. Ce n'est pas son genre. Il ne tue pas les hommes, il tue les femmes. Je peux comprendre que Katja ait dit quelque chose qui l'a fait paniquer. Mais il aurait pu disparaître. S'enfuir. Peut-être que c'était personnel, qu'il était furieux parce que nous étions trop proches. Mais je ne crois pas. Je crois qu'il savait ce qu'il faisait.

Vanessa sortit son téléphone, le tint dans sa main. Elle regarda droit dans la caméra, tout en activant la fonction enregistrement, en tenant le micro devant sa bouche.

– Je sais que tu peux entendre ceci, Tom Lindbeck. Je sais que tu as mis mon téléphone sur écoute, que tu as surveillé ma vie, depuis la deuxième fois où nous avons interrogé Karim Laimani à la prison. Ou était-ce la première? C'est ainsi que tu fonctionnes. Tu n'es qu'un pauvre lâche.

Elle piétina l'appareil.

– Je t'aime beaucoup, Ove, dit-elle en hochant la tête lentement. Tu es quelqu'un de bien. Une personne qui veut faire le bien, qui ne juge pas les autres. Quand tu seras rétabli, nous mangerons des wraps dans ma voiture.

Le taxi se faufila dans un Stockholm embouteillé. Le chauffeur essaya d'abord de faire la conversation, mais il se tut lorsqu'il se rendit compte que Vanessa ne faisait aucun effort pour l'entretenir. Il augmenta le volume de la radio et grommela quelque chose à propos de la circulation.

Tom Lindbeck pouvait se trouver n'importe où en Suède. Seul ou avec un complice. Vanessa penchait pour la deuxième solution. Elle ne pensait pas que l'homme qui avait essayé de la tuer travaillait pour quelqu'un d'autre que Tom Lindbeck.

La recherche pour retrouver ce dernier était devenue la plus grande opération de police depuis l'attentat terroriste de

Drottninggatan. Mais Vanessa était certaine qu'il n'était plus à Stockholm. Plus pour l'instant.

Après le déjeuner, une conférence de presse devait se tenir, où le chef de la police du comté, flanqué d'un attaché de presse, devait rendre publics le nom et la description de Tom Lindbeck. Il serait décrit comme extrêmement dangereux et très probablement armé.

Vanessa s'était réveillée dans le lit de Nicolas, son bras autour d'elle. Bien qu'ils soient si proches qu'elle pouvait sentir sa respiration calme dans son cou, elle avait appuyé davantage son dos contre lui. Retardé le moment de se lever. Passé ses doigts sur son avant-bras. Posé sa main sur la sienne. Mais elle s'était finalement jetée hors du lit et s'était rapidement douchée, avant de descendre en courant vers le taxi qui attendait.

Demain, Nicolas partait à Londres. C'était mieux, pour eux deux. Elle n'aurait plus à se poser de questions. Il pourrait faire quelque chose de significatif. Sans cela, il sombrerait. Il avait besoin d'une mission. Pour combler le vide qu'elle savait être en lui. Vanessa n'en serait jamais capable. Ce vide régnait aussi en elle. Et même si elle l'avait pu, Nicolas ne l'aurait pas voulu. Vanessa savait qu'il l'aimait bien, mais probablement pas assez pour renoncer à sa propre vie.

Et elle respectait cela. La vie n'était pas comme dans les films.

De l'autre côté de la vitre, le quartier de Kungsholmen défilait en trombe.

Son autre téléphone, celui qu'elle utilisait habituellement pour ses informateurs, se mit à sonner.

– Tu arrives quand? demanda Trude.

– Dans quelques minutes, répondit Vanessa.

2.

La Brioche se planta devant le demi-cercle de journalistes. Il croisa les bras et se racla la gorge. Les journalistes se turent, repliant les journaux qu'ils avaient ouverts en attendant le début de la réunion. Sans dire un mot, il marcha lentement devant eux. Après avoir dévisagé chacun d'eux, il s'arrêta. S'étira.

– Bon travail à tous ! s'exclama-t-il en brandissant l'*Aftonposten*. Nous les écrasons. Ils n'ont rien à offrir. Rien !

Il jeta le journal en l'air où il se déplia avant de retomber lentement vers le sol où il resta.

– Faire un journal est évidemment un travail d'équipe, je suis le premier à le dire, mais... Max Lewenhaupt, dit la Brioche en désignant Max. La une et les gros titres ! On applaudit.

Jasmina se joignit aux applaudissements. Se faisait-elle des idées ou Max ne semblait-il pas aussi prétentieux qu'avant lorsqu'on le félicitait ? Il inclina la tête et quand les applaudissements s'arrêtèrent il jeta un coup d'œil à Jasmina.

– Aujourd'hui, nous continuons de la même manière. Chacun sait déjà ce qu'il a à faire, dit la Brioche.

Jasmina tourna les talons pour regagner son bureau, mais la Brioche l'arrêta.

– Tu as une minute ?

Il la conduisit au bureau de Tuva Algotsson et la laissa entrer la première. Tuva lui sourit amicalement. Derrière Jasmina, la porte se referma et le brouhaha de la rédaction s'estompa.

– Bon travail, Jasmina. Rapide et efficace. J'imagine que tu t'en doutes, nous étudions la possibilité de publier le nom de Tom.

De raconter l'histoire de sa vie. Son appartement est inspecté aujourd'hui, et des informations vont certainement fuiter. Max est chargé d'obtenir des détails et quand il les aura, je veux que tu l'aides à écrire l'article. D'accord?

– Oui.

Cet article sera le plus important du lendemain matin. Que Tuva veuille que Jasmina aide à le rédiger montrait qu'elle l'appréciait.

– Bien.

Tuva tendit le bras vers son café. Jasmina remarqua qu'il venait du café italien de l'autre côté de la rue.

– Le principal, c'est de ne pas oublier toute l'histoire. Oscar Sjölander a été libéré hier soir. Je veux que tu essayes de le faire parler. Il va probablement disparaître de Suède dans les prochains jours, alors c'est important que tu ailles le trouver le plus tôt possible.

La Brioche, qui était resté assis sans rien dire, le nez dans son portable, tendit une note manuscrite à Jasmina.

– Nous savons qu'il se cache dans cet hôtel.

Jasmina examina attentivement l'écriture sophistiquée. L'informateur avait même indiqué un numéro de chambre. Le portier? Le réceptionniste? Oscar Sjölander avait été en garde à vue, accusé d'avoir tué Rakel Sjödin. Même s'il était innocent, sa carrière télévisuelle était terminée. Les violences qu'il avait commises envers les femmes étaient de notoriété publique. Aucune chaîne ne voudrait le toucher, même avec des pincettes.

Jasmina prit la note et se leva.

– J'y vais tout de suite.

3.

Trude Hovland posa la boîte Ikea sur l'une des tables pliantes que les techniciens avaient apportées et qu'ils utilisaient pour trier ce qu'ils trouvaient dans l'appartement.

Le carton contenait des centaines de photos. Chaque photo était soigneusement répertoriée, avec la date et le lieu marqués au dos. Dans l'appartement de Tom Lindbeck, cinq techniciens travaillaient en combinaisons blanches. Ils n'avaient eu accès à l'appartement que quelques heures plus tôt, une fois ce dernier sécurisé par les démineurs de la police. Une odeur douceâtre de pourriture et de saleté incrustée flottait dans l'air. Vanessa respira la bouche ouverte pour contenir sa nausée.

– Comment pouvait-il supporter l'odeur?

– D'après sa nièce, il est anosmique, dit Trude. Il n'a ni goût ni odorat.

Vanessa attrapa une poignée de photos.

– Que je comprenne bien, dit-elle tout en les examinant. L'explosion a été probablement déclenchée par une grenade. Lorsque la porte a été enfoncée, la goupille a été éjectée. Tom avait vu les forces d'intervention arriver grâce à une caméra qu'il avait placée dans la cage d'escalier. Il a ouvert la fenêtre où une corde pendait et il est monté sur le toit. Il a ensuite couru en direction du pont.

– C'est exact. La dernière porte sur le toit, la plus proche du pont, était déverrouillée. Il est descendu par cette cage d'escalier-là. Nous ne savons pas comment il a quitté l'île.

Presque toutes les photos représentaient des femmes légèrement vêtues dans des lieux publics, qui n'étaient probablement pas au courant que Tom les photographiait.

– Il y a pire, dit Trude.

Elle tendit une épaisse enveloppe A4 à Vanessa qui la soupesa dans sa main avant de l'ouvrir. Au début, elle ne comprit pas ce qu'elle regardait. À la différence des autres photos, celles-ci étaient sombres et floues. La photo du dessus était prise de nuit, à travers une fenêtre. Trois personnes allongées nues dans un lit. Deux hommes et une femme. Étroitement enlacés. Sur une autre, un couple prenait de la cocaïne tout en faisant l'amour.

– Documenter la vie privée des gens semble avoir été une sorte de hobby pervers. Sur un vieux disque dur, nous avons trouvé des enregistrements.

– Des enregistrements?

Trude hocha la tête.

– Des films. Et des enregistrements audio. Il enregistrait les gens chez eux. Des conversations. Du sexe. Des disputes. Il en tirait des clips vidéo qu'il mettait en musique.

Vanessa posa l'enveloppe contenant les photos et regarda le salon. Les meubles étaient lourds et démodés. Si elle n'avait pas su que Tom Lindbeck avait trente-trois ans, elle aurait dit qu'une personne beaucoup plus âgée vivait ici.

Elle se souvint soudain de ce qu'Ivan avait dit à Nicolas – à savoir que les gardiens avaient l'habitude de regarder Victoria Ahlberg faire l'amour avec son petit ami.

– Y a-t-il des films qui viennent de la prison?

– Je ne le sais pas encore. Nous n'avons pas eu le temps de passer en revue tout le matériel. Chaque armoire est remplie de vieilles boîtes, de papiers et de bric-à-brac. À quoi pensais-tu?

– Victoria Ahlberg.

– Nous n'avons encore rien trouvé qui le relie à elle. Ceci dit, nous n'avons rien trouvé non plus qui indique qu'il a quelque chose à voir avec les meurtres de Rakel et d'Emelie. Mais il est probable que nous le ferons dans les prochaines heures. Maintenant viens, je veux te montrer autre chose.

Elles entrèrent dans le bureau. La puanteur empira. Le long d'un des murs, un espace était délimité par une vitre en Plexiglas d'un demi-mètre de hauteur, derrière laquelle huit gros rats se pressaient au milieu de restes de nourriture en décomposition, d'os de poulet rongés et d'excréments. Vanessa approcha de quelques pas, jeta un coup d'œil en bas. Six des rats avaient leurs queues nouées ensemble. Ils étaient incapables de bouger à moins que les autres ne suivent. Les animaux couinaient et grattaient leurs petites griffes contre le Plexiglas.

Trude se tint à côté de Vanessa.

– C'est ce qu'on appelle un roi-de-rats, expliqua-t-elle. On en trouve parfois dans la nature, quand leurs queues restent coincées dans le sang et les excréments. Celui-ci, il l'a fabriqué lui-même avec du fil de fer. Dans la chambre, nous avons trouvé plusieurs livres sur les rats. Presque autant que sur le sexe et la virilité.

Trude se dirigea vers le bureau et revint avec un cahier d'écolier qu'elle ouvrit.

– Il les a étudiés avec soin. Regarde ça, dit-elle.

Le roi-de-rats et les rats en liberté étaient classés dans des colonnes différentes. Il avait noté leur poids, leur longueur ainsi que leur couleur. Tracé des diagrammes et des tableaux soignés.

– Où a-t-il trouvé les rats?

– Dans les parcs, la cave, qui sait... Nous avons trouvé des pièges dont il s'est probablement servi pour les attraper.

Vanessa se détourna, s'approcha de la fenêtre.

La circulation sur la rocade d'Essingeleden était dense et avançait lentement. Des gens qui se rendaient au travail, dans leur maison d'été, à leur rendez-vous amoureux. Chaque personne dans son propre univers de pensées interdites, d'anxiété, de familles brisées, de fantasmes sexuels. Tout comme Tom. Ceci était son monde. Il y avait été seul. Il ne savait pas comment rencontrer les autres en dehors de cet univers. Il était donc devenu obsédé par l'idée d'entrer dans la vie des autres. De découvrir leurs secrets. Mais pourquoi se contentait-il d'observer certaines femmes alors qu'il en assassinait d'autres? Peut-être était-ce simplement parce qu'il pensait avoir trouvé un moyen de s'en tirer?

Un bout de papier était posé sur le rebord de la fenêtre. Vanessa se pencha. C'était un billet pour un match de football de la ligue féminine, Djurgården contre Linköping au Stadion, le vieux stade olympique de Stockholm. Elle fixa la date: samedi 4 mai. Coup d'envoi à 11 h 30. Son cœur s'emballa. Bien sûr, Tom Lindbeck aurait eu le temps de prendre la voiture entre Tyresö et le stade de Stockholm avant cette heure-là. Mais entretemps, il aurait dû déplacer le corps de Rakel de la maison d'été jusqu'à l'eau, aller jusqu'à la maison d'Oscar Sjölander à Bromma pour y placer l'arme du crime et le pull ensanglanté dans la poubelle. Non, la chronologie ne tenait pas.

Tom Lindbeck n'avait pas tué Rakel Sjödin.

– Trude? appela un technicien en passant la tête par l'embrasure de la porte. Nous avons trouvé quelque chose d'étrange dans le frigo. Venez voir.

Vanessa les suivit lentement dans la cuisine. L'un des techniciens tenait un petit récipient en plastique. Vanessa ne parvenait pas à voir ce qu'il contenait.

– Qu'est-ce que c'est? demanda Trude.

– Nous pensons que c'est du sperme, répondit l'homme.

4.

Nicolas entendit un sifflement derrière lui et se retourna. Celine lui fit un signe de la main. Son sac à dos rebondit tandis qu'elle accéléra le pas. Il maintint la porte de l'immeuble ouverte avec son pied. Il fallait qu'il lui dise maintenant, lui dire qu'il partait.

– Tu m'accompagnes en ville? demanda-t-elle.

– Pas aujourd'hui. (Il ne pouvait pas attendre plus longtemps. Sinon il risquait de partir sans lui dire au revoir.) Tu as une minute pour parler?

– Rapidement alors. Je suis juste venue déposer mon sac à dos et après je dois aller en ville pour m'acheter des vêtements. Je vais au festival *Pussy Power* demain.

– Ça sera rapide.

Celine le regarda avec méfiance.

– J'ai fait quelque chose de mal?

L'espace d'une seconde, il entrevit l'incertitude sur le visage d'ordinaire si confiant.

– Non, s'empressa-t-il de dire.

Elle haussa les épaules.

– Okay.

Nicolas désigna un banc dans la cour. Avant de s'asseoir, il épousseta le bois de la main. Celine posa son sac sur ses genoux et l'entoura de ses bras.

– Tu as besoin d'emprunter de l'argent, ou quoi?

Elle pouffa. Nicolas esquissa un sourire. Secoua la tête. Il prit son inspiration, mais Celine le devança.

– Je me suis entraînée. À retenir ma respiration.

Nicolas la regarda sans comprendre.

– Dans la baignoire. Pour pouvoir faire mon service militaire. Tu as bien dit que je pouvais tout faire si je le voulais vraiment. Je peux retenir ma respiration pendant quarante-sept secondes. C'est bien, hein?

Elle le regarda, pleine d'espoir.

– Je déménage. À Londres.

Celine ne sourcilla pas.

– Quand?

Une pie sautillait devant une poubelle.

– Demain.

De petits tics se répandirent autour de ses yeux.

– Oui, okay. À un de ces quatre alors. Il faut que j'y aille maintenant.

– Tu ne veux pas savoir pourquoi?

Elle jeta son sac sur son dos et commença à marcher. Nicolas se leva, la rattrapa et posa doucement une main sur son épaule.

– Celine, attends. Je suis désolé, mais je suis obligé.

Il la retourna doucement et vit à sa grande surprise qu'elle pleurait.

– Je rentrerai à la maison de temps en temps et je passerai te voir. Et on pourra nager. Ou plonger. Je te le promets.

Elle ne répondit pas. Une larme coula lentement sur sa joue. Nicolas tendit la main vers elle, mais elle la repoussa.

– Ça ne sera pas pareil.

Il n'avait pas l'intention de mentir en la contredisant. Doucement, il pressa son visage contre sa poitrine. Elle se laissa étreindre. Le tissu de son tee-shirt s'humidifia sous son souffle. Nicolas passa une main sur ses cheveux emmêlés en la serrant dans ses bras.

– Ça sera comme avant que tu emménages, sanglota-t-elle. Tu ne comprends pas? Je n'avais pas d'ami. Tu es le seul qui me comprenne. Qui m'aime bien. S'il te plaît, Nicolas, ne me laisse pas.

– Je suis obligé, dit-il à voix basse. Je suis désolé, mais je suis obligé.

Il déglutit, essaya de ravaler ses propres larmes.

– Non, Nicolas. S'il te plaît. Tu ne peux pas.

Elle se libéra, se mit à le frapper.

– Tu ne peux pas, cria-t-elle. Tu ne peux pas. Tu entends? Tu ne peux pas me laisser!

5.

Jasmina baissa la main et attendit. Elle hésitait à s'imposer, mais savait que cela faisait partie de son travail. Elle colla son oreille contre la porte, à l'affût du moindre signe de vie, mais tout était complètement silencieux. Tout travail a ses inconvénients, même celui de journaliste.

Elle frappa à nouveau.

Plus fort.

Pendant quelques secondes, elle imagina Oscar Sjölander étendu mort à l'intérieur, les poignets tailladés dans la baignoire ou se balançant au plafond au bout d'un nœud coulant.

La porte de la chambre 1316 s'ouvrit et un visage barbu apparut dans l'entrebâillement.

– Oui?

Il plissa les yeux face à la lumière du couloir, ses lèvres tremblant en attendant qu'elle dise quelque chose.

– Je m'appelle Jasmina Kovac et je suis journaliste à *Kvällspressen*. Puis-je vous parler un moment?

Le soulagement qu'elle avait ressenti en le trouvant vivant disparut. Tout son corps se crispa, prêt à se faire hurler dessus, mais il se contenta de l'examiner calmement.

– Quelle heure est-il? demanda-t-il d'une voix épaisse.

– Midi quarante.

Oscar ouvrit plus grand la porte et se retourna. Il était vêtu d'un peignoir blanc de l'hôtel, sous lequel il portait un caleçon et un tee-shirt. Les rideaux étaient tirés. Jasmina entra et resta debout au niveau de la porte de la salle de bains. Devant la fenêtre se trouvaient un fauteuil et une petite table basse. Oscar écarta légèrement les rideaux, une étroite bande de lumière se fraya un chemin à l'intérieur.

– Pourquoi ils t'ont envoyée justement toi? demanda-t-il.

Sa voix était pâteuse. Jasmina jeta un coup d'œil sur la table de chevet. Des comprimés, des petites bouteilles d'alcool du minibar.

La situation n'était pas brillante. Selon la politique du journal, les personnes interviewées devaient être sobres. L'homme en face d'elle était manifestement sous l'emprise de quelque chose et loin d'être en possession de toutes ses facultés.

– Est-ce que c'est parce que tu es une jeune femme, tu crois? Parce que j'aime bien les jeunes femmes?

Ses mâchoires se contractèrent tandis qu'il l'observait.

Il faisait chaud dans la chambre. L'air y était humide. Elle sentait le renfermé. Le lit ou le bureau? Jasmina tira la chaise de bureau et la tourna pour faire face à Oscar.

– Peut-être, répondit-elle sincèrement. Ou parce que nous sommes tous les deux originaires de Växjö?

Oscar éclata d'un rire sans joie.

– Tu n'y crois pas toi-même, dit-il, soudain sérieux. Enfin, je vais te donner de quoi me citer, Jasmina de Växjö.

Il fit des allers-retours entre le lit et le fauteuil. La ceinture de son peignoir traînait par terre.

Il avait l'air d'un animal tourmenté et blessé.

– Ma femme m'a quitté, dit-il en s'arrêtant devant elle. Elle ne veut plus rien avoir à faire avec moi et je ne peux pas lui en vouloir. Je me suis comporté comme un porc.

Jasmina posa son dictaphone sur sa cuisse et le mit en marche.

C'était surréaliste. Les mots qu'Oscar Sjölander allait prononcer seraient lus par des centaines de milliers, voire des millions de personnes. L'interview serait citée partout. Elle allait la rendre célèbre dans toute la Suède. Elle n'aurait plus besoin de s'inquiéter de trouver un emploi pour les dix prochaines années. Mais elle devait se concentrer sur ce qu'il disait, s'attarder le plus longtemps possible. Il pouvait à tout moment mettre fin à l'interview et la mettre à la porte.

– Tout ce que je demande, c'est que les gens laissent Therese et mes filles tranquilles. Qu'elles ne soient pas mêlées à tout ça.

Il y eut un silence.

– Qu'allez-vous faire maintenant? demanda prudemment Jasmina.

– Ma carrière est terminée. Tout ce pour quoi j'ai travaillé a été vain. Ne te méprends pas. Tout cela est ma faute. À moi seul. Aucun téléspectateur ne pourra plus jamais me regarder sans penser que je suis un porc infidèle. Qu'est-ce que je vais faire? Je ne sais pas. Partir loin pour commencer peut-être? M'éloigner des regards, du mépris.

Il s'affala dans son fauteuil. Enfonça la jointure de son index entre ses lèvres. Suça.

– Plus rien n'a d'importance, dit-il à voix basse. Tu comprends? Ce qui m'arrive n'a aucune importance. Que je ne sois plus suspecté du meurtre de Rakel, c'est... ça ne change rien. Tout ce qui avait de l'importance a disparu. Je pourrais tout aussi bien mourir.

Oscar enfonça sa tête entre ses mains. Tout à coup, il leva les yeux, son regard trouble et hostile.

– *Kvällspressen* voudrait peut-être diffuser mon suicide en direct? Le nombre de vues crèverait le plafond. Après, vous achèteriez les droits pour l'enterrement et la boucle serait bouclée.

Il secoua la tête.

– Je veux que tu partes maintenant.

À son grand étonnement, Jasmina se rendit compte qu'elle avait de la peine pour lui. Devant elle se trouvait une personne dont la vie avait été détruite. Elle – mieux que quiconque – comprenait ce que cela signifiait d'être dépouillé de sa dignité. De s'effondrer. D'être réduit à un animal stressé.

Elle déplaça son regard vers les comprimés, se demanda s'ils pouvaient lui ôter la vie. Elle se força à se concentrer.

– Une dernière chose. Aimeriez-vous dire quelque chose à la famille de Rakel Sjödin?

Il croisa ses mains sur ses genoux.

– Juste qu'elle était une personne merveilleuse qui ne méritait pas ce qui lui est arrivé, marmonna-t-il.

Jasmina se leva. Elle voulait partir. S'en aller. Elle repoussa la chaise sous le bureau et rassembla ses affaires.

En sortant, elle s'arrêta et se retourna. Oscar Sjölander leva les yeux, surpris.

– J'ai été victime d'un viol collectif, dit-elle. Trois hommes m'ont droguée, violée, et m'ont maltraitée à tel point que je pouvais à peine tenir debout. Je n'ai pas porté plainte, je ne l'ai d'abord dit à personne. Parce que j'avais honte. Parce que j'avais peur. Je suis toujours terrifiée. Je fais des cauchemars. Mais j'ai décidé de survivre. Non pas parce que la vie est sacrément amusante, mais parce que sinon ils auraient gagné et le viol aurait continué à me hanter. Chaque jour, chaque heure. Faites quelque chose d'utile de votre vie. C'est ce que j'ai l'intention de faire.

En traversant le hall de l'hôtel, elle jeta un coup d'œil à son téléphone portable. Un numéro inconnu l'avait appelée. Elle étudiait les chiffres lorsqu'au même moment son téléphone sonna.

– Comment ça s'est passé, tu l'as eu? demanda la Brioche, tout excité.

Les portes automatiques s'écartèrent devant elle.

– Il n'était pas là, mentit-elle.

Jasmina était journaliste, elle voulait avancer, être quelqu'un, mais elle était avant tout un être humain. Elle n'aurait pas dû interviewer Oscar Sjölander, il était à peine conscient de ce qu'il disait. Son cerveau était incapable de prendre des décisions rationnelles.

C'était un gros titre dont la Suède pouvait se passer.

Elle n'avait pas l'intention d'infliger cela à la famille d'Oscar Sjölander. Ils avaient suffisamment souffert. Quelqu'un d'autre devrait faire le sale boulot.

6.

Après avoir signé pour une nouvelle arme de service, Vanessa entra dans son bureau et ferma la porte. Elle avait besoin d'être au calme. Elle déposa le nouveau pistolet devant son ordinateur, baissa les stores et resta debout, les bras ballants.

L'odeur nauséabonde de l'appartement était encore présente sur ses vêtements. Elle voulait prendre une douche, se laver. Mais elle n'aurait pas la permission de retourner à son appartement avant la fin de la soirée. Si elle voulait se laver, elle devrait se rendre à la salle de sport du commissariat central ou prendre une chambre d'hôtel.

Tous les policiers du pays étaient à la recherche de Tom Lindbeck. Mais le billet du match au stade de Stockholm indiquait que ce n'était pas lui qui avait assassiné Rakel Sjödin. S'il était bien présent au match. Pourquoi un homme qui déteste les femmes irait-il voir un match de la ligue féminine? Avait-il essayé de les tromper en se procurant un alibi? Non, il savait pertinemment qu'il en fallait plus que ça. Elle pensa à l'homme qui lui avait tiré dessus. Était-ce lui qui avait tué Rakel?

Vanessa alluma son ordinateur, une note interne avait été envoyée à tous les enquêteurs avec les rares informations qu'ils avaient compilées sur le passé de Tom Lindbeck.

Il était né en 1986 à Trelleborg. Père inconnu. Lorsque Tom avait quatre ans, sa mère Agata Lindbeck avait déménagé avec lui et sa demi-sœur Ingela, de douze ans son aînée, à Farsta à Stockholm. La mère comme Ingela étaient mortes. La mère en 2006, Ingela trois ans plus tard. Outre son emploi à l'Administration pénitentiaire, où il avait commencé quatre ans plus tôt, il avait travaillé en tant que photographe indépendant avec *Kvällspressen* comme seul client.

Durant la journée, le mémo serait complété par de nouvelles informations, quatorze enquêteurs s'employaient à interroger les proches de Tom Lindbeck – collègues de travail, voisins, sa nièce – afin de dresser un portrait plus précis de l'homme le plus traqué de Suède.

Après la conférence de presse, tous les médias avaient publié son nom. Les chaînes de télévision diffusaient des extraits du discours du chef de la police du comté.

Le téléphone sonna. Mikael Kask. Vanessa comprit aussitôt qu'il avait de mauvaises nouvelles.

– Je suis désolé, Vanessa. Les chefs craignent que les journalistes ne déterrent cette histoire de conduite en état d'ivresse qui t'a valu d'être suspendue l'année dernière. Ils veulent que tu te reposes, compte tenu de ce qu'il s'est passé dans ton appartement. Je trouve que c'est totalement injuste. Je sais le rôle qu'Ove et toi avez joué dans cette enquête.

Il avait l'air tendu, supposant probablement que Vanessa se mettrait en colère. Mais elle ne ressentait que de l'indifférence.

– Ce n'est pas grave, Mikael. Merci d'avoir essayé.

– Tu es sérieuse? dit-il, surpris.

Elle marqua une pause.

– Oui. Je sais que ça peut paraître fou, mais je ne suis plus aussi sûre que Tom ait assassiné Rakel Sjödin.

– Qu'est-ce que tu racontes?

La voix de Mikael était passée d'incertaine à agacée.

– Il y avait un billet pour un match au stade de Stockholm dans son appartement. Le match se jouait le 4 mai, à onze heures et demie. S'il y est vraiment allé, il n'aurait pas eu le temps de déplacer le corps de Rakel et de se rendre à Bromma.

– Il aurait pu se procurer ce billet n'importe où. Il aurait pu le trouver dans la rue et le garder. Il aurait pu l'acheter sans y aller. Non?

– C'est possible. Mais j'ai pensé que tu devais le savoir. Au moins, vérifiez les caméras du stade.

– Nous partons du principe que Tom a aussi tué Rakel Sjödin. Tout porte à croire que c'est le cas.

– Faites comme vous voulez, mais vous devriez commencer à chercher un autre coupable. Au moins pour le meurtre de Rakel.

Elle coupa l'appel.

Sans Ove et elle, personne n'aurait rien su pour Tom Lindbeck. Et il était impliqué, d'une certaine façon. Mais il y avait une autre personne dans la nature. Elle en était persuadée désormais. Quelques années plus tôt, elle aurait appelé tous les membres de la direction pour se plaindre. Aurait crié, hurlé. Essayé de récupérer son enquête. Au lieu de cela, elle commença à rassembler ses affaires.

Son regard se posa sur sa nouvelle arme de service. Vanessa la soupesa. Elle en sentit le poids. La sécurité. Elle n'était pas fétichiste des armes à feu, mais il y avait des situations dans sa vie professionnelle où elle avait besoin d'être armée. Comme en Amérique du Sud l'année dernière. Ou comme hier. Elle enfonça le pistolet dans son sac et ferma la fermeture Éclair.

Vanessa quitta le commissariat central de Kronoberg en choisissant de laisser sa voiture au garage et se dirigea à pied vers la station de métro Rådhuset.

7.

Börje prit l'escalator jusqu'au quai de la station de métro Farsta. Il était presque désert. Tout au bout, il aperçut Elvis, assis dans son Permobil, une canette de bière verte à la main. Il ne savait pas comment Elvis accueillerait ses excuses. S'il les accepterait. Il redoutait d'être rejeté. Il avait déjà perdu Eva et ne pouvait pas supporter l'idée de perdre aussi son seul ami.

Elvis contemplait les tours d'immeubles d'un regard vide. Ce ne fut que lorsque Börje fut tout proche qu'il tourna la tête brusquement.

Börje se tortilla.

– Je t'ai fait peur?

Elvis secoua lentement la tête.

– Je t'ai vu arriver, dit-il en faisant un geste avec le moignon de son bras en direction de ses yeux. L'œil de faucon. Je tiens ça de ma mère.

– Je voudrais m'excuser, Elvis. Je t'ai dit des choses que... putain, j'ai honte. Tu es mon seul pote. Tu le sais, non? Je sais que tu ne me voulais que du bien quand tu as planqué l'alcool.

Elvis hocha la tête sans quitter Börje du regard. Puis il sourit en dévoilant ses dents brunes.

– Excuses acceptées. Un grand cœur et une âme indulgente, ça aussi je le tiens de ma mère. Mais dis-moi, qu'est-ce qui t'est arrivé au visage?

– J'avais l'intention de me jeter sous le métro. Au lieu de ça, je me suis retrouvé dans la pièce, avec les agents de sécurité.

– Tu t'es pris une belle raclée à ce que je vois. Bien fait pour toi, dit Elvis en lui faisant un clin d'œil. Maintenant, on est deux à ne pas avoir réussi à se suicider ici.

Le métro en provenance du centre-ville ralentit derrière eux. Une vingtaine de passagers en descendirent. L'un après l'autre, ils se dirigèrent vers l'escalator. Mais une femme blonde se détacha de la foule et se dirigea vers Börje et Elvis. Quand elle fut proche, Börje vit qu'il s'agissait de Vanessa Frank.

– Je t'ai appelé.

Börje brandit son téléphone. L'écran était noir. Mort.

Elvis s'approcha de Börje et désigna le panier de sa Permobil.

– La dame veut-elle une bière?

– Ça ira, merci, répondit Vanessa, avant de se tourner vers Börje à nouveau. J'ai besoin de ton aide.

Elle sortit de son sac une photo imprimée. Börje prit la feuille A4 et regarda la photo de l'homme au crâne chauve.

– C'est lui l'homme que Rakel a laissé entrer dans la maison d'été?

Börje lui rendit la feuille.

– Celui-là, je ne l'ai jamais vu.

Le visage de Vanessa s'assombrit. Pour une raison inconnue, sa réponse l'avait bouleversée.

– Tu en es sûr?

Il acquiesça.

8.

Jasmina savait qu'elle était mal partie. Si quelqu'un au journal découvrait qu'elle avait menti au sujet d'Oscar Sjölander, elle ne pourrait pas rester. La loyauté au journal était primordiale. Tuva Algotsson aurait peut-être décidé de ne pas publier l'interview si Jasmina lui avait dit que le présentateur était défoncé. Mais elle n'avait pas osé prendre ce risque.

Max s'assit à côté d'elle. Elle fixa l'écran de son ordinateur, fit semblant de lire l'article à propos de Karim. Apparemment, il allait obtenir la garde de sa fille.

– Je viens de parler à ma source à la police, dit Max. Ils sont dans l'appartement de Tom Lindbeck. Tu sais ce qu'ils ont trouvé ?

Elle ne répondit pas.

– Des gros rats. Et des films de sexe. Il traquait des gens, les filmait dans leurs appartements. C'est de la folie. Nous devons lui trouver un bon nom pour les gros titres. Tu sais, comme ils ont fait pour Laser man et l'Homme au VIH. L'Homme aux rats? Non, put… Merde, ça y est je l'ai. Le Roi des rats. Qu'en dis-tu?

Jasmina tourna lentement sa chaise.

– Je comprends que tu voies ça comme un scoop, dit-elle avec amertume. Mais pour moi et pour toutes les autres femmes, c'est plus que ça. C'est nous qu'il déteste. C'est nous qu'il veut tuer.

Elle sentit son visage s'échauffer. Jasmina qui n'élevait jamais la voix, qui ne se mettait jamais en colère. Mais là, elle bouillonnait. Elle aurait pu le gifler.

– Il a tué deux femmes de mon âge, peut-être plus. Tu crois que c'est un jeu ? Tu crois qu'il est seul? Ce que nous écrivons ici, c'est la vraie vie. Et si on écrit trop souvent sur la vraie vie, elle finit par devenir irréelle. C'est ce qui t'est arrivé.

Et à moi, allait-elle dire. Mais pour elle, c'était le contraire. Karim s'en était assuré.

– Jasmina, je ne comprends pas ce que j'ai fait ou pourquoi tu es en colère contre moi?

Elle prit une profonde inspiration, se calma.

– Tu es un idiot, Max. Tout ça, c'est du sérieux.

– Bien sûr que je ne trouve pas ça drôle. Mais c'est mon travail, dit Max en ouvrant les bras.

Elle le regarda fixement. Déglutit. Le téléphone de Max se mit à sonner. Il regarda l'écran d'un air dépité.

– Il faut que je prenne ça, dit-il.

Il chercha son dictaphone, mais renonça rapidement. Il prit celui de Jasmina, tripota le câble tout en plaçant l'écouteur dans son oreille et se dirigea vers le couloir pour parler en privé.

– Le Roi des rats, dit la Brioche en dessinant un rectangle pour représenter l'affiche des gros titres avec ses mains. Nous le tenons.

Jasmina croisa les bras et s'adossa à la chaise dans le bureau de Tuva Algotsson. Elle ne pouvait plus jouer à ce jeu-là.

La Brioche, qui s'était penché sur le bureau bien rangé de la rédactrice en chef, se mit à tourner en rond.

– L'édition de demain est pratiquement prête. Oui, sauf s'ils l'attrapent d'ici là, bien sûr. Mais donc, nous avons tes deux articles, Max, sur les découvertes de la police dans l'appartement et celui un peu plus long que nous appelons *L'Histoire du Roi des rats*. J'ai deux autres journalistes qui appellent des gens qui ont connu Tom Lindbeck, mais je veux que ce soit toi qui l'écrives, Max.

Il s'arrêta. Se gratta le menton.

– Putain, l'interview d'Oscar Sjölander aurait été géniale. Elle aurait pu faire les gros titres ou la une. Tu n'as pas la moindre idée où il se trouve, Jasmina? Ou quels sont ses projets?

– Non. Il n'était pas dans sa chambre d'hôtel. Et honnêtement, je ne pense pas qu'il ait particulièrement envie de parler.

Max la regarda avec étonnement, ou se l'imaginait-elle? L'interview avec Oscar Sjölander se trouvait encore sur son dictaphone. Mais Max ne l'aurait quand même pas écoutée? Il savait qu'elle pouvait avoir des sources là-dessus. Des informateurs qui voulaient rester anonymes. D'un autre côté, Max lui avait volé son article trois semaines auparavant.

– Sa femme, Therese, alors? demanda la Brioche en jetant un coup d'œil à Tuva.

La rédactrice en chef réfléchit un instant, puis secoua la tête.

– Trop tôt, dit-elle fermement. Laissez-la en dehors de tout ça.

Tuva fixa Jasmina du regard.

– Tout va bien? Tu as l'air sombre.

9.

La valise cabine noire que Nicolas avait achetée à Hötorget était ouverte sur son lit. Le peu qu'il voulait emporter à Londres y tenait sans problème. Il n'avait que trois photographies qu'il gardait dans une pochette en plastique. Une avait été prise avec ses camarades des Forces spéciales durant un exercice dans le nord de la Suède. Ils brandissaient leurs skis comme de joyeux touristes posant devant une forêt blanche et gelée. Mais comme ils avaient des identités secrètes, ils n'avaient pas le droit d'être photographiés et portaient donc leurs cagoules.

Sur la deuxième photo, prise la veille de Noël dans l'appartement de Sollentuna, il était avec Maria. Nicolas avait cinq ans, il portait une chemise blanche et un nœud papillon rouge et regardait l'appareil photo avec sérieux. Maria était assise à côté de lui, le visage inexpressif, coiffée d'un bonnet de père Noël.

La dernière photo était celle de leur mère. Pendant toutes ces années, depuis sa mort, il n'avait jamais pu se résoudre à la regarder. Il posa la pochette en plastique et son béret vert des commandos marine dans la valise qu'il ferma avant de la mettre sur le sol, s'étira sur le lit et regarda au plafond.

Les adieux à Celine ne s'étaient pas déroulés comme il l'avait espéré. Elle était spéciale. Intelligente. Drôle. Mais il ne pouvait pas renoncer à ce travail à Londres et à sa propre vie pour être son ami.

Elle allait s'en remettre.

Son téléphone sonna, Vanessa.

– Salut, dit-il.

– Que fais-tu?

– Ma valise.

Vanessa se tut.

– J'ai beaucoup pensé à Karim, dit Nicolas. C'est terrible qu'il soit libéré. On devrait pouvoir faire quelque chose.

– Comme quoi?

Vanessa se tut à nouveau. Prit son élan. On entendait une voiture dans le fond.

– Je pensais… demain. Comment vas-tu à l'aéroport?

– En train, je suppose.

– Tu veux que je t'accompagne? demanda-t-elle sur un ton neutre.

Il sourit.

– Jusqu'à Arlanda? Tu auras le temps?

– Vu ce qui s'est passé hier, ils veulent que je prenne un peu de recul, dit Vanessa.

Nicolas entendit qu'elle s'efforçait de paraître indifférente. Comment pouvaient-ils la traiter de la sorte? Sans elle, ils tâtonneraient encore dans le noir et auraient deux détenus accusés à tort. Mais l'emportement de Nicolas n'arrangerait pas les choses. Et connaissant Vanessa, ce n'était pas ce qu'elle voulait. Il suffisait qu'elle comprenne qu'il était en colère. Qu'il était de son côté.

– Eh bien, dans ce cas, dit-il calmement. À demain.

Ils raccrochèrent.

Quelque chose avait changé entre eux. Nicolas ne savait pas comment ni quand, mais c'était indéniable.

Il repensa à la nuit précédente. Il ne l'avait jamais vue ainsi, aussi vulnérable. Au contraire, Vanessa avait toujours pris soin de montrer qu'elle n'avait pas besoin d'aide.

Une partie de lui était heureuse, même s'il ne l'admettrait jamais, que ça ait été lui et personne d'autre qu'elle était venue voir. De la même manière qu'il était heureux quand Maria et lui étaient petits et qu'elle était triste, et qu'elle venait le voir pour qu'il la console. Il voulait jouer un rôle dans la vie de Vanessa.

Nicolas n'arrivait pas à comprendre. Il ne comprenait pas ce qu'il voulait. Ni ce qu'elle voulait.

Dès le premier instant, il y avait eu quelque chose de tacite et d'électrique entre eux. Bien sûr qu'il était attiré par Vanessa. Pas seulement physiquement, même si elle était évidemment belle et séduisante. Mais c'était surtout l'être humain qu'était Vanessa auquel Nicolas ne pouvait penser sans ressentir… oui, que ressentait-il ? Quelque chose qui le perturbait et ne voulait pas le laisser tranquille.

10.

Jasmina se laissa tomber sur son lit, le téléphone à la main. Son corps était enveloppé dans une serviette et ses cheveux étaient mouillés. La voix furieuse de la Brioche résonnait encore dans ses oreilles.

Tu as menti, tu lui as parlé. Tu te rends compte de ce que tu as fait?

Ils avaient découvert qu'elle avait interviewé Oscar Sjölander. Max, évidemment. Il était le seul à pouvoir le savoir. La Brioche lui avait annoncé qu'elle était transférée à la rédaction de la culture jusqu'à la fin de son CDD. Et même s'il ne le lui avait pas dit directement, il était sous-entendu qu'elle n'avait pas d'avenir à *Kvällspressen*.

Le lendemain, elle devrait se rendre au stade de Stockholm pour interviewer les participantes au festival *Pussy Power*.

– Merde, marmonna-t-elle.

Jasmina était persuadée d'avoir fait le bon choix, Oscar Sjölander n'était pas en possession de tous ses moyens – personne ne devrait être interviewé s'il a le corps bourré de comprimés et d'alcool. Tuva Algotsson et la Brioche n'auraient peut-être pas publié l'interview si elle le leur avait dit, mais elle avait pris sa propre décision. Et cela lui avait coûté sa carrière.

Mais la famille d'Oscar Sjölander ne devait pas payer parce qu'il était un porc. Elle voulait appeler Max, lui hurler sa rage. Mais d'une certaine manière, elle était contente qu'ils l'aient démasquée. Sa rencontre avec Oscar Sjölander l'avait amenée à réévaluer beaucoup de choses.

Jasmina voulait être journaliste dans l'un des deux tabloïds si populaires en Suède, mais elle n'avait pas l'intention de compromettre ses convictions. Pas question de sacrifier les autres pour avancer. Elle allait travailler les dernières semaines à la rédaction de la culture, puis elle rentrerait à Växjö. Elle supplierait qu'on lui rende son ancien poste. Et si elle ne l'obtenait pas, elle trouverait autre chose.

Jasmina se leva de son lit. Elle avait besoin de sortir, de prendre un peu d'air frais, de se changer les idées. Elle venait d'attacher son soutien-gorge et était en train d'enfiler son jean quand on sonna à la porte. Elle regarda par le judas et vit que c'était Vanessa Frank.

Elles trouvèrent un banc près de la fontaine au parc Tessin. Le soleil colorait d'orange les nuages qui passaient. Un couple prit un selfie devant le jet d'eau avant de se diriger main dans la main vers l'aire de jeux. Un père jouait au ballon avec sa fille. Sur une couverture posée sur l'herbe, des jeunes étaient allongés sur le dos, écoutant Avicii et fumant de la marijuana.

Vanessa sortit sa cigarette électronique et prit une bouffée.

– Je voulais juste savoir comment tu allais, dit-elle en détournant le visage pour souffler la fumée.

– Ça va, dit Jasmina, avant de s'esclaffer. Ou plutôt non, c'est la merde. Je ne vais pas obtenir de prolongation de contrat au journal et demain, je fais des interviews au festival *Pussy Power*.

– Qu'est-ce que c'est?

– Un festival sans hommes.

– Ah d'accord.

Le ballon de foot roula vers la fontaine, rebondit sur le bord et tomba dans l'eau. Le père retroussa les jambes de son pantalon. Sa fille hurla de rire quand il pataugea pour le récupérer.

– Tu es vraiment juste venue pour prendre de mes nouvelles? s'enquit Jasmina, hésitante.

Vanessa hocha la tête.

– Ne le prends pas mal, mais tu as l'air d'une personne assez solitaire.

– C'est vrai, admit Jasmina en souriant.

– Je voulais juste m'assurer que tu tenais le coup après ce qui s'est passé. Pourquoi ne peux-tu pas rester à *Kvällspressen*?

Dans la fontaine, l'homme avait ramassé le ballon et revenait sur ses pas. Il éclaboussa la fillette qui se tenait sur le bord.

– J'ai interviewé Oscar Sjölander hier.

– Alors tes chefs doivent être contents?

Une mouette poussa un cri rauque dans les airs.

– J'ai dit que je n'avais pas réussi à mettre la main sur lui. Il était complètement à côté de la plaque. Mais en réalité, ce n'est pas pour lui que j'ai menti, mais pour sa femme et ses enfants. En tout cas, mes chefs l'ont appris. Un collègue, Max, a entendu l'enregistrement qui se trouvait sur mon dictaphone.

La mouette tournoya au-dessus d'elles avant de replier ses ailes et de se poser sur un lampadaire.

– Karim, demanda Jasmina. C'est vrai qu'il aura la garde de la fille d'Emelie Rydén… de leur fille quand il sortira?

Vanessa détourna les yeux. Jasmina trouva qu'elle avait l'air d'avoir honte. Au bout d'un moment, elle la regarda à nouveau.

– Tu n'as pas changé d'avis sur le fait de porter plainte?

Jasmina secoua lentement la tête.

Un signal sonore retentit dans le sac de Vanessa. Elle s'excusa, sortit son téléphone. Tout son corps se raidit et son regard se perdit dans le vide. Elle rangea son téléphone.

– Tout va bien? demanda Jasmina avec douceur.

Vanessa baissa la tête. Ses lèvres se mirent à trembler. Elle se détourna, Jasmina n'aurait pas pu dire si elle pleurait.

– Mon collègue, Ove, est mort.

PARTIE VIII

Les fusillades de masse ont pour seul but la vengeance, l'enthousiasme, le plaisir de faire souffrir tes ennemis. Mais bien sûr, ça ne changera pas fondamentalement la société.

Homme, anonyme.

1.

Vanessa s'arrêta devant le marchand de journaux Pressbyrån de la gare centrale où les gros titres d'*Aftonposten* et de *Kvällspressen* s'affichaient en jaune pétant.

Traqué : soupçonné de quatre meurtres, claironnait *Aftonposten* avec une photo de Tom Lindbeck.

La double vie du Roi des rats – il hait les femmes, ripostait *Kvällspressen*, en se servant de la même photo.

Le Roi des rats, donc. Quelqu'un au commissariat central avait divulgué des informations provenant de l'examen technique de l'appartement de Tom Lindbeck.

Quatre femmes vêtues de tee-shirts rouges identiques passèrent, des bouteilles de bière à la main, de la house music se déversant d'une petite enceinte que portait l'une d'elles. Sur leurs dos était inscrit *sans homme – pas de pelotage, pas de dérapage.*

– Ah, te voilà.

Nicolas portait un tee-shirt noir à manches longues, un jean noir et traînait derrière lui une valise cabine à roulettes. Elle ressentit une douleur au niveau de sa côte lorsqu'il la serra dans ses bras.

– Tu as encore mal?

– Ça peut aller, dit-elle. On y va?

Ils suivirent les panneaux indiquant l'Arlanda Express.

Nicolas allait se construire une nouvelle vie, rencontrer d'autres femmes, plus jeunes. Elle ne lui en voulait pas. Il méritait d'être heureux. Mais Vanessa détestait le changement. Elle allait rester là. Seule. Rentrer chez elle dans son appartement en ruine, pour dans quelques jours être envoyée quelque part dans le pays, à passer ses soirées dans des bars d'hôtel vides. La prochaine fois qu'ils se donneraient des nouvelles, tout serait différent.

– Tu peux venir me voir. Londres n'est pas si loin, dit-il d'un ton encourageant.

– Bien sûr.

Elle était égoïste. Elle devrait faire un effort, faire semblant d'être heureuse. Sinon il se souviendrait d'elle comme d'une vieille aigrie. Elle s'arrêta.

– Je déteste les adieux, Nicolas.

Il sourit et lui caressa la joue.

– Je sais.

Le regard de Nicolas se planta dans le sien. Ce qui la remua, déclencha quelque chose.

– Tu... Tu comptes pour moi, dit Vanessa. Tu comprends? C'est le cas de peu de gens.

***

La musique résonnait sur les murs de briques du vieux Stadion, traversait les portails noirs sous les arches et se déversait sur Valhallavägen. À l'extérieur de l'enceinte se pressaient des centaines de femmes de tous âges. Elles buvaient de la bière et du vin dans des verres en plastique et chantaient en chœur. Des toilettes de chantier et des stands de merchandising bordaient la petite allée bordée d'arbres au milieu de la grande avenue. Sur la pelouse, des îlots de groupes de filles se balançaient sur des chansons que Jasmina n'avait jamais entendues.

Entre les arbres, au-dessus de sa tête, quelqu'un avait accroché une grande banderole avec le slogan du festival: *Amour. Sororité. Musique.* Même les partis politiques étaient représentés. Des bénévoles des principaux partis distribuaient des tracts. Davantage de festivalières affluaient. Elles arrivaient de toutes les directions et se joignaient à la marée humaine dansante et ondulante. Des agents de sécurité surveillaient la foule. Dans la première enceinte, deux ambulanciers se tenaient les bras croisés, appuyés contre une ambulance. Les portes venaient de s'ouvrir, mais la majorité des participantes au festival attendait encore à l'extérieur du stade.

Jasmina et la photographe Freya Kjellberg, une photographe indépendante d'une vingtaine d'années, se mêlèrent aux femmes, se présentant et posant deux questions : quel artiste êtes-vous venue écouter aujourd'hui et pourquoi les festivals sans hommes sont-ils nécessaires ?

Jasmina se laissa entraîner par l'ambiance de fête, oubliant rapidement qu'elle avait été rétrogradée et était sans avenir.

Une fois les interviews terminées, elles se dirigèrent vers l'entrée de la presse sur Drottning Sofias väg, passèrent devant deux ambulances alignées et tendirent leur carte de presse à une bénévole en gilet orange. Elles reçurent chacune une accréditation de presse à accrocher autour de leur cou et furent conduites dans une petite zone servant de coulisses. Elle consistait en quelques tables pliantes, des chaises en plastique branlantes et un écran de télévision où les journalistes pouvaient suivre les événements à l'intérieur du stade.

Jasmina prit une pomme dans une corbeille de fruits, salua quelques collègues. Sur l'écran, le stade se remplissait de spectatrices impatientes. Elle eut envie de s'y rendre pour s'imprégner de l'atmosphère.

***

Vanessa ressentit une douleur sur le côté. Elle passa ses doigts sur son bandage et sentit qu'il était humide.

– Je dois juste vérifier la plaie, dit-elle.

– Je m'occupe des billets de train en attendant. On se retrouve sur le quai.

Vanessa se fraya un chemin pour retourner dans le hall des départs et prit l'escalator pour descendre vers les toilettes. Une vingtaine de femmes se tenaient groupées, sautant et chantant sur *Dancing On My Own* de Robyn, les mains tendues vers le plafond. Des passants s'arrêtaient, sortaient leur téléphone et filmaient. Devant le miroir, Vanessa déboutonna sa chemise blanche, détacha le sparadrap qui maintenait le bandage ensanglanté en place. Elle le remplaça par un nouveau.

Derrière elle, les portes des cabines s'ouvraient et se fermaient.

– Mais il est où le Stadion en fait? demanda une femme avec un accent de Scanie en se lavant les mains.

Vanessa la regarda dans le miroir. C'était l'une des femmes qui venaient de chanter la chanson de Robyn.

– Prenez la ligne rouge du métro en direction de Mörby Centrum, répondit une autre.

– Merci.

Vanessa reboutonna sa chemise, passa la paume de sa main dessus pour aplanir les plis. Elle vérifia son reflet dans le miroir. *Garde la tête froide*, se dit-elle. *Bientôt ce sera fini. Nicolas va disparaître et tu pourras retourner à ta vie sans histoire, faite de beuveries solitaires, de documentaires sur* Animal Planet *et de rediffusions d'émissions de télé-réalité.*

Elle fit un pas vers la sortie, mais s'arrêta brusquement. Le Stadion. Une vague d'horreur glacée la submergea. Le festival sans hommes faisait l'objet de débats animés. C'était un véritable chiffon rouge, notamment pour les antiféministes. Vanessa elle-même n'était pas complètement d'accord avec l'idée, même si elle comprenait les femmes qui voulaient écouter de la musique sans se faire harceler par des hommes.

Elle sortit son téléphone tout en courant vers les escalator.

– Vanessa, comment vas-tu? la salua Mikael Kask.

– Écoute-moi bien. Je ne sais pas où vous croyez que Tom Lindbeck se trouve, ni si vous en êtes proches, mais vous devez envoyer des gens au Stadion.

– Pourquoi ça?

– *Pussy Power*. Le festival sans hommes.

– Ne t'inquiète pas. Tout est sous contrôle. Il n'est plus à Stockholm. Nous avons...

Vanessa raccrocha, dépassa quelques personnes immobiles sur l'escalator, atteignit le hall des départs. Elle courut à travers le hall de restauration, franchit les portes automatiques et arriva sur le quai où un train Arlanda Express jaune se remplissait de passagers.

* * *

Jasmina et Freya se tenaient au milieu de la foule. Les haut-parleurs crépitèrent tandis qu'une silhouette vêtue d'une cape noire, la capuche remontée sur la tête pénétrait sur la scène à l'extrémité nord et prit place derrière le pupitre de la DJ.

– Okay les filles. Êtes-vous prêtes pour l'amour, la sororité et la musique?!

Les femmes du public répondirent *oui* à l'unisson et, l'instant d'après, la musique se déversa sur elles. Elle venait de toutes les directions, transformant les femmes en un seul corps dansant et chantant. L'artiste se débarrassa de sa cape, leva un poing en l'air et se mit à bouger en rythme. Les basses étaient si fortes que Jasmina les ressentait dans son ventre. Ses organes vibraient. Elle se laissa emporter et se mit à sautiller sur place. Freya rit et se joignit à elle.

La chanson s'arrêta, mais la DJ ne leur laissa aucune chance de reprendre leur souffle. Une nouvelle boucle mélodique démarra. Freya la tira par le bras, se pencha et lui cria quelque chose. Elle indiqua la direction de la salle de presse, Jasmina acquiesça et la suivit.

Elles brandirent leurs badges de presse accrochés à leur cou et furent autorisées à entrer. Elles ouvrirent la porte, traversèrent le couloir et la musique s'atténua aussitôt.

– Je dois envoyer les photos, dit Freya. Le rédacteur en chef de la culture veut avoir les micros-trottoirs aussi vite que possible.

– Alors je vais rédiger les interviews.

Jasmina sortit son téléphone. Trois appels manqués. Deux d'un numéro inconnu à *Kvällspressen* qu'elle supposa être celui du rédacteur en chef de la culture. Un appel de Max.

Dans la salle de presse, les collègues étaient penchés sur leurs ordinateurs portables. Presque tous étaient des femmes, mais il y avait aussi quelques hommes. Les rédactions avaient reçu l'autorisation d'envoyer des journalistes masculins, bien que les organisatrices du festival aient clairement indiqué qu'elles préféraient des femmes. L'air était étouffant. Stagnant. Jasmina prit une eau minérale Ramlösa, la décapsula et s'assit sur une place libre.

Elle ouvrit son ordinateur, saisit son mot de passe. Elle démarra Newspilot, le logiciel de traitement de texte que les rédactions suédoises utilisaient habituellement, et se connecta au WiFi.

La porte s'ouvrit, la musique s'intensifia un instant avant de disparaître à nouveau. Jasmina se retourna pour voir qui était entré. Hans Hoffman. Il alla jusqu'à la corbeille de fruits, attrapa une pomme et mordit dedans. Il parcourut la pièce du regard. Jasmina repoussa sa chaise.

– Hans, s'écria-t-elle. Qu'est-ce que tu fais ici?

Il sembla surpris de la voir.

– Et toi alors, je croyais que tu travaillais aux informations? demanda-t-il.

Elle secoua la tête.

– Tu es tombée en disgrâce?

Le ton était enjoué, mais lorsqu'il vit l'expression du visage de Jasmina, il redevint aussitôt sérieux.

– C'est le moins qu'on puisse dire, répondit-elle. Mais je ne savais pas que tu serais ici? Comme je suis contente de te voir!

Elle se pencha en avant et l'enlaça, sentant la barbe de son menton contre sa joue.

– Un des autres journalistes s'est désisté, alors ils m'ont appelé au pied levé, dit-il. Mais, je dois me dépêcher d'aller dans les coulisses pour interviewer les artistes.

***

– Le festival, haleta Vanessa, le festival sans hommes au Stadion.

– Qu'est-ce qu'il a?

Elle souffla, essayant de synchroniser sa respiration avec ses paroles.

– Je crois qu'ils vont l'attaquer. Dans l'appartement de Tom, il y avait le billet d'un match de football. Je crois qu'il était là en reconnaissance.

Nicolas la dévisagea.

– Celine y est.

Il se leva d'un bond et se mit à courir sur le quai avec sa valise. Devant les portes automatiques du hall des départs, il tourna à gauche, vers la file d'attente des taxis. Vanessa le regarda se frayer un chemin devant un groupe de personnes jusqu'au premier taxi. Le chauffeur était en train de charger la valise d'un homme âgé dans le coffre de sa Volvo V70. Nicolas la lui arracha des mains et la posa sur le trottoir. Le chauffeur se mit en colère et commença à l'injurier. Vanessa montra sa carte de police.

– Nous avons besoin de cette voiture. Maintenant.

Le chauffeur de taxi agita les bras.

– Vous ne pouvez pas me prendre ma voiture comme ça!

Le vieil homme les regarda d'un air interrogateur. Nicolas jeta sa propre valise à l'intérieur, fit le tour de la voiture et ouvrit la portière conducteur. Vanessa s'assit sur le siège passager.

– À quel point es-tu sûre de toi? demanda-t-il sans regarder Vanessa.

– Très, dit-elle.

Il zigzagua entre les véhicules jusqu'à Kungsgatan où il tourna à droite.

– Appelle le 112, dit Nicolas. Dis qu'il y a eu une fusillade au festival.

***

Jasmina retourna à son ordinateur, brancha ses écouteurs pour pouvoir écouter son dictaphone, posa le téléphone sur la table et se mit à marteler les touches. Elle fut interrompue par un appel de Max. Elle bloqua la communication. Elle se passa une main agacée dans les cheveux et continua à rédiger ses réponses. Le téléphone sonna à nouveau. Elle soupira, se leva et emporta son téléphone dans le couloir.

– Qu'est-ce qu'il y a?

– J'ai entendu ce qu'il s'est passé, et je voulais te dire que ce n'était pas moi, je n'ai rien dit à la Brioche.

– Arrête de mentir, Max. Pour une fois, arrête de mentir. Pourquoi faut-il que tu sois à la fois voleur et menteur?

– Oscar Sjölander a appelé la rédaction hier soir pour stopper la publication. Il a été mis en relation avec la Brioche qui a compris que tu lui avais bien parlé.

Si Oscar Sjölander s'était dégonflé après leur conversation, il connaissait suffisamment le fonctionnement des tabloïds pour les contacter et leur demander de ne pas publier l'interview. Quand Jasmina avait quitté sa chambre d'hôtel, il ne pouvait pas savoir qu'elle avait changé d'avis.

– Allô? dit Max.

– Oui?

– Tu dois me croire.

Elle soupira. Fixa le mur de briques. Plus loin dans le couloir, une porte s'ouvrit. La musique s'infiltra. Rebondit entre les murs. Les pas s'approchèrent.

– Il faut que je travaille maintenant.

– Comment se passe le festival?

– Bien. Hoffman est ici.

– Hans Hoffman?

– Oui. On l'a appelé ce matin.

Max resta silencieux un moment.

– Hoffman a été licencié. Il envoyait des messages de menaces à des femmes journalistes et politiques. Pour des raisons évidentes, Tuva n'a pas voulu rendre l'affaire publique. Mais je le sais, parce que c'est moi qui l'ai démasqué. C'est pour cela que j'ai pu revenir, contre la promesse de n'en parler à personne.

* * *

Sur Kungsgatan, la circulation était à l'arrêt. Nicolas alluma les feux de détresse, klaxonna et roula à moitié sur le trottoir. Les piétons se jetaient hors de son passage, se plaquaient contre les façades, poussaient des cris et gesticulaient.

– Qu'ont dit les services d'urgence?

– Ils ne me croient pas. Il y a des policiers sur place et ils n'ont pas signalé de coups de feu.

– Avec un peu de chance, on les trouvera avant.

Nicolas se jeta sur le klaxon, et une femme d'un certain âge s'écarta au dernier moment.

Vanessa reconnut ce regard concentré. Tendu. Inhumain. Elle l'avait déjà vu. En route vers Täby, au milieu de la nuit. Une autre voiture. Une autre vie. Cette fois-là, ils étaient arrivés trop tard.

Au niveau de Stureplan, un bus bleu occupait toute la chaussée. Nicolas se déporta sur la voie de gauche, en direction des voitures roulant à contresens. Il glissa sans ralentir à dix centimètres du bus.

– Tu es sûr que Celine y est? demanda Vanessa.

Nicolas acquiesça.

Ils roulèrent le long du parc d'Humlegården. Les façades défilaient à toute allure. Vanessa jeta un coup d'œil au compteur:

cent dix kilomètres à l'heure. Elle tendit le cou. Elle se demanda où commenceraient les barrières sur Valhallavägen. Combien de spectatrices? Mille? Deux mille? Cinq mille? Exclusivement des femmes. Ils pouvaient tirer à l'aveugle et être quand même sûrs d'atteindre leurs objectifs. Toutes les femmes étaient des cibles. Mais le fait qu'il s'agissait d'un public exclusivement féminin signifiait aussi qu'ils auraient plus de mal à se cacher.

Au niveau de Karlavägen, le feu passa au rouge. Nicolas ralentit. Il regarda à droite et à gauche, se plaça devant une Porsche rouge et démarra en trombe. Il faillit entrer en collision avec une Peugeot venant de la direction d'Östermalm, mais, après avoir mis un coup de volant, la voiture dérapa et, l'espace d'un instant, Vanessa fut persuadée qu'elle allait se retourner, avant que Nicolas ne parvienne à la redresser.

Ils atteignirent Valhallavägen. Nicolas ralentit. Il n'y avait que de la musique. Pas de coups de feu, pas d'appels au secours. Juste des personnes qui dansaient joyeusement dans de longues files d'attente pour entrer.

2.

Tom était assis sur le brancard dans l'ambulance garée sur le côté ouest au niveau de Drottning Sofias väg. À l'extérieur, des femmes riaient, chantaient et criaient. Il serra son poing droit jusqu'à avoir mal au poignet. Il desserra. Il serra à nouveau. Il avait envie de sortir. De répandre la mort autour de lui. De voir le sang couler. D'entendre les cris. Enfin, il allait se venger de tout ce qu'elles lui avaient fait subir.

Hans serait le premier à tirer, d'abord sur l'artiste qui se trouverait sur scène. Sûrement une féministe avec des tatouages et des cheveux aux couleurs de l'arc-en-ciel. Dès que la foule se mettrait à courir vers la sortie, Tom prendrait le relais. Il balayerait tout le monde avec son arme. Il avait sept chargeurs pleins pour son Glock. Cent dix-neuf balles en tout.

Tom aurait aimé en avoir davantage, avoir le temps de les aligner une par une contre un mur et d'appuyer sur la détente. Il allait en tuer autant que possible. L'âge n'avait pas d'importance. Aucune d'elles n'était innocente. Seules les personnes qui haïssaient les hommes se rendaient dans des endroits où ces derniers n'étaient pas les bienvenus. C'était la guerre. Il était soldat et les fémoïdes qui chantaient dehors étaient l'ennemi. Elles voulaient le détruire. Elles avaient presque réussi. Combien d'incels se suicident? Se taillent les poignets, se bourrent de comprimés, se jettent d'un pont?

C'était pour eux qu'il était là.

Tom attrapa quelques cils entre son pouce et son index et les arracha, lui donnant une sensation de piqûre. Il observa les poils noirs avant de les laisser tomber sur le sol. À travers les vitres teintées, il voyait les femmes.

– Espèce de sales petites putes, dit-il. Je vais vous massacrer.

Il regarda sa montre et poussa la porte. Regarda dehors. Des grosses, des minces, des vieilles, des jeunes. Des *Becky* et des *Stacy*. Dégoûtantes. Elles ne le remarquèrent pas. L'uniforme vert et jaune d'ambulancier et sa perruque brune le rendaient invisible. Il monta l'escalier sous la voûte. Son regard se porta sur la marée humaine. Il descendit la tribune.

La musique s'arrêta brusquement.

Il n'avait pas entendu le coup de feu qui avait été noyé dans le bruit. Deux lourdes détonations suivirent. Le public des premiers rangs au pied de la scène se mit à hurler. Les cris se répandirent à mesure que le nombre de personnes qui commençaient à comprendre ce qui était arrivé augmentait. Tom leva son arme. Une femme d'une quarantaine d'années, vêtue d'un haut violet, de bottes et d'un pantalon de cuir, hurla en voyant le canon. La grosse pute leva les mains, deux touffes de poils sombres dépassant de ses aisselles. Ses lèvres bougèrent. Tom prit son temps, visa longuement et appuya sur la détente.

Au moment du tir, elle tourna la tête et la balle se logea dans sa tempe.

Tom éclata de rire et chercha sa prochaine victime.

* * *

Vanessa et Nicolas s'approchèrent d'une femme avec un gilet orange qui dirigeait les festivalières vers la porte Marathon sur le petit côté qui donnait sur Valhallavägen. Vanessa présenta sa carte de police que la femme regarda avec indifférence avant de reporter son regard sur Nicolas. La musique était assourdissante. Depuis leur position, ils pouvaient voir la scène à travers la grande arche de pierre.

– Il est avec moi.

La femme secoua la tête.

– Pas d'homme.

Derrière elle, la musique s'arrêta brusquement. La femme qui avait repoussé Nicolas se retourna pour regarder la foule. Deux coups de feu retentirent. Pendant une courte seconde, il régna un silence de mort, avant que les cris désespérés ne leur parviennent. Un mur de personnes se précipita vers eux. Un nouveau coup de feu retentit, provenant d'un autre endroit du stade.

Il était impossible de déterminer la position des tireurs, car le bruit se répercutait entre les hauts murs de pierre. Vanessa écarta la femme, força l'entrée et sortit son arme de service. Une panique totale s'ensuivit lorsque des centaines de festivalières se précipitèrent vers les sorties. Le portail en métal de plus d'un mètre et demi de haut se transforma en piège mortel. Certaines tombaient et étaient piétinées par celles qui suivaient. Vanessa et Nicolas couraient dans la direction opposée, vers la scène, rasant les murs pour passer.

Nouvelle salve de coups de feu. Nouveaux cris.

– À terre, rugit Vanessa. Couchez-vous par terre.

La bousculade empirait. Des femmes en pleurs, confuses, appelaient désespérément à l'aide. Nicolas et Vanessa parvinrent à franchir le premier mur de personnes et à pénétrer sur la pelouse, recouverte avant le concert d'un sol en plastique blanc. De la bière, des boissons non alcoolisées et de l'eau formaient un cocktail glissant. Les femmes avaient laissé tomber tout ce qu'elles avaient dans les mains lorsque les tirs avaient éclaté. Nicolas contourna Vanessa et bifurqua vers la droite, se plaqua contre les fondations en béton de la tribune pour échapper au plus gros de la foule. Il leva les mains, se hissa en haut.

– Tu les vois ? cria Vanessa, mais sa voix fut noyée par les cris.

Nicolas monta plus haut. Vanessa le suivit.

Il était impossible d'avoir une vue d'ensemble de la situation tant que davantage de personnes n'auraient pas quitté le stade. Aux sorties régnait le chaos le plus total, les goulots d'étranglement se multipliaient, les femmes se grimpaient dessus, s'arrachaient les vêtements pour sortir.

Même si Vanessa ne pouvait pas repérer Tom Lindbeck et son complice, elle devait leur faire savoir qu'ils n'étaient pas seuls.

Elle pointa son Sig Sauer vers le ciel bleu et tira. Elle attendit quelques secondes avant de tirer une autre balle.

***

Jasmina s'affaissa sur sa chaise, remonta ses lunettes sur l'arête de son nez et remit ses écouteurs dans ses oreilles. Que faisait Hans Hoffman ici? La chanson s'arrêta brusquement. Instinctivement, Jasmina leva les yeux vers l'écran de télévision. La femme qui venait de chanter et de danser était allongée à côté de la cape noire qu'elle avait jetée. Les murmures et le bruit des doigts martelant les claviers d'ordinateurs cessèrent. Les pieds des chaises raclèrent le sol tandis que les journalistes se levaient et s'approchaient de l'écran pour mieux voir.

Hoffman sauta sur la scène. Il brandit une arme et tira dans la foule des spectatrices.

– Non! s'entendit-elle crier.

D'une main tremblante, elle attrapa son téléphone, ses doigts ne lui obéissaient pas alors qu'elle essayait de taper le mot de passe pour le déverrouiller. Après ce qui lui parut une éternité, elle réussit à appuyer sur le nom de Max. La sonnerie retentit, lentement, alors que Jasmina fixait l'écran, hypnotisée.

– Il tire, hurla-t-elle quand il répondit.

– Quoi?

– Hoffman. Il… il tire.

***

Une jeune femme s'était recroquevillée contre un des piliers. Tom s'accroupit, la regarda droit dans les yeux avant d'appuyer son arme sur son front.

– Un, deux, trois, compta-t-il.

Elle ferma les yeux, Tom appuya sur la détente. Il sursauta quand le sang chaud gicla sur ses vêtements et son visage. Une balle par femme. Pas de gaspillage. Il s'essuya le visage avec sa manche et se retourna. Sa perruque tomba. Cela n'avait plus d'importance.

Au centre de la pelouse du stade, plusieurs corps jonchaient le sol, certains bougeant encore légèrement. Hoffman se tenait de l'autre côté, près d'une des sorties, et tirait sur celles qui essayaient désespérément de s'enfuir. Cela avait l'air amusant. Ils auraient dû prévoir quelques grenades à lancer dans la foule.

Tom se sentait en vie, exalté. Comme un animal capturé relâché dans la nature pour la première fois. Une machine à tuer. Il tira deux coups au hasard vers quelques femmes qui couraient, manquant la première, mais abattant l'autre en pleine course.

Un coup de feu retentit. Puis un autre.

Ils ne semblaient pas provenir de Hoffman, mais de la tribune côté Lindingövägen. Tom regarda dans cette direction et découvrit un homme au milieu des gradins, qui regardait dans sa direction. Leurs regards se croisèrent. Était-ce un flic ? Devant l'homme se tenait une femme blonde. Tom plissa les yeux vers le visage familier. Vanessa Frank. La salope de flic. Il étouffa l'envie de se précipiter sur elle.

La femme qu'il venait d'abattre continuait à ramper. Tom la rattrapa, se déplaça parallèlement à elle avant de lui tirer une balle dans le dos.

Tom cria à Hoffman, mais sa voix se noya dans le bruit.

– Hans ! par ici !

Même si la foule s'était un peu clairsemée, il restait des centaines de fémoïdes dans le stade. Il voulait vraiment continuer, mais comme Vanessa Frank était là, ce n'était plus possible. Il était temps de passer à la deuxième phase. Sortir d'ici. Comme Hans ne réagissait pas, Tom se précipita vers lui. Ses yeux étaient fous, écarquillés.

– Il faut partir.

– Déjà? dit Hoffman en tirant une balle sur un groupe de femmes.

Tom ne le quitta pas des yeux et ne sut pas s'il avait fait mouche. Ils se mirent à courir vers l'ambulance.

* * *

Jasmina essaya d'appeler le 112 pour leur donner le nom de Hans Hoffman, mais la sonnerie résonnait dans le vide, personne ne répondait.

– Barricadez la porte! cria une femme dans la salle de presse.

Les journalistes se levèrent de leurs tables, attrapèrent les meubles et les traînèrent à travers la pièce.

Jasmina ne pouvait pas rester là. Elle devait donner le nom de Hoffman aux policiers présents sur les lieux. Elle repoussa une chaise et tira sur la porte. Quelqu'un lui hurla dessus, mais Jasmina sortit dans le couloir vide et se précipita vers la zone de concert.

La garde qui surveillait l'entrée de la zone presse avait disparu. La scène se trouvait à sa gauche. Elle évita de regarder les corps au centre. Aucun policier nulle part. Jasmina courut le long des tribunes vers la sortie principale sur Valhallavägen. La police devait se trouver là.

Les tirs avaient cessé. Des cris épars se faisaient entendre, Jasmina s'arma de courage. Elle se précipita à travers la haute arche de pierre et dut presque aussitôt s'arrêter. Un mur de dos se pressait vers la sortie. L'empêchant de continuer. Et s'ils surgissaient ici? S'ils se remettaient à tirer? Jasmina se mit à hyperventiler, luttant pour ne pas paniquer. Elle regarda autour d'elle. Elle retourna dans le stade. Au centre, elle vit un homme et une femme au milieu de quelques corps. Vanessa Frank. Jasmina essaya de ne pas regarder les cadavres aux pieds de Vanessa.

– L'un des tireurs est un de mes collègues. Il s'appelle Hans Hoffman, dit-elle en haletant.

– Une photo?

Jasmina tendit en tremblant l'écran de son téléphone à Vanessa.

– Envoie-la à mon adresse mail. Je m'assurerai qu'elle parvienne à mes collègues. Cours vers les ambulances. Fais venir les secours ici.

***

La photo montrée par Jasmina était celle de l'homme qui avait attaqué Vanessa dans son appartement.

L'affiche sur laquelle était inscrit *Amour. Sororité. Musique* était rouge de sang.

Vanessa respirait difficilement, sentant l'adrénaline parcourir son corps par vagues. La fumée de la poudre lui piquait le nez. Elle appuya ses poings contre ses tempes, serra les mâchoires et réprima un cri. Sous le panneau, le corps tordu d'une policière, elle avait reçu une balle dans la tête. Le sang qui n'avait pas éclaboussé l'affiche s'écoulait de son crâne sur l'herbe. Quatre autres femmes gisaient autour, en un demi-cercle. Certaines bougeaient légèrement, d'autres criaient de douleur. Appelant leur mère, Dieu, leurs enfants.

Près des sorties, les femmes se pressaient pour essayer de quitter la zone du festival.

Les sirènes de la police et des ambulances se rapprochaient, hurlant comme si elles aussi étaient paniquées.

Vanessa sentit un mouvement à côté d'elle. Nicolas la tirait par la manche. Elle le dévisagea, surprise. Plissa les yeux. Sa bouche bougeait, mais Vanessa n'entendait pas ce qu'il disait.

Soudain, il se précipita sur une des filles et se laissa tomber à côté d'elle. La jeune fille était petite et fluette.

Ses cheveux verts.

Vanessa fit un pas dans leur direction, mais ses jambes se dérobèrent sous elle et elle trébucha. Faillit tomber. Elle réussit à rester debout et s'approcha de Nicolas et de la jeune fille dont il tenait la tête entre ses mains. Ses cheveux s'emmêlaient entre ses doigts. Il poussa un cri et posa son front contre le sien.

Ce ne fut qu'à cet instant que Vanessa reconnut la jeune fille. Elle parcourut son corps du regard. Au niveau de son ventre, un grand trou béait. Nicolas avait lâché la tête de la jeune fille et comprimait la plaie de ses mains pour empêcher le sang de quitter le corps.

– Elle est vivante? cria Vanessa.

* * *

La plupart des femmes se trouvaient désormais à l'extérieur des grilles noires qui entourait l'enceinte de pierre. Là, c'était le chaos total. Dans l'allée centrale de l'avenue Valhallavägen, certaines d'entre elles s'étaient arrêtées, pour reprendre leur souffle, le dos appuyé contre les voitures garées et hurlaient leur terreur. D'autres titubaient, les yeux vides et morts, à la recherche de leurs amies. Criant des questions auxquelles personne n'avait encore de réponse.

Jasmina tourna à droite, vers l'endroit où plus tôt elle avait vu des ambulances. Peut-être les ambulanciers eux-mêmes avaient-ils paniqué. S'étaient cachés. Les véhicules semblaient abandonnés, derrière la tribune ouest désertée. Elles étaient garées devant l'entrée de Drottning Sofias väg, qui n'était pas visible depuis l'entrée principale sur Valhallavägen. Jasmina essaya la portière de l'ambulance la plus proche. Verrouillée. Elle frappa sur la carrosserie et essaya de voir à travers les vitres teintées.

– Il y a des blessées par là-bas, cria-t-elle.

Au même instant, la porte arrière de l'autre ambulance s'ouvrit. Hans Hoffman en surgit, vêtu d'une veste d'ambulancier verte et jaune. Elle essaya de se recroqueviller, de se faire toute petite, mais il l'avait déjà repérée. Hoffman brandit son pistolet. Derrière lui, elle aperçut un autre homme, Tom Lindbeck. Lui aussi était vêtu d'une veste d'ambulancier. Jasmina comprit que c'était terminé, qu'elle allait mourir.

– Ne tire pas, Hans, dit-elle. S'il te plaît.

Elle leva les mains, comme pour se protéger pendant qu'elle reculait de quelques pas.

Le visage de Hans Hoffman était inexpressif. Indifférent. Tom Lindbeck lui dit quelque chose, il baissa le canon de son arme, et en même temps que Jasmina criait de désespoir, il tira. Elle sentit la balle lui déchirer la cuisse et s'écroula. Ils se précipitèrent et la traînèrent sur le sol jusqu'à l'ambulance.

***

Les lèvres de Celine remuèrent légèrement. Son corps était secoué de spasmes. Vanessa regarda vers l'entrée ouest de Drottning Sofias väg où se trouvaient les ambulances.

– Les ambulanciers vont l'aider. Il faut aller à la poursuite de Tom.

Nicolas lança un regard vide à Vanessa. Elle tourna son visage vers le sien.

– J'ai besoin de toi, hurla-t-elle.

Vanessa se dirigea vers la policière morte pour s'emparer de son arme de service. Elle évita ses yeux vides pendant qu'elle retourna le cadavre, sortit le pistolet de son holster et courut rejoindre Nicolas. Elle essuya la crosse contre son pantalon avant de la placer fermement dans la main de Nicolas.

La fusillade s'était arrêtée. Tom Lindbeck et son complice avaient mis fin à leur folie meurtrière. Pour cette fois. Elle avait déjà eu l'occasion de l'arrêter. Elle n'allait pas échouer à nouveau.

Vanessa regarda autour d'elle. Se demanda quel chemin ils avaient choisi. Ses collègues devaient avoir pris place tout autour du stade à l'heure qu'il était. Deux hommes ne pouvaient pas sortir et disparaître sans se faire remarquer. Jasmina avait tourné au coin et était hors de vue.

Vanessa sortit son téléphone, se connecta à Signal et envoya la photo à ses collègues. Le stade serait rapidement bouclé. Seuls les ambulanciers et les policiers seraient autorisés à franchir les barrages.

– Merde ! s'exclama-t-elle.

L'ambulance volée à Fittja. Ce devait être Tom Lindbeck et Hans Hoffman.

Vanessa s'élança en courant sur la piste d'athlétisme.

Le silence fut rompu par un coup de feu. Si c'était ce qu'elle soupçonnait – qu'ils avaient l'intention de s'enfuir déguisés en ambulanciers –, elle avait envoyé Jasmina Kovac tout droit à la mort. Elle tourna au coin et vit les voitures de police et les ambulances devant les portails, tenter de se frayer un chemin à travers la foule à l'extérieur. Lorsqu'elle se retrouva derrière la tribune, elle comprit qu'elle avait eu raison. Il ne restait qu'une seule ambulance. La grille du stade était ouverte. Plus loin, sur la piste cyclable sur Drottning Sofias väg les feux arrière de l'ambulance disparaissaient en haut de la pente.

Elle appela le centre de secours pour leur indiquer la direction dans laquelle les terroristes s'enfuyaient. Aucune réponse. Ils devaient être submergés d'appels. Elle composa le numéro de Mikael Kask, mais tomba directement sur sa boîte vocale.

***

Jasmina était allongée sur la civière à l'intérieur de l'ambulance qui cahotait. À travers les vitres teintées, elle pouvait voir la cime des arbres et les bâtiments défiler. Elle était ligotée, incapable de bouger les bras ou les jambes. Sa main droite était attachée au brancard par un collier de serrage en plastique. Sur un siège à côté d'elle était assis Tom Lindbeck. Sa cuisse était brûlante. Jasmina leva la tête. Son jean était poisseux de sang. La balle l'avait touchée à la cuisse droite, et pendant un court moment elle avait perdu connaissance. Elle tremblait de froid et claquait des dents. La vie lui échappait.

Tom remarqua qu'elle était revenue à elle.

– Hans m'a parlé de toi. Ce cher gentil Hans. Qui t'a tant aidé, dit Tom en ricanant.

Jasmina ne répondit pas. Quelle importance cela pouvait-il avoir? Elle n'avait plus besoin de comprendre, elle allait bientôt mourir. Se vider de son sang à cause de la blessure par balle ou être exécutée d'une balle dans la tête dès qu'ils n'auraient plus besoin d'elle.

– Ton article sur les meurtres de femmes non élucidés, dont Victoria Ahlberg, a obligé Hans à te surveiller de très près. En particulier quand cette putain de Tuva Algotsson a commencé à t'écouter. Je t'ai dans le collimateur depuis longtemps, Jasmina. Espèce de sale petite pute de quota d'immigrée.

* * *

Nicolas prit Celine dans ses bras et se précipita derrière Vanessa. La fillette ne tiendrait plus très longtemps. Les ambulances mettraient trop de temps à se frayer un chemin dans la foule de Valhallavägen. À côté du stade de Stockholm se trouvait l'hôpital de Sophiahemmet. C'était la seule chance de Celine. Pendant qu'il courait, il essayait de lui parler pour qu'elle ne perde pas connaissance. Son visage était pâle, ses paupières à moitié fermées, sa tête pendante.

– Reste éveillée. S'il te plaît, Celine, reste éveillée.

Le personnel médical vêtu de blanc descendait la pente de l'hôpital à toute allure. Ils traînaient des brancards et des trousses de premiers secours. Nicolas aperçut Vanessa, qui se tenait près d'une ambulance abandonnée, à l'intérieur de l'enceinte grillagée.

– Tiens bon encore un peu. Celine, tu m'entends? Tu vas bientôt avoir de l'aide.

Il franchit la grille, traversa la rue goudronnée en direction du parking tout en criant pour attirer l'attention du personnel médical. Une infirmière aperçut Nicolas, tira une collègue par la manche, et elles se dirigèrent vers eux. Arrivé sur la pelouse de l'autre côté de Drottning Sofias väg, il s'arrêta et déposa doucement Celine sur l'herbe. Les femmes s'accroupirent à côté d'elle.

– Blessure par balle à l'abdomen, pas d'orifice de sortie, dit-il en haletant.

– Apportez un brancard, cria une des infirmières.

Vanessa surgit.

– Nous devons les poursuivre. Tu ne peux rien faire de plus. S'ils disparaissent maintenant, nous les perdrons.

Il caressa Celine sur la joue avant de courir avec Vanessa dans le parking. Un homme était accroupi derrière une Volvo XC90. À côté de lui, par terre, un siège auto avec un bébé à l'intérieur.

– C'est votre voiture? demanda Vanessa en montrant le SUV.

L'homme regarda la Volvo puis Vanessa. Il hésita, ouvrit la bouche pour répondre, mais Vanessa pointa son arme sur lui.

– Donnez-moi les clés.

L'homme fouilla dans ses poches, sortit les clés et Vanessa les donna immédiatement à Nicolas qui sauta sur le siège conducteur et démarra. Nicolas appuya sur l'accélérateur et franchit le mince grillage qui séparait le parking de Drottning Sofias väg.

3.

– Coupe les sirènes, dit Tom. Elles attirent inutilement l'attention.

Ils quittèrent enfin Drottning Sofias väg, la piste cyclable sur laquelle ils roulaient depuis le stade se transforma en route à deux voies. L'ambulance descendit d'un bond du trottoir et s'engagea sur Södra Fiskartorpsvägen.

Hans Hoffman passa la main sur le tableau de bord et le hurlement s'arrêta brusquement. Il se retourna et jeta un coup d'œil à Tom. Sur la gauche s'étendait le bois de Lill-Jansskogen. Sur la droite, un concessionnaire Porsche. Derrière lui, le terrain de sport d'Östermalm IP. De l'autre côté du terrain en gazon artificiel, on apercevait Lidingövägen.

Tom serra la crosse de son arme, réprimant son envie de tirer une balle dans le crâne de Jasmina Kovac. Il n'aurait pas à attendre très longtemps. Cela avait fait partie du plan d'emmener une femme au cas où la police mettrait en place des barrages routiers. Ils pourraient ainsi prétendre qu'ils se rendaient à Karolinska s'ils étaient arrêtés. Mais Vanessa Frank avait surgi et le temps avait manqué.

Dès qu'ils atteindraient le bateau, Jasmina mourrait.

– Comment ont-ils pu arriver si vite? demanda Hans Hoffman, les yeux rivés sur la route.

Tom n'avait pas besoin de le guider. En continuant tout droit, ils arriveraient à Ropsten. De là, ils traverseraient le pont de l'île de Lindingö pour y rejoindre le bateau qui les attendait.

– Je ne sais pas, répondit Tom en secouant la tête. Tu en as eu combien ?

– Six, je crois. Et toi ?

– À peu près pareil. On en a eu plus que Rodger et Minassian.

– On a réussi ! s'exclama Hoffman en tapant du poing au plafond. Putain, on a réussi !

Une voiture de police arriva à grande vitesse dans la direction opposée, les croisa, toutes sirènes hurlantes. Tom rit et Hoffman se joignit à lui.

– Je suis content que tu m'aies convaincu de choisir la vie, dit Hoffman.

Ils avaient discuté de ce qui était le plus efficace, survivre ou être tués par la police dans le Stadion. Hoffman avait préconisé le *suicide by cop*, le suicide par la police – mais Tom avait refusé. Leur plan d'évasion fonctionnerait, à condition qu'ils atteignent le bateau. Ensuite, ils feraient profil bas pendant un mois, avant de quitter le pays avec les faux passeports qu'ils s'étaient procurés sur le Darknet. D'autres incels allaient les protéger. Les cacher. Le mouvement et ses membres étaient partout, cachés dans les cloaques des grandes villes, là où les citoyens ordinaires ne s'aventuraient jamais.

Tom voulait rédiger un manifeste. Faire prendre conscience à un plus grand nombre de personnes de cette folie, du génocide des hommes qui était en train de se produire. Dans le pire des cas, ils seraient arrêtés au bout de quelques mois. Condamnés. Mais en Suède, il n'y avait pas de peine plus sévère que la réclusion à perpétuité.

Ils devaient survivre aux prochaines heures. Tom savait comment la police fonctionnait. S'ils abandonnaient maintenant, la police inventerait une histoire pour expliquer qu'ils avaient résisté, qu'ils étaient armés et qu'ils avaient donc été abattus.

Tom n'avait pas l'intention de mourir. Il voulait vivre. Longtemps. Jasmina Kovac le regardait fixement. Tom s'énerva, leva son arme et lui asséna un coup de crosse au milieu du front.

* * *

Ils roulaient à travers le bois, longeant GIH, l'Académie des sports. Un hélicoptère tournoyait dans les airs, Vanessa baissa la vitre et sortit la tête. *Police* était inscrit sous son châssis. Elle composa à nouveau le numéro de Mikael Kask, et cette fois elle réussit à le joindre.

– Ils se sont enfuis dans une ambulance en direction du nord, mais il est possible qu'ils aient fait demi-tour pour retourner vers le centre-ville. Les ambulances sont aussi équipées de GPS, non?

– Elles devraient, je vais me renseigner. Comment sais-tu qu'ils ont une ambulance?

– Je les ai vus quitter le Stadion. Je me trouve trois-quatre minutes derrière eux. L'hélicoptère au-dessus du stade, tu peux me mettre en contact avec lui?

– Je vais essayer d'arranger ça.

– Bien.

– Tu es seule?

Vanessa jeta un coup d'œil à Nicolas qui manœuvrait avec concentration le SUV sur la petite route forestière.

– Oui, je suis seule.

– Je suis désolé de ne pas t'avoir écoutée.

Vanessa ne ressentait aucune irritation de ne pas avoir été crue, juste de la tristesse pour les horribles scènes dont elle avait été témoin.

– Moi aussi, Mikael.

– Je vais demander au copilote de l'hélicoptère de t'appeler. Vanessa, sois prudente.

Nicolas sortit du bois, évitant de justesse d'écraser un cycliste qui arrivait à toute allure.

– Elle est forte, Nicolas. Elle va s'en sortir.

– Tu ne peux pas le savoir.

– Non, je ne peux pas.

Il se tut, tourna en direction de Lidingövägen. Le compteur de la voiture indiquait cent quarante. Au niveau de Tegeluddsvägen, le portable de Vanessa sonna. Une voix stridente essayait de couvrir le bruit de fond.

– Vous voyez quelque chose?

– Une ambulance se dirige vers la partie est de l'île, le long de Norra Kungsvägen.

– C'est eux. Placez-vous contre le vent et gardez vos distances. Et faites-moi savoir où ils se dirigent, cria Vanessa.

***

Jasmina reprit lentement connaissance. L'ambulance roulait à vive allure, entourée d'arbres de part et d'autre. Tom Lindbeck avait le regard fixé sur la route devant lui. Pendant qu'elle était inconsciente, il l'avait attachée plus étroitement au brancard. Elle ne pouvait plus bouger le haut du corps. Sa tête lui donnait l'impression d'exploser, du sang coulait de son front jusque dans ses yeux. Sa cuisse la brûlait, d'une douleur lancinante. La moindre courbe la faisait presque vomir. Pourtant, Jasmina voulait que le trajet se poursuive. Dès que Tom Lindbeck et Hans n'auraient plus à craindre les barrages routiers, ils la tueraient.

L'ambulance ralentit. Elle roula sur un terrain plus accidenté. Devait-elle parler à Tom Lindbeck, le supplier, négocier pour sa vie? Non, elle n'avait pas l'intention de lui donner cette satisfaction. Elle ne le laisserait pas jouer à Dieu. La mort viendrait rapidement. Une balle dans la tête et ce serait fini. À travers l'histoire, des milliards de personnes ont connu la mort. Jasmina y arriverait aussi. Elle aurait juste aimé avoir eu le temps de dire au revoir à sa mère. Elle décida de ne pas demander grâce. Personne ne saurait comment elle serait morte, mais c'était important pour elle de ne pas les laisser gagner. Sa mère parlait toujours de vivre avec dignité. Maintenant, Jasmina allait mourir dignement.

L'ambulance s'arrêta. Le silence était total. Pas de sirènes, pas de circulation. Elle essaya de s'orienter, mais ferma les yeux pour que Tom ne puisse pas voir qu'elle était réveillée. Il rassembla ses affaires, poussa la porte arrière et sauta dehors. La portière côté conducteur s'ouvrit. Jasmina souleva prudemment la tête, pour voir ce qu'il se passait. Tout était flou. Sans contour. Elle aperçut son dos. Derrière, quelque chose de vert. Des cimes d'arbres? Une forêt? Où se trouvaient-ils? Avaient-ils changé d'avis, allaient-ils la laisser vivre?

– Tu as tout? demanda Hoffman.

– Oui.

– Qu'est-ce qu'on fait d'elle?

– À toi de voir.

Ils jetèrent les vestes d'ambulancier à l'intérieur.

– Ferme les portes arrière alors, et puis…

Les portes claquèrent et les voix se firent plus faibles. La conversation se poursuivit, mais il était impossible de comprendre ce qu'ils se disaient. Elle chercha autour d'elle de quoi se détacher. Que voulaient-ils? Qu'est-ce qui allait se passer maintenant?

Quelqu'un se glissa derrière elle, sur le siège du conducteur. Tout à coup, l'ambulance se mit en mouvement, mais le moteur restait silencieux. Ils avaient desserré le frein à main. L'ambulance roula de plus en plus vite et Jasmina ne parvint plus à se retenir. Elle hurla en se tortillant d'avant en arrière pour essayer de se libérer.

***

Vanessa s'agrippa à la poignée au-dessus de la fenêtre, la voiture dérapa lorsque, après le pont de l'île de Lindingö, Nicolas tourna brusquement le volant et accéléra. Les villas défilaient à toute allure. Une station-service. Nicolas fit un dépassement. Un automobiliste venant en sens inverse se retrouva sur la piste cyclable. Il klaxonna rageusement. Sur la gauche, un quartier d'immeubles se dressait. Vanessa regarda les colosses de béton gris. Elle visualisa le visage de Tom Lindbeck. Elle allait le tuer, lui et son complice, pour ce qu'ils avaient fait aujourd'hui. Pour ce qu'il avait fait à Nicolas, en tirant sur une fillette de douze ans. Elle lui lança un coup d'œil. Il avait arrêté d'être humain, s'était transformé en machine. Elle était à la fois effrayée et fascinée.

– Ma mère, dit Nicolas. L'autre soir, à Djurgården, tu m'as demandé pourquoi je ne parlais jamais d'elle.

Vanessa se tourna vers lui avec surprise. Elle se souvint du banc, des bouteilles de whisky et des canards. De l'anniversaire d'Adeline. C'était là qu'il lui avait annoncé qu'il avait accepté le poste à Londres. Elle s'était levée et était partie.

– C'était la personne la plus brillante que j'aie jamais rencontrée. Elle aurait pu devenir n'importe quoi. Chercheuse, écrivain, députée. Au lieu de cela, elle a dû se tuer à la tâche, pour Maria et moi. Pour nous protéger. La seule fois où mon père levait le petit doigt, c'était pour frapper. Elle s'est sacrifiée pour nous. Elle n'a jamais eu la chance de réaliser son potentiel, de la même manière que les femmes qui gisent dans le Stadion ne l'auront jamais non plus.

Ou comme Adeline, pensa Vanessa dont la gorge se serra. Elle chercha les mots, mais n'en trouva pas.

– Par ici.

Nicolas freina brusquement, tourna à gauche. Un chemin forestier. Le gravier giclait contre le bas de caisse. Entre les troncs d'arbres, elle aperçut l'eau.

Vanessa espérait qu'ils arriveraient avant ses collègues.

Tom Lindbeck et Hans Hoffman ne seraient pas arrêtés et jugés par un tribunal suédois.

* * *

Jasmina hurla tandis que l'ambulance dévalait la pente à grande vitesse. Son poignet la brûlait alors qu'elle tirait sur le lien en plastique pour se libérer. Mais impossible de se détacher. L'instant d'après, elle sentit les roues se soulever et le véhicule s'envoler dans les airs. Elle ferma les yeux. Tendit tous les muscles de son corps pour se préparer à l'impact. Elle se pressa contre le brancard. Le châssis heurta quelque chose de dur. Elle ouvrit les yeux, regarda autour d'elle.

J'ai survécu, pensa-t-elle. Elle leva la tête. Essaya de voir ce qu'il y avait à l'extérieur et fut envahie par une horreur si violente qu'elle eut la respiration coupée.

De l'eau.

De l'eau sombre.

* * *

Tom regarda l'ambulance voler dans les airs avant de toucher la surface dans une cascade d'eau. Puis il prit son sac et se dirigea vers le ponton où le bateau attendait. Toute la police de Stockholm les recherchait. Une ambulance abandonnée était clairement visible du ciel. La couler était la chose la plus évidente à faire. Jasmina Kovac allait connaître une fin atroce. Une mort lente pendant que l'ambulance se remplirait d'eau. Et Tom s'épargnait ainsi une autre balle qui pourrait servir pour autre chose.

Le bateau passerait inaperçu. Il les emmènerait sur le lac Mälaren vers Råby, au sud de Bålsta, où la voiture les attendait. Avec la voiture, ils pourraient se rendre à la planque et rester cachés pendant un mois avant de quitter le pays. Pendant ce temps, Tom commencerait à peaufiner son manifeste.

Enfin les gens allaient écouter. Ils comprendraient ce qu'ils lui avaient fait.

Tom entendit le bruit d'un moteur sur le chemin forestier, il se retourna et vit deux phares blancs s'approcher entre les troncs d'arbres.

***

– Là-bas, cria Nicolas.

Deux hommes vêtus de noir descendaient sur un ponton où attendait un bateau. Il regarda sur la gauche. L'ambulance qu'ils avaient suivie flottait sur l'eau et allait être entraînée par les eaux.

Il roula sur la petite pelouse près du ponton et écrasa les freins. La voiture fit une embardée lorsque les pneus déchirèrent l'herbe et s'arrêta à une cinquantaine de mètres des deux hommes.

Tom Lindbeck et Hans Hoffman les repérèrent et leur tirèrent dessus.

Le pare-brise fut traversé par une balle qui ressortit par la lunette arrière. Nicolas ouvrit la portière à la volée, arme au poing, et se mit à l'abri. Les balles s'écrasaient contre la voiture. Il entendit des cris venant de l'eau. Nicolas passa la tête, regarda vers le bateau. Mais il ne vit personne d'autre que les deux hommes.

– L'ambulance, cria Vanessa. Elle est dans l'ambulance.

Vanessa grimpa sur le siège conducteur, se replia sur elle-même, une main sur le volant.

– Qu'est-ce que tu fais?

Elle desserra le frein à main.

– Il faut qu'on se rapproche.

L'intensité des tirs augmenta pendant que Nicolas se baissait derrière la voiture qui roulait.

***

Tom ne comprenait plus rien. Tout semblait s'être déroulé comme prévu, ils avaient réussi à s'enfuir sans se faire remarquer, et voilà qu'ils avaient été repérés. Il reconnut la femme. C'était cette salope de flic de Vanessa Frank. Celle qui avait déjà failli tout gâcher, celle qui aurait déjà dû être morte. Il tira au hasard sur la voiture, surtout pour les empêcher de s'approcher.

Où avait-il mis les chargeurs? Il se plaqua au sol, fouilla dans son sac, mais ne les trouva pas.

– Démarre le moteur, cria-t-il à Hoffman. On va aller sur l'autre rive et on continuera à pied.

Le chargeur de son Glock était vide.

Tom regretta de ne pas avoir fait monter Jasmina à bord. Ils auraient pu s'en servir comme otage. Ils auraient pu négocier sa vie contre un passage.

Hoffman hésita, regardant entre la voiture qui approchait et le bateau à moteur tout proche.

– Maintenant! hurla Tom.

Hoffman se releva, fit quelques pas, mais fut touché et s'écroula sur le pont du bateau. Tom rugit. La voiture avait presque atteint le début du ponton lorsqu'elle s'arrêta. Un seul phare brillait, l'autre était cassé. Il ne pouvait pas voir Vanessa Frank dans l'habitacle. Peu importait, elle était protégée par le bloc moteur. Des cartouches de neuf millimètres n'y pénétreraient pas.

Hans Hoffman était allongé sur le côté, touché à la poitrine, le sang coulait abondamment. Il essaya de dire quelque chose, ses lèvres bougèrent doucement, comme un poisson qui cherchait de l'air.

– Non, gémit Tom. Non!

Ils avaient arrêté de tirer.

Tom tâta le long de sa jambe, vers sa cheville, là où il avait son couteau. Il ferait tout pour survivre.

***

Sauf erreur de calcul de sa part, il restait quatre cartouches à Vanessa dans son chargeur. Seul le toit de l'ambulance dépassait. Sur le bateau à moteur, tout était étrangement silencieux.

– Un de moins, dit Nicolas. Il me reste une cartouche.

Il lui tendit son arme et Vanessa comprit aussitôt ce qu'il avait l'intention de faire. Elle enfonça cet autre Sig Sauer dans la ceinture de son pantalon, au niveau de sa taille, se leva avec précaution, et avança sur le ponton, son arme tendue devant elle.

***

La carrosserie du véhicule craquait, des bruits étranges résonnaient de manière inquiétante. Jasmina hyperventilait. Elle ne pouvait plus crier. Ses poumons lui faisaient mal. Elle se sentait attirée vers le bas. Vers le fond. Quand l'eau remplirait l'habitable du conducteur, la pression briserait le verre et l'eau se déverserait à l'intérieur en cascade. Elle allait se noyer. Elle ne pouvait pas bouger pendant que l'eau montait lentement. Elle se demanda si elle atteindrait le fond, sentirait l'impact, avant de perdre connaissance.

4.

Quand il était plongeur de combat, Nicolas avait déjà retenu sa respiration pendant quatre minutes. Mais il était resté allongé, sans bouger, pour que ses muscles ne consomment pas d'oxygène. Il avait également réussi à plonger en apnée jusqu'à trente mètres de profondeur en restant en mouvement pendant trois minutes. Mais à l'époque, il était plus jeune, en meilleure forme, et s'entraînait plusieurs fois par semaine.

Pendant qu'il se penchait au bord de la petite pente rocheuse, il remplit ses poumons pendant sept secondes, gardant l'oxygène pendant le même temps, avant de l'expulser. Normalement, il aurait dû préparer son corps pendant cinq minutes pour remplacer complètement l'oxygène vicié par du frais. Mais il n'avait pas le temps. Vingt et une secondes devraient suffire.

S'il parvenait à localiser rapidement l'ambulance, il pourrait sauver Jasmina.

Nicolas prit une profonde inspiration. Il sentit ses poumons se gonfler sous ses côtes. Il retint sa respiration et se jeta à l'eau. Il fendit la surface et laissa l'élan de son saut l'aspirer vers le bas. L'obscurité l'enveloppa. Après quelques mouvements de nage, il aperçut l'ambulance jaune vif. Elle s'enfonçait, comme un fantôme. Aucun cri ne s'entendait. Des bulles d'air remontaient en grappe à la surface.

Il fit quelques mouvements de plus, essaya de voir le fond sous lui, mais il faisait trop sombre. Tenter d'ouvrir les portes arrière était hors de question. La pression de l'eau à l'extérieur était trop forte. Il nagea le long des vitres teintées, vers les portières avant, dont les vitres étaient baissées. Nicolas se retrouva devant le capot. Il jeta un coup d'œil à l'intérieur. La cabine du conducteur était remplie d'eau, une vitre la séparait du compartiment arrière.

C'est à ce moment-là que les vitres cédèrent. L'air fut expulsé en une énorme bulle d'air et, de l'intérieur de l'ambulance, Nicolas entendit un cri.

* * *

Vanessa se faufila, courbée, vers le bateau. Elle réprima son envie de regarder dans la direction de Nicolas. Il était une cible facile. Au moindre mouvement, elle devait être prête à tirer pour le couvrir.

Entendant le bruit d'une gerbe d'eau, elle comprit qu'il venait de plonger. Il était hors de portée de tir.

Vanessa expira. S'arrêta. Écouta. Le bateau tanguait contre le ponton. Nicolas s'était-il trompé? Les avait-il touchés tous les deux? Étaient-ils déjà morts?

Elle balaya son arme le long du bateau avant de sauter à bord. Elle faillit perdre l'équilibre, mais réussit à rester debout. Lentement, elle se dirigea vers la poupe. Sur le chemin, on entendait des sirènes de police. Elle était forcée de se dépêcher. De vérifier qu'ils étaient bien morts. Tom ne devait pas avoir l'occasion de se mettre en scène lors d'un procès. De faire de la propagande. De se glorifier. C'était ce que faisaient les terroristes, quelles que soient leurs motivations. Assassiner des innocents, des femmes, de jeunes enfants, ils appelaient cela la guerre. Ils voulaient faire passer cela pour un acte héroïque. Un exploit.

Tom Lindbeck allait mourir pour ce qu'il avait fait aux femmes du festival. Vanessa fit deux pas rapides, regarda derrière un coin. Elle vit un corps inerte. C'était l'autre, Hoffman. Il était allongé sur le côté, dans une mare de sang sombre, qui s'écoulait toujours de son corps. À ses pieds, un sac de sport noir. Elle pivota sur elle-même en un mouvement synchronisé avec son arme, prête à tirer, et pointa la bouche du canon vers la cabine.

Vide.

Elle jeta un coup d'œil en direction du chemin, vit les gyrophares s'approcher entre les troncs d'arbres et les buissons.

***

Les pas se rapprochaient. Tom se tenait à un pare-battage blanc à bâbord, immergé jusqu'au menton. Il se pressa davantage contre la coque du bateau, pour ne pas être vu d'en haut. Les sirènes retentissaient de plus en plus fort. Il allait devoir agir, et vite.

Il se redressa lentement, aperçut le dos de Vanessa Frank.

Elle regardait vers l'intérieur de la cabine, son arme pointée devant elle. Elle ne l'avait pas vu. Elle ne se doutait pas qu'il l'avait piégée. Il allait prendre plaisir à la poignarder à mort. Alors qu'elle faisait un pas dans l'escalier, il banda ses muscles et se hissa par-dessus le bord.

Il se pencha pour détacher son couteau et se glissa derrière elle.

***

Jasmina poussa un cri lorsque les vitres explosèrent dans une cascade d'éclats de verre et que l'eau se précipita vers elle. Plus vite elle ferait entrer l'eau dans ses poumons, plus vite ce serait fini. Elle ne voulait pas souffrir. Juste cesser d'exister. Cesser d'avoir peur.

L'eau lui éclaboussa les bras.

Peu importait que quelques secondes plus tôt elle avait décidé de ne pas résister, de ne pas faire traîner les choses en retenant sa respiration. Son corps réagissait instinctivement, il voulait désespérément survivre. Elle chercha de l'air et quand l'eau atteignit son visage, elle ferma la bouche.

***

Nicolas se força à attendre quelques secondes pendant que le compartiment arrière se remplissait d'eau. Il resta immobile, flottant juste au-dessus de l'ambulance qui s'enfonçait, pour que ses muscles ne consomment pas plus d'oxygène que nécessaire. Les bulles d'air expulsées se firent de plus en plus rares. Il restait une poche d'air près du toit, mais il ne pouvait pas attendre plus longtemps. Il poussa avec ses jambes, attrapa le bord où une vitre se trouvait encore quelques instants avant et passa la tête à l'intérieur.

Il faisait sombre. Il voyait à peine sa main devant lui, car le toit de l'ambulance empêchait le peu de lumière venant de la surface de pénétrer. Il battit des jambes pour entrer, se dirigea vers le milieu. Il se cogna le genou.

Ses mains touchèrent quelque chose de mou, la forme d'une jambe. Nicolas s'agrippa à la civière, et se déplaça parallèlement au corps de Jasmina. Il restait encore un peu d'air au plafond. Mais s'il inspirait, il allait haleter, il en voudrait davantage, cela lui ferait plus de mal que de bien. Nicolas chassa cette pensée. Il se força à se concentrer. Il passa ses mains au-dessus de Jasmina. Deux épaisses sangles étaient attachées en travers de son corps. C'était pour cela qu'elle ne pouvait pas sortir.

Il tira sur les sangles, mais elles étaient trop serrées. Il passa la main sur le bord de la civière, sentit la boucle et desserra la première sangle. Il recula un peu. Desserra la deuxième. Essaya de sentir si elle répondait à son contact, si elle était consciente.

Nicolas tira sur Jasmina. Mais elle était toujours coincée. Quelque chose la retenait. Son corps était lourd, elle devait être inconsciente. Peut-être était-elle déjà morte. Il tira plus fort. Ses muscles crièrent. C'était le bras droit.

Ses doigts trouvèrent le plastique dur autour de son poignet. Il était attaché avec un collier de serrage en plasique. Il n'avait pas de couteau, rien de tranchant pour la détacher. Il devait y avoir des scalpels dans les armoires, mais il n'aurait pas le temps. Des éclairs jaillissaient devant ses yeux et son pouls battait contre ses tempes.

Nicolas ne pouvait pas la détacher de la civière. C'était terminé. Elle allait mourir.

* * *

Vanessa eut à peine le temps de comprendre que quelque chose obscurcissait la lumière dans l'ouverture derrière elle, de comprendre que c'était Tom et de se jeter tête la première en avant – du coin de l'œil elle vit la lame brillante du couteau passer à côté d'elle. Elle atterrit lourdement au pied de l'escalier, sentant son pied se dérober sous elle. Elle pointa son arme vers la poitrine de Tom et appuya sur détente. Rien ne se passa. Tom, qui s'était figé, prêt à mourir, revint à la vie et se jeta sur elle. Elle pressa à nouveau la détente. Le même déclic assourdissant.

* * *

La panique l'attirait, chuchotait. Mais Nicolas savait que s'il y cédait, il mourrait.

Il fallait qu'il remonte à la surface maintenant. Il n'en pouvait plus.

Mais le brancard. N'était-il pas amovible? Il devait forcément l'être. Nicolas repoussa la douleur, les protestations de ses muscles, tâtonna pour chercher le mécanisme de verrouillage qui, il l'espérait, devait se trouver quelque part en dessous. Cela avait-il encore de l'importance?

Elle était probablement déjà morte.

Il n'en pouvait plus. Il était contraint d'abandonner. Il ne lui restait plus une seule molécule d'oxygène dans laquelle puiser de la force. Il était au bord de l'évanouissement à cause des vertiges. S'il restait plus longtemps, il coulerait au fond avec l'ambulance. Tom Lindbeck gagnerait. Un mort de plus.

Nicolas attrapa le brancard et sentit un levier métallique, à peine plus gros que le pouce. Ses forces lui revinrent. Encore quelques secondes. Il se débattit, se tortilla, pendant que les cheveux de Jasmina flottaient, lui masquant la vue.

Il tira une nouvelle fois sur le brancard. Il était libéré. Il suivait ses mouvements. Jasmina y était toujours attachée, mais il serait possible de l'emmener avec lui. Nicolas se retourna, nagea vers les portes arrière.

Il n'y avait plus d'air sous le toit.

Le monde était sombre, épais et trouble. Les portes arrière devraient réussir à s'ouvrir. Il poussa, ses muscles protestèrent, mais elles finirent par céder. Nicolas regarda la lumière avec étonnement. L'ambulance était presque au fond. Il tendit le bras vers l'arrière, attrapa le brancard, le tira et le propulsa vers le haut. Bientôt, bientôt. De l'air. De l'oxygène. De la lumière. De la vie.

***

Tom atterrit sur Vanessa. Son genou heurta son diaphragme, mais elle le sentit à peine. Elle était concentrée sur le fait de l'empêcher d'enfoncer la lame de son couteau dans son corps. Elle attrapa son poignet gauche, s'y accrocha aussi de la main droite, mais il était trop fort.

– Tu vas mourir, maintenant, sale pute, hurla-t-il.

Tom essaya de se redresser, de mettre tout le poids de son corps sur le couteau. Mais le sol était glissant, et il n'arrivait pas à se soulever.

– Meurs. Meurs. Meurs.

Vanessa se débattait dans tous les sens, se tortillait. Sentait le désespoir. La vie, le temps lui filaient entre les doigts. La lame se rapprochait. Elle ne pourrait pas tenir plus longtemps. Sa gorge. Sa poitrine. C'était là qu'il voulait frapper. Là où se trouvait la mort. S'il plantait le couteau dans le muscle de son bras, cela lui donnerait un répit. Une demi-seconde. Peut-être plus. C'était sa seule chance. Elle espérait que Nicolas avait bien compté. Que la dernière balle se trouvait encore dans le chargeur. Sinon, elle allait mourir.

Devenir la dernière victime de Tom.

Vanessa le regarda droit dans les yeux. Elle fit pivoter son corps sur le côté pour protéger ses organes vitaux, plaça le haut de son bras droit contre la pointe de la lame et relâcha sa prise sur son poignet de la main gauche. Tom appuya. Elle poussa un cri de douleur, vit le regard triomphant de Lindbeck.

Vanessa tâtonna derrière elle avec sa main gauche. Tom retira la lame. Le muscle de son bras se déchira. Vanessa hurla. De colère, de douleur, de haine. Le sang gicla de son bras, éclaboussant leurs visages. Il leva le couteau. Ses yeux étaient écarquillés, sauvages. Vanessa plaça le canon sous son menton, pressa la détente et sentit l'explosion qui envoya la cartouche de neuf millimètres dans son cerveau.

***

Nicolas haleta, remplit ses poumons d'oxygène frais. Il tira Jasmina vers le haut, lui tint la tête au-dessus de la surface. Il devait juste respirer encore un peu, avant de pouvoir rejoindre le rivage à la nage. Au bord de la forêt, les voitures de la police ralentissaient. Il essaya de repérer Vanessa près du bateau, mais elle n'était nulle part. Un coup de feu avait-il été tiré lors de sa remontée ou était-ce son imagination due au manque d'oxygène? Non, Nicolas en était sûr, il avait entendu la détonation.

Il se mit sur le dos, appuyant l'arrière de la tête de Jasmina contre son torse et battit des jambes. Le brancard traînait derrière, s'enfonçait. Encore vingt mètres jusqu'à la rive. Deux policiers les aperçurent, se précipitèrent sur le ponton. Ils sautèrent dans l'eau, nagèrent pour venir l'aider. Nicolas jeta un coup d'œil au visage sans vie de Jasmina. Elle ne respirait pas. Ses yeux étaient fermés. De l'eau coulait des coins de sa bouche. Les policiers les rejoignirent, prirent le relais.

– Je vais m'en sortir, gémit-il lorsque l'un d'eux commença à le tirer.

La terre ferme sous ses pieds. Il pataugea vers le rivage. Il se retourna, regarda vers le ponton et le bateau. Où était Vanessa? Les policiers sur la jetée semblaient désemparés. Il tituba vers le ponton. Essaya d'accélérer, de soulever ses pieds, mais ses semelles traînaient sur les planches de bois.

– Stop! cria un policier.

Nicolas l'ignora, atteignit le bateau. Il monta à bord. Vit l'homme qu'il avait tué. Où était Vanessa? La porte de la cabine était ouverte. Nicolas scruta l'obscurité, s'essuya les yeux qui le piquaient et le démangeaient. Deux corps. Tom Lindbeck était allongé sur Vanessa. Nicolas s'arrêta à mi-chemin. Il ne voulait pas s'approcher. Ne voulait pas voir, pas savoir. Il s'agrippa à la rampe pour se maintenir debout.

– Vanessa?

Il entendit un faible gémissement. Nicolas se jeta en bas des dernières marches, fit rouler Tom sur le côté et s'agenouilla à côté de Vanessa. Elle avait une profonde entaille au bras droit, qui saignait abondamment, mais cela semblait être sa seule blessure.

Vanessa, qui avait les yeux fermés, les ouvrit et eut un sourire las.

Épilogue

Vanessa se leva du banc et inclina la tête avant de lancer un dernier regard au cercueil qui se trouvait devant l'autel.

L'orgue se réveilla, les notes de *Pauvre valet de ferme* d'Astrid Lindgren résonnèrent entre les murs de pierre tandis que la dizaine de personnes venues faire leurs adieux descendaient lentement l'allée principale. À l'extérieur, des personnes aux yeux rougis se rassemblaient en petits groupes. Vanessa ne se sentait à sa place auprès d'aucun d'eux.

Après l'attaque du Stadion de Stockholm, à peine un mois plus tôt, la Suède s'était relevée. Les morts avaient été enterrés. La vie quotidienne avait repris son cours. Les gens étaient en vacances, parlaient de la météo et les journaux recommandaient les meilleurs cubis de vins.

Onze femmes avaient perdu la vie dans le stade. Si Vanessa et Nicolas n'avaient pas réussi à interrompre la fusillade, il y en aurait probablement eu bien davantage. Quatorze autres avaient été blessées, mais avaient survécu, principalement grâce à la proximité du stade avec l'hôpital Sophiahemmet, où des médecins et des infirmières avaient sauvé la vie de plusieurs d'entre elles.

L'enquête sur Tom Lindbeck et Hans Hoffman se poursuivait et devait s'achever à l'automne. Jusqu'à présent, il avait été établi que tous les deux faisaient partie du mouvement incel, en pleine expansion et de plus en plus misogyne. Mais c'était bien ce que Vanessa avait soupçonné : Tom Lindbeck n'avait assassiné ni Rakel Sjödin, Victoria Ahlberg ou Emelie Rydén.

Son implication s'était limitée à la surveillance de ces personnes grâce à son travail d'agent pénitentiaire et il avait permis à Hans Hoffman d'accéder à leurs téléphones. Tom était celui qui s'était introduit dans la villa de la famille Sjölander à Bromma. Mais depuis le début, l'objectif de Tom semblait être l'attaque du Stadion de Stockholm.

C'est la raison pour laquelle il avait paniqué et tué Ove, quand l'enquête sur le meurtre s'était orientée dans sa direction, quelques jours seulement avant l'attentat. Il ne pouvait pas risquer d'être arrêté ou surveillé et manquer ainsi son projet de vengeance. Et ses empreintes digitales correspondaient à celles relevées lors de la tentative de viol de Klara Möller.

La radicalisation de Hans Hoffman restait un mystère. Dans son ordinateur, qui avait été retrouvé dans la ferme qui leur servait de planque près de Sala, les enquêteurs avaient trouvé des centaines de menaces adressées à des femmes à des positions de pouvoir – principalement des journalistes et des politiques. Il semblait avoir reproché aux femmes d'avoir été licencié de *Kvällspressen* la première fois. Leur plan d'évasion n'était pas encore complètement connu. Les enquêteurs soupçonnaient qu'ils avaient l'intention de rester cachés pendant un certain temps avant de quitter la Suède avec de faux passeports : il y avait de la nourriture pour plusieurs semaines dans la maison.

Le téléphone de Vanessa vibra dans son sac, elle le sortit, regarda l'écran et sourit.

– Tu arrives bientôt ? On ne peut pas arriver en retard. C'est quand même la première fois qu'il rentre à la maison. Tu imagines si l'avion est en avance et que personne n'est là à l'attendre ? Tu te rends compte à quel point Nicolas serait déçu ?

– Je suis chez toi dans vingt minutes. Ne t'inquiète pas, on sera à l'heure, dit Vanessa.

– Bien.

– À tout de suite.

– *So long, sucker*, dit Celine en raccrochant.

Vanessa avala un cachet contre la douleur et se dirigea vers sa BMW. La plaie de son bras tirait. Elle sortit ses clés de voiture, appuya sur le bouton de déverrouillage.

– Vanessa.

Les cheveux de Börje Rohdén étaient gominés, son pantalon de costume s'arrêtait quelque part au niveau des mollets. Sa chemise était froissée.

– Comme tu es élégant, dit Vanessa.

Elle leva sa main pour se protéger du soleil brûlant de juin.

– Je ne sais pas comment te remercier pour ton aide à lui faire cet adieu.

– Ne t'inquiète pas pour ça, dit-elle en posant sa main sur son épaule. Toutes mes condoléances.

– J'espère qu'elle sera en paix maintenant, murmura Börje en regardant derrière lui. Nous sommes plusieurs à aller au Sky Bar pour lui rendre hommage, si tu veux te joindre à nous?

Vanessa secoua la tête.

– Je n'ai malheureusement pas le temps. De plus, je ne dois pas mélanger l'alcool et les analgésiques, même si l'idée est tentante.

– Pour ma part, je vais m'en tenir au café, dit Börje.

– Ça m'a l'air d'être un bon choix.

Elle le serra dans ses bras, s'installa au volant et démarra. Börje ne bougea pas. Vanessa baissa la vitre.

– La lettre d'Eva. Tu as eu des réponses?

Börje acquiesça.

– Bien.

Peu après, Vanessa quitta l'autoroute, passa devant la pizzeria du centre de Bredäng. La vitrine brisée avait été remplacée. Sur la terrasse, des familles mangeaient des pizzas. Elle continua sur Ålgrytevägen. Son téléphone sonna, Vanessa supposa que c'était encore Celine et appuya sur répondre.

– Je suis juste de…

– Tu as entendu pour Karim?

Vanessa sourit.

– Non? répondit-elle en mentant.

Jasmina Kovac éclata de rire.

– La police l'a arrêté lors d'un contrôle routier, le jour de sa sortie. Sur le siège arrière, il avait un sac de sport noir contenant cinquante mille couronnes en espèces et une arme. Il va retourner en prison.

– Quelle négligence de sa part, il n'aura pas la garde de Noeva, constata Vanessa.

La porte de l'immeuble de Celine s'ouvrit à toute volée. Sous un béret vert bien trop grand, ses cheveux roses brillaient.

– Jasmina, je dois y aller maintenant. Mais je suis contente que Karim ait reçu une sorte de punition, même si j'aurais aimé qu'elle dure plus longtemps que deux ou trois ans de prison. Fais-moi signe si tu veux qu'on se voie la prochaine fois que tu seras à Stockholm.

Celine ouvrit la portière brusquement. Il était difficile de croire que quelques semaines auparavant à peine elle avait reçu une balle dans le ventre. Un nuage de parfum s'abattit sur Vanessa lorsqu'elle se pencha pour étreindre la jeune fille.

– Tu veux bien baisser la vitre, mon cœur, dit-elle en étouffant une toux.

– J'en ai trop mis?

– Mais non, mais non.

Vanessa enclencha la vitesse et fit demi-tour.

– Joli béret.

– C'est un béret des commandos marine, dit fièrement Celine. Il était à côté de mon lit quand je me suis réveillée à l'hôpital.

Vanessa sourit.

– Il t'a manqué? demanda-t-elle en jetant un coup d'œil à Celine qui avait rabattu le pare-soleil et triturait l'emblème du béret devant le miroir rectangulaire.

– Oui.

– Moi aussi.

Remerciements

Avant tout, je remercie ma petite amie Linnea et ma petite sœur Manuela, qui, durant un séjour de trois mois au Chili, m'ont relu quotidiennement, en commentant et m'aidant à organiser cette histoire. Sans votre aide, j'aurais véritablement été perdu.

Je vous aime.

En outre, plusieurs personnes ont également joué un rôle déterminant durant ce processus. Ma maison d'édition, Bookmark. Claes et Ebba. Ma merveilleuse éditrice Johanna Mo qui a aussi joué le rôle de psychologue à l'occasion de mes *mental breakdown*. Christina Saliba. Camilla Läckberg. Mon agent Joakim Hansson et tout Nordin Agency. Ma famille qui m'a toujours soutenu. Les policières Therese et Ewa-Marie qui ont relu le manuscrit chaque semaine et m'ont aidé à ne pas aller trop loin dans la fiction.

Alice Stenberg, Sean Canning, Johannes Selåker, Lars Johansson, Simon Strand, Nikos Georgellis et Kim Jensen.

Enfin, je voudrais aussi mentionner Piratförlaget et Ann-Marie Skarp, la personne qui a fait de moi un auteur et à qui je dois tant.

Imprimé en France par CPI
en décembre 2023

N° d'impression : 177829